叱咤之城系列
谍战小说

第三季

刘子义 著

叱咤之城

之 生死迷局

金城出版社
GOLD WALL PRESS
·北京·

图书在版编目（CIP）数据

叱咤之城之生死迷局 / 刘子义著.—北京：金城出版社有限公司，2023.9
ISBN 978–7–5155–2494–8

Ⅰ. ①叱… Ⅱ. ①刘… Ⅲ. ①长篇小说－中国－当代 Ⅳ. ①I247.5

中国国家版本馆CIP数据核字（2023）第126353号

叱咤之城之生死迷局

作　　者	刘子义
责任编辑	张礼文　郝俊伟
责任校对	雷燕青
责任印制	李仕杰
开　　本	710毫米×1000毫米　1/16
印　　张	22.5
字　　数	352千字
版　　次	2023年9月第1版
印　　次	2023年9月第1次印刷
印　　刷	天津旭丰源印刷有限公司
书　　号	ISBN 978–7–5155–2494–8
定　　价	59.90元

出版发行	金城出版社有限公司　北京市朝阳区利泽东二路3号　100102
发 行 部	(010) 84254364
编 辑 部	(010) 64214534
总 编 室	(010) 64228516
网　　址	http://www.jccb.com.cn
电子邮箱	jinchengchuban@163.com
法律顾问	北京植德律师事务所　（电话）18911105819

你看不见你自己,你所看见的只是你的影子。

——泰戈尔《飞鸟集》

序

子义要出新书，是件喜事，嘱托我写序，犹豫了半天，才应承下来。我是影视制片人，多年来与编剧、导演、演员打交道多，与作家交往则少。所以作序这样的事，我有些怯场。但子义不仅是小说家，同时还是一位优秀的影视编剧。他左手小说、右手影视的创作经历，令我充满期待与好奇！

与子义相识相交于五年前的深秋，当时他正把一部悬疑谍战类型的40集的电视剧本《雾中人》（后更名为《叱咤之城》），托朋友送给我，看看是否有机会一起合作。不料，我一拿到手，竟然完全放不下来，剧中人物之鲜活，情节之紧张，故事之曲折，二战时期波澜壮阔历史背景下，主人公跌宕起伏之人生传奇，凄美动人的爱情经历，为革命信仰无私无畏的奉献精神……深深地吸引着我。连续一周，我手捧剧本，几近废寝忘食，夜不能寐。时而掩卷深思，时而击掌赞叹。有时为平息自己激动而喜悦的情绪，不得不停下来，点支烟，泡壶茶，让自己平静下来。我自从与石钟山、汪海林、闫刚、麦家、钱林森、海飞合作系列谍战剧《地下地上》《风语》《生死钟声》《向延安》《麻雀》后，已多年未能碰到如此激发起我产生创作冲动与激情的电视剧本了。

读完剧本后，我即约子义到上海相聚交流，可谓一见如故，相见恨晚。自此兄弟相称，交往频频，为探讨创作，常常是不分时序，互相交流沟通，成为莫逆之交。

子义为人处世，谦和，语迟，厚道，简单；写书作文，才思敏捷，创意无限且自求品格。对历史背景的考据，严谨扎实，对谍报领域的专业探索用心专注，对人物形象的塑造与故事情节的结构，力求完美，精益求精，使其笔下的历史格局恢宏大气，人物人设生动鲜活，故事架构奇伟精彩。

　　近来，子义心无旁骛，潜心创作，推出民国谍战悬疑世界系列化作品，除了6卷本的《叱咤之城》外，还有反映革命时期我党女地下工作者，化身女作家、女演员、女老板的传奇悬疑作品《枪与玫瑰》系列，以及上海、香港、重庆、南京、天津、哈尔滨、长春、沈阳等以城市为主题的悬疑传奇系列作品。我十分期待着子义新作问世，他将为我们打开一个新鲜传奇、精彩纷呈的创作领域，让我们拭目以待，跟随他的奇思妙想，去他的悬疑世界，领略创意带给我们的惊喜赞叹和无穷魅力。

　　子义，你杰出的创意才华与坚持不懈的努力，一定会让你实现自己的梦想。你到达任何创作的高度，都是可能可期的。奔跑吧，子义，在你最好的年华！

郁康淳
2021年1月9日于文盛堂

郁康淳
中国影视金牌制作人
上海电影艺术学院　教授
上海电影艺术学院亚洲创意产业研究院　执行院长
上海电影艺术学院电影制片厂　厂长

目 录

001 | 第一章　一触即发
018 | 第二章　人面桃花
037 | 第三章　审　查
056 | 第四章　狙　杀
070 | 第五章　骨　牌
084 | 第六章　暗　战
105 | 第七章　复　活
123 | 第八章　特派员
141 | 第九章　逆　转
163 | 第十章　围　猎

177 | 第十一章　角　色

191 | 第十二章　权力诛心

210 | 第十三章　"花　旦"

228 | 第十四章　风萧萧兮

246 | 第十五章　杀　局

257 | 第十六章　深　算

276 | 第十七章　反戈一击

286 | 第十八章　烟　幕

301 | 第十九章　围　剿

322 | 第二十章　回　响

第一章　一触即发

~ 161 ~

时间：1943年4月1日，星期四。
地点：上海，公共租界，警察局第一分局；郊外，宫府。

整个世界在战争汪洋中沦陷，处处暗流涌动。

苏德战场上，苏军打赢斯大林格勒保卫战；太平洋战场上，美军扭转战局遏制日军南下；美英联军北非登陆战役接近尾声；意大利墨索里尼政权摇摇欲坠……各地战事瞬息万变。

这些变化对萧易寒来说，如同大碗茶碗底的茶末子，与他毫无关系。

他作为大清王朝最后一批太监中的幸存者，经历过太多风雨，见惯了生死沉浮，早已看透生死。

世界太大，漩涡太急，谨小慎微地活着都未必能自保，何苦做一个在刀尖上行走的特工呢？

坐在上海市警察局第一分局局长办公室里，萧易寒端着大碗茶，肆无忌惮地牛饮。粗暴的咕噜声，令他感觉体内还蕴藏着一丝生机。

"王爷！"

这个奢侈的称呼，在晚清那会儿，只有他的主子能承受得起。怎奈革命大潮如滚滚洪流，把曾经不可一世的王爷变成丧家之犬，他也随之变成犬身上的一撮毛。犬在毛在，犬死毛褪。

后来，他的主子东渡日本，成为日本天皇的皇亲国戚，并成立了私人情报机构。他作为主子的心腹，也就顺理成章地成为特工。

取代号的时候，他不假思索地在纸上写下"王爷"二字，并对主子说："我要做'王爷'。"

主子用欣赏的目光看着他："以后你就是'王爷'，太监二字只有我能叫。谁叫你太监，谁就得死。"

这是极大的信任和褒奖。为了这份信任，萧易寒远赴延安潜伏。

"中共'31号'潜伏在特工总部"的情报不是他得到的。他只是边区学校看门人，怎么可能获得如此重要的情报？

当然，他有上线。在延安高层还潜伏着一个代号"王子"的人。那个人之所以用此代号，因为他确实是大清亲王的儿子。

萧易寒细看"王子"发给他的电报，上面只有"罗亭，13号"寥寥几个字。

他反复看了几遍，也不明白是什么意思。

他扭头看着地上被自己摔碎的电台，苦笑着摇摇头。"王子"暴露就暴露吧，落网就落网吧，反正不是他的儿子。他这辈子，注定没有儿子。

可是，他为什么苦笑呢？

"主子抵达上海。"

自从萧易寒逃到上海后，就将真实的身份隐藏起来，变成为五斗稻粱谋的升斗小民。这样的小人物，别人自然不愿多看一眼。

他故意攀附凌云洲，成为凌云洲的线人，进而让他有了一条晋升通道。不出一年，他摇身一变，就成为警察局第一分局局长。

实际上，这一年他把主子筹建的私人情报机构，移至主子的王府里。王府已经荒废多年，他几乎耗尽积蓄并举债，才让王府焕然一新。

主子抵达上海，要与他见面，让他感到坐立不安。

"王子"暴露与他有关？

欲加之罪，何患无辞。

萧易寒忐忑不安地来到郊外的宫府，见到他的主子宫本正仁。他站在院子里的池塘边，弓着腰，双肩不由自主地抖动："王爷——"

宫本正仁在萧易寒肩上轻轻拍了拍，缓声说道："你才是'王爷'。王爷已成历史名词。从今往后，你叫我先生吧。"

"先生，奴才已经四年没见过您了。"

"以后不要称自己为奴才。你是主子，别人才是奴才。"

萧易寒挺直腰板，嘴唇上的胡子忽然翘起来。

宫本正仁摇头苦笑，点指萧易寒嘴唇上那抹假到不能再假的胡子。

萧易寒伸手在嘴唇上摁了又摁，直至胡子恢复原样。

宫本正仁说："我早说过，在当今中国，只有我能把你当太监看。若有鄙视你者，格杀勿论。"

"谢先生抬举。"

宫本正仁抬起头，缓声问道："原宝轩这个人，你怎么看？"

萧易寒略加思索："静水流深，沙石无痕。"

"评价不低呀！"

"原宝轩，上海滩执牛耳者。"萧易寒说话很小心，生怕说错一个字，影响了宫本正仁的判断，"一年前，他抵达上海后，就联合上海江家、南京唐氏、沙逊家族成立共生证券公司。共生证券公司成立伊始，我就关注它。通过一年多的调查，我发现日军第十三军松井司令官和上海日本宪兵司令部司令官德川将军，以及岩井公馆的岩井总领事似乎都是它的幕后股东，只是暂时无法调阅共生证券公司内部资料进一步查证，不过我相信我的判断。"

宫本正仁微微点头："继续说。"

萧易寒颔首："最近半年，上海金融市场不稳定，尤其是共生证券公司发行的优生股票，里面肯定有问题。"

"这是土肥原制订的'炼狱计划'。"宫本正仁转身背对着萧易寒，"土肥原身在东京，却能操纵上海股市，牛人啊。共生证券公司发行优生股票，是日本人的意思，目的是攫取上海犹太人乃至全中国的财富。"

"优生，优生——"萧易寒喃喃自语，"看来，沙逊家族已被土肥原控制了。"

"只可惜，现在优生股票跌破发行价，土肥原的计划落空了。"

萧易寒分析："直觉告诉我，这一切可能是原宝轩在捣鬼。"

宫本正仁猛地转过身，盯着萧易寒："何以见得？"

萧易寒说："其他人没有这么大的能量。先生，共生证券公司的水，深不见底啊。"

"说说我与原宝轩如何相处吧。"

"是友，可用；是敌，必杀。"

宫本正仁微微点头："凉子把需要监视的名单给你了吧？"

"我已经派人全天候监视凌云洲、蒋文汉、黑川梅子。"

"好。"

萧易寒想起"王子"暴露的事，不知道如何向宫本正仁提及，便低头琢磨应对之词。

"你想什么呢？"宫本正仁感觉萧易寒有点走神。

萧易寒貌似下了很大决心似的："'王子'——他——出事了。"

宫本正仁一怔："嗯？"

"按照约定，'王子'今天应该发长电报，可是我只接到几个字，电报就终止了。"

"你担心'王子'暴露了？"宫本正仁肩头微微抖动，"他——吃的就是这碗饭！特工有特工的宿命，我儿子也不例外。战争嘛，所有人都要为之付出代价的。"

萧易寒叹了一口气："可惜啊，'王子'已经打入延安高层了——"

宫本正仁摆摆手："退下吧！"

"先生保重。"萧易寒后退三步才转身离去。

宫本正仁站在池塘边，犹如一尊雕像，两行浑浊的老泪滑下脸颊。

时间：1943年4月1日，星期四。

地点：上海，日占区，极司菲尔路76号；法租界，霞飞路。

第一章　一触即发

狙击步枪的枪管，从特工总部对面的金公馆顶层窗口缓缓伸出。

月光照在一个女人漂亮至极的脸上。

她慢慢地移动枪口，让站在特工总部二楼窗口的凌云洲的脸，完整地出现在目镜里。

她调整好呼吸，把白嫩纤细的手指放在扳机上。

她知道，只要她的手指微微扣动，凌云洲便死定了。

她打量着目镜里的凌云洲，心里陡然出现一种强烈的感觉——她和凌云洲很可能是老朋友，因为在她的梦里经常出现他的那张脸。

她一直在追问原因。

自失忆以来，她实在想不起来经常出现在梦里的人是谁，与她有什么关系。

"为什么？"她在心里默默地问了一句。

房间里布满灰尘，到处挂着蜘蛛网，处处彰显着萧条破败。自她进入房间，房间似乎明亮起来，尤其她身上那件葱绿色旗袍，给死气沉沉的房间带来些许生机。

可是，她生命里的生机、生活里的那抹绿色在哪里呢？

自从失忆后，她心里、眼里便失去色彩。她觉得，她以前的生活肯定是色彩斑斓的，最起码不是现在的灰白两色。

一年多了，她还是无法想起自己的过去。或许，在战火纷飞、颠沛流离的年代，让曾经的记忆一下子归零，也未尝不是一件好事。

失去，也许是一种幸福。

这一点，她懂，所以她没有刻意寻找过往。可是，好奇是一个邪恶的小精灵，常常在不经意间，触碰她的某根神经。

她微微闭上那双美丽的眼睛。那双眼睛是灵动的，毫无瑕疵地嵌在那张精致的脸上。

她极力清空大脑和内心，专注于她的任务——监视凌云洲。

她第一次来到上海。当然，她的这个"第一次"无法界定，只能说是她失忆后第一次来到上海。

她来到上海，是为了完成一个刺杀任务。

刺杀的对象不是凌云洲，但跟凌云洲有很大关系。

这时，她心底升腾起一股暖流——只有亲人之间才能产生的那种暖流。

刺客同盟里的队友，应该是以杀人为职业的高级冷血动物，但在她看来，却是和蔼可亲的家人。

她就是刺客同盟中的一员。

刺客同盟刺杀的对象，一般都是罪大恶极之人，都是发动战争屠杀同胞的侵略者，都是卖国求荣的叛徒。只要想到自己所做的一切，她冰冷的身体里就升腾起一股暖流，给灰白的生命增添一抹红色。

一年以来，刺客同盟成员的足迹遍布中国东北、山东、江苏等地，从北到南杀了很多人，但鲜有人知道这个神秘组织，因为刺客同盟不属于任何党派，只为酬金效力。

这次，他们要刺杀一个日本人。

经过一个月的调查，刺客同盟终于找到了那个日本人，但遗憾的是，他们无法接近他。后来，他们发现他和特工总部的凌云洲关系密切，便打算从凌云洲身上切入。

她在目镜里打量凌云洲俊朗的脸颊，有时候会不由自主地走神，仿佛看到了昔日的老朋友。只可惜，凌云洲是汉奸，而她是杀汉奸的。但是，眼前的凌云洲，却无法让她产生杀之而后快的冲动。

电话铃突然响起，凌云洲转身抓起话筒。

她集中注意力，盯着凌云洲的嘴唇。

精通唇语的她判断，凌云洲说的应该是"好的，老师，东亚饭店302房间，晚上8点"。

苍天不负有心人，她五天的煎熬终于有了结果。

她快速收起狙击步枪，离开金公馆。在她看来，夜幕中的特工总部，并没有那么阴森恐怖，反而有种沧桑的厚重感。

她觉得特工总部很熟悉，似乎她以前经常出入那里。难道她曾经也是那里的常客，所以才有这种似曾相识的感觉？

这么看来，她绝非是第一次来到上海。

难道上海是她的家乡？想到这里，她禁不住狠狠地摇摇头。

她伸手拦下一辆黄包车坐上去。黄包车前行十几米，她忍不住回头看特工总部的大门，或许那道大门里就有她丢失的过去。

她在法租界下车，用公用电话给刺客同盟首领"师爷"打电话，汇报她的发现，然后乘电车赶往东亚饭店。

上海滩的霓虹灯是一道美丽的风景。她在电车里欣赏着街景，漫不经心地让十里洋场的繁华在身边流逝。

她有些恍惚，觉得以前她就生活在这里。可是，她怎么就失忆了呢？

她忍不住拿起挂在胸前的那枚弹头。

那是从她体内取出的弹头。那枚弹头差点儿要了她的命。现在她的肩部还有一个清晰的疤痕。

记忆清零或许更好。能中弹的女人，往事并不如烟。

她端详着那颗弹头。弹头下面挂着一块雕工精巧、制作精良的玉佩，正面刻着"格物致知"四个字。

拥有这样价值连城的佩玉之人，应该出身于大家族。这块她醒来就发现挂在胸前的玉佩，应该是她自己的。她的出身不低？她的家人在哪里？

别说家人，她醒来都不知道自己的名字是什么。队友说她像朝鲜人，朝鲜人李姓居多，她就引用玉佩上的字，为自己取名"李致"。

电车的铃声把她的思绪拉回来。她将弹头和玉佩塞进衣服里，低头看了看脚下的箱子。

箱子里装着狙击步枪。她的枪法出奇的好，好过练习十几年射击的队友。队友说，她有射击天赋。她为何会有此等神奇的天赋？是来自父母的遗传，还是肌肉原有的记忆？

李致掐住太阳穴，深吸几口气，告诉自己不要再想这些问题，毕竟一小时后，她要配合队友完成狙杀那个日本人的任务。

是否连凌云洲一起做掉？

她心底忽然冒出一个奇怪的念头。

这是一个不该有的念头。

~ 163 ~

时间：1943年4月1日，星期四。

地点：上海，日占区，虹口，东亚饭店。

"光计划"内容宏大，包含"B计划"在内的几个子计划。每个子计划都具有颠覆性的破坏力。

为了摧毁"原子计划"和"炼狱计划"，一大批人付出生命，才把被推到悬崖边的国家拉回来。

现在，日本高层责令"B计划"负责人宫本正仁，从汉城来到上海。上级命令凌云洲利用他与宫本正仁的师生关系，想办法探明"B计划"内容。

上级特意强调不惜一切代价，可见"B计划"的破坏力有多强。

凌云洲望着富丽堂皇的东亚饭店，眼前浮现出河南人逃难的场景，觉得心里堵得慌。

日寇入侵，战乱四起，民生凋敝，大好河山千疮百孔。作为以救民于水火为使命的革命者，他心里的苦闷却无人可诉。

江澄子向河南捐赠一笔钱，可是谁能保证那笔钱肯定送到百姓手中？捐赠钱财是治标不治本的，只有将日寇赶出中国，中国人才能过上安稳的日子。

太平洋战争终于出现转折，日军在中途岛遭到美军痛击，盟军逆势而上。斯大林格勒保卫战胜利，纳粹德军遇到了一堵冰墙，任凭希特勒有通天彻地之能，也无法战胜强大的俄罗斯民族。

胜利天平偏向同盟国，孤注一掷的日寇在中国战场更加疯狂，上海隐蔽战线各方暗战接近白热化。

现在，谨慎的凌云洲更加谨慎了，因为江澄子为他生下儿子，取名果果，还求豫园方大师在一块老玉上刻下一句话："每个孩子都有坚硬的果壳，每个果壳里都有个无限宇宙。"他希望果果在战争年代像果壳一样硬朗地活着。普乐天和宋格大婚时，江仲阁返回上海，将果果带往美国。

隐蔽战线工作太残酷，孩子必然成为羁绊。凌云洲和江澄子虽然万般不舍，最后还是让江仲阁带走孩子，毕竟美国还是没有战争的净土。

凌云洲望着东亚饭店门口追求纸醉金迷生活的人群，苦笑一下，正想往门口走，却看见黑川梅子和苍井巷走过来。他的眼角眉梢瞬间堆起笑意："二位非常守时啊！"

黑川梅子嫣然一笑："宫本老师是你的老师，也是我的老师。"

苍井巷阴着脸说："宫本先生是机关长的老师，机关长再三叮嘱，保护宫本先生的安全是梅机关第一要务。"

凌云洲轻轻拱手："辛苦，辛苦！"

苍井巷轻轻地说："职责所在，何谈辛苦！"

凌云洲指着东亚饭店的大门："我们一起拜见老师吧。"

黑川梅子盯着凌云洲："我们拜见老师，是不是应该让老师第一眼就看到开心的事儿？"

凌云洲点点头："确实应该如此。"他摊开双手，"我也不知道老师喜欢什么啊。"

黑川梅子凑到凌云洲面前，低声说："老师最开心的事情，就是看到我们在一起。"说完，她就紧紧地挽住凌云洲的胳膊。

在东亚饭店对面的大楼里，李致已经选好最佳狙击位置。她看到黑川梅子时，觉得脑袋像被针扎一下似的，黑川梅子的面孔在她脑海里不停地飘来荡去。

她有些诧异，难道这个女人跟自己也有某种关系？

她在目镜里盯着凌云洲和黑川梅子的背影，将狙击步枪枪口对准三楼。

东亚饭店三楼一个房间里，一个三十多岁穿着侍应生工装的男子，端着被白毛巾覆盖的托盘，出现在302房间窗前。

这个男子是李致的搭档，名字叫张让。

李致调整目镜，屏住呼吸，看到房间里除了身着锦缎长袍的宫本正仁，还有一个二十多岁的日本女人。

凌云洲和黑川梅子走进房间。

"老师！"凌云洲走到宫本正仁面前，鞠躬行礼。

"这里是上海，你们就不必客套了！"宫本正仁摆摆手。

"学生愚钝！"凌云洲没有抬头，"学生竟然不知道老师来到上海，望老师惩戒。"

宫本正仁哈哈大笑："我这次来上海，没有通知任何人。"他指指身边的日本女子，"松岛凉子，'老猪'给我安排的助手，负责我的生活起居。呵呵，我的一举一动，都得经过她许可才行。"

黑川梅子打量松岛凉子："凉子小姐——应该是龟机关的人吧？"

松岛凉子微微点头："梅子小姐好眼力。"

黑川梅子一怔："我们——认识？"

松岛凉子微微颔首："我调阅了龟机关所有人的档案，上面都有照片的。"

凌云洲追问："你调阅了所有人的档案？"

宫本正仁说："现在还不是用人不疑疑人不用的时候，'老猪'要逐一审查龟机关中国局特工。"

凌云洲问："难道'老猪'也要来中国？"

松岛凉子说："他已经在中国。"

黑川梅子皮笑肉不笑地问松岛凉子："今天审查我们？"

松岛凉子缓声说："不是今天，是随时。"

"好了，凉子。"宫本正仁微微笑道，"今天是我们师生聚会，不谈工作，只叙旧。"他转身对凌云洲和黑川梅子说，"凉子是工作狂，为人还是不错的。"

黑川梅子莞尔一笑，没有言语。

宫本正仁示意凌云洲和黑川梅子坐下："坐下吧，不要拘束。"待他们坐下后，他接着问，"你们在一起了吧？"

黑川梅子冲凌云洲努努嘴。

凌云洲说："让老师失望了，我和梅子有缘无分。我娶了中国女人，已经生下一子。"

黑川梅子补充道:"他为了更好地完成使命,这是没有选择的选择。"

"理解,战争嘛!"宫本正仁端起茶杯,抿了一口茶,"我这么大年纪,本该颐养天年,不也选择颠沛流离嘛。"

凌云洲说:"华东战区制药基地非常重要,有老师坐镇上海,东京高层才放心啊!"

宫本正仁摇摇头:"其实我反对这场消耗巨大的战争。在这场战争中,上至皇室,下到百姓,都成为无法选择自己命运的棋子。芳子——芳子就是这场战争的牺牲品嘛!"

黑川梅子说:"我国资源匮乏,天皇发动这场战争,旨在建立大东亚共荣圈,也是为了大日本帝国的将来考虑。"

宫本正仁道:"什么大日本?是小日本!帝国领土还不如中国一个省面积大,还好意思说是大日本!"

这时,化装成侍应生的张让敲门。

凌云洲起身开门,看见张让托着托盘的手微微抖动。高档饭店里训练有素的侍应生,绝对不会出现这种现象,于是他挥手打掉托盘。

托盘落地,一把手枪出现在张让手中。张让立即向宫本正仁开枪。

弹头擦着宫本正仁的头皮射到墙上。

几乎与此同时,松岛凉子开枪射中张让的手腕,黑川梅子开枪射中张让的腹部。

张让"扑通"一声跪倒在地,挣扎着想起身。凌云洲踢飞张让手中的手枪,并将张让踹到门外。

"哗啦"一声,与窗户相对的墙上的画框中的玻璃碎了。

凌云洲意识到外面有狙击手,转身护住宫本正仁,躲到窗台下面,然后冲黑川梅子喊道:"蹲下,蹲下,对面有狙击手。"

门外的张让,还在走廊里爬。地毯上留下道道血迹。

凌云洲掏出手枪,冲到门外,跳过张让,飞速向楼下跑去。

他边跑边问自己:"谁想刺杀宫本正仁?侍应生和外面的狙击手,来自重庆方面,还是来自延安方面?宫本正仁刚到上海,他们怎么得到的消息?"

他觉得必须尽快弄清楚这些问题。

他冲出东亚饭店，来到大街上。大街上到处都是日本特务，苍井巷举着手枪连声喊叫。

凌云洲打量一下对面那栋大楼，快速跑到那栋大楼后面的巷子口，看到一个穿风衣的人手提长条箱子迎面走来。

这个人应该就是狙击手。

凌云洲不想抓捕或袭击狙击手，只想弄清楚他是谁。

凌云洲站下，盯着越来越近的风衣人。根据身高、鞋子、身形、走路姿态，他判断这个人是女的。

风衣人无视凌云洲的存在，行走速度不减。她一只手插在衣襟内，应该是握着手枪，准备随时射击。

二人擦肩时，凌云洲看清了那个人的脸，陡然愣住，忍不住喊道："芳子——"

风衣人正是李致。她听到凌云洲喊"芳子"，也是一愣，停下来冷冷地问："你在喊我吗？"

凌云洲嘴唇嚅动，没有回答。

李致快速前行，消失在人流中。

凌云洲蒙了。这个人简直就像宫本芳子复活一般，世界上有如此相像之人吗？宫本芳子在上海消失一年多了，活不见人死不见尸。如果她活着，还在上海，没有理由不与他联系。

凌云洲狠狠地拍了拍脸颊，觉得自己想多了。如果她是宫本芳子，根本不可能刺杀她父亲宫本正仁。

凌云洲望着人来人往的巷口，感觉自己陷入难以走出的八卦阵中，不断问那些世界性难题，"我是谁""我在哪里"……

他突然意识到，这可能是陷阱，将他推向死亡的陷阱。

凌云洲敏锐地向左右看了又看，突然像冬眠的蛇虫乍醒，迅速跑向东亚饭店。

宫本正仁已经站在东亚饭店大堂里，向黑川梅子交代什么。凌云洲从黑川梅子的表情里察觉出异样，心里陡然一怔。

黑川梅子对宫本正仁有种与生俱来的敬畏，她敬畏他什么呢？

凌云洲走到宫本正仁面前，问："老师，您受伤了吗？"

宫本正仁扬了扬手臂，笑道："不碍事儿，一点挫伤而已。"

凌云洲颔首："老师没事儿就好。"

宫本正仁笑道："多亏你提醒外面有狙击手，不然我肯定会站起来暴露在枪口之下。"

黑川梅子问凌云洲："你有什么发现？"

凌云洲摇头："我判断杀手应该从对面那栋楼后门遁走，不过我还是晚了一步。"他想了想，"刚才，我看到一个人，特别像——芳子。"

宫本正仁神色一凛："芳子？像芳子？"他摇摇头，"可能是我们太想念她了吧，我这几日也常常梦到她。"

凌云洲顺着宫本正仁的话说："可能是我太想念芳子了。天黑，看不清楚，只是觉得身形很像而已。"

宫本正仁看了黑川梅子一眼："梅子是芳子的好闺蜜，芳子失踪，梅子又喜欢你，你千万不要辜负她。男人嘛，拥有三妻四妾很正常。刚才我和梅子谈过，她不在乎做你的侧室。她的这份心很难得，你要好好待她。"

凌云洲感觉宫本正仁语气决绝，转眼看黑川梅子，见她神情木然，心里陡然升起一股莫名的畏惧。

按照常理，宫本正仁是他的老师、宫本芳子的父亲，断然不会说出这种话。他想起刚到东亚饭店门口时黑川梅子的举止，感觉宫本正仁说的话，应该是他们以前商量好的。

"他们为什么执意这么做呢？"凌云洲在心里不断地问自己，"这是宫本正仁邀请自己参与'B计划'的筹码？"

想到此，凌云洲不自然地说："恐怕要委屈梅子了。"

黑川梅子立即接过话茬儿："只要你好好待我，我就不委屈。"

宫本正仁笑道："我在虹口置办了一套房子，送给你们做新房。战争年代嘛，你们先将就一下吧。"

凌云洲迟疑道："江家在上海滩势力很大，与南京政府高层交情深厚。万一江家人闹出事来，恐怕我们不好收场。"

宫本正仁点点头，看了黑川梅子一眼："梅子呀，那就委屈一下你吧，先别声张。"

黑川梅子点头默许。

宫本正仁拉起凌云洲和黑川梅子的手："既然梅子同意，我也支持。云洲，我看这样吧，从今天起，梅子就是你的未婚妻了，一个月后你再娶她。这一个月里，你跟江澄子好好商量一下。"

黑川梅子绝对是能让正常男人心动的女人，否则宋鸣谪也不会为她以身试毒。只是，越美丽的东西越具有不确定性，得到和驾驭的代价都很大。

"幕府计划"启动，责令黑川梅子用美人计验证凌云洲是否变节。这对黑川梅子来说，却不觉得悲哀。因为她既能完成上级交办的任务，又能与自己喜欢的人在一起，可谓一举两得。

但是，黑川梅子心里很清楚，一旦她发现凌云洲变节，只能杀掉凌云洲。

这是她的任务，一个没有其他选项的任务。

~ 164 ~

时间：1943年4月2日，星期五。
地点：上海，公共租界，苏州河畔，江公馆。

江澄子陷入无边无际的哀怨中。

她从未想过会有别的女人来分享她的男人，就算是为了革命，为了抗日，她也无法容忍这样的事情发生在自己身上。

可是，她能对此说不吗？

不知道为什么，她此刻却想到了罗亭。她觉得，罗亭用"教母"这个代号就不吉利，意味着必然与心爱的男人分开。

罗亭和普乐天结婚十年，也分居十年。十年夫妻，近在咫尺，却远在天涯。一个闪失，就可能阴阳两隔，再也不见。

这一刻，她对罗亭的苦楚感同身受。罗亭为了人生终极理想选择忍让，她也要选择忍让吗？

不甘心的眼泪像决堤的洪水倾泻而出，但她没有哭出声。在似乎凝固的空间里，她感觉更加无奈。

她打开水龙头，眼泪落到洗手盆里，随后哭声溢出。她狠狠地抹了一把脸，看看眼前的镜子，仿佛看到黑川梅子在镜子中对她媚笑。

她转身抓起一件睡衣，狠狠地撕扯着，以此发泄无处安放的悲痛。

她悲伤地坐在马桶上，又想起了罗亭。这十年，她是如何熬过来的？只要普乐天依然爱她，独守空房也是值得，然而她却将普乐天推到另一个女人怀里，这又是何等勇气和牺牲呢？

江澄子想到此，心里平静了，觉得这是实现理想的一种需要。理想不会凭空实现，必须去交换。在这种交换中，罗亭应该是快乐的，因为她觉得这样做很值得。

一年前，罗亭牺牲了。她牺牲时一定没有遗憾，因为她提前安排好一切，隐蔽战线的工作没有因为她的缺失受到任何影响。

江澄子不再撕扯睡衣。

革命者，随时都可能流血牺牲，隐蔽战线工作者时刻准备着面对死神。为了坚守信仰和实现理想，共产党员会大义凛然地直面淋漓的鲜血。

这不是退让，而是战斗，自己与自己的战斗，自己与敌人的战斗。百隐千藏，只为救国。有国才有家，有家才会有自己。

江澄子冷静下来，选择直面这个问题。

她知道，凌云洲在面对这个选择时，肯定比她还痛苦。但是，如她现在一样，他也没有资格做另外一种选择。他的日本人身份就是菊与刀，日本人的思维就是如此奇葩，他必须配合日本人饰演奇葩的人设。

"奇葩的人设"，江澄子想到这句话，忍不住笑了。

与其他女人同床共枕，就是凌云洲的奇葩人设。

江澄子打开房门时，凌云洲像根木桩子似的戳在门口。她绕过凌云洲，径直向卧室走去。

凌云洲看到撕碎的睡衣，知道自己的行为伤透了江澄子的心。这虽然在他的意料之中，却又无能为力，只能默不作声地跟在江澄子身后。

江澄子突然停下，也不回头："你跟着我干吗？"她见凌云洲不回答，猛地转过身，"日本女人比中国女人好玩吧？"不待凌云洲回答，她继续说道，"不问了，你已经跟日本女人睡过了！"

"她——可能——还活着！"凌云洲一字一顿地说。

"她——谁——宫本芳子？你怎么知道？"江澄子一字一顿地问。

凌云洲摇摇头："我不知道。"

"不知道还说？"

"有些话我不得不说。"凌云洲拉起江澄子的手，"澄子，都是我不对。"

江澄子挣脱凌云洲的手，质问道："你哪里不对了？你伟大，你高尚，你做的都对。我无知，我小气，我不该愤怒，我不该伤心！"

凌云洲又去拉江澄子的手。

江澄子举手扇了凌云洲一记耳光。

伴随"啪"的一声，凌云洲脸上顿时呈现出五根手指印。

江澄子盯着凌云洲的脸，有些心疼，嗔怒道："你个混蛋，不知道躲闪吗？"

凌云洲低声说："我确实欠打。"

江澄子"哇"的一声哭了，用粉拳砸着凌云洲的胸口："你真是混蛋！你为何要对我说呢？你不说我就不知道，我不知道就不会痛苦……"

凌云洲将江澄子拥入怀里："你是我妻子，我不能骗你。何况，我觉得这里面有阴谋，必须告诉你。"

江澄子一愣："'黑心莓'都以身相许了，还有什么鬼阴谋！"

凌云洲拉着江澄子在沙发前坐下："宫本正仁到上海执行'B计划'，没有几个人知道。昨晚竟然有人刺杀他，而且刺杀他的人，我感觉特别熟悉。"

江澄子问："我们的人？"

"不是。我感觉像宫本芳子。"

"宫本芳子?"江澄子惊讶地问,"怎么可能?她不是失踪了吗?你确定不是幻觉?"

"那个人长得跟宫本芳子一模一样,这一点绝对错不了。"

"假设,我说假设啊,那个人就是宫本芳子,看到你还能无动于衷,说不过去吧?"江澄子分析道。

凌云洲无奈地摇头,握紧江澄子的手:"让黑川梅子做我的侧室,应该是宫本正仁的主意。我暂时猜不透他为何这么做。但是,我与芳子的关系,他应该一清二楚。虽然当初他极力反对我和芳子在一起,但最后我和芳子差一点儿就走到一起了。作为父亲,他也不至于这么做啊!"

江澄子戳了一下凌云洲的鼻子:"日本人就是变态!"

"我是中国人好吗?"凌云洲正色道,"太平洋战场上,日军节节败退,损失惨重。从战略上讲,东京高层肯定希望尽快结束中国战事,从而将中国战场的百余万军队投入太平洋战场。宫本正仁是皇亲国戚,没有非常重要的任务,他不会突降上海。为了不让他怀疑,为了探清他的真正意图,我必须取得他的信任,所以我暂时必须对他绝对服从。"

"他让你娶黑川梅子你就娶黑川梅子?娶吧娶吧,白要谁不要!"江澄子嗔怒道。

"我不会娶黑川梅子的!"凌云洲说话掷地有声,"只要弄清了'B计划'内容,我就会除掉黑川梅子,为牺牲的同志报仇。在除掉她之前,我必须按照他们的要求行事。"

江澄子一愣:"你要除掉黑川梅子?"

"她是日本人,我是中国人。我们之间只能相互利用,看谁的手段更高明。"

江澄子沉默半晌,眼泪簌簌落下:"我——我接下来怎么办?"

凌云洲说:"你必须做出与你身份匹配的反应,跟我大吵大闹。记住,你是江仲阁的女儿,上海滩的大小姐,你的卧榻旁边怎能容他人酣睡?"

"直接说我是泼妇不更好吗?"江澄子点指凌云洲。

第二章　人面桃花

~ 165 ~

时间：1943年4月2日，星期五。
地点：上海，日占区，重光堂，宫府。

黑川梅子心里宛如春暖花开。

她虽然刚刚遭遇暗杀，却因祸得福，成为拥有水晶鞋的灰姑娘。

嫁给凌云洲是她梦寐以求的事情，憧憬着与他朝夕相处，可以像精灵似的缠着他，让他一刻不得安宁。

阳光洒满庭院。她从床上坐起，带着一种新奇的想法打量她的胴体，畅想凌云洲抚摸她的胴体曼妙曲线时的悸动，一时间她醉了、软了、酥了。

她站在穿衣镜前，试穿一套漂亮的和服。看着镜中的自己宛如新娘，她不禁嫣然一笑。她脱掉和服，换上旗袍，眸子里又泛出一股阴森的杀气。

她对着镜子抹口红，霎时间又想起宋鸣谪。这时她才发现，宋鸣谪带给她的不过是转瞬即逝的男欢女爱，只留下不忍直视的苟且，绝对没有靠近凌云洲时那种源自心底的战栗。

其实，让她从女孩变成女人的人，是宫本正仁。在东京大学教工宿舍里，宫本正仁非常粗暴地占有了她。这不是师生恋的结果，而是权力与欲望的交易。宫本正仁是皇室成员，拥有点石成金的权力，否则以她的出身，只能有一种结果——慰安妇。

小人物想逆天改命，必然要付出血的代价。

宫本正仁给予黑川梅子的回报，是满足她三个不过分的要求。她不是贪婪之人，只提出三个要求，其中一个就是嫁给凌云洲。

时间过得真快，眨眼间六年过去了。黑川梅子没想到宫本正仁还记得当初的承诺，并兑现了。

宫本正仁喜欢女色，在乎质量也在乎数量。他的出身，让他视女人如草芥。女人对他来说，只是工具或玩物，只有松岛凉子例外。

松岛凉子是冷美人，但服侍宫本正仁时却像虔诚的信徒，秉持一种虔诚的献身精神，让宫本正仁觉得他还是大清王朝的亲王，破例把她留在身边。

宫府已经焕然一新。外院池塘边草木茂盛，桃枝携带朵朵桃花从内院探出。一阵风吹过，片片花瓣飘落池塘中。

宫本正仁怅然地望着飘落的桃花，看了身旁的松岛凉子一眼，慨叹道："昔年老犬养野心勃勃，邀我与土肥原共谋'光计划'。'光计划'的确宏大，如果功成，中国战场早已结束，就不会有太平洋战争，帝国自然就不会有今日之危局。"

松岛凉子轻声说："先生不是一直等待这个契机嘛。"

宫本正仁点点头。

"半个月前，土肥原终止了'炼狱计划'。"松岛凉子补充了一句。

宫本正仁怅然道："土肥原的初衷是好的，策划'炼狱计划'的目的是想攫取犹太人的财富，可惜被共逆搅局。这并不在他的计划中。不过，'炼狱计划'失败，也暴露出一个问题、一个非常可怕的问题。"

"先生是指原宝轩？"

"优生股票跌破发行价，美国人抄底，我们辛辛苦苦培育出来的桃子，被美国人摘走了。这仅仅是一场简单的金融灾难吗？"

"是与不是，都已经成为不堪回首的历史，'炼狱计划'已经终止了。"松岛凉子伸手接住一朵桃花，放在手里端详，"这与原宝轩有何关系？"

宫本正仁向前踱了几步，站下说道："我一直觉得，这件事背后隐藏着一只无形的大手。另外，我获得了一条可靠的消息，梅辛格与原宝轩私交深厚。梅辛格的计划失败，犹太人没有被屠杀，是不是原宝轩从中斡旋的结果呢？"

松岛凉子将手中桃花吹落："先生的意思是，原宝轩贿赂了梅辛格？"

宫本正仁点点头："你多次调查共生证券公司，都遇到了一堵坚不可摧的墙。陆军部和外务省罕见步调一致，这里难道没有猫儿腻？共生证券公司台前股东是原宝轩、沙逊家族、上海江家和南京唐氏，幕后的隐形大股东是不是已经遍及上海滩了？"

"如果原宝轩有这么大的能量，他倒是先生最得力的帮手。"

宫本正仁把手搭在松岛凉子的肩上："你冰雪聪明，我欣赏你这一点。如果原宝轩有这么大的能量，'B计划'的执行人非他莫属。"

"'B计划'确实需要大才挂帅。"

"凉子，我是爱新觉罗皇族正统血脉，你也知道我的志向。待有朝一日我面南背北，就让你执掌中宫。"

松岛凉子眼睛放光："即便共生证券公司有铜墙铁壁，我也要砸烂它。"

"这就是我答应帮助黑川梅子的原因。江澄子是何许人也，岂能允许凌云洲纳妾？只要他们乱起来，共生证券公司就有了缝隙。"宫本正仁嘿嘿一笑，"强大的堡垒，必须从内部攻破。"

"先生，我有些担心。原宝轩——'神刀'——死而复生，一年多了都查无所获。"

"或许这是老犬养设计的！"宫本正仁直视池面，"老犬养一死，秘密也就随他入土了。不过，'神刀'森木正淳——我们还是叫他原宝轩吧，竟敢利用'仁者'设置迷阵，的确是大才。"他扭头望向院门口，"黑川梅子在外面等候时间不短了，让她进来吧。"

松岛凉子走到院门口，招呼黑川梅子进来。

黑川梅子随松岛凉子绕过池塘，来到正房门前。

松岛凉子待黑川梅子进去后守在门口，望着随风飞舞的桃花花瓣，冰冷的脸上闪现出一丝诡异的笑容。

宫本正仁坐在茶室煮茶，黑川梅子走过去行礼后，在茶桌前跪坐。

宫本正仁将茶杯推到她面前："非常抱歉，我们的交易，推迟六年才达成。"

黑川梅子说："多谢您成全。"

宫本正仁抿了一口茶，盯着黑川梅子的脸，缓声说道："你是好女人，凌云洲会珍爱你的。我们之间的事，尘归尘土归土吧。"

"水滴永远忘不了大海。"黑川梅子轻声说，"您是我生命中最重要的男人，无论以后如何，往事都难以如烟。"

"一个人，必须学会忽略、学会忘记。不是我们不正视过去，而是不能让过去成为我们前行的负累。"宫本正仁轻轻地转动左手食指上的戒指，"此次我受'老猪'所托，接管龟机关中国局事务，你要全力配合我。"

黑川梅子点点头："我全力以赴。"

宫本正仁给她斟茶："说说凌云洲吧。"

黑川梅子用手指轻点桌面，表示感谢宫本正仁为自己斟茶："龟机关中国局特工如果不忠，您会如何做？"

宫本正仁不假思索地说："如有可疑，即刻处决。"他凝视黑川梅子，"凌云洲可疑？"

黑川梅子摇摇头。

宫本正仁呵呵一笑："嫁人不疑嘛！"

黑川梅子缓声说："嫁人？我有资格吗？我早已绝了嫁人之念。爱是一回事，嫁是另一回事。我是天皇子民，天皇的圣命高于一切。"

宫本正仁击掌大笑："好！我给你一个特权，你可以全权处置他！"

"至于他是森木玉树，还是凌云洲，待我心中有了准确判断，一定在第一时间告知您。"

"梅子，你的格局与境界，令我刮目相看。"宫本正仁满意地连连点头，"你放手去做吧，我无条件支持你。"

黑川梅子颔首，然后用眼角余光瞥着宫本正仁，轻声问："蒋文汉呢？"

"他是龟机关中国局局长，更需要严格审查。"

"我能为您做什么？"

"你怎么看昨晚发生的刺杀事件？"

"设计周密，精准衔接，进退有序。若非凌云洲察觉，他们可能得逞了。我认为，刺客应该来自重庆方面。"

"为什么不能来自延安方面？"

"自中共门徒小组瓦解后，共匪转攻为守，不到万不得已，他们绝不会涉险。"黑川梅子分析道，"从昨晚刺杀手法看，更像军统分子所为。"

宫本正仁点点头："重庆方面确实往汉城派了很多人。"

"等苍井课长的审讯有了结果再说吧。现在我们下什么样的结论，都为时尚早。"

宫本正仁点点头："如果不是军统分子所为，或许更可怕。"

~ 166 ~

时间：1943年4月2日，星期五。

地点：上海，日占区，梅机关；法租界，老山茶楼。

貌似宫本芳子的人，在东亚饭店刺杀宫本正仁，是谁布的局？

凌云洲一直无法把宫本芳子的失踪和死亡等同起来。在他看来，身受重伤且中毒的人，根本无法走出那个房间。

如果宫本芳子还活着，即便她不出现在上海，对他来说也是一颗随时都能把他炸成齑粉的诡雷。

向来不怀有任何侥幸心理的凌云洲，此刻坐立不安。

无论如何，他都必须厘清刺杀宫本正仁的事件，然后再做决定。

这是牵一发而动全身的事情，一旦他陷入敌人的圈套，刚刚建成的中共上海地下组织情报网就会毁于一旦。

凌云洲决定去梅机关探听虚实。

去梅机关，必须有充分的理由，否则就会令人生疑。凌云洲的多重身份，促使他行事必须小心谨慎。

为了找到正当理由进出梅机关，他选择接受黑川梅子。尽管这种接受，对他和江澄子都是一种严重的伤害。

在实力不对等的情况下，这也许就是他们必须付出的代价。

凌云洲在去虹口的路上，拐到荣宝斋蛋糕店买了一盒黑川梅子喜欢吃的蜂蜜蛋糕。

黑川梅子从官府回来，推开办公室的房门，看见凌云洲坐在沙发上，茶几上放着她喜欢吃的蜂蜜蛋糕，便径直走过去。

"你怎么来了？"她看着一脸微笑的凌云洲，只觉得股股暖流从心底陡然而起，犹如火山喷发，烧红了脸颊。

"现场制作的，你尝尝。"凌云洲拍拍身边的沙发，示意黑川梅子坐下，随手拆开蛋糕盒子。

黑川梅子一脸诧然："这么多年了，你还记得我最爱吃的东西？"

"有些事情，根本不需要刻意记忆。"凌云洲边切蛋糕边说。

黑川梅子拿起叉子，叉起一块蛋糕送到嘴边慢慢品尝，感觉格外香甜。她忍不住用手指蘸点儿奶油，抹在凌云洲脸上。

"吱呀"一声，房门突然被推开，苍井巷拿着文件出现在门口。他看到黑川梅子和凌云洲的亲密举止，脸上顿时闪现出一股怒气，但瞬间又被他用微笑替换了。

机敏的凌云洲，看到了他脸色的瞬间转换。

凌云洲知道，黑川梅子那双顾盼生情的桃花眼、胸前傲人的双峰、纤细如握的腰肢、白皙圆润的长腿，会让任何坐在她身边的男人，成为其他男人阉之而后快的对象。

苍井巷，在这方面也不例外。

"我——我有重要事情——汇报。"苍井巷尴尬地说。

黑川梅子不想让苍井巷耽误时间："说。"

苍井巷说："刺客撂了！"

黑川梅子直视苍井巷。

苍井巷看了凌云洲一眼："要不——"

凌云洲知趣地起身："梅子，正事要紧，改天我再来看你。"

黑川梅子示意凌云洲坐下，对苍井巷说："他是我的未婚夫，特工总部副主任。"

苍井巷犹豫一下："恕我不能违反梅机关的保密条例。"

黑川梅子"呼"地一下站起来："苍井课长，我和凌主任都是当事人。如果当时不是凌主任反应快，我已经没有机会坐在这里听你强调梅机关的保密条例了。既然我们连基本的信任都没有，你不想说，我也不想听。你出去，把门带上！"

黑川梅子对苍井巷来说，有种类似食物链阶层的血脉压制。苍井巷见黑川梅子动怒，嚅动几下嘴唇："刺客不是军统分子——"

黑川梅子蹙眉："共匪？"

苍井巷将文件夹递给黑川梅子："经多方周密调查、核实，他们不属于任何党派，而是来自由职业杀手组成的刺客同盟，首领代号'师爷'。"

黑川梅子问："他们为什么刺杀老师？"

苍井巷说："尚未调查清楚。"

黑川梅子将文件夹扔到茶几上："你刚才不是说那个人已经撂了嘛，是撂挑子了吧？"

凌云洲问："刺客是哪里人？"

苍井巷说："朝鲜汉城人。"

凌云洲思索一下："他应该没有交代他的真实身份。"

苍井巷不屑地问："真实身份？什么真实身份？"

黑川梅子问凌云洲："你想说什么？"

凌云洲紧皱眉头："这两年老师在汉城经营源氏工业。去年源氏工业原料泄漏，造成大面积污染，据说有两万余人因中毒死亡。之后，一些遇难者家属得不到公正对待,便成立了'刺客同盟'组织,旨在追杀源氏工业高层,为死去的亲人报仇。"

黑川梅子说:"按理说,这些人应该来自社会底层,他们日常果腹都难,高昂的行动经费从何而来呢?枪械、子弹不可能从天上掉下来吧?"

凌云洲说:"追杀源氏工业高层是他们的主业,承接刺杀业务是他们的副业。"

苍井巷说:"这么说,他们只是为了杀人而存在了。"

凌云洲似乎自言自语:"因果循环嘛,没有人生下来就是杀手。"

苍井巷喝道:"凌云洲,你知道自己在说什么吗?"

黑川梅子喝止苍井巷:"苍井课长,凌主任说的难道不是事实?"

苍井巷瞪了凌云洲一眼,转身离去。

凌云洲耸耸肩:"他好像不太欢迎我。"

黑川梅子嫣然一笑:"他——可能是嫉妒你。"

凌云洲撇嘴道:"因你而怒更准确吧?"他看看手表,"时间不早了,我得去办差了。"

黑川梅子想留凌云洲多待一会儿,怎奈凌云洲已经走到门外。

凌云洲驱车来到法租界新开业的老山茶楼,在约定的包间里等候"一山茶仙"展示茶道。

老山茶楼虽是新店,但茶师技法精湛,不到半年就因"一山茶仙"精湛的茶道名扬上海滩。

"一山茶仙"是个相貌儒雅的中年男人。他还没走到凌云洲所在的包间,便被一个客人拦住。

客人说:"沈先生,老山茶楼能不能开个分店?我负责投资。"

"一山茶仙"冲那个客人摆摆手:"老山茶楼独此一家,别无分店。"他说完径直走向凌云洲所在的包间,推门进去。

凌云洲见到"一山茶仙",笑道:"老山茶楼可以开分店的。我看特工总部对面就合适,那样我就不用跑这么远喝茶了。"

"一山茶仙"就是冯壬山,对外称沈老板。他指指地板:"这里是军统的联络站，特工总部肯定不希望自家门口有这种分店。"

凌云洲微微一笑："反正我投赞成票。来吧，展示。"

冯壬山坐在茶台前，慢条斯理地展示茶道："消息属实？"

凌云洲点点头，反问："源氏工业的情报是军统拿到的？"

冯壬山摇摇头："源氏工业的情报提供者身份不详。"

"你是如何拿到的？"凌云洲问。

"重庆，我太太。"冯壬山思索片刻，"具体是谁拿到的情报，我太太并不知道。不过，提供情报的人让我把情报转述给你，看来提供情报的人不但知道我们的身份，还知道我们的关系。"

凌云洲没有说话。

他不说，因为他猜出是谁提供的情报，只是暂时不能与人言说。

冯壬山见凌云洲笑而不语，问道："你应该知道提供情报的人是谁吧？"

凌云洲不动声色地说："肯定不是日本人。"

冯壬山撇嘴："废话，算我没问。"

凌云洲端起茶杯，抿了一口："手艺没丢啊。"

"人没丢、脸没丢就好。"冯壬山也喝了一口茶，"宫本正仁到上海做什么？"

"还不清楚。"凌云洲正色道，"他这时来上海，估计是狗急跳墙了。"

"中途岛日军惨败，东京变成火海，估计他们还没有吃过这么大的亏。现在看来，当初毛主席提出的《论持久战》真是高瞻远瞩。"

凌云洲抹了一把脸："重庆的老头子也出了一本书，叫什么《中国之命运》。不过，我真不知道他说得准不准。"

冯壬山摇头："准个尿啊！中国的命运永远不在国民党政府手里，而在中国人民手里。"他看看门口，"闲聊莫谈国事。你回办公室看看，我的兄弟可能给你送去一份大礼。"

~ 167 ~

时间：1943年4月2日，星期五。

地点：上海，法租界，霞飞路，金家钟表店。

金家钟表店是老店，营业至少二十年了。店老板是约莫六十岁的驼子。他的驼背是因为常年伏案修表造成的，身边的人戏称他"金驼子"。

金驼子无儿无女，靠金家钟表店维持生计，生活了无情趣，整天一副苦大仇深的刻板表情。

可是，今天金驼子却笑了，还是喜笑颜开那种。

金驼子笑的时候像哭。他看着前来修表的中年人，喜极而泣："大少爷——"然后他便转身擦拭浑浊的老泪。

穿着灰色长衫的中年人摘下墨镜，上下看看自己："金叔，我打扮成这样，你都能认出来？"

"大少爷就是化成灰我也认得！"金驼子觉得自己失言，连呸几口，"呸，呸！真该死，我咋能说这样不吉利的话！"

"金叔，把箱子放好。"中年人将箱子放在柜台上，向门口看了看，压低嗓门，"店里可有方便说话的地方？"

金驼子拎起箱子："去后面。"

金驼子把中年人带到后院的小屋里，将箱子放好，问："这些年大少爷去哪里了？"

中年人环顾左右："这世道我还能去哪里？东走走、西逛逛，顺便回了一趟汉城。"

"汉城？"金驼子诧异，随后点点头，"能回家看看好啊，我这辈子恐怕只能客死他乡喽。"

"国破，家能安在？国运如此，我们就没有资格在乎自己的得失。"中年人直视金驼子,"一个月前,我去了设在重庆的大韩民国临时政府。它和我们一样,也是寄人篱下。"

"见到金九先生了?"

"见到了。"

"你怎么没留下帮他?"

"我对政治不感兴趣。现在都是什么时候了,金九与李承晚还斗呢,我实在看不下去。"中年人长叹一口气,摇摇头,"朝鲜半岛已被日本人奴化,家国丧失殆尽,他们还执着于内斗,真是笑话。我实在不愿与他们为伍,就到上海来了。"

金驼子无奈地点点头:"与人斗,其乐无穷嘛!"

"我仰慕金九先生,因此改名金十。在重庆有幸向金九先生讨教,算是不虚此行。"金十打量房间,"这次我回来,打算住一段时间。"

金驼子兴奋地说:"好呀,我把金公馆收拾一下。"

"住金公馆也好。"金十向门口看了一眼,"我父亲是怎么死的?"

金驼子眼眶泛红:"特工总部的李墨群想霸占金公馆,老爷不敢得罪他,就想搬到南京去。老爷和夫人在去南京的路上,被日本鬼子的炸弹炸死了。李墨群觉得晦气,就没有占用金公馆。"

"血债!"金十看看手表,"金叔,五分钟后有一个姑娘到表行来,你把她带到这里。"

金驼子一脸诧异:"是少奶奶吧?"

金十摇头:"普通朋友而已。她在上海没有稳定的住处,麻烦你给她安排一个房间。"

金坨子出去,五分钟后把大家闺秀打扮的李致带到后屋。

金十见到李致,劈头就问:"你怎么错过了第一次接头时间?"

李致反问:"昨晚到底怎么回事儿?张让怎么会被捕?"

金十问:"你怀疑我的部署?"

李致一字一顿地说:"我没有资格怀疑'师爷',更不会怀疑我的救命恩人。张让的任务只是帮我确定位置,他怎能开枪呢?"

金十是刺客同盟的首领，代号"师爷"。

金十不动声色地说："张让被捕，也是他的任务之一。"

李致一愣："为什么？"

金十说："刺客同盟虽不是党派、帮派，但也有原则、规矩，那就是绝不与日本人合作，因为猎人永远不会与猎物合作。"

"张让是朝鲜人，他应该不会与日本人合作的。"

金十摇摇头："他是日本人。"

李致难以置信："他是日本人？"

金十略做思索："在刺客同盟中，只有你知道我的真实身份。我是朝鲜人，也是共产党员。我曾经参加过中国东北抗联，只可惜我的队伍被日本鬼子打散了。我的使命就是把日本侵略者赶出中国和朝鲜。我与日本人有不共戴天之仇，怎能允许刺客同盟中有日本人！"

"我能加入共产党吗？"

"共产党不是想加入就能加入的，必须经受考验和证明的人才有资格。再者说，我现在与党组织失去联系，还不知道怎么与他们取得联系。"

"我会证明自己有资格的。"李致的话掷地有声，"张让会不会出卖我们？"

金十既不点头也不摇头："但愿他下午2点不去终点棺材铺。"

李致似乎对昏暗的房间感到不适："我们能到院子里说话吗？"

金十和李致起身走到院中一棵桃树下。李致把一根长满桃花的树枝拽到鼻孔下，贪婪地嗅了嗅。

"你还没有解释你为什么不去接头呢。"金十提醒道。

李致松开树枝："我遇到了一个麻烦。"

金十盯着李致的眼睛："说。"

李致用右手大拇指摁着太阳穴："昨晚我撤退时遇到了一个人。"

金十蹙眉："谁？"

"特工总部的凌云洲。"

金十追问："他看到你的脸了？"他见李致点头，继续追问，"你怎么不把他做掉？"

李致摇摇头："不知道为什么，我当时大脑一片空白，只想尽快离开他的视线。"

金十怒喝："你犯了一个低级错误。他看清你的脸，就必须死！"

李致辩解道："如果我杀他，大批特务就在附近，必然难以脱身。"

金十不再纠缠此事："凡事都不能有侥幸心理。凌云洲是高级特工，应该能判断出——最起码会怀疑你的身份。他怎么会轻易放过你呢？这不符合常理。"

李致说："当时他的眼神是呆滞的，也许他和我一样，大脑出现空白了吧。也许我和某个人很像，他感觉不可思议。"

金十说："这都是你的猜测。做我们这一行，可以猜测，可以推理，但不能据此下结论。这个凌云洲，我们还不了解，必须利用一切手段调查他。非我族类，必须除之。"

李致点点头："我想接近他，只是缺少合适的理由。"

金十想了想："明日我们就搬到特工总部对面的金公馆居住，应该能找到接近他的理由。"

李致一怔："我们？"

"我们以夫妻的身份出入金公馆。"金十的口气不容反驳。

这时，一个四十岁左右的男子慌张地跑到金十面前，低声说："我们一个联络点发生爆炸。"

李致追问："终点棺材铺？"

男子瞥了李致一眼，不置可否。

金十对男人说："老贺，是我埋设的地雷，迎接一个客人的。"

老贺一愣："迎接？谁？"

金十叹口气，对李致说："张让叛变了，日本人终究还是日本人啊！"他扭头对老贺说，"老贺，张让被梅机关抓了。终点棺材铺是我和他接头的地点。如果他不带人搜查那里，根本不会踩雷的。"

老贺愤愤地骂道："活该！"

~ 168 ~

时间：1943年4月2日，星期五。
地点：上海，日占区，极司菲尔路76号，桃源里。

果然不出凌云洲所料，"蒋文汉"与李墨群达成了某种协议，竟然连升三级，出任特工总部情报处处长。

如果"蒋文汉"与李墨群达成某种协议，监控凌云洲必然是协议中的内容，因为李墨群有时候连自己都不相信。

自舒季衡死后，李墨群占有了警察局的各种资源，致使特工总部要钱有钱，要人有人，在南京、上海、天津、武汉、江苏等地都设置了特务委员会，可谓显赫一时。现在就连出任汪伪政府上海市市长的周佛麟，也得看李墨群的脸色说话。

由于特务委员会过于庞大，李墨群不可能全部顾及，所以每个地方的特务委员会都由副主任管理日常事务，他掌管全局，制定战略。

凌云洲驾车驶入特工总部大院，看到站在三楼办公室窗前的"蒋文汉"时有些恍惚。"蒋文汉"临窗而立的身形，像极了死去的凌岳州。

他虽然自称"蒋文汉"，但确实是凌岳州。

凌岳州见凌云洲盯着他所在的窗口，似乎意识到了什么，转身离开。

凌云洲刚关上车门，便看到陈恭如急匆匆地走出审讯室，快步走到他面前说："凌主任，你可回来了，出大事了！"

凌云洲毫不在乎地问："我们这里能有啥大事？"

陈恭如低声说："军统分子在码头制造了一起爆炸案。"

"去办公室说。"凌云洲走向办公楼，边走边嘀咕，"一天不爆炸，还能叫上海滩吗？用得着大惊小怪吗？"

陈恭如紧紧地跟在凌云洲身后："炸的是日军的军火库。"

凌云洲猛地停下脚步，险些被陈恭如撞到："日军的军火库就那么容易被炸吗？"

"军统分子已经疯了，就没有他们不敢干的事儿！"

"你这个军统四哥，猜猜他们吃错啥药了？"

"日军在太平洋吃了败仗后，他们有美国佬撑腰，又敢出来嘚瑟了呗。"

凌云洲骂道："小人得志。现在谁输谁赢还不知道呢，嘚瑟个屁！我们当一天和尚就得念一天经，不能端起碗吃饭，撂下碗骂娘。"

陈恭如连连点头。

他们走进办公楼，凌云洲指着情报处问："蒋处长呢？他的情报处干什么吃的？"

陈恭如撇嘴："我们的蒋大处长可不是一般人，德国军校毕业，美国战略情报局受训。我想啊，他肯定截获了军统的电报，只是不想交给我们罢了！"

"吱呀"一声，情报处的房门打开。

凌岳州一手背在身后，一手拿着手帕捂住嘴，咳嗽一声："陈队长，背后议论人的习惯，可不太好啊。"

陈恭如提高嗓门："你不是掌握了军统分子的电台频率吗？他们炸日军军火库，应该不是临时起意吧？"

凌岳州把手帕叠好装进口袋，慢条斯理地说："掌握和掌控，虽然只有一字之差，却差之千里啊。"他把背在身后的手伸出来，递给凌云洲一个档案袋，"军统分子确实发电报了，可我们只掌握了军统电台的频率，没有密码本，根本无法破译。陈队长加把劲儿，弄到军统电台的密码本，我们情报部才能给行动队提供有价值的情报。"

陈恭如冷笑道："行动队的人，大半去了你们情报处，我现在分身乏术。"

凌岳州笑道："没有张屠夫，我们也不吃带毛猪。"

凌云洲晃了晃档案袋："你们别打口水官司了，去会议室研究一下。"

三人来到会议室。凌云洲示意凌岳州、陈恭如坐下："军统上海站和中统上海站死灰复燃，我们不能掉以轻心。情报处是特工总部的耳朵和眼睛，行动队是特工总部的手脚，两个部门必须紧密配合，整几件大的，不然我们无法向日本人交代。"

凌岳州点点头:"有两种途径,一是找到他们的联络点,二是找到他们的密码本。我个人建议先找到密码本。到处抓人等同于给他们通风报信,那是最愚蠢的做法。"

陈恭如从口袋里掏出两张钞票摔在桌上,笑问:"蒋处长,这两张钞票,你认为哪张聪明、哪张愚蠢?"他话音未落,猛拍桌子,怒喝,"抓不到人,那才是他妈的愚蠢!"

一旦第一颗多米诺骨牌倒下,其他的骨牌就没有选择的余地。

凌云洲碰倒黑川梅子做侧室的多米诺骨牌后,他就无法掌控自己和黑川梅子的距离。他可以不去见黑川梅子,却阻止不了黑川梅子理直气壮地来找他。

作为阅男人无数的女人,黑川梅子知道怎样降服男人。要想让男人彻底臣服于她,绝不能仅仅允许男人垂涎她的肉体,而是让男人更骄傲、更有尊严地驾驭她。

她到特工总部时着淡妆,那种似有似无的诱惑更适合已婚男人。她虽然着淡妆,但凸凹有致的傲人身材却显露无余,让特工总部那些习惯了鱼腥味道的男人浮想联翩。

在特工总部,她冷若冰霜,目不斜视,与凌云洲也是公事公办的架势;离开特工总部,她又像磨人的小妖精,像树懒一样挂在凌云洲身上。

凌云洲只能逢场作戏,配合黑川梅子的戏码。

他们驾车驶到苏州河畔,凌云洲问:"去哪里?"

黑川梅子看了看车窗外:"右转,我要给你一个惊喜。"

在黑川梅子的指引下,凌云洲驾车来到虹口一个洋房区。看到"桃源里"三个字时,他心头一紧。

黑川梅子的惊喜,只有惊,没有喜。

原宝轩就住在桃源里。

凌云洲判断，黑川梅子给他的惊喜，应该是宫本正仁送给她的房子——他们的"家"。

"梅机关掌控很多房子，为何把我们的'家'安排在桃源里呢？"凌云洲脑海里闪现出无数问号。

轿车缓缓驶进桃源里，在门牌上漆着"12"字样的洋房前停下。

下车后，黑川梅子挽住凌云洲的胳膊，指着洋房说："以后这里就是我们的家。走，我们进去看看。"

洋房内部装饰是极其奢华的古典欧式风格。黑川梅子拉着凌云洲挨个房间参观，连声说："老师真是关照我们啊！"

凌云洲不住地点头："老师不愧是皇室成员，太讲究了！"

夜幕落下，路灯亮起。

黑川梅子拉着凌云洲走到露台上，指着隔壁的洋房介绍道："隔壁是岩井公馆大总管家。"

凌云洲说："这里是上海富人区，有钱人住在这里并不奇怪。"

"他的身份可不简单。"黑川梅子压低嗓门。

凌云洲不屑地说："岩井公馆的人，有几个简单的！"

黑川梅子说："他是日本人。"

凌云洲只是轻轻地"哦"了一声，似乎对此并不感兴趣。

黑川梅子见凌云洲毫无反应，追问道："你就不想想，我们为何与他做邻居？"

凌云洲装傻充愣："监视他？"

黑川梅子用双手搂住凌云洲的脖子，直直地盯着他的眼睛："老师的安排。"

凌云洲木讷地看了看隔壁，心里却想："黑川梅子在试探自己吗？"他瞬间做出反应，附在黑川梅子的耳边说，"房子不小，我们要生一群孩子。"

黑川梅子笑着推开凌云洲："只要你行，我绝对配合，不过你得负责看孩子。"

凌云洲拉着黑川梅子往楼下走。

"干什么去？"黑川梅子有些蒙圈。

"找个看孩子的人。"凌云洲把黑川梅子拉到原宝轩家门口，指指洋房，"就没有比爷爷更合适看孩子的了。"

黑川梅子挣开凌云洲的手："原宝轩是你父亲？"

"世界上有认错爹的人吗？"凌云洲一脸痞相。

凌云洲之所以突然走出这步棋，是因为他觉得原宝轩有危险了。

宫本正仁把眼线布置在原宝轩家门口，原宝轩家还是中共上海地下组织重要秘密联络站，对此凌云洲不能心存侥幸。

黑川梅子一时消化不了这么重要的信息，怔怔地看着凌云洲按响门铃。

吴已楠打开院门，凌云洲指着黑川梅子介绍道："我的未婚妻，黑川梅子。"

吴已楠虽然意识到有重大事情发生，却依旧平静地望着凌云洲。

"我父亲在家吗？"凌云洲问。

"父亲？"吴已楠耳边又炸了一颗雷，"难道原宝轩是凌云洲的父亲？"

"看我这脑袋！"凌云洲笑着拍拍头，"我忘了您不能说话。我父亲在二楼？"

吴已楠冲二人微微一笑，算是回应。

凌云洲拉着黑川梅子来到二楼。见到原宝轩，他抢先介绍说："父亲，这是黑川梅子，经宫本老师特许，我们马上就要举行婚礼了。我本想过几天带梅子过来见您，没想到我们的新家就在您家隔壁。以后，梅子可以过来照顾您了。"

凌云洲看似做介绍，其实是把一堆消息透露给原宝轩，暗中提醒原宝轩，黑川梅子以后要全天候监视他。

原宝轩看了看黑川梅子："梅子小姐在哪里高就？"

"梅机关。"凌云洲抢先回答。

原宝轩彻底明白了，为了配合凌云洲把戏演得更逼真，他把脸一沉，呵斥道："小子，你与澄子已经结婚了，你要置梅子小姐于何地？再者说，澄子出身名门，怎能受得了如此委屈？"

凌云洲说:"儿女婚姻大事,按理说应由父母做主,但宫本正仁是我的恩师,也是我的再生父母。他认为,我们身为天皇子民,一切要服从天皇召唤,包括婚姻。再者说,我和梅子是真心相爱的,您应该祝福我们。"

原宝轩转身对黑川梅子说:"想必你应该知道,我儿子是已婚之人,恐怕要委屈你了。"

黑川梅子说:"请您放心,我会和澄子姐姐和睦相处的。"

原宝轩微微一笑:"国事大于家事。为了实现帝国大东亚共荣战略目标,我们个人做出任何牺牲都是值得的,何况你们是真心相爱的,能走到一起也不容易,我祝福你们。"说罢,他摘下手上的戒指,递给黑川梅子,"梅子,幸福总是来得太突然,我什么都没有准备。这枚戒指送给你,权当我们的见面礼吧。待日后有时间,我再给你们置办一套拿得出手的礼物。"

"谢谢您!"黑川梅子大大方方地接过戒指。

凌云洲看看表:"父亲,时间不早了,您也该休息了。我们今天只是过来看看房子,还要回去处理公务。"

"去吧,路上当心。"原宝轩说。

待凌云洲和黑川梅子离开,心里塞满谜团的吴已楠忍不住问原宝轩:"先生,到底是怎么回事儿?凌云洲是您儿子?"

原宝轩说:"以后有时间我再告诉你吧。你马上通知下去,切断所有与这里的联络线。让澄子离开岩井公馆,启动六号仓库。"

第三章　审　查

~ 169 ~

时间：1943年4月2日，星期五。
地点：上海，公共租界，苏州河畔，江公馆。

凌云洲之所以带领黑川梅子去见原宝轩，是因为宫本正仁和原宝轩曾经是东京大学教授，原宝轩是日本人的秘密很快就会公开，根本没有隐瞒的必要。

返回特工总部也是他计划好的，他不能留宿桃源里。无论何时何地，他都是中国共产党党员，必须遵守党的原则和纪律。

虹口码头爆炸案是最好的借口，军统特工炸毁日军军火库，别说特工总部，就连梅机关都得连夜调查。

"以大局为重！"凌云洲这个理由，令黑川梅子不敢让他留宿桃源里。

凌云洲把黑川梅子送回梅机关后，没有直接去特工总部，而是驱车回家。果然不出他所料，原宝轩早在江公馆大门等候。

突如其来的困局困扰着江澄子，让她无法安静，便在1号楼客厅熏香。听到汽车进院的声音，她决定从这一刻起，必须闹出点儿动静。她准备先摔几个值钱的瓷瓶，然后再罚凌云洲睡在1号楼。

江澄子打定主意后，双臂抱胸坐在沙发上，等着凌云洲进来。哪知进来的不是一个人，让她一时间有点不知所措。

原宝轩坐下便说："澄子，给我倒杯茶吧。"

江澄子刚想喊吴妈，凌云洲轻声说："你去倒。"

江澄子不知所以然，就给原宝轩倒了一杯茶。原宝轩接过茶杯，命令凌云洲和江澄子跪下。

江澄子不知所措地看着凌云洲。凌云洲轻拽一下她的衣角后率先跪下。

原宝轩对江澄子说："澄子，我是云洲的父亲。"

江澄子瞪大眼睛，双腿一软，跪下看看原宝轩、看看凌云洲："云洲，你不是说你父亲已经牺牲了吗？"

原宝轩笑着说："澄子，云洲没有骗你，是我骗了所有人。直到一年前，云洲还蒙在鼓里。这件事情比较复杂，稍后我给你细讲。我今天上门，就是为了黑川梅子的事。这件事，让你受委屈了。"

"其实——云洲更委屈。"江澄子抽噎道。

原宝轩语重心长地说："为了民族大计，我们不得不面对很多迫不得已的选择。我们这代人不牺牲，下代人也得牺牲。"

江澄子抽噎着说："父亲，我懂。"

原宝轩掏出手帕递给江澄子，把她扶起来，让她坐到他身边。

江澄子低声说："父亲，我以前不知道您的身份，如有冒犯之处，还请您多多包涵。都怪云洲，这么大的事情也不告诉我。"说完，她瞪了凌云洲一眼。

原宝轩说："澄子，也不能怪云洲。如果你们过早知道我的真实身份，很多戏码就演得不像了。日本特务都不简单，我们的任何破绽，都逃不过他们的眼睛。"

江澄子说："他们再精明，不也被您骗了嘛。有一点我想不明白，莫斯科发生的事，对您应该是很不利的。按照日本人的用人惯例，对您起码是弃之不用，怎么还派您到上海任职呢？"

原宝轩端起茶杯喝了一口："只能有一个答案，他们不敢杀我。"

江澄子一脸不解："还有他们不敢杀的人？"

原宝轩点点头："当然有。他们就不敢杀我这个裕仁天皇的秘密情报员。"

凌云洲直视原宝轩："父亲，您是裕仁天皇的秘密情报员？"

原宝轩说："在日本军政界有个秘而不宣的秘密。裕仁天皇效仿清朝雍正皇帝，秘密组建了一个叫'仁者'的情报机构，其成员潜伏在外务省和陆军部，帮助裕仁天皇监视各级官员，以供裕仁天皇考察、研判官员。这个秘密，只是传闻，外务省和陆军部一直无法证实，毕竟他们不能也不敢让裕仁天皇承认此事。"

凌云洲说："我也听说过'仁者'这个神秘机构，看来还真不是传闻。父亲，您应该是老'仁者'了。"

原宝轩更正道："我老倒是真的，但不是'仁者'。我虽然不是'仁者'，但外务省和陆军部的人却认为我是'仁者'，所以他们才不敢杀我。"

江澄子一脸迷惑地看看凌云洲，又看看原宝轩。

原宝轩解释道："这是红组成员尾崎秀树制订的'仁者潜伏计划'，目的是帮助我进入上海，为佐尔格小组搜集情报。尾崎秀树利用他的首相秘书身份，向外务省的人透露我是'仁者'。外务省的人虽然难以置信，但又不愿招惹是非，就将我发配到上海。"

凌云洲笑道："看来，每个人都有弱点啊。外务省那些人也落入了这个俗套。可惜尾崎秀树为了揪出'老龟'被捕，佐尔格小组成员为了搭救他全部牺牲。"

原宝轩看了看江澄子，表情凝重地说："革命是需要付出各种代价的，包括自己和亲人的生命。"他说完，从口袋里掏出一个小盒子，轻轻打开，取出一枚古朴的戒指递给江澄子，"这是凌家祖传之物，只有凌家真正的女主人才有资格佩戴。澄子，把手伸过来，我帮你戴上。"

江澄子看看凌云洲。凌云洲冲她点点头，她才把手伸过去。

待原宝轩给江澄子戴好戒指后，凌云洲说："父亲，黑川梅子已经住在您家隔壁，您一定要多加小心。"

原宝轩点点头："我是岩井公馆大总管，按理说，凭黑川梅子的级别，她还没有资格监视我，一定是宫本正仁指使她这么做的。"

凌云洲问："宫本正仁刚到上海就派人监视您，他的目的何在？"

原宝轩说："宫本正仁的真正意图，应该是摸清我的人脉。"

凌云洲说:"既然他需要您的人脉,您主动接触他,也许就能知道'B计划'的具体内容。"

原宝轩说:"前提是,我必须取得他的信任。"

凌云洲问:"您能取得他的信任吗?"

原宝轩摇摇头:"也没有什么好办法。他派出黑川梅子这个考官,我只能应考应答。只要我回答得体,成绩不错,在他眼中,我就是品学兼优的好学生。不过,这只是我一厢情愿。他是老到的政客,从来不相信任何人。我应该主动出击才行。"

江澄子问原宝轩:"需要我们做什么呢?"

原宝轩笑道:"演戏,演多出戏,把鼓点儿打得热闹些。"他看看表,"也该来了吧?"

他的话音刚落,普乐天便出现在门口。

原宝轩来江公馆之前,给普乐天打过电话,约他来江公馆。

按理说,原宝轩绝对不会直接给普乐天打电话。事出反常必有因,普乐天立刻挂断电话准备出发,又忍不住向楼上望了一眼。

楼上是他和宋格的新房。

宋格穿着旗袍,坐在床上,端详墙上的婚纱照。照片中,普乐天的表情有些木讷、呆板,与她欣喜的表情格格不入。

她默然起身,走到梳妆台前,猛地拉开抽屉,拿出烟和火柴。

她哆哆嗦嗦地从烟盒里抽出一支烟,放在不停嚅动的嘴里,连续划着几根火柴才把烟点燃。她深吸一口烟,嗓子突然受到刺激,重重地咳嗽一声。她怕普乐天听见,赶紧捂住嘴。

普乐天站在新房门口,望着小心谨慎的宋格,眼睛酸酸的。他悄悄地走到宋格背后,轻轻地从她手中夺走烟。

宋格没有回头:"你——你不是要出去吗?"

普乐天把烟放在烟灰缸里摁了又摁。

宋格呆滞地望着窗外："地铺比床上舒服？"

普乐天低下头，低声说："对不起。"

宋格说："是我们对不起罗姐姐。"她转过身，盯着普乐天，"今天你能上楼，一定有事儿吧？"

普乐天支吾道："我要去一趟江公馆。"

宋格愤愤地挥手："去吧，去吧。对你来说，除了这个家，哪里都好。"

"格格——"普乐天一时语噎。

罗亭"死"后，普乐天万念俱灰，一心想到前线杀敌泄愤。江仲阁发来电报，责令他必须娶宋格为妻，以维护江、宋两家的关系。

对于江仲阁的要求，他只能服从。可是，他心里、眼前都是罗亭，根本没有宋格的位置。

他在宋格身后沉默半分钟，转身离去。

来到江公馆，普乐天同病相怜地问江澄子："澄子，你还好吧？"

江澄子还是原来顽皮的样子，站起来在普乐天面前转了两圈："一个零件都不少，我挺好的！"

普乐天点了点江澄子的鼻子："心比屁股还大。"

原宝轩对普乐天说："乐天，你不用担心，有时候我们的眼睛也会欺骗我们。"

普乐天顿时明白原宝轩话里的意思："又是您写的剧本？"

原宝轩摇摇头："根本不需要剧本，观众需要我们演什么，我们就即兴演什么。我之所以向你们表明身份，是因为我要给宫本正仁演一出好戏，你们只有鼎力配合，这出戏才能叫好又叫座。"他把目光移到江澄子脸上，"澄子，从今天起，你和云洲住到我家里，我想好好享受一下天伦之乐。"

~ 170 ~

时间：1943年4月3日，星期六。

地点：上海，法租界，旭日早餐铺；日占区，宫府。

天蒙蒙亮，凌云洲穿过霞飞路，走进一条弄堂。弄堂里冷冷清清，只有几家店铺的窗户透出昏黄的灯光。

旭日早餐铺外，安子铭独自坐在脏兮兮的餐桌前吃早餐。

旭日早餐铺是安子铭和凌云洲的专用联络点。一年来，梅机关和特工总部虽然严密检查，但从未注意到这个破旧的早餐铺。

自从打入侍六组，无论刮风下雨，凌云洲总在周六的早晨到这个弄堂吃早餐，顺便与安子铭见面。这种自然的见面方式最安全，不会留下可疑线索。

凌云洲走到旭日早餐铺，背对着安子铭，在另一张桌前坐下，点了一份早餐。老板是安子铭的手下，给凌云洲端来早餐后，就站在窗后察看四周的情况。

安子铭喝了一口豆浆，问："日本人最近有什么动作？"

凌云洲拿起筷子，在桌上轻轻一蹾："海啸来临前的平静。"

"有飓风？"安子铭看似无意地吃着油条，眼角余光却扫视着周围的一切。

凌云洲说："宫本正仁到了。"

安子铭一怔："家里来信说，他来执行'B计划'。"

"能说得具体点儿吗？"

"重庆方面掌握的信息只有这么多。"

"世界上根本没有天衣无缝的事儿，更何况这里是八面透风的上海。重庆方面有什么消息？"

"一批货从汉城运往上海，这两天抵达。这批货就是宫本正仁需要的货，可能跟'B计划'有关。"

"军统的人在虹口炸了日军军火库，是你安排的吧？"

"重庆方面无法获悉'B计划'内容，只能炸毁从北边来的日本货船。"

"这样做，不但于事无补，还会暴露军统人的行踪。"

"这是没有办法的办法，逼他们出牌嘛。"安子铭"呼噜"一下喝了一口豆浆，"宫本正仁是你的老师，你对他了解多少？"

"不多。"凌云洲说，"他虽然是东京大学客座教授，但很少去学校授课。

不过，他在汉城待过一段时间。"

"他是源氏工业的董事长。"安子铭抬起手腕看看表，"吴淞口应该有动静了。"

他的话音刚落，一阵爆炸声传来，紧接着桌上的餐具轻轻晃动起来。

吴淞口码头到处是日本宪兵。

一艘日本货船停靠在码头。货船下面，站着三个穿日军军服的中国人。

一个四十岁左右的男子提着手提箱。他就是中统上海站站长季雨涵。

季雨涵身后是两个中统特工。一个叫杨子明，二十七八岁，留着平头，显得精明干练；另一个叫柳旭恒，二十四五岁，微闭着眼睛。

季雨涵注视着货船："杨子明，是这艘船吗？"

杨子明点点头："错不了。从北边来的，五个小时前靠岸。"

柳旭恒说："今天只有这艘日本货船入港。"

季雨涵低声说："行动。"

三人向货船走去。货船前两个执勤的日本宪兵低着头，半睡半醒。

季雨涵向杨子明和柳旭恒打了一个手势。

杨子明和柳旭恒掏出军刺，蹑手蹑脚地走到两个日本宪兵身旁，猛地扑上去，把军刺分别扎入两个日本宪兵的胸口，同时捂住他们的嘴巴。

季雨涵提着箱子径直走上货船。看守货船的工人都在沉睡。他绕过看守工人，将箱子扔到船舱里。

一个看守工人突然睁开眼睛，看到季雨涵，大声喝问："谁？"

"阎王！"季雨涵快速跑下货船。

"轰隆"一声，箱子里的定时炸弹爆炸，随即货船被大火吞噬。

天刚亮，黑川梅子就来到宫府。

宫本正仁尚未洗漱，命她等候。

她在宫府花园里漫步。空气中弥漫着艾草的味道，让宫府显得更加神秘。从府内陈设可以看出，宫本正仁早有久居上海的打算，不然他不会提前花重金装修府邸。

一个日本宪兵走到她身后低声说："黑川课长，宫本先生有请。"

黑川梅子走进客厅，看到身心疲惫的宫本正仁，问道："老师，您又熬夜了？"

宫本正仁打了一个哈欠："时间不等人啊。你这么早来见我，一定有急事吧？"

"我发现一个秘密，须及时向您汇报。"

宫本正仁点点头："说。"

黑川梅子看了看沙发上的松岛凉子，没有说话。

宫本正仁也看了看松岛凉子："说吧。"

黑川梅子说："原宝轩是凌云洲的父亲。"

宫本正仁并不惊讶，补充道："原宝轩还是龟机关驻外特工，代号'神刀'。他的日本名叫森木正淳。"

黑川梅子纳闷："既然您了解原宝轩，为什么还要监视他？"

"了解不代表信任。下面的任务，要求他们父子必须对天皇无条件忠诚。凌云洲能把他和原宝轩的关系告诉你，已经证明他可信。"

"原宝轩呢？"

宫本正仁诡异一笑："我讨厌那种流程化、教条化的验证！"他瞥了松岛凉子一眼，"对于训练有素的特工，测谎仪根本没有用，更别说经历过生死洗礼的老牌特工。原宝轩得知凌云洲要娶你，态度如何？"

"就像他儿子又买了一个廉价玩具。"

"这就对了。"宫本正仁放下茶碗，"以原宝轩今日之地位，如果他反对儿子多娶一个媳妇，那就违背常理。"

黑川梅子不解："这也不能证明原宝轩没有问题。"

"中国有句话叫久经考验，贵在一个'久'字。"

宫本正仁的话音刚落，电话铃声突然响起。

松岛凉子拿起话筒，听了一秒钟便挂断，然后冲宫本正仁点点头："去了。"

宫本正仁"嗯"了一声，告诉黑川梅子："原宝轩果然去了江公馆。"

"他去江公馆做什么？"黑川梅子一脸诧异。

"帮他儿子解释吧。江澄子毕竟是上海滩名媛，她的床榻旁边岂能容你酣睡！如果他不去解释才有违常理。这次考试，给他打六十分吧。"

黑川梅子问："还要考吗？"

宫本正仁点点头："他还没有毕业，哪有不考试的道理！"

~ 171 ~

时间：1943 年 4 月 3 日，星期六。

地点：上海，日占区，宫府；法租界，童话旗袍店。

"货该到了吧？"宫本正仁向池塘里抛撒一把鱼食。

"就在这两天。"松岛凉子毕恭毕敬地站在宫本正仁身后。

"虹口码头和吴淞口爆炸案，是冲着我们的货物来的吧？"

"应该是。"

"看来重庆方面已经知道'B 计划'了。"宫本正仁愤愤地吼道，"这群蛆无孔不入！"

"重庆方面把大批间谍派到汉城，源氏工业毒气泄漏事件是瞒不住重庆方面的。"松岛凉子停顿一下，"爆炸案——或许是重庆方面的人做的。"

宫本正仁向前踱了几步，突然转身："起用'神木'，了解重庆方面的情况。"

"我已约'青蛙'一个小时后见面。"

宫本正仁仰面望着东京方向："太平洋战场的溃败速度，超出我的预料，留给我们的时间不多了。"

松岛凉子驱车来到法租界童话旗袍店。这里是宫本正仁秘密情报机构"冷宫"的联络点。

店老板萧易寒，穿着长袍，冷冷地盯着走进来的松岛凉子。

松岛凉子打量挂在墙上的旗袍："没想到萧先生还有此等手艺。"

"我是内务府司衣，专门负责打理衣服。所有衣服的制作原理，大同小异。"萧易寒拿起一件旗袍，"上海上流社会的女人，追求多，品位高，做旗袍是最赚钱的营生。"

这时，师婉笛走进店内。

萧易寒满脸堆笑地迎上去："这位太太要定做旗袍吗？"

师婉笛看了松岛凉子一眼："在天愿作比翼鸟，在地愿为连理枝。我想定做一套乳白色绸缎绣连理枝图案的旗袍。"

"没问题。太太，里面请，我让伙计给你量尺寸。"萧易寒说完冲松岛凉子努努嘴。

松岛凉子把师婉笛带到一间密室。密室简陋至极，中间只有一张桌子，墙上贴着电影海报。

松岛凉子坐下，瞥了师婉笛一眼："'青蛙'？"

师婉笛打量松岛凉子："'青蛇'？"

松岛凉子说："'王爷'驾到。"

"有何旨意？"

"了解'神木'相关事宜。"

"让'神木'蛰伏是帝国的极大损失。"师婉笛低头注视着自己的粉色指甲。

松岛凉子一脸诧异："'神木'喜欢粉色？"

师婉笛点点头："他童心未泯，不好吗？我喜欢他的纯粹，想让身上充满他喜欢的色彩。"

松岛凉子纠正道："'王爷'让你来上海的目的是监视'神木'。你逾越了你们之间应有的距离，违反了纪律。"

"'王爷'并没有说我不能爱上'神木'。"

"一件事、一个人，一旦和爱情扯上关系，观察角度必然偏离。这对'冷宫'是致命的。"

"我从未向他提及'冷宫'。"

"你无知，不代表别人愚蠢。"松岛凉子逼视师婉笛，"他是龟机关中国局负责人，能看穿中国长城。你稍有疏忽，'冷宫'就会陷入万劫不复之地。"

"我可以用生命保证。"师婉笛直视松岛凉子。

"身为女人，我理解你的苦衷。"松岛凉子移开冰冷的目光，"为了监视'神木'，你先与舒季衡相好，又慢慢勾引'神木'。'勾引'这个词，只能是手段。"

"男女在一起，犹如干柴烈火，被点燃或自燃，是必然的结果！"

"玩火者必自焚，你应该懂！"

"懂或不懂，我已经爱了，怎么办？"师婉笛从包里掏出烟和火柴，点燃一支烟，"明明知道吸烟有害，我们依旧照吸不误嘛。"

松岛凉子面无表情，从包里掏出一支手枪放在桌上，推到师婉笛面前："'王爷'命令你用这支手枪杀掉'神木'。我说明一下，此枪改装过，子弹也是特制的。"

"什么意思？"师婉笛瞥了一眼手枪，又看了看松岛凉子。

松岛凉子冷笑："我不想和愚蠢的人打交道。"

师婉笛缓缓地拿起手枪，掂量两下，突然把枪口对准松岛凉子。

松岛凉子不动声色地盯着师婉笛的眼睛："想杀我？"

师婉笛将烟蒂吐到地上："我不会杀'神木'的，只能杀你！"

松岛凉子摊开双手，冷笑道："即便你杀了我，'王爷'也会杀掉'神木'。这一点，你应该明白。"

师婉笛持枪的手有些战抖。

松岛凉子缓声说道："你只有一个能保住'神木'的方法。"

"说！"

"自裁！"

"自裁？"

"你自裁后，'王爷'就会相信你。"松岛凉子伸手压低枪口，"你应该知道，获得'王爷'信任的价值有多大。'王爷'一旦信任你，就不会去杀'神木'。"

师婉笛沉默。

松岛凉子补充道："与生命相比，爱情就是一个屁。"

师婉笛突然举起手枪，抵在自己的太阳穴上，冲松岛凉子轻蔑一笑，扣动扳机。

"咔吧"一声后，枪口并没有弹头射出。

师婉笛愣住，把手枪拿到眼前反复打量。

松岛凉子一把夺过手枪："马上起用'神木'。"

"我的任务呢？"

"不变！"

师婉笛无奈地问："还要监视他？"

"这是你存在的唯一价值。"松岛凉子将手枪放入包里，又掏出一张纸条推给师婉笛，"'神木'若死，你一文不值。"

"神木"若死，师婉笛也得死，这是"冷宫"的规矩。

可是，"神木"已经死了，她还能活着吗？

师婉笛拿起纸条看了一眼，然后烧掉，陷入无尽的哀思中。

"神木"是蒋文汉的代号，现已被凌岳州窃用。她接触蒋文汉，就是奉命监视他。至于她的竹机关特工身份，全是她编造的，她的真实身份是"冷宫"特工。

她以为自己是冷血特工，没想到却飞蛾扑火似的爱上了凌岳州。为什么爱上他呢？她想过，也找到了答案——她生来就喜欢逆天改命的人。

凌岳州有股逆天改命、胜天半子的倔强。

他本是龟机关必杀的逃兵，可是他不但不愿就范，还想寻找机会绝地反击。这也是她想做却不敢做的事情。

如今，凌岳州已经和她成为命运共同体。她觉得这是缘分使然。她和凌岳州是一对苦命鸳鸯，绝对不能再出现任何问题。

蒋文汉到底是不是宫本正仁安插在龟机关的密探？

凌岳州听完师婉笛的汇报，一系列疑问缠绕心头。他知道这些疑问一时很难找到答案，但他想豪赌一把。

"老猪"将龟机关中国局特工拨给宫本正仁使用，无非是想利用宫本正仁的皇亲国戚身份，扭转龟机关的颓败局势。这也是一次豪赌。

赌赢，能活；赌输，必死。

~ 172 ~

时间：1943年4月3日，星期六。
地点：上海，日占区，极司菲尔路75号。

特工的思维与常人不同。这种不同，一部分是训练的结果，一部分是与生俱来的。

天赋异禀的特工，凡事都能冷静处置。因为他们知道，对手也是聪明人，能捕捉任何细节、能发现任何破绽。

凌云洲做事非常缜密，譬如他很少杀人。死了人，在什么朝代都是引起众人关注的大事，关注的人多了，他就有暴露的危险。

不到万不得已，他甘愿做一个没有喜怒哀乐情绪的隐者、忍者。

可是，当他看到身穿淡紫色旗袍的女人时，却心头一紧。

他驾车来到特工总部门口，一个穿淡紫色旗袍的女人一下子映入他的眼帘。虽然只是不经意地一瞥，他却猛地踩刹车。

那个穿淡紫色旗袍的女人，正是前天晚上狙杀宫本正仁、相貌如同宫本芳子的李致。

李致站在特工总部大门口，淡然如菊，眼角眉梢洋溢着笑意。

凌云洲的目光无法从李致脸上移开。她的脸型、眉宇、眼睛、举止，几乎与宫本芳子一模一样。

他不敢正视李致，然而眼角的余光却在她身上游弋。

李致走到车前，微微躬身，嫣然一笑，敲了敲车窗。

向来警觉的凌云洲，此刻却摇下车窗。不是他对李致不设防，而是他更想了解李致。

李致微微一笑："凌主任，别来无恙！"

凌云洲假装诧异："别来？我们见过面吗？"

"当然。"

"在哪里？"

李致向左右看了看："凌主任，能否换个地方说话？"

"去哪里？今天我还有些公务要处理，太远可能不行。"凌云洲盯着李致的眼睛，想看出她邀请他的真实意图。

李致指着马路对面："75号，我家，如何？"

凌云洲熄火下车，紧紧地跟着李致，不敢让她离开自己的视线。

李致在前，凌云洲在后，徒步走进75号院。凌云洲见以前荒凉的金公馆竟然焕然一新，忍不住说道："以前这里可是鬼宅啊。"

李致站在凌云洲身边，却超出了一般男女应有的距离："刚刚收拾过。"

凌云洲不自觉地往后躲闪一步："租的还是买的？"

"租的。这年头，没有买的必要。"李致话里带着些许忧伤。

"约我来，不会是让我帮你收拾院子吧？"凌云洲故意找话茬儿。

李致莞尔一笑："我们第二次见面，我还没有实在到那种地步。"

"能提醒一下吗？我们在哪里见过面？"凌云洲装傻充愣。

"特工应该过目不忘才对，不然怎么能到处抓人呢？你真的想不起来了？我提醒你一下，东亚饭店对面那条巷子。我记得当时你盯着我看了不止半分钟。"

凌云洲一拍脑袋："天天喝大酒，就是伤脑子。想起来了，我当时就觉得你和我一个朋友很像。如有冒犯，还望海涵。"

"是吗？你的朋友应该对你很重要，能说说她吗？"

凌云洲摇摇头："往事如烟，不提也罢。对了，我还不知道你的芳名呢，能告诉我吗？"

第三章 审 查

"李致，木子李，精致小人的致。"

凌云洲忍俊不禁："头一次听说这样介绍自己的。你在哪里高就？"

李致诡异一笑："刺客同盟，职业是杀人。如果你那里有合适的活儿，只要价钱到位，我可以接。"

"哈哈，特工总部干的就是杀人的活儿！"凌云洲打量李致，"这么漂亮的女人，怎能做血腥的生意呢？"

"我若说生活所迫，你信吗？"

凌云洲撇嘴道："杀手好像没有为糊口才去杀人的，最起码是为了满足纸醉金迷的生活。"

"一切都是生意。凌主任，难道你对刺客同盟不感兴趣？"李致盯着凌云洲的眼睛。

"我只对你像我朋友感兴趣。"凌云洲也盯着李致。

"能说说你的朋友吗？"

"其实比朋友更近一些。如果她不受伤，我们就举行婚礼了。"凌云洲想起前尘往事，有些伤感。

"你没娶她？"李致问。

凌云洲赶紧摆手，转移话题："李小姐，你结婚了吗？"

李致说："准确地说，我订婚了。未婚夫就是金公馆的主人。"

凌云洲反问："你的未婚夫应该是金主，你没有必要找我拉活儿吧？再者说，杀人一点儿都不好玩儿。"

李致轻声说道："活着，本来就不是一件好玩儿的事。我们没有信仰，没有党派，只谈利益。今天我贸然把你请到这里，并坦陈身份，就是希望以后你有用得着我们的时候，尽量照顾我们的生意。当然，肯定少不了你的好处。"

凌云洲呵呵一笑："把你当作刺杀政要的杀手拿获，我岂不赚得更多？"

李致点点头："确实如此。"她随后诡异一笑，"不过，你见我不抓，也说不清楚吧？"

凌云洲不气不恼："谁能证明我见过你呢？你也可以说蒋文汉、陈恭如也见过你啊。一些话，说出口容易，让别人相信确实挺难的。"

李致莞尔一笑："是呀，让凌主任相信就挺难的。"

凌云洲看看手表："李小姐，我该上班了。如果你没有其他事情，我告辞了。"

"走好！"李致抱拳拱手。

~ 173 ~

时间：1943年4月3日，星期六。
地点：上海，日占区，虹口，桃源里。

宫本正仁之所以对凌云洲和原宝轩进行连环考验，是因为日军在太平洋战场连连失利，看不到任何赢面，导致他的容错率极低。

宫本正仁一直没有忘记他的大清皇室血统，也以匡复祖业为使命。

溥仪退出皇宫，委身长春。看不到任何希望的宫本正仁东渡日本，以傲世才华征服了日本皇室公主，幻想自己成为第二个薛平贵，借日本人之力再举大清龙旗。

他的权力峰值与日军战事极其相似。日军在太平洋战场上溃败，他也因源氏工业倒闭失去日本高层信任。好在他擅长隐忍和转圜，外务省和陆军部才无法动他。

他不甘心在日本做一个有爵位无实权的摆设，就以扭转中国战局为赌注来到上海。一旦赌赢，他就能无限接近他的人生终极目标。

现在的中国战场，中日两军呈僵持对峙状态。他要引发一次规模空前的战役，打破这种平衡。

他的目标，就是让日军占领重庆，他要在重庆建立他的"满洲国"，他要成为第二个赵构，要为大清王朝续命一百五十年。

要想赌赢，他需要整合一切可以利用的资源，比如梅机关、特工总部。

第三章 审 查

当然，他更需要在外务省和陆军部都有巨大活动能量的人，比如原宝轩。

原宝轩能为他所用的前提，是必须无条件忠于天皇。原宝轩是"仁者"，是天皇的死忠，但他不敢大意，因为他必须确保万无一失。

这次去桃源里，宫本正仁就是想再次利用黑川梅子考验原宝轩。他们驾车刚刚驶入桃源里，就看见了驱车离去的普乐天。

黑川梅子盯着普乐天，眼前浮现出江澄子的苦瓜脸，嘴角露出一抹报复性的冷笑。

"你认识他？"宫本正仁问。

"普乐天，共生证券公司总经理，江澄子的大哥。"

"哦，他就是江仲阁的义子。"

"我怀疑他是中共门徒小组成员。"

"中共门徒小组不是被打散了吗？"

"中共'13号'至今没有落网，他领导的中共门徒小组随时都可能死灰复燃。"黑川梅子待普乐天驾车驶出桃源里大门才收回目光。

"这事儿让凉子负责，她是新面孔，行动方便些。"宫本正仁加重语气，"当下我们的首要任务是调查原宝轩，你不能有任何疏忽。我已经和晴气武夫打过招呼，以后梅机关的苦差事，尽量不要安排你做。"

"学生明白。"

宫本正仁打量风景如画的高档社区，问黑川梅子："你对这里的房子还满意吧？"

黑川梅子点点头："没有您的关照，像我这种级别的人，一辈子都不可能住在这里。"

宫本正仁摇摇头："不可妄自菲薄。"

轿车在桃源里11号洋房前停下。宫本正仁让松岛凉子在车里等候，他和黑川梅子提着礼盒下车。

按响门铃后，黑川梅子略显忐忑不安。按照宫本正仁的部署，她今天必须住进11号。她家在12号，就在隔壁，她有什么理由住进11号呢？

黑川梅子暗自合计，不到万不得已，她绝对不能这样做。凌云洲虽然是日本人，但他毕竟在中国生活多年，深受中国习俗影响。在他心目中，儿媳和公爹之间存在着不可逾越的鸿沟。

可是，她看到开门的江澄子，顿感醋意盎然："江小姐，你怎么在这里？"

"叫姐姐！"江澄子纠正道，"这是我公爹家，我出现在这里奇怪吗？"

宫本正仁见二人剑拔弩张，赶紧问黑川梅子："这位是——"

江澄子主动回答："江澄子。"她还不忘宣示主权，"凌云洲的妻子。"

宫本正仁点点头："你就是江仲阁的女儿吧？上海名媛，久仰久仰！"

原宝轩走出来，哈哈大笑："天皇特使驾到，有失远迎，罪过！罪过！"他对江澄子说，"这位就是我经常向你提起的宫本正仁教授。"

宫本正仁抱拳拱手："大总管好福气啊，能和上海江家结为姻亲，可以提前几年退休了！"

江澄子向宫本正仁行礼："宫本先生好！刚才我怠慢您了，请见谅。父亲经常给我讲你们在东京大学的趣事呢。"

宫本正仁故意绷起脸："他没有说我坏话吧？"他点指原宝轩，"破坏我在孩子心目中的伟大形象，必须罚酒，哈哈！"

原宝轩也点指宫本正仁，一语双关："这么多年，你的迫害妄想症还没有治好啊！"

四人进入客厅，吴己楠已经备好茶水瓜果。

宫本正仁打量吴己楠，见她穿着打扮不像用人，便问原宝轩："这位是——"

原宝轩介绍道："拙荆患有哑疾，失礼之处，还请你见谅。"

吴己楠朝宫本正仁微微躬身后，便上楼去了。

宫本正仁目送吴己楠消失在楼梯拐角处，想了想说道："弟妹的哑疾是天生的，还是后天的？如果是后天的，我可以让药剂师配一些药，或许能治好。"

原宝轩说："后天造成的，无药可救。拙荆的病就烦劳特使费心了。"

"你太客气了。"宫本正仁慨叹道，"小女芳子福薄，不然我们早就成为亲家了，太遗憾了。"

原宝轩望着黑川梅子:"这不是又续上了嘛。"

宫本正仁点点头:"为了弥补这种缺憾,我收下梅子做义女。"

原宝轩"嗯"了一声:"这才是门当户对嘛。"

江澄子笑了笑:"宫本家的女儿嫁给云洲做侧室,没丢江家的脸,这笔生意值得做。"

宫本正仁冲江澄子竖起大拇指:"难怪江家生财有道!"

原宝轩说:"特使光临寒舍,不会特意来向我介绍梅子的新身份吧?你若有需要我的地方,尽管开口。"

宫本正仁说:"我实在难以启齿呀!隔壁那套房子本来是送给梅子做嫁妆的,不料外务省藤原次长今天到沪,有了上次我的经历,感觉饭店实在不安全,就想把他安排在这里。这样一来,梅子就没有地方住了,你看——"

原宝轩爽快地说:"她是我的儿媳嘛,当然要住在我家了。"

宫本正仁连连拱手:"藤原次长住在隔壁,还得烦劳你帮我照顾他。"他看看手表,"我得去接藤原次长了。"

"我陪你走一趟吧。"原宝轩说。

宫本正仁摆摆手:"不必了。按照行程,藤原次长有可能先去大公制药厂考察。那地方涉密,你还是不去为好。"

第四章 狙 杀

~ 174 ~

时间：1943年4月3日，星期六。

地点：上海，日占区，桃源里，共生证券公司，金公馆。

"藤原必须死！"原宝轩自宫本正仁和黑川梅子走后，就在客厅里来回踱步。

江澄子意识到事态的严重性："藤原很麻烦吗？"

原宝轩停下，扭头注视窗外："有他没我，有我没他。"

吴己楠问："宝轩，到底是怎么回事儿？"

原宝轩看了看江澄子和吴己楠："太平洋战争爆发前，我从莫斯科回到东京，尾崎秀树利用'仁者'身份糊弄外务省，藤原怀疑我不是'仁者'，曾向有关部门建议调查我。尾崎秀树只好搬出近卫文麿向藤原的上司施压，我才得以脱身来到上海。近卫文麿下台，东条英机上台，藤原明面上是外务省官员，实际是东条英机利益集团的打手，所以他很快升为外务省次长。东条英机向来对'仁者'嗤之以鼻，曾言'神秘的东西有好处，因为死了也没人查'。经东条英机授意，藤原便以莫须有的罪名杀了许多人。"

江澄子听罢脸色骤变："藤原来上海，是不是还要与您作对？"

原宝轩摇摇头："他酿酒不甜，做醋肯定会酸。如果他怀疑我，宫本正仁

第四章 狙 杀

就不会用我，我就很难接触'B计划'。"

吴已楠说："这对我们的影响太大了，我们不能坐以待毙。"

江澄子说："让我大哥做掉藤原吧。"

原宝轩摆摆手："目前事态还不明朗，不能让乐天贸然行事。"

江澄子说："这样吧，我让我大哥择机行动，总比我们在家坐以待毙要好。"她不等原宝轩答应便跑出去。

江澄子几乎把油门踩到油箱里，轿车仿佛贴着地面飞行。

轿车在沙逊大厦停车场做出一个漂亮漂移后，江澄子从轿车里钻出来，一口气跑进三楼总经理办公室，附在普乐天耳边问："狙击步枪呢？"

普乐天推开江澄子，一脸嫌弃："你什么时候才能长大？"

江澄子说："我长不长大不要紧，事大了。"她简要地说明情况后，"大哥，藤原必须死，今天不杀他，以后他躲进大公制药厂的乌龟壳里，我们就没有机会了！"

普乐天没有说话，移开茶几，掀开地毯，揭开地板，取出装有狙击步枪主件和配件的箱子。

普乐天打开箱子，边检查边问："路线搞清楚了吗？"

"藤原乘坐的客轮中午12点抵达虹口码头。"

普乐天看看表："时间有点儿紧。"

"宫本正仁接到藤原后，要么去大公制药厂，要么去桃源里。"

普乐天合上箱子："你在这里等我，哪里都不能去。"

"我回家取枪配合你。这次我们只能成功，不能失败。"

"这次是贸然行动，我们不能同时涉险。"普乐天凝视着江澄子，"你已经是妈妈了！"

江澄子无奈地点点头："你一定要小心。"

"好好待着。"普乐天提着箱子离开办公室。

江澄子站在窗前，目送普乐天驾车离去，心里暗暗祈祷，求助罗亭在天之灵保佑普乐天全身而退。

江澄子实在坐不住，也不放心，便给凌云洲打电话，约他在老地方见面。

她挂断电话后立刻赶往愚园路。

愚园路咖啡馆是他们在紧急情况下的联络点。凌云洲不敢怠慢，立刻飞速去见江澄子。

凌云洲听完江澄子讲述，埋怨道："你们太草率了。第一，就算大哥能做掉藤原，也很难善后。一旦宫本正仁只对父亲提及藤原今天抵达上海的消息，父亲必然成为重点嫌疑人；第二，共生证券公司到虹口码头有半个小时的车程，即便大哥能赶到虹口码头，也没有时间选择最佳狙击位置，只能贸然开枪，很难成功的。"

"事已至此，应该怎么办？"江澄子焦急地问。

凌云洲想了想："你想办法找到你离开桃源里的理由。这个理由一定要充分，经得起调查，剩下的事情交给我。"

江澄子相信凌云洲处理应急事件的能力，就没有问他具体如何做，便驾车匆匆离去。

凌云洲回到办公室，取出两根金条，大摇大摆地来到马路对面的金公馆。

李致见凌云洲主动上门，面带疑色："凌主任，今天怎么这么闲？"

"李小姐如此漂亮，就是我上门的充分理由。"凌云洲打趣道。

李致阴着脸："遗憾的是，金太太卖艺不卖身！"

凌云洲嘻嘻笑道："你还没结婚呢，也好意思自称金太太？再者说，我只求艺，不求身。"他说着掏出两根金条放在茶几上。

李致瞥了一眼金条："没想到凌主任对金太太的随口之言如此上心。"

"小姐是小姐，太太是太太，混淆概念不太好。"凌云洲缓声说道，"李小姐能接我的生意吗？当然，你可以当我没有来过。"

"在哪儿，多大？我们不是什么饭都吃的。"

"外务省藤原次长。今天中午12点在虹口码头下船，有可能去大公制药厂，有可能去桃源里。"

"这顿饭太硬了。"李致看了看两根金条，"两条小黄鱼的分量不够啊。"

"宫本正仁陪同。"凌云洲盯着李致，一字一顿地说。

李致不假思索地说："成交！"

凌云洲盯着李致的眼睛："道上的规矩，就不用我重复了吧？"

"你可以重复，但我认为没有必要。如果你不放心，可以全程监督。"李致说。

~ 175 ~

时间：1943 年 4 月 3 日，星期六。
地点：上海，日占区，桃源里。

凌云洲正在合计怎么搞到一辆车时，李致拿出一把车钥匙。

"不能用自家的车！"凌云洲提醒道。

李致瞥了凌云洲一眼："从南京路上捡来的车，我都不知道车主是谁。"

凌云洲嘻嘻笑道："能把盗窃说得如此清纯脱俗，估计只有李小姐做得到。"

"这要另外加钱的。"李致说，"这么说是不是很俗气？"

"俗到家了。"凌云洲起身接过车钥匙，"车在哪儿？"

"车库。你把那辆黑色福特轿车开到门口等我，我准备一下。"

五分钟后，凌云洲驾车驶出金公馆。路上，经过再三分析，李致决定把刺杀地点选在桃源里。她的理由是，不论藤原去哪里，最后必然会回到那里。

与其到处寻找，不如守株待兔。

李致的打扮，也令凌云洲佩服不已。她变成一个普通不能再普通的路人，扔到人群里，谁都不愿意多看一眼那种。

他们驾车来到桃源里，发现大街上没有戒严。李致有些纳闷，难道藤原今天不入住桃源里？

凌云洲对此见怪不怪。他认为，狡猾的宫本正仁不会做"此地无银三百两"的蠢事，毕竟知道藤原入住桃源里的人屈指可数，而且身份都不低。

他们在进入桃源里的必经之路上，没有找到合适的狙击位置，最后决定将车停在桃源里大门口，在车内等候。

李致坐在后座，组装好日制97式6.5毫米口径的狙击步枪后，将枪口对准车窗，调整几次射击角度，计算射击精度。

凌云洲看着专心致志的李致，心里冒出诸多疑问："她摆弄枪械的动作，怎么那么像宫本芳子？""如此美貌的她，到底经历了什么，才会走上这条路？""如果哪天她落网，会不会出卖自己？""她掌握我致命的证据，以后我怎么跟她相处呢？"

……

想到此，他扭头打量李致，却看到她撕下车窗上的贴纸，车窗底部出现一个长条形射击孔。利用这个长条形射击孔，可以不用摇下车窗射击。

他问道："看手法，你应该受过专业训练吧？"

李致都不抬眼皮："没有，一觉醒来就会玩。"

凌云洲说："没有人生下来就以杀人为乐。"

"怎么没有？日本人就是。"

凌云洲摇摇头："日本人也不是生来就是杀人狂魔，是战争泯灭了他们的人性。如果没有这场该死的战争，他们可能是教书育人的老师、救死扶伤的医生、生儿育女的父亲。"

李致冷冷地说："你这是单向假设，根本没有讨论的必要。生活需要哲学，但生存不需要哲学。"

"据我调查，金公馆的主人是朝鲜人，你也是朝鲜人？"凌云洲转移话题。

"这年头，知道太多不好吧？"李致冷冷地反问后，摇摇头，"反正不是日本人就好。"

"她这么憎恨日本人，应该和宫本芳子没有关系。两个没有关系的人，为什么长得这么像呢？"凌云洲想到这里，思索着如何与李致沟通，以便获得更多信息。

他向车外望去，忽然看到江澄子驾车驶入桃源里，心一下子提到嗓子眼儿。

第四章 狙 杀

他们一旦失手，江澄子必然要在桃源里里面动手。即便她能得手，也会暴露一批人，代价会更大。凌云洲低头看了看公文包里的三颗手雷，下定决心，绝对不能让藤原进入桃源里。

这时，一群日本宪兵跑出桃源里大门，分成两列站好。

凌云洲举起望远镜，向大街尽头观望，感觉藤原等人快到了。

"目标要出现了。"李致盯着目镜，不停地移动枪口，"我不认识藤原，而且只有两枪的时间。"

凌云洲也不认识藤原，只能凭经验判断："听我指挥，杀错也不怪你。"他说完举起望远镜，盯着大街尽头。

两辆挎斗摩托车出现了，后面是两辆轿车，轿车后面是卡车，卡车上站满荷枪实弹的日本兵。

凌云洲调整望远镜的焦距，看见前面那辆轿车中，坐在副驾驶位子的人是黑川梅子。经验告诉他，藤原不可能在那辆车里，因为藤原与宫本正仁的谈话内容，不可能让她听到。

他再次调整望远镜的焦距，看到第二辆轿车中，副驾驶位子上坐着一个陌生的中年人，便认定藤原肯定在那辆轿车里。

他告诉李致："藤原和宫本正仁坐在第二辆轿车的后排座。待那辆轿车靠近时，全力射杀后排座上的人。"

凌云洲的视线落在第二辆轿车上，看见车帘遮得非常严实。直觉告诉他，藤原一定在里面，可是无法看清车里的人，也不知道能打中谁。

就在他犹豫的瞬间，第一辆轿车已经驶入桃源里，第二辆轿车也来到他们的轿车旁。

两颗弹头从消声器中飞出，声音很小。

后面那辆轿车的玻璃碎裂，鲜血溅满车帘。

凌云洲立即驾车弹射出去。

待卡车上的日本兵发现情况不对纷纷跳下车时，凌云洲已经驾车消失在大街尽头。

~ 176 ~

时间：1943 年 4 月 3 日，星期六。

地点：上海，日占区，宫府，"冷宫"。

宫府虽在郊外，交通却异常便利，只是门前鲜有行人，偶尔有抄近道的黄包车经过。黄包车夫的脚步声如鼓点似的落在新修的马路上，显得此处更加冷清。

萧易寒头戴毡帽，身穿长袍，拎着一个木箱慢慢地向宫府走去。

不知何时，他嘴唇上的假胡须掉下一半。他发觉后，向四下看了看，赶紧把胡子贴好。

确定胡子贴好后，他才走到宫府门前，放慢脚步，瞥了一眼两旁的日本宪兵。

从被人忽略不计的社会底层小人物，到一念决定别人生死的政要，他希望更多的人把他看在眼里、放在心上。可惜的是，门口的日本宪兵机械地履行完检查程序后，潦草地向他敬了一个军礼。

萧易寒有些生气，狠狠地跺了一脚才走进大门。

他沿着甬道走到一个杂物间。穿过杂物间，是一条狭窄的秘密通道。从挂着金銮殿画像的通道尽头左转十余步，是向下延伸的台阶。

沿着台阶下行二十几米，出现一道刻着龙凤呈祥图案的厚重木门，门楣上悬挂着刻有"冷宫"字样的匾额。

木门后，是一个大厅，摆放着十几张桌子，每张桌前都坐着或者站着一两个人。

萧易寒走到二十五六岁的男子面前："小川，审得怎么样了？"

小川摇头："报告萧先生，他们还在审，但收获不大。"

萧易寒冷冷地说："世上就没有撬不开的嘴。你带我去看看。"

第四章 狙杀

小川和萧易寒来到大厅后面的秘密审讯室。一个四十岁左右的男子绑在刑架上，已被打得皮开肉绽、血肉模糊。

萧易寒走到刑架前，将手中木箱放下，上下打量那个人，缓声问道："唐墨，还记得萧某吗？"

刑架上的唐墨白了萧易寒一眼，把头扭到一边。

萧易寒依旧自言自语："你从延安回到重庆，生活质量确实提高不少，身体都发福了。"

唐墨扭头直视萧易寒。

萧易寒像背书似的轻声嘀咕："你在延安一所中学任教，教的好像是物理，天天讲牛顿、伽利略、法拉第，那些土包子根本听不懂，如同鸡对鸭讲，你却讲得津津有味。"

唐墨依旧没有回应。

萧易寒像想起什么似的，一把撕下假胡子，揉乱自己的头发。

唐墨脸上露出惊愕神色："你——太监？"

萧易寒又将胡子粘上，从口袋里掏出梳子把头发梳好："当时你都懒得看我一眼。也对，谁在乎残疾人呢？正因为你们懒得注意我，才让我轻松回到上海。遗憾啊，你这个重庆方面的资深特工隐藏得再好，不也是毫无收获嘛。呵呵，你知道为什么吗？"

"为什么？"

"因为我把你的真实身份零报酬卖给锄奸队了，哈哈！"

唐墨愤愤地骂道："无耻！"

萧易寒笑道："但是我有牙，我要吃香的喝辣的。有一点我没有想明白，你是怎么离开延安的？"

唐墨反问："你到底是什么人？"

"我是什么人，对你很重要吗？现在已经不重要了。"萧易寒摆摆手，"我这个人啊，啥都不好，就是记性好。不，不，可能是运气好，不然你刚下火车，怎么就被我撞见了呢？我去火车站，就是闲溜达。老天爷稍微抬抬手，就把你推到我眼前，我不搭理你都不行啊。"

唐墨实在不想看萧易寒那副小人得志的嘴脸，便闭上眼睛。

萧易寒从口袋里掏出小铁盒，拿出一块糖果扔进嘴里："低血糖，废话说多了消耗就大。当然，你有你的坚持，我有我的底线，但我今天也不能白来。"

他说完把箱子打开，取出两个玻璃瓶，边摇瓶子边介绍："这个瓶子里装的是蜂蜜，特别甜；这个瓶子里装的是黑红蚂蚁。可怜啊，小家伙们好几天没进食儿了。孩儿们，等着，一会儿你们就有肉吃了，管够。"

他念经似的嘀咕完，用刷子蘸着蜂蜜，在唐墨的脸上、前胸缓慢地刷。

唐墨意识到自己将要遭受什么，吓得脸色惨白，浑身抖动。

"我曾经是皇帝身边的人，肯定比那群没文化的流氓懂礼数，更见不了血腥。"萧易寒像画家作画一样刷着蜂蜜，"这种活儿，必须刷匀，薄厚都是有讲究的。"

唐墨失声喊道："萧——萧先生——"

萧易寒继续刷蜂蜜："呦，你的眼睛没瞎啊？"他用刷子拍打唐墨的胸口，"心瞎没有？"

唐墨连声说："没瞎，没瞎。"

"都没瞎啊？"萧易寒拿起装黑红蚂蚁的瓶子，"可是我已经答应孩儿们吃肉了，不能食言啊。"他说完，一把拧开瓶盖，像倒水一样，将黑红蚂蚁全部倒在唐墨身上。

唐墨发出瘆人的惨叫声。

萧易寒魔鬼般地狞笑："稍后你会变成一副完整的骨架，我能不能把它捐给医学院？那可是一副非常完整的骨架，很难找到的。"

唐墨连声喊："我说，我什么都说——"

"那就说吧，还客气啥！"萧易寒像欣赏艺术品一样，看着唐墨扭曲变形的脸。

"我来自重庆。"

"说重点！"

"我是侍从室特派员，到上海见'姜太公'。"

"'姜太公'是什么人？"

"侍六组主任,掌管沪宁两地的军统和中统。我能逃离延安,就是他运作的结果。"

"权力蛮大的嘛。"萧易寒诡异地笑了笑,"你们要干什么?"

"督导军统、中统破坏'B计划'。"

"看来重庆方面还真惦记上了。"萧易寒哼了一声,"哼,我在延安时就知道,延安的人一直在研究侍六组的外派特工。你们的代号不错,好像叫'琴、棋、书、画',啧啧,太有内涵了!你的代号是——"

"'书'。"

萧易寒拍拍额头:"我应该能想到啊,你就是教书匠嘛。说,那三个家伙在哪里?"

"都在上海。"

"如何联系?"

"'姜太公'级别高,我虽然是特派员,但也只能被动地等他联系我。"

"他的级别高到什么程度?"

唐墨思索一下:"老头子都称他主任,侍六组组长唐横尊称他为老师。"

"你们总得联系吧?不急,我有足够的耐心。"萧易寒皮笑肉不笑,"我们不是梅机关,也不是特工总部,只为'B计划'服务。"

唐墨问:"你们针对侍六组?"

"没法子,谁叫我家主子对老蒋的'军机处'感兴趣呢。"

"你到底是谁?"

"让你知道的时候,你肯定能知道。"萧易寒扭头吩咐小川,把唐墨从刑架上放下来,扒光衣服,摁进水缸里。

~ 177 ~

时间:1943年4月3日,星期六。

地点:上海,日占区,虹口,桃源里。

凌云洲和李致换了一辆轿车返回金公馆。路上，他们经过周密推演，填满凌云洲离开特工总部的行程，以备各方调查。

凌云洲返回特工总部时，发现各处处长已经带人赶往桃源里。陈恭如走时吩咐门卫，如果凌云洲回来，立即通知他赶往桃源里。

凌云洲赶到桃源里后得知，藤原头部中弹，已经毙命，尸体已经送到梅机关；宫本正仁肩部中弹，伤势不重。他担心医院不安全，便把军医调到桃源里为他疗伤。

特工总部、警察局、梅机关、上海日本宪兵司令部，都派人沿街追查凶手。

守在桃源里门口的陈恭如见到凌云洲，无暇向他详细汇报案情，简略介绍后让他速去见宫本正仁。

出了这么大的事，任何部门都脱离不了干系。只有掌握当事人的第一手信息，凌云洲才有应对之策。

得知宫本正仁没死，凌云洲却很高兴。原因是，一旦宫本正仁死了，东京势必还会派出特使，那么他们父子的活动能量在无形中可能被削弱。

凌云洲进屋后，见原宝轩正陪着包扎完毕的宫本正仁分析案情，没敢打扰他们，毕恭毕敬地站在一边。

原宝轩看了凌云洲一眼："云洲，你熟悉上海各方面的情况，你说说看，什么人能有这么大的胆子，敢在桃源里作案。"

凌云洲看了宫本正仁一眼，欲言又止。宫本正仁阴着脸，示意他发表看法。

凌云洲说："刚才我听完陈队长的简述，心里便产生一个疑问。确保藤原次长安全，应该沿街戒严才对，为什么这里的安保措施做得如此潦草？东亚饭店刚刚发生刺杀事件，凶手尚未到案呢。"

凌云洲知道，这么安排肯定是宫本正仁的主意。要是追究起来，宫本正仁要承担决策失误的责任。

原宝轩低声喝道："云洲，事已至此，说这些还有什么用？现在我们最重要的工作是缉拿凶手！"

宫本正仁摆摆手："藤原次长秘密抵达上海一事，没有几个人知道。正

第四章 狙 杀

因为东亚饭店发生刺杀案，我才没有大张旗鼓地迎接藤原次长。万万没想到，刺客消息竟然如此灵通，看来我们内部不干净啊。"

凌云洲说："两枪精准射击，说明刺客掌握的信息非常详细，您身边一定有内鬼。恕我直言，内鬼可能是您身边的人。"

宫本正仁瞥了一眼站在他身边的黑川梅子。

黑川梅子貌似接凌云洲的话茬儿，实则往外择自己："我确实知道藤原次长今日抵达上海，但是我今天一直和老师在一起。"

凌云洲说："东亚饭店发生刺杀案时，你也与老师在一起。"

黑川梅子一下子就火了，盯着凌云洲："什么意思？"

凌云洲吼道："我只是阐述事实而已。"他转身对宫本正仁说道，"老师，自东亚饭店发生刺杀案后，我就动用上海的各方力量进行调查。今天案发时，我还见了一个道上的线人。据他说，一个名为'刺客同盟'的组织已经潜入上海。这个组织的成员，都是经过特殊训练的杀手。东亚饭店刺杀案和今天这起刺杀案，会不会和这个组织有关系？"

宫本正仁为了缓和尴尬的气氛，吩咐黑川梅子："梅子，拿瓶红酒来。"

黑川梅子给宫本正仁、原宝轩和自己各倒了一杯红酒后，瞥了凌云洲一眼，便把酒瓶盖盖上。

宫本正仁端起酒杯，示意凌云洲自己倒酒。

凌云洲给自己倒了一杯酒，一饮而尽。

宫本正仁缓声说道："战争嘛，谁为天皇玉碎都正常。上海局势复杂，我们内部千万不能相互猜疑、相互掣肘，否则什么事都办不成。"他望着凌云洲，"这个刺客同盟，是什么性质的组织？"

凌云洲尴尬地说："目前我掌握的信息很少，只知道它是以刺杀为主业的组织，具体来历不详。"

黑川梅子问道："一个没有来头的组织，为什么一而再，再而三地刺杀老师呢？"

凌云洲没有说话，看了看宫本正仁。

宫本正仁苦笑一下："我到上海不久，基本深居简出，根本不可能招惹这个刺客同盟。如果这是国民党或者共产党的组织，他们这么做也不稀奇。"

原宝轩叮嘱道："特使，小心驶得万年船。帝国设在上海的隐蔽战线，还得由你唱主角呢。明日我给德川将军打电话，让宪兵司令部派人负责你的安全。缉拿凶手的事，我爱莫能助，就为藤原次长张罗一场隆重的葬礼吧，略表敬意。"

宫本正仁看了原宝轩一眼："你和德川将军很熟？"

原宝轩摆摆手："谈不上深交，经常一起打牌而已。"

宫本正仁冷笑："怪不得上海怪事频出。他作为宪兵司令部司令官，不好好抓上海治安，打牌就是失职，应该彻查！"

原宝轩说："战局不明，每个人的心理压力都很大，德川将军闲暇时娱乐一下也没什么。你对藤原次长的葬礼有什么指示吗？"

"庄严，隆重，安全。"宫本正仁提出三点要求，最后强调，"凡是出席葬礼的人，都不能事先通知。"他转身对凌云洲和黑川梅子说，"你们去查查刺客同盟在上海的活动轨迹，形成书面文件呈报给我。"

黑川梅子似乎不放心："老师，您的伤——"

"不碍事儿，你们赶紧去。"宫本正仁连连挥手。

凌云洲意识到，宫本正仁想支开他和黑川梅子，便率先走出去。

黑川梅子心里依旧生凌云洲的气，一脸不情愿地跟在凌云洲身后。

待听到轿车发动声，宫本正仁才说道："尚未开场，我们便失去一根台柱啊。"

原宝轩遗憾地说："我们一定要完成藤原次长的未竟事业。对了，藤原次长此次执行的任务一定涉密吧？"

"也谈不上涉密。我来上海之前，向天皇点名要藤原担任我的助手，我需要两面吃得开的斡旋高手。"

"藤原次长确实是社交高手！"

"都是外务省和军部不和闹的，他不和稀泥不行啊！"

"藤原次长已经殉国，你赶紧物色其他人选才是。"

"你可愿意助我一臂之力？"

原宝轩赶紧摆手:"我做小买卖、算点儿小账、张罗件小事儿还凑合,万万不能替代藤原次长。你还是从东京遴选吧。"

宫本正仁诚恳地说:"为了帝国事业,还望你不要推辞为好!"

宫本正仁自己上钩了,原宝轩自然立即收竿。

第五章　骨　牌

~ 178 ~

时间：1943年4月3日，星期六。
地点：上海，日占区，黄浦江畔。

因为失宠，陈恭如的烟瘾越来越大，几乎烟不离手。

在特工总部，他和凌云洲、"蒋文汉"都貌似李墨群的心腹，但是彼此却不知道对方跟李墨群的关系有多近，所以谁都不敢相信对方。

陈恭如不嫉妒凌云洲，因为没有必要。尤其近一年来，他每个月都从江家领取所谓的"红利"，自然不想得罪凌云洲这个财神爷。如果实在想嫉妒，他只能嫉妒凌云洲比他命好。

可是，对陈恭如来说，"蒋文汉"就另当别论了。且不说"蒋文汉"是从警察局空降到特工总部的"外来户"，他的老师舒季衡还是中统分子。这样的人，梅机关对他还信任有加，让陈恭如如何能接受得了？

这次抓捕刺杀藤原的刺客，黑川梅子只通知了"蒋文汉"，还强调以"蒋文汉"的情报处为主，陈恭如的行动队为辅，在黄浦江边通往法租界的主路上设卡，检查来往行人、车辆。

"真他娘的滑天下之大稽！抓人缉凶，本是行动队的活儿，现在行动队却听命于外行的情报处指挥，这不是扯淡嘛！"陈恭如心里堵得慌，站在黄浦江边大口吸烟。

吸着吸着，他狠狠地拍了一下额头："日本人为什么如此信任蒋文汉？不吃肥肉不长膘，事出反常必有妖。"

李墨群执掌特工总部后，形成一条不成文的"家法"。他的手下可以为日本人服务，但绝不能成为日本人的奴才。只要找到"蒋文汉"不守"家法"的铁证，"蒋文汉"就是第二个沐承风，陈恭如就能理直气壮地对"蒋文汉"执行"家法"。

当然，想抓住"蒋文汉"的小辫子不太容易。但陈恭如坚信，要想人不知，除非己莫为，世上就没有无懈可击的事。

陈恭如把烟蒂弹到黄浦江里，走到凌岳州身边："蒋处长，我们到底找什么人？"

凌岳州摆摆手，没有回答。确切地说，他没有心情回答。

他正在琢磨"冷宫"的事情。师婉笛是"冷宫"特工，这一点确实出乎他的意料。

出于对他的信任，师婉笛告诉他，"冷宫"是裕仁天皇的私人情报机构，由宫本正仁全权负责。除此之外，她只知道一个代号"王爷"的男人和一个代号"青蛇"的女人，为宫本正仁办差。

"冷宫"的活动经费来自哪里？使用裕仁天皇的内帑显然不太可能。

满铁，一定走满铁这个渠道，因为宫本正仁是满铁副总裁。那么，"冷宫"和满铁是什么关系呢？

上海华中振兴株式会社是满铁的摇钱树，按理说一般人无法染指。凌岳州却假借蒋文汉的身份，成为共生证券公司的股东代表，原宝轩对此都毫无异议。这只能说明，上海华中振兴株式会社的背后，有一只巨大而无形的黑手。

这只黑手，应该是"老猪"和他掌控的龟机关。

神龙见首不见尾的"老猪"，不在满铁上海调查部，就在上海华中振兴株式会社。

凌岳州想明白了，拍了拍额头，恨自己的反应太迟钝了。

他闻到一股刺鼻的烟味儿，扭头一看，见陈恭如站在身后，反感地呵斥道："能不能有点儿动静？人吓人会吓死人的！"

陈恭如讥讽道："我已经问你八遍了，你都没有回音，我以为你坐化了呢。"

"这辈子，能火化就不错了。"凌岳州狠狠地挥手扇着烟，"陈队长，你肯定得熏化了。"

"能成为腊肉也不错。"陈恭如嘿嘿地笑道，"我在这里已经迷瞪地站成腊肉了。蒋处长，我们守在这里到底干啥呢？"

"一个刚到上海的外务省高官被刺杀了，你说我们守在这里能干啥？"凌岳州愤愤地问。

"这事儿应该由宪兵司令部负责，我们凑啥热闹？"

"拿人钱财，替人消灾。人家让我们干什么，我们就得干什么。干好了不一定有功，干不好肯定受过。你又不是不了解黑川课长的脾气，她是讲道理的人吗？"

陈恭如套近乎："我还真想跟黑川课长好好处一处，你能不能把她约出来一起吃顿饭？"

凌岳州瞥了陈恭如一眼："你属猴的？怎么看见树就想爬？黑川课长马上就要嫁给凌主任了，你就别惦记了。"

陈恭如骂道："真是旱的旱死，涝的涝死。凌云洲上辈子是皇帝啊？他娶江家大小姐，我就不说啥了，咋还有日本大妞甘愿给他做小呢？我们都是一副肩膀扛着一个脑袋，差别咋就那么大呢？"

"咋地，不服啊？不服就挺着吧。"凌岳州拍拍陈恭如的肩膀，"我也要结婚了，到时候记得随份子！"

"合着我这个月给你俩忙活了呗，还有没有天理了？"陈恭如眼角余光看到普乐天的车驶过来，"刚结完婚的人来了，我过去看看。"

普乐天正盘算如何应付盘查时，见陈恭如走过来，赶紧摇下车窗："陈队长，大白天的，有什么好查的？你们这不是存心给上海交通添堵嘛。"

陈恭如走到车前："呦，普老板这是要去哪里啊？你麻溜地下车，接受检查。"

普乐天慢悠悠地下车，举起双手，让陈恭如搜身："这个月的份子钱放在老地方了。"

陈恭如挤挤眼睛，象征性地拍打普乐天："刚到上海的外务省高官在桃源里被杀，全城大搜捕。"他说完，看到车里的宋格，冷冷地喝道，"下车！"

宋格下车，把坤包扔给陈恭如，眨眨眼睛。

陈恭如会意，佯装检查包，顺手把包里的几张美元塞进自己的口袋，然后把包扔给宋格，冲前面的特务喊道："这辆车，检查过了。"

负责盘查的特务，自然不会再查。

普乐天驾车即将过卡时，凌岳州突然站到车前。

"蒋文汉，你想干什么？"陈恭如大声怒喝，"你还不相信我吗？"

"陈队长，你也太敷衍了吧，连后备厢都不检查，也叫检查过了？我知道，普老板是你的朋友，你更应该对他负责，不然他怎么能说得清楚呢？"

陈恭如啐了一口唾沫："普老板，下车让他查，看他能查出个尿来！"

普乐天下车后，走到陈恭如面前："蒋处长也是为我好嘛。出了这么大的事儿，把自己择出来不是更好嘛。"他向凌岳州做出"请"的手势，"有劳蒋处长上眼！"

凌岳州掏出白手套戴好："还是普老板识大体。"他先往车内看了看，确定一切正常后，便打开后备厢。

"嘭"的一声，十几个气球从后备厢里弹出来，纷纷扬扬地飘向空中。

"你赔我气球！"宋格跳脚喊道。

陈恭如强忍着没笑："普太太别生气，蒋处长是讲究人，肯定能赔你气球的。"

惊魂未定的凌岳州，白了陈恭如一眼，认真地检查之后，没有发现异常，关上后备厢，走到宋格面前尴笑："改天我做东，向普太太赔罪。"

宋格白了凌岳州一眼："长官，我们可以走了吗？"

凌岳州做出请二人上车的手势。

普乐天冲凌岳州抱拳后驾车离去。他想起凌岳州扑打气球时的动作，大笑一阵后问宋格："这种损招，你是怎么想出来的？"

宋格撇嘴道："哼，本来是给你准备的，没想到被他享用了。你以后不能想干啥就干啥！"

"我傻呀，怎么可能想干啥就干啥？"

"一个人去药厂刺杀藤原，你有准备吗？你确信那里没有埋伏？"宋格愤愤地问。

"我不是没动手嘛！"

"你要是动手了，现在还能跟我在这里扯皮吗？"宋格揪住普乐天的耳朵，"就算你是猫，小命也只能丢九回，懂不懂？"

普乐天佯装疼痛："轻点儿，轻点儿！"待宋格松手后，他点指宋格，"我是不是猫我不知道，但你肯定是虎，母老虎！"

宋格又要揪普乐天的耳朵。

普乐天赶紧躲闪："我请你吃饭还不行吗？"

"不行！"宋格恶狠狠地说。

"我怎么做才行？"

"以身肉偿！"

~ 179 ~

时间：1943年4月3日，星期六。

地点：上海，日占区，黄浦江畔。

对于凌云洲的攻讦，黑川梅子不以为然。她认为，这不过是凌云洲择清自己的手段，换作是她也会这么做。

然而，她还得生气。

不生气、不责怪，就显不出她作为凌云洲女人的特权。

无论是为了执行"幕府计划"任务，还是追求六年苦恋的回报，她都必须行使这种特权。

"我要惩罚你!"黑川梅子责令凌云洲开车跟着她的车,"我送你到关卡,我要让你的下属知道我们的关系。"

这种惩罚方式,只有黑川梅子这样的女人才能想得出来。当然,"宣示主权"是女人的权利。

抵达关卡后,黑川梅子却猛踩油门,直接冲过关卡扬长而去,恨得凌云洲牙根直痒痒。

凌云洲下车向陈恭如了解情况:"陈队长,发现可疑的人了吗?"

陈恭如瞥了远处的凌岳州一眼,低声说:"就查到一个屁,还是凉的。凌主任,不是我抱怨,外务省大员来到上海是天大的事儿,特工总部却一点儿消息都没有,这不是明摆着不信任我们嘛。现在出事了,又让我们站大街,还有没有天理了?"

凌云洲递给陈恭如一支烟:"我们要是事前知道,还不得脱层皮?你就庆幸吧,站大街比蹲班房强!"

陈恭如点点头:"这倒也是。凌主任,刚才把我笑完了——"他一边笑一边讲述刚才凌岳州检查普乐天轿车的事,"用脚指头想都能想得到,家大业大的普老板,也不能干掉脑袋的事儿,可是敬业的蒋处长非得查,没想到被呲一脸气球。"

凌云洲没有笑:"普乐天的轿车后备厢里装那么多气球干什么?"然后他自问自答,"看来有钱人就是抠门,连婚庆公司的气球都想拿回家。"

凌岳州知道普乐天是凌云洲的大舅哥,为了避免陈恭如添油加醋,也跑过来向凌云洲讲了一通冠冕堂皇的理由。

"蒋处长做得对。我们给日本人办差,绝对不能给日本人留下任何口实。"凌云洲安抚凌岳州,"藤原次长玉碎,肯定惊动了东京高层,我们都得小心行事。我和黑川课长受命调查刺客同盟,你俩手上要是有线索,赶紧告诉我。唉,我现在是老虎咬天,无从下口啊!"

陈恭如一怔:"刺客同盟?我听说过,就是一群乌合之众,替人打个老百姓还凑合,要说他们敢杀日本人,对我后脑勺说我都不信。"

凌岳州问:"据说刺客同盟只为钱服务,谁能出钱刺杀藤原次长?藤原次长来上海,应该没有几个人知道吧?"

凌云洲说:"你们问我,我问谁去?现在天皇特使责令特工总部彻查此案,你们就费点儿心吧。"

凌岳州瞥了陈恭如一眼:"我以前在警察局,只能抓些撬门别锁的小蟊贼。陈队长本事大,这么大的案子,还得仰仗陈队长才行。"

陈恭如摆摆手:"蒋处长,拉倒吧。我手上的虹口码头爆炸案,还是一个头两个大呢。现在行动队的人,一半调拨给情报处,让我拿个屌查!"

凌云洲笑道:"你们就打口水官司吧。这个案子大,我们查不清楚,谁都别想睡安稳觉。我到别处碰碰运气,没准儿就能碰到死耗子。"

凌云洲驾车来到另一个关卡,下车后倚靠着车门,点燃一支烟,不经意间注意到排队等待检查的两个人,感觉他们身上似乎有故事,便走过去让他们出示证件,并示意他们从队伍中出来。

凌云洲的直觉没有错,这两个人就是金十和老贺,他们身上肯定有故事。

凌云洲把金十和老贺带到车前。没等凌云洲问话,金十就主动掏出证件:"凌主任,请查验。"

凌云洲接过证件,却没有查验,而是上下打量金十:"我们认识?"

金十说:"凌主任肯定不会认识我们这种草民,但我们却认识您啊。"

凌云洲打开证件,见姓名栏中写着"金十",家庭住址是极司菲尔路75号,想到他可能和李致有关系,便说道:"原来是金先生。"他将证件还给金十,瞥见金十腰间鼓鼓的,伸手一摸,掏出一把手枪,放在手里掂量几下,卸下弹夹:"金先生出门还带家伙?"

金十说:"这玩意儿,黑市上有的是,买一把防身嘛。您要是喜欢,拿去便是。"

凌云洲说:"我什么都缺,就不缺这玩意儿。"说罢,他把手枪扔给金十,却把弹夹装进口袋,转身从老贺身上也搜出一把同样的手枪。

他冲关卡的特务大声喊道:"这两个人携带枪支,我带回部里审查。"不等特务答应,他示意金十和老贺上车。

第五章 骨牌

凌云洲驾车来到极司菲尔路，在金公馆门口停下车，示意金十、老贺下车。

金十和老贺以为凌云洲会带他们去特工总部，没想到却把他们送回家。金十直愣愣地望着凌云洲："凌主任，您这是——"

凌云洲说："我们是邻居，应该相互照顾才是。我以后没准儿会过来讨杯茶喝，希望金先生不要把我拒之门外。"

"欢迎您常来坐坐。"金十说完摁响门铃。

不一会儿，李致出来开门。她看到凌云洲，愣住了："凌主任，你这是——"

凌云洲笑道："桃源里发生重大案件，我们全城搜捕凶手。我碰巧遇到金先生，就让他搭个顺风车。"

金十假装好奇，问李致："你认识凌主任？"

李致说："见过两次面。"她瞥了凌云洲一眼，"凌主任为人不错，能处。凌主任，谢谢你送我未婚夫回家。你进屋喝杯茶吧。"

不知道为什么，貌似宫本芳子的李致主动表明她与金十的关系，让凌云洲心里感到莫名的不舒服。他尴尬地挠挠头："不了，也欢迎你们到对面做客。"

"谢谢你的好意。你们那里可不是我们平民百姓能去的地方，我们还想过几天踏实的日子呢。"李致一语双关地说。

就在这时，凌云洲身后传来轿车喇叭声。他扭头看见陈恭如把轿车停在路边，便向陈恭如招手。

陈恭如走到凌云洲身边，看看李致和金十，又看看金公馆，问凌云洲："他们是——"

凌云洲指着李致和金十，向陈恭如介绍道："陈队长，他们是我们的新邻居，李致和金十。"他把嘴附在陈恭如耳边悄声说，"大金主，值得处。"

他转身向金十等人介绍陈恭如："这位是特工总部行动队的陈队长。以后你们有事就找他，他比我好使。"

陈恭如打量金公馆："自从我调到特工总部，这里好像一直没有人居住。"

金十说："以前我就住在这里。淞沪会战前，我一直在香港做生意。这两年生意难做就回来了，前几天才住进来。以后还请陈队长多多关照。"

陈恭如笑道："好说，好说！"

目送李致等人进入金公馆后，陈恭如问凌云洲："他们突然冒出来，身份查清楚了吗？别抓不住狐狸惹一身骚。"

凌云洲笑道："知道你喜欢骚味儿，我才给你介绍的。我就喜欢跟有钱人打交道，比满大街抓穷鬼强。你放心吧，他们就在我们眼皮底下，坐在办公室里都能看见他们的床，还有啥担心的？妈的，跑了一天，腿都跑细了，想去喝一杯。你去不去？"

陈恭如瞥了凌云洲一眼："我还能给你省着啊？这几天，有几个大份子等着呢，我捞回一口是一口！"

~ 180 ~

时间：1943 年 4 月 3 日，星期六。
地点：上海，公共租界，黄浦江畔，大公制药厂。

爱多亚路路口有一个花园，苍井巷站在花园最高处，举着望远镜，看着滚滚东去的江水。他的视线不在大公制药厂，而在大公制药厂后面的黄浦江。

黄浦江畔的码头上，红帮的人正在装卸货物。

他在望远镜里看到一张熟悉的脸。

"朱子刑！"苍井巷嘀咕道。他放下望远镜，问身边的日本特务铃木次郎，"有什么发现吗？"

铃木次郎摇摇头："没有。红帮的人能有什么追求，一块银圆就能让他们乖顺如狗。"

"我们抓了他们五个人，杀了两个，他们好像什么都没有发生一样，难道他们真的麻木了？不，不，这不是他们的做事风格。"

"凭他们那点儿力量，还想跟我们作对？"

"你不知道中国有个成语叫'蚍蜉撼树'吗？他们已经偷袭了帝国军舰。军舰上有一台从汉城运来的机器，极其昂贵。他们要毁掉那台机器。"

"这件事，与虹口码头和吴淞口两起爆炸案是不是同一性质？"

"凭红帮现有的实力，他们还不敢炸码头，更不敢到吴淞口滋事，只能在海上小打小闹。虹口码头和吴淞口爆炸案，应该是军统分子所为。"

"看来，军统分子已经把红帮收买了。"

"朱子刑的后台是陈恭如。"苍井巷又举起望远镜，看了看朱子刑，"宋万堂之所以让位，就是陈恭如从中作梗。"

"红帮袭击军舰案，要移交特工总部侦办吗？"

苍井巷放下望远镜："那台机器属于绝密级，我只知道它的代号叫'B机器'。至于它是做什么用的，无从得知。特工总部那群贪财好色之流，怎么可能有资格接手？"

"你对'B机器'都知之甚少，红帮是怎么知道它的呢？"

"这就有大问题了。"

铃木次郎看见黑川梅子的轿车驶过来："我们要向黑川课长汇报吗？"

苍井巷挤挤眼睛："黑川课长很忙的，无暇过问此事。走，我们去迎接黑川课长。"

黑川梅子将轿车停在花园门口，见苍井巷和铃木次郎走过来，上前询问："苍井课长发现线索了？"

苍井巷指指码头："我怀疑作案之人与红帮有关。"

黑川梅子冷笑："仅仅是怀疑？就没有发现重要线索吗？"

"我担心红帮受命于重庆方面。"

"上个月，情报课抓到的军统分子交代，重庆方面在上海有一条秘密运输线，可以从上海直达重庆。"

"秘密运输线？"

"我怀疑这条运输线与沙逊家族有关。"

"黑川课长也仅仅是怀疑？"

黑川梅子哼了一声："哼，红帮经营海上，沙逊家族也经营海上……"

苍井巷说:"沙逊家族在海上经营多年,类似的运输线绝不止一两条,且都是合法的运输线,哪里还有秘密可言?"

"那些见不得光的运输线,我们就算是砸地鼠,也要把它们统统砸死!"黑川梅子感觉和苍井巷交流太费劲了,转身驾车离去。

在黄浦江畔的另一处,金十背着手,对随行的老贺说:"凌云洲可能盯上我们了。金公馆已经不能住了,你去找个安全的地方。"

"好的。"老贺说,"我马上安排。"

李致反驳道:"如果凌云洲盯上我们,他怎么还能帮助你们通过关卡呢?"她暂时还不想把凌云洲雇她刺杀藤原的事情讲出来,毕竟刺客同盟严禁个人私自行动。

"如果他是欲擒故纵呢?"老贺说,"特工总部的人,都是无虫不起早的鸟!"

李致说:"我们刚刚搬来,就匆匆搬走,这种不符合常理的行为,特工总部的人想不注意都难。再者说,如果我们自身不干净,能住在75号吗?他们伸个懒腰,都能看到我们做什么。"

金十摆摆手:"这都是你想当然。做我们这一行,在任何时间任何地方都不能有任何侥幸心理。我决定了,立即搬离金公馆,尽快做掉凌云洲。"

李致一愣:"为什么要做掉他?"

金十说:"这还用问吗?在东亚饭店,他不会笨到认为你拎的长条箱子里装的是点心吧?他是老牌特务,一眼就能看到你的骨髓里。"

老贺说:"我同意做掉凌云洲。反正他是日本人的走狗,死一百遍都不冤枉。我去找陈刚和莫康,制订一个计划。"

金十挥手示意老贺立即去办。

"你不觉得这个决定做得很草率吗?"李致有些着急。

"为了确保顺利地除掉宫本正仁,我们不能有任何闪失。也许凌云洲是无辜的,但这就是他的命,谁让他出现在我们的视野里呢!"金十冷冷地说。

第五章 骨　牌

李致不想明说，又不能不说："现在局势复杂，我中有敌，敌中有我。也许事实并不是我们看到的样子，万一错杀一个重要的人，我们要内疚一辈子的。"

金十摆摆手："刺客同盟只有目标，只要结果。只要我们得到满意的结果，其他事情都可以忽略不计。"

~ 181 ~

时间：1943年4月3日，星期六。
地点：上海，日占区，虹口，桃源里。

作为高级特工，宫本正仁不但不会相信任何人，还会怀疑任何人。

他不放过生活、工作中的任何细节。他办公桌上的笔墨纸砚看似杂乱无章地摆放，其实彼此的距离，都精确到毫米。

他能把"诸葛亮识人七法"运用自如。在他面前，即便对方严防死守，他也能通过不易掩藏的肢体语言和习惯动作，看穿对方的真实意图。

凌云洲虽然答应迎娶黑川梅子，但宫本正仁觉得他在应付，或者敷衍。于是，宫本正仁就把黑川梅子这个火药桶，放在原宝轩家的隔壁。即便它不爆炸，也会让原宝轩和凌云洲时刻提心吊胆。

宫本正仁坚信，目中无人的江澄子，肯定不是受过特殊训练的黑川梅子的对手。只要原宝轩家里乱起来，有些真相就可能不碰自现。

原宝轩对于凌云洲奉命纳妾之事，不但不反对，貌似还很支持，竟然亲自去请住在隔壁的黑川梅子到他家里吃团圆饭，把生意人占便宜没够的嘴脸表露无遗。

凌云洲埋怨原宝轩老糊涂了，把江澄子、黑川梅子和他故意摆在一起的那种画面，不用想都能知道有多尴尬。

奇怪的是，黑川梅子给原宝轩和江澄子带来贵重礼物。江澄子对黑川梅子的到来欢迎至极，还亲自下厨房做饭。只有凌云洲像被三个人按进大铁锅里，用文火熬炖。

饭菜妥当之后，原宝轩、凌云洲、黑川梅子、江澄子和吴己楠围在桌前吃饭。黑川梅子像女主人一样，给其他人倒酒，并请原宝轩讲几句。

原宝轩扫视一周："我上了年纪，还要负责岩井公馆的日常事务，实在难以打理家务事。从今天起，家里诸事就拜托澄子了。"他看了看凌云洲和黑川梅子，"国有国法，家有家规。我们的家庭很特殊，就必须有特殊家规。以后家里迎来送往、财务支出，你们都要与澄子协商。另外，为了便于工作和避免不必要的麻烦，我和云洲的关系暂时对外保密。"

黑川梅子对原宝轩的安排很不满意，但碍于场合和自己的身份，她只能勉强答应。

饭后，原宝轩把黑川梅子带到书房，像慈父一样安慰黑川梅子："梅子，我们身为天皇子民，为大东亚共荣战略计，只能暂时委屈你了。"

黑川梅子点点头，没有言语。

原宝轩继续说道："我的岩井公馆，你的梅机关，云洲的特工总部，基本都是虎狼之窝，稍有不慎，就会栽跟头。作为一家人，以后有什么事情，尤其是涉及我们家庭利益的事情，我们一定要互通有无，一起商量，群策群力。"

"我明白。"黑川梅子不动声色地说，"伯父，有件事儿不知道对我们家有没有负面影响。"

"说说看。"

"苍井巷一直在调查红帮。红帮的宋格和澄子的大哥是夫妻，会不会殃及我们？"

原宝轩不假思索地说："只要我们以帝国利益为重，一切行为以维护帝国利益为准则，就应该没有问题。"

黑川梅子补充道："关键是红帮的人偷袭了帝国军舰，事情闹得太大。"

原宝轩不解地问："按理说，红帮只有一些轻武器，他们偷袭帝国军舰不是以卵击石嘛，他们为什么敢如此胆大妄为？"

"他们可能想抢劫军舰从汉城运来的机器。不过，此物属于绝密级，红帮的人怎么可能知道呢？"黑川梅子紧紧地盯着原宝轩的眼睛。

此刻，凌云洲悄悄地来到书房门外。

原宝轩思忖片刻才说道："只能有两种解释。一是巧合，红帮的人临时起意，想抢劫军舰上水兵的钱财；二是受人指使，想抢夺那台机器。你说过，军舰上那台机器属于绝密级，知道它的人少之又少，逐一调查肯定能查清楚。如果那台机器还在军舰上，我建议暂时不要追究红帮的人，起码明面上不要追究他们。如果我们过度关注此事，用力过猛，极有可能引起上海各方势力注意。"

黑川梅子点点头。

原宝轩强调："鉴于我们家与红帮的关系，你最好遵守回避制度。上峰要怎么处理，就怎么处理。我们一定要做到两点：不该问的不问，不该看的不看。"

"父亲，您放心吧。"黑川梅子看看表，"时间不早了，我回去了，您早点儿休息。"

门外的凌云洲，迅速躲进二楼的卧室。

黑川梅子回到桃源里12号，没有开灯，默默地坐在客厅里的躺椅上，脑海里一帧一帧地回忆着原宝轩的肢体语言。

她反复回忆几遍，没有发现任何破绽。

电话铃声陡然响起。

黑川梅子走过去拿起话筒："老师？您好！"

"说说你的判断。"宫本正仁直截了当地说。

"应该没问题。"

"我要的不是应该，而是肯定。"

"肯定没问题。我没有发现他的言行有任何人为设计的痕迹。"

"那我就放心了。不过，我觉得他的太太有些不对劲儿。他们的年龄相差太大，彼此似乎还刻意保持着一定的距离，不太合乎常理。"

"需要我做什么？"黑川梅子没想到宫本正仁竟然有如此敏锐的观察力。

"如果她是特工，肯定是高手。她知道你的身份，必然会加倍小心。这件事我另做安排吧。"

第六章 暗 战

~ 182 ~

时间：1943年4月4日，星期日。
地点：上海，日占区，红帮红堂。

天色灰暗，浓雾结结实实地压住这座叱咤之城。

郊外犹如仙境，建筑和树木若隐若现。两辆轿车的远光灯，艰难地撕开浓雾，慢慢地在马路上蠕动。

宋万堂站在红堂大厅门口，看到普乐天、宋格和朱子刑走进院子，将文明棍往地上狠狠一蹾，转身走入大厅，一屁股坐在交椅上。

普乐天等人走进大厅，宋万堂示意他们坐下。

宋万堂瞥了朱子刑一眼："怎么搞的，怎么还被小鬼子抓了？"

朱子刑叹了一口气："别提了，点儿背到家了。潘老五他们本打算去苏南根据地，不料海上雾大，他们的船稀里糊涂地撞到鬼子的军舰上，然后他们就被小鬼子抓了。"

宋万堂问："这也不是什么大事儿，小鬼子问几句应该放了他们吧？"

朱子刑摇摇头："不知道什么原因，梅机关还介入了，给出的结论是他们偷袭军舰。这个罪名大了，谁也不敢出来说话。"

普乐天意识到问题的严重性："潘老五岂不是非常危险了？"

朱子刑起身拿起酒坛子，一口气喝了几大口，然后抹抹嘴巴："田七说，五个挂了俩，剩下三个基本废了，我觉得没有营救的必要了。"

宋格生气地问："他们都是红帮弟子，怎么就没有营救的必要了？"

朱子刑提高嗓门："田七说，梅机关经手的事儿，就没有小事儿。跟我们关系不错的人，都伸不上手，搭不上话。即便能把他们运作出来，也得花一大笔钱，动用很大的关系。"

宋万堂咳嗽几声："'老A'说，军舰上有一个运往大公制药厂的破玩意儿，代号'B机器'。他们倒霉就倒霉在那个破玩意儿上。"

普乐天一怔："'老A'来过？"

宋万堂点点头："半个小时前来过。我们不能指望三个完蛋的玩意儿能扛住，你们评估一下风险。"

朱子刑想了想："我估算一下，殃及的人可能只有我。好在当时我听从了乐天的建议，采用单线考察、单线联系。他们接触的人只有我。"

宋格着急地说："朱叔叔，你赶紧去苏南躲躲吧。"

朱子刑摆摆手："在蒋文汉的推动下，帮主主动让位于我，我才取得了陈恭如的信任。在陈恭如关照下，我们才能顺利地往苏南运人、运药、运粮。我要是离开，经营一年多的关系就断了。"

普乐天说："留得青山在，不怕没柴烧。即便您留在上海，以后也不能随便抛头露面，活动空间很有限。"

宋万堂对普乐天和宋格说："你俩别劝了，他是不可能离开上海的。他不能，我也不能。按照祖制，红帮帮主死也得死在上海滩。"

朱子刑说："潘老五他们都是硬汉子，说不定他们能扛下来。我们现在不能乱，等田七有消息再说。"

宋万堂说："'老A'说，满铁上海调查部部长小坂正雄，正在编写《红帮调查报告》。他怀疑红帮投共，所以组织人员调查红帮。这份报告一旦形成，日军必然会清剿我们。我们与其坐以待毙，不如主动出击。只有打得他们不敢乱动，我们才会安全。'老A'已经做了部署，约小坂正雄先到梅机关，然后去正阳酒楼吃饭。我们借此机会做掉小坂正雄，免得他再给我们添乱。"

宋格说："梅机关已经锁定朱叔叔，动手只是迟早的事儿。朱叔叔还是离开上海为好。"

朱子刑说："你们不用担心我。梅机关说红帮偷袭军舰，事实上只是撞船而已，他们是做贼心虚。宋帮主请周佛麟出面协调，也有运作的空间，说不定能救出潘老五。我从未想过能成为红帮帮主，既然现在把我架到那个位子上，我就不能辱没红帮的声誉。我若临难扔下兄弟不管，岂不连狗屁都不如？我是男人，是男人就必须对家人、兄弟负责！"

宋格瞟了普乐天一眼："乐天，听见没？做男人，就得对家人负责。既然选择，就要负责。"

她故意省去朱子刑话中的"兄弟"，增加了"既然选择，就要负责"，普乐天自然能听出她的话外音。他无法应答，只能点点头。

"光点头有什么用？你得付之行动才行！"宋格加重语气。她想到结婚之后，自己独守空房，又不能与外人说，股股无名怒火让她难以自制。

宋万堂听出宋格的口气有些不对劲儿，质问道："你俩吵架了？"

普乐天连连摆手："没有，没有。我这个人说话办事粗枝大叶，有些地方考虑不周吧。"

宋万堂瞪了宋格一眼："我的闺女我了解，从小霸道惯了，要求别人比要求自己多。她的那些毛病，估计一时半会儿改不过来。乐天，你还得多担待些。现在帮里正值多事之秋，你俩千万不能让外人看笑话。"

宋格心里苦，却说不出，眼泪"唰"地一下流下来。

普乐天立即掏出手帕为她擦眼泪："你别生气了，我改还不行吗？"

宋格盯着普乐天的眼睛："你说话算话？"

普乐天只好点点头。

宋万堂点指宋格："你什么时候能长大呀！"

朱子刑笑道："有了孩子，她就长大了！"

宋格起身说："父亲，朱叔叔，如果没有其他事，我们走了。"

宋万堂摆摆手："你们走吧，我跟老朱说几句体己话。"

第六章 暗　战

　　宋格脸色绯红，低头不语。离开红堂后，她还是不说话。上车后，她把双手搭在方向盘上，迟迟不开车。

　　普乐天坐在副驾驶位，看着宋格，不知道说什么好。

　　宋格突然扭过头，盯着普乐天："这个王宝钏，你还想让我演多久？今天你给我交个实底，你是不行还是不想？"

　　普乐天双手抱头，支吾道："我——我——欠她太多了，总感觉对不起她。"

　　宋格厉声吼道："我知道你放不下她，可是她已经牺牲了、不在了！她把你托付给我，就是知我信我，我对你做了一个女人能做的一切。你呢？你亏欠她，现在又想亏欠我，对吗？"

　　普乐天拉起宋格的手："再给我一点儿时间，再给我一点儿时间——"

~ 183 ~

时间：1943 年 4 月 5 日，星期一。
地点：上海，日占区，梅机关；公共租界，苏州河畔。

　　数百名红帮弟子从四面八方拥到梅机关大门口后，整齐有序地坐下，封堵了梅机关的进出通道。

　　位于梅机关对面的正阳酒楼里空空如也，老板吉田太看看门口密密麻麻的人，唉声叹气地摇头。

　　一对年轻夫妇走进来。男人穿日式长袍，女人穿和服。他们走到柜台前，向吉田太递交了盖着岩井机关公章的证件。

　　吉田太看了看证件，满脸堆笑："欢迎二位光临。"

　　男人指指门外："怎么回事儿？太吵啦！"

　　吉田太低声说："马上就能解决，不会影响您用餐。"

　　女人挽住男人的胳膊："这里太不安全了，没准儿他们就要打砸抢呢。要不——我们换一家吧，听说虹口有三家正阳酒楼呢。"

男人轻拍女人的手："正阳酒楼是东北大名鼎鼎的酒楼，我和他们东家宋先生很熟。我们从东北一路赶来，你不是一直张罗吃正阳酒楼的特色菜嘛。"他扭头看了看外面，"外面的人越来越多，我们从这群泥腿子中间挤出去更危险。"

吉田太赔笑道："正阳酒楼的雪国烧鹅，在上海比东北还有名，二位必须尝一尝。"

男人说："开一间窗朝梅机关的包间吧，以便我观察街上的情况。"

吉田太点头答应，吩咐侍应生把二人带到包间。

二人进入包间后，就挂上"请勿打扰"的牌子。关上门，女人一脚踢飞脚上的木屐："不演了，太他妈的难受了。"

原来是宋格扮成的日本女人。她赤脚跑到窗前，观察外面的情况。

普乐天也脱下日式长袍挂在衣架上，捡起木屐放在宋格脚下："穿上，一会儿侍应生送开水。"

宋格不情愿地穿上木屐："小坂正雄能来这里吃饭吗？"

普乐天说："这是'老A'的部署。他应该非常了解小坂正雄，小坂正雄肯定会去正阳酒楼吃饭。至于是不是这家，我就不知道了。"

"你在押宝啊？这不是开玩笑嘛！"宋格扭头看窗外，"朱叔叔快到了。小鬼子会向他开枪吗？"

普乐天与宋格并肩站立："小鬼子杀人放火是家常便饭，苍井巷更是变态至极。不过，小鬼子在太平洋战场上连连失利，在中国战场必然穷凶极恶。我认为他们还没有蠢到和遍布上海各行各业的红帮人过不去。周佛麟已经答应出面协调，按理说，小鬼子应该按规矩出牌。"

一辆轿车不停地鸣着喇叭，在人群中向前蠕动。

宋格指着轿车，低声说："'老A'来了。"

普乐天看了看轿车，推开窗户，把头探出去。

原宝轩有节奏地鸣笛三声，回应普乐天。

又有一辆轿车蠕动着进入人群。

普乐天关上窗户:"小坂正雄来了,我们等'老A'的信号。"

他的话音刚落,窗外就传来阵阵海螺声。原来,红帮弟子纷纷从怀里拿出海螺吹起来,足足吹了一分钟。

这是红帮弟子恭迎帮主的仪式。

朱子刑坐在轿椅上,四名红帮弟子把他抬到梅机关大门口。朱子刑高声喝道:"投贴,拜山门!"

一名红帮弟子捧着竹简,递给守在门口的铃木次郎,然后像使者一般躬身退到朱子刑身后。

铃木次郎从未见过这样的阵势,不知道红帮葫芦里卖的是什么药,立即拿着竹简向苍井巷汇报。

此时,原宝轩和小坂正雄已经来到苍井巷的办公室。

苍井巷接过竹简,草草地看了一遍,递给原宝轩:"大总管,这个朱帮主太没礼貌了!"

原宝轩看完竹简,看了看小坂正雄和苍井巷:"他们想干什么?"

小坂正雄解释说:"投竹简拜帖是红帮的最高礼节。"

苍井巷满脸疑惑:"当真?"

原宝轩说:"小坂君是中国通,肯定比我们了解红帮。"

小坂正雄瞥了原宝轩一眼:"看来岩井公馆一直关注满铁嘛!"

原宝轩摆摆手:"我们是不得不关注。这是岩井公馆的分内工作,我们做不好的话,小坂君肯定不满意,后果很严重的。"

小坂正雄说:"根据满铁的调查,红帮近两年一直减员,一部分红帮弟子莫名其妙地失踪了。"

原宝轩说:"上海这么乱,一些人失踪应该是正常现象。"

小坂正雄反驳道:"红帮弟子依靠红帮还能吃碗饭,离开红帮这棵大树,他们根本无法生存,应该不会主动离开上海的。据统计,离开红帮的人有八百之众,怎么解释?"

苍井巷想了想:"被另外一个组织接收了?"

小坂正雄点点头:"这是唯一能解释得通的说法。"

原宝轩似乎难以置信："难道红帮与重庆方面还有勾连？"

小坂正雄说："岩井公馆不是专门搜集延安方面和重庆方面的情报嘛，如果红帮与这两个地方有勾连，你们应该知道啊。"

原宝轩说："这些人不是一下子消失的，而是一点一点地消失的，我们根本不可能注意到。如果不看统计数据，谁会把这种现象作为关注点呢？苍井君，红帮弟子袭击帝国军舰的真实动机调查清楚了吗？"

苍井巷说："他们能有什么动机？五个人怎么可能劫持装备精良的帝国军舰？他们招认是误撞，我觉得说得通。那天的雾确实很大。"

小坂正雄提醒道："那么大的雾，他们还要出海，太反常了吧？"他指指窗外，"现在他们明显是向我们施压嘛。"

苍井巷说："施压就是造反，必须镇压！"

原宝轩说："我们不能空口说白话，必须得有证据，否则外务省不可能给军部擦屁股！"

小坂正雄说："满铁调查报告马上就写好了。苍井君，满铁在调查过程中发现，红帮帮主朱子刑与特工总部的陈恭如交往甚密。"

苍井巷说："陈恭如是李墨群的心腹，现在李墨群的势力越来越大，已经不怎么听话了。我们正好借此机会，好好彻查陈恭如。如果他与红帮有见不得光的事，我们就拿他祭旗！"

原宝轩说："苍井君，我必须提醒你，李墨群和晴气机关长关系甚密。你若动陈恭如，必须先知会晴气机关长。"

苍井巷点点头："多谢大总管提醒。"

小坂正雄愤愤地说："你们恐惧这个，担心那个，还做不做工作了？我来此之前，监听到宋万堂打给周佛麟的电话，他要周佛麟出面疏通，周佛麟下午会来梅机关。"

苍井巷说："周佛麟出面的话，我就得请示晴气机关长了。"

小坂正雄摆摆手："晴气机关长在南京，不了解现状，很难给出正确批复。"他走到窗前，看了看在大门口静坐的红帮弟子，把原宝轩和苍井巷叫到身边，指着大门口说，"在满洲，支那人吃白米饭都犯法。在上海，支那人敢如此狂妄，说明我们让他们吃得太饱了，日子过得太滋润了。"

苍井巷说："支那人生性顽劣，就不能让他们过舒服的日子。"

小坂正雄说："他们敢袭击帝国军舰，罪不可赦。"

原宝轩说："小坂君，兹事体大，我们还是小心为上。"

小坂正雄面目狰狞："越怕越有鬼。两天后，待我的报告齐备，坐实红帮的罪名，我们就全力剿杀他们。屠刀之下出顺民，这是亘古不变的真理。"

原宝轩见火候已到，立即转移话题："小坂君，正阳酒楼是上海华中振兴株式会社的产业吧？"

小坂正雄说："大总管明知故问。"

原宝轩说："今天我已经到正阳酒楼门口了，你不请我尝尝雪国烧鹅？"

小坂正雄哈哈大笑："我早就想和大总管小酌几杯了。"

梅机关大门口杀气渐浓，苏州河畔的凌云洲也将走到鬼门关。

金十和老贺已经调查清楚，北京东路与四川中路交会处，是暂住桃源里的凌云洲上下班的必经之地。

他们为了一举做掉凌云洲，设计了五连击计划。

第一步，在北京路和四川路交会处街道中间的窨井中安放炸弹，由陈刚扮成人力车夫在街边等候，待凌云洲的轿车经过窨井盖时，陈刚就引爆炸弹。

第二步，如果第一步没有炸死凌云洲，化装成卖糖葫芦小贩的莫康从街对面补枪。

第三步，老贺驾驶盗来的轿车，从桃源里门口跟踪凌云洲。一旦凌云洲躲过炸弹，老贺加速撞击凌云洲的轿车，迫使凌云洲下车后再撞。

第四步，金十驾车在北京东路和四川中路交会处等候。如果老贺无法撞击凌云洲的轿车，金十驾车与凌云洲的轿车并行时击毙凌云洲，或者将美式手雷扔进凌云洲的轿车里。

第五步，李致隐藏在四川中路与北京东路交会处的上海银行楼顶，伺机狙杀凌云洲。

这是连环杀，凌云洲必死无疑。

李致早早地隐藏在上海银行楼顶。她在目镜里，目睹陈刚、莫康和金十布置暗杀陷阱。

李致意识到，凌云洲在劫难逃。

上午9点钟，她看到凌云洲和老贺的轿车，一前一后地沿着四川中路向北京东路驶来。

凌云洲的轿车已经进入狙击步枪的有效射程内，她已经能看清凌云洲的脸。

一分钟后，凌云洲的轿车驶到十字路口，陈刚已经把引爆线攥在手里。

李致果断地扣动扳机。

李致的枪法精准无比，向来一击必中。

可是，弹头击穿轿车的前挡玻璃后，竟然擦着凌云洲的左耳上沿飞过去。

李致准备再次扣动扳机时，凌云洲猛打方向盘，轿车一下子拐向北京东路，她的视线被街边茂密的树枝遮挡。

老贺猛踩油门，轿车嘶吼着撞向凌云洲的轿车。

伴随"咣当"一声，凌云洲的头狠狠地后仰。他意识到有人追杀自己，便狠踩油门，轿车又弹射出去。

陈刚、莫康从四川中路冲过来，向凌云洲的轿车连连射击。

金十驾车与凌云洲的轿车并行。金十甩出砖头砸碎凌云洲轿车的车窗玻璃，拔掉手雷的销钉准备扔进凌云洲的轿车内。凌云洲瞥见金十要扔手雷，猛踩刹车，猛打方向盘，轿车漂移，车尾撞到金十轿车的侧面，然后加速离去。

因轿车惯性的作用，金十手中的手雷一下子掉到自己的车里，冒出蓝烟。

金十拉开车门，滚到车外。

"轰"的一声巨响过后，金十的轿车变成一个巨大的火球。

枪声、爆炸声，引起在周边巡逻的日本宪兵注意，叫喊着冲过来。

陈刚、莫康跑到金十身边，架起金十跑到不远处的轿车前。三人狼狈地钻进轿车后，轿车嘶吼一声，迅速消失在北京东路尽头。

李致走出上海银行大楼大门，见金十、陈刚和莫康已经撤退，便四下寻找老贺。她看到老贺驾驶的轿车已经变形，老贺的大腿被卡在方向盘下无法动弹。

老贺从后视镜里看到日本宪兵冲过来，自知无法脱身，便忍痛持枪射击。

三个日本宪兵逼近老贺的轿车，却不在老贺的射击范围之内。李致一手提着箱子，一手掏出手枪向三个日本宪兵射击。三声枪响后，三个日本宪兵被击毙。

但是，她左肩也中弹了。

凌云洲把变形的轿车停在李致面前。他打不开车门，只能冲李致招手。

李致二话不说，将箱子扔进凌云洲的轿车内，一个箭步跳起，右手抓住车窗上沿，双脚在前，头在后，像鲤鱼入水一般钻入轿车。

这一幕，被驾车返回来接应李致的莫康看见了，顿时一脸诧异。他来不及多想，开始寻找老贺。

一群日本宪兵已经包围了老贺的轿车。老贺看到莫康，微笑着挥挥手，然后拉响了车座下的手榴弹。

~ 184 ~

时间：1943年4月5日，星期一。
地点：上海，日占区，虹口，梅机关。

一年以来，普乐天一直懊悔自己没有早点儿读懂罗亭的心思。

他们结婚十多年，虽然聚少离多，但毕竟还是同在上海战斗的战友，他怎么就没有察觉她有毅然赴死的苗头呢？

他知道，既然他们选择革命，就必须做好随时牺牲的准备。他与罗亭在白色恐怖之中战斗，也许活着才是偶然。他和宋格走到一起，却是罗亭自愿选择牺牲的必然。

这种结果，让他无法释怀，更无法面对他与宋格的婚姻。

台风小组启用后，他和宋格负责执行工作。宋格出身红帮，从小习武，身手不错，尤其她向罗亭学习枪法后，逐渐成为一名优秀特工。

但是，在暗杀几个日伪政府官员过程中，他们的配合似乎不如以前那么默契。宋格知道，罗亭的牺牲对普乐天的打击太大，他早已把生死看淡。

现在宋格和普乐天结为夫妻，但是罗亭依旧像一座大山一样，硬生生地横亘在他们中间，让他们身在咫尺，心在天涯。

在正阳酒楼的房间里，普乐天全身心地准备狙杀前的工作，就像一位科学家身处实验室中，彻底沉浸在他的又一次实验中。

宋格站在普乐天面前，就像站在望夫崖上盼望丈夫回归的留守女人，心里充满期盼。

她知道，每次他们执行这种任务，就像在刀尖上跳舞。他们说的每句话，都可能是诀别；他们在每分钟后，都可能阴阳两隔。

如果这一次，成为最后一次，她会不会有遗憾？有，肯定有太多的遗憾。她甘心吗？不，她有太多的不舍。

她猛地扑到普乐天身后，紧紧地抱着他，想与他融为一体。

普乐天怔住了，像雕塑一样足足呆立一分钟。他面对宋格，就像面对债主，以命相抵都无法还清。

当大脑不再空白，他轻轻地拍了拍宋格的手背："原先生要出来了。"

宋格意识到自己有些失态，猛地松开手，拍了拍发烫的脸颊，从和服后面的"着物"里取出望远镜，递给普乐天："看信号。"

普乐天接过望远镜，躲在窗边，窥视梅机关大门。

大门打开，两辆轿车依次从梅机关驶出。

轿车驶出梅机关大门后，原宝轩拉开车帘，摇下车窗，抽出两支烟，手一抖，烟掉在脚下。他猫腰捡起烟，一脸嫌弃地扔到车外。

这就是原宝轩向普乐天传递的信号。

两支烟代表"2号目标"，就是正阳酒楼东照里分店。

普乐天扭头告诉宋格："目标，东照里。"

宋格收拾好东西准备离开,见普乐天依旧举着望远镜,问道:"怎么了?"

"要出事儿!"普乐天把望远镜递给宋格。

宋格看到梅机关大院里出现一排平举步枪的日本宪兵,日本宪兵对面的一堵墙前站着三个血肉模糊的红帮弟子。她调整焦距,惊叫一声:"啊,是潘老五!"

梅机关大门再次打开,苍井巷带领一群梅机关特务,径直走到朱子刑身前,将竹简摔到地上,喝道:"我们是帝国军人,只知道军规!"

朱子刑站起来:"我只知道帮规!请问苍井课长,我红帮弟子到底犯了何罪,被你们无故拘押?"

苍井巷怒喝:"袭击帝国军舰,等于侵犯帝国领土,还不够吗?"

"证据呢?"

"携带武器,当场抓获。"

"亮家伙!"朱子刑猛地挥手。

红帮弟子纷纷从腰间掏出武器,高高举起,并吹响海螺。

朱子刑说:"身处乱世,匪盗横行,红帮弟子持武器防身,也是迫不得已!"

苍井巷扫视一眼红帮弟子手中参差不齐的武器,脸上露出鄙夷之色:"防身当然可以,袭击军舰不行,必须以破坏大东亚共荣罪论处。"

朱子刑目光如炬,死死地盯着苍井巷:"红帮人心中只有生意,眼中只有利益。海上雾大,船船相撞乃不可避免之事。五个人持手枪袭击帝国坚船利炮,你信吗?"

"我确实不信,但你的人承认了。"苍井巷一挥手,一个梅机关特务递过一个文件夹,"这是他们的供词,朱帮主可以看看嘛!"他立即提高嗓门,"按照法律,他们已被判处死刑,立即执行。"

朱子刑不想看文件:"你把你爹交给我,一天之内,我肯定能让他招认是我儿子,你信不信?"

苍井巷冷笑道:"支那人,只逞口舌之能!"他说完转身返回梅机关。

大门内传来一阵枪声后,潘老五等人被打成筛子。

朱子刑万万没想到，苍井巷竟然敢在他的眼皮底下枪杀红帮弟子，于是命令红帮弟子继续吹响海螺，以示抗议。

这一幕，普乐天看得很清楚，却无奈地摇摇头。

宋格一把扳过普乐天的肩膀，盯着他的眼睛，问道："如果我们站在潘老五那个位置，你会想什么？"

普乐天摇摇头："我绝对不会让你站在那里。"

宋格眼里噙着泪花："不，不是我，是我们。我选择了这条路，从不觉得自己是个例外。你怎么就不问问我那时会想什么呢？"

"你会想什么？"

宋格抽噎着说："我会想得到你的拥抱。我们能拥抱着面对敌人的枪口，我觉得一切就很值得了！"

普乐天望着宋格充满幽怨的眼睛，心头一紧："这个衣食无忧的千金小姐，本可以在纸醉金迷的上流社会醉生梦死。只因为爱上自己，她就放弃了别人奋斗一辈子也未必得其万分之一的生活，和自己一起与狼共舞，怎么连拥抱一下自己都成为奢求了呢？"

他不由自主地将宋格拥入怀中，深深地亲吻着她的香唇。

泪流满面的宋格，贪婪地享受着。

此刻，她觉得自己是世界上最幸福的女人。

仿佛过了一个世纪，宋格推开普乐天，又恢复到以前调皮的模样："该干活儿了！"

~ 185 ~

时间：1943 年 4 月 5 日，星期一。

地点：上海，日占区，成都路，贫民区。

凌云洲把轿车停在一片贫民区的巷口，背着李致，手提木箱向巷内跑。

第六章 暗 战

一棵老槐树下，头发灰白的聋哑人坐在小院门口，一双空洞的眼睛犹如两眼枯井。

世人，甚至包括邻居，都把聋哑人忽略了。

在上海，只有凌云洲在乎他，因为凌云洲知道他是身怀绝技的名医。

凌云洲从莫斯科来到上海后，整日混迹于上海各种场所，结交三教九流。那年冬天的一个夜晚，他从酒吧出来，见天空飘着雪花，一时兴起，就沿着黄浦江边往家走。

走着走着，他就发现路边躺着一个人。他走近一看，那个人浑身是血，气若游丝，身上落满被血染红的雪花。

上海的冬天，每天都有因饥饿寒冷而死的人，或者被黑帮砍死的人，凌云洲对此见怪不怪。他刚想绕过那个人，那个人嘴里发出含糊不清的呻吟声，似乎在向他求救。

凌云洲站在那个人身边，思索一会儿，犹豫救不救那个人时，一个黄包车车夫停在凌云洲身边，大声喊道："再不送医院，他就死了！"

其实，车夫以为那个人是凌云洲的亲戚。他家就在医院附近，不想空车跑回家。

凌云洲让车夫把那个人抬到黄包车上。他本想跟在黄包车后面跑，车夫却让他坐车，他也就没有推辞。到达医院，车夫收了两份车钱，然后哼着评弹小调回家了。

凌云洲把那个人送进急救室。大夫检查后，诊断那个人是被人打伤的，断了三根肋骨，需要住院治疗。凌云洲本想等那个人醒来后，让他的家属前来陪护，没想到他竟然是没儿没女的聋哑人。

凌云洲通过手语交流得知，一个从青帮地盘上的妓院跑出来的妓女无处可去，被聋哑人收留。后来青帮人找到聋哑人，不但绑走妓女，还把聋哑人毒打一顿后扔到黄浦江边。

凌云洲告诉聋哑人，他已经为聋哑人垫付了治疗费用，待聋哑人养好伤之后，再送聋哑人回家。聋哑人却执意回家养伤。

凌云洲拗不过聋哑人，就把聋哑人送回家。到聋哑人家后，聋哑人好像懂些医术，开了一个方子，让凌云洲照方抓药。凌云洲想把好人做到底，不但给聋哑人买药，每天还给聋哑人买吃的喝的。

熟络之后，凌云洲得知聋哑人名叫柳鸣堂，年轻时在北洋水师担任军医。因他举报上司贪污军饷，被上司暗害变成聋哑人，还被开除军籍，赶出北洋水师。

凌云洲敬佩柳鸣堂的为人，就与他成为忘年交，隔三岔五地来看望他。

有一年，一个中共上海地下组织成员叛变，供出一个重要的秘密联络站。称病在家的凌云洲得知消息后，连夜赶到那个秘密联络站，发现特工总部的特务正与秘密联络站的同志交火。

凌云洲在掩护秘密联络站的同志撤退时中弹，又不敢去医院，就近躲到柳鸣堂家。柳鸣堂不但为凌云洲取出弹头，还用独家配置的药物，使伤口快速愈合，不但没有耽误凌云洲上班，还没有引起特工总部的人注意。

柳鸣堂见凌云洲背着浑身是血的李致，意识到情况紧急，非常麻利地搭成一个简易的手术台，取出自制的麻醉药灌入李致口中，然后准备手术工具。

待李致彻底麻醉后，他们合力脱下李致的上衣。凌云洲看见李致的肩部有一个清晰的伤疤。

那个伤疤如刀光一般划过凌云洲的眼睛。凌云洲眼前立刻浮现出一年前身穿婚纱的宫本芳子中枪后的画面。

同样的长相，同样位置有伤疤，天下应该没有如此巧合之事。此刻，凌云洲确信，李致就是失踪的宫本芳子。

柳鸣堂犹如入定的老僧，专注地做手术，根本没有顾及心里五味杂陈的凌云洲。

凌云洲强打精神给柳鸣堂递工具。向来做事缜密的他，竟然几次看错柳鸣堂的手势，递错了工具。

一个简单的手术，让凌云洲感觉自己在李致身边站了三千年。

做完手术，柳鸣堂麻利地收拾好工具，把血衣放在装有草木灰的木桶内浸泡，擦掉屋里院外的血迹，才回到客厅休息。

凌云洲无骨一般瘫倒在沙发里，一动不动。

柳鸣堂连喝三杯茶后，用手语告诉凌云洲，不要担心李致，她很快就会醒来。他出去买坛酒，给凌云洲压压惊。

柳鸣堂出去后，凌云洲艰难地坐起来，双手抱头，狠狠地揪着头发。

他突然站起来，打开李致的箱子，看到里面是拆卸后的狙击步枪，顿时想到那颗从自己耳边飞过去的弹头。

凌云洲心里顿生无数疑团。

"如果她真是宫本芳子，当时她身受重伤，又服下剧毒，是怎么离开婚房的？她为什么没有返回梅机关？一年多的时间里，她去了哪里？她怎么又成为刺客同盟的职业杀手？她为什么要暗杀她的父亲？她为什么为了钱暗杀藤原？她为什么要暗杀我呢……"

他们相遇后发生的事情，都不应该是宫本芳子能做的。

凌云洲想到他与宫本芳子最后一次见面时，她已经说出他的真实身份。他骗过了全世界，唯独没有骗过真正爱他的她。

他合上箱子，走到另一个房间里的手术台前，拔出匕首抵在李致脖颈儿上。

只要他轻轻一划，她的颈动脉和气管便会同时断裂。

内心深处，有一个声音追问凌云洲："她为什么要杀宫本正仁？她为什么要杀藤原？"

这个问题，凌云洲回答不了，也让他无力划动匕首。

没有人生来就是坏人，宫本芳子也一样。她和凌云洲相爱时，她只想成为在家相夫教子的好妻子，而不是侵略者的帮凶或爪牙。

如果她是宫本芳子，她到底经历了什么，才让她做出如此巨大的改变呢？

凌云洲决定弄清楚她到底是不是宫本芳子，不给自己留下任何遗憾。

他收起匕首，一脸茫然、不知所措地退回客厅。

柳鸣堂买酒菜回来，就去看李致。

李致醒了，无力地问柳鸣堂："你是谁？我在哪里？"

柳鸣堂没有回答她，转身回到客厅告诉凌云洲，李致已经醒了，且无大碍。

凌云洲来到李致身边。李致看到凌云洲，挣扎着想坐起来。

"你左肩中弹，没有伤及骨头，休息几天就好了。"凌云洲盯着李致的眼睛，佯装无事一般。

"这是哪里？那个人是谁？"李致依旧挣扎着坐起来，想马上离开。

凌云洲挡住李致的去路："你们联手刺杀特工总部副主任，外面的人都在抓你，你能去哪里？你们想杀我，我救了你，你就这样一走了之，于情于理都说不过去吧？"

李致冷冷地说："谢谢！你可以把我交出去。我的命虽然不值钱，但是暗杀藤原的凶手，肯定能给你换点儿赏金。我们扯平了。"

凌云洲说："我想知道，谁出钱雇用你们杀我。你把这件事告诉我，我们就扯平了。"

李致一时语塞。她无法回答凌云洲的问题。

"你不想说，或者不能说，我都能理解。你就说说一年前的自己，或者你小时候的事，这总可以吧？"凌云洲坐在手术台边上，缓声说道。

"这——"李致用手揉着太阳穴，"这——"

"也不想说？"凌云洲暗中观察李致的肢体动作和面部表情，感觉她不像刻意回避他的问话，而像努力地回忆。

李致摇摇头："是说不清楚。我说我什么都不知道，你信吗？"她摇摇头，"你肯定不信，但我没有办法。"

凌云洲突然问道："你认识宫本芳子吗？"

如果李致认识宫本芳子，或者她就是宫本芳子，在毫无准备的情况下，突然面对这个问题，肯定会呈现一丝慌乱。

"宫本芳子——怎么感觉这么熟悉呢？"李致摇摇头，"不认识。"

凌云洲没有捕捉到那丝慌乱，便起身说道："这里很安全，适合你养伤。外面有酒有肉，你想吃的话，就跟我出去。"

其实，李致早就饿了。她听凌云洲这么说，便跟随他走出去。

~ 186 ~

时间：1943 年 4 月 5 日，星期一。

地点：上海，日占区，桃源里，宫府。

松岛凉子绝对是日本"变态教育"的典范，在效忠天皇这一点，她已经达到无我的境界。只要天皇需要、国家需要，她就能无条件地奉献自己的所有，并为此感到自豪。

现在，她坐在离桃源里大门口不远的轿车里，见手表时针指向 10 点，意识到江澄子要出来了。

上午 10 点，江澄子接到黑川梅子的电话，约她去正阳酒楼东照里店吃饭。

松岛凉子见江澄子驾车驶出桃源里，便提着一个精致的青花瓷瓶，从轿车里钻出来。

她要去验证吴己楠到底是不是哑人。

她的验证方法简单粗暴，但绝对有效。那个青花瓷瓶里，是宫本正仁按照古方熬制的汤药。此药有剧毒，会让人失去自控能力。她要以帮助吴己楠治疗哑疾为由，让吴己楠喝下此药，就知道吴己楠是真哑还是装哑了。

"B 计划"决定着日本的国运走势，只能成功不能失败。藤原死后，宫本正仁不得不倚仗原宝轩，必须确保原宝轩及他身边的人毫无问题。

松岛凉子进屋后，用手语与吴己楠交谈："我叫松岛凉子，是宫本先生的助理。宫本先生为您寻到专治哑疾的秘方，并熬制成药汤，让我给您送过来，希望您早日康复。"

吴己楠接过青花瓷瓶放在茶几上，用手语表示："多谢宫本先生惦念。"

松岛凉子说:"此药熬制好后,必须在一个小时内喝下,否则疗效会大打折扣。"她假装看表,"已经过去五十分钟了。"

吴已楠点点头,去厨房拿来碗,倒出一碗喝下。

两分钟后,吴已楠便感觉腹部宛如刀割一般疼痛,浑身喷涌冷汗,如同淋浴。

"宫本先生说,这是正常反应。您不用担心。"松岛凉子取出手帕帮助吴已楠擦汗。

吴已楠双手剧烈抖动,难以自制,把茶几上的青花瓷瓶扫到地上,药汤溅了一地。

松岛凉子盯着吴已楠,故意问她:"你哪里不舒服,可以说出来,说出来就好了……"

吴已楠很想说话,很想大声喊叫,但她凭借强大的意志力,"咿咿呀呀"地比画,表示她非常难受。她把中指伸入嘴里,想把药物探出来。

松岛凉子抓住吴已楠的手:"此药特别贵重,您千万别吐,忍一会儿就好了。您告诉我哪里不舒服,我给您按摩一下。"

吴已楠为了让松岛凉子不再说话,时而在自己身上乱指,"咿咿呀呀"地乱叫,时而狠狠地抓挠松岛凉子的脸。

松岛凉子感觉吴已楠像疯了一样,手劲大得超出她的想象,吓得她起身躲避。

吴已楠发现攻击松岛凉子是转移注意力的最好办法,于是她嘶吼着追打松岛凉子。

松岛凉子只好到处躲闪。她躲闪一会儿后,确认吴已楠确实无法像正常人那样发声,就从口袋里掏出一个小木盒,从中取出一粒绛紫色药丸,趁她们撕扯的间隙,把药丸塞进吴已楠嘴里。

吴已楠似乎体力透支,瘫坐在地上,大口喘着粗气。

松岛凉子对吴已楠说:"惠子夫人,您对此药的副作用反应太大,好像不适合服用。我马上回去禀报宫本先生,让他换个方子。"她说完,逃也似的跑出去。

第六章 暗 战

松岛凉子特别担心，一旦失去自控能力的吴已楠拿到手枪，肯定会击毙她。

松岛凉子回到宫府，向宫本正仁描述了吴已楠服药后呈现的各种症状。

宫本正仁思索一会儿："看来是我多虑了。"

"她会不会凭借强大的意志力控制自己呢？我见过很多共匪都能忍受各种酷刑。"谨慎的松岛凉子不敢轻易下结论。

"她是养尊处优的女人，根本无法抵抗药力。'B计划'不能再拖延了，必须马上实行。我们再瞻前顾后，就会错过最佳时机。"宫本正仁像下了很大决心似的，"对于原宝轩，我们在观察中使用，在使用中观察。"

松岛凉子说："您的判断向来很准确，原宝轩应该不会有问题。"她转而问道，"东条特使马上到达上海，我们需要做什么准备？"

宫本正仁哼了一声："哼，拿着鸡毛当令箭的家伙，狗屁特使！东条川赖不过是东条英机豢养的一条狗。"他摇摇头，"一人得道，鸡犬升天啊！一个奴才也能到上海指手画脚了。不说他了，你留下，晚上和萧易寒一起吃饭。饭后，我们好好聊聊。"

宫本正仁、松岛凉子和萧易寒吃过晚饭后来到茶室，跪坐在茶桌前说话。

"说说唐墨吧。"宫本正仁得知萧易寒使用变态的手法，已经让唐墨开口。他因为忙于调查藤原被杀一案，还没有了解具体情况。

"唐墨，重庆侍从室特派员。"萧易寒将一个桃子切成十几块放在碟子里，将叉子递给宫本正仁，"他曾经是侍六组的外派特工，代号'书'。"

"他来自蒋介石的'军机处'？这枚棋子我们必须利用好。"宫本正仁叉起一块桃子放入嘴里，慢慢咀嚼。

"唐墨交代，重庆方面已经通过特殊渠道得知，我们要在上海实行'B计划'，并指派'姜太公'进行破坏。"

"'姜太公'？在哪里，到底是谁？"宫本正仁直视萧易寒。

萧易寒摇摇头："唐墨只知道'姜太公'位高权重，就连蒋介石都非常尊重他，侍六组无人知道他的真实身份。唐墨推断，他可能是陈其美的人。"

宫本正仁皱皱眉："看来这个'姜太公'不可小觑啊！"

松岛凉子将茶煮好，给宫本正仁、萧易寒各倒一杯，随后问道："虹口和吴淞口爆炸案，是不是'姜太公'指使人干的？"

萧易寒点点头："沪宁两地的军统和中统均由'姜太公'掌控。如果此案是军统分子或中统分子所为，他肯定脱不掉干系。"

宫本正仁抿了一口茶，转移话题："你觉得如何使用唐墨，才能发掘出他的最大价值？"

萧易寒说："这件事，我反复权衡过。我和他里应外合，先除掉上海的侍六组特工，为他进入侍六组扫除障碍。把他安插到侍六组，做我们实行'B计划'的内应。"

宫本正仁点点头："此事你全权负责，直接向我汇报。"他略微思索一下，"有项任务，可能需要你俩配合才能完成。"

萧易寒和松岛凉子异口同声："请您吩咐。"

宫本正仁说："黑川梅子经过长期观察，判断共生证券公司的普乐天极有可能是中共'13号'、中共门徒小组成员'野兔'。"

萧易寒难以置信："这么巧？唐墨就是南京唐氏的代表，可以直接接触普乐天。"

松岛凉子补充道："南京唐氏可是和平建国军第三集团军总司令唐正声的产业，共生证券公司的股东之一。"

宫本正仁问萧易寒："唐墨是南京唐家人吗？"

萧易寒回答："是的。唐墨在南京使用的身份是真实的。"

松岛凉子问："唐墨要在共生证券公司工作吗？"

萧易寒回答："是的。"

宫本正仁沉思片刻："我们接下来的任务有二：第一，立即着手调查普乐天；第二，铲除潜伏在上海的所有侍六组特工。"

第七章 复 活

~ 187 ~

时间：1943年4月5日，星期一。
地点：上海，日占区，虹口，东照里。

刺杀小坂正雄的行动计划，是原宝轩制订的。

根据岩井公馆的调查结果，原宝轩发现小坂正雄正在秘密调查红帮。满铁负责东亚地区的情报搜集与分析工作，一旦小坂正雄给出必须清剿红帮的结论，日军就会立刻执行。

必须除掉小坂正雄，必须销毁他撰写的《红帮调查报告》，必须给红帮弟子留出足够秘密撤离上海的时间。

三千红帮弟子，涉及三千个家庭。被查出与共产党有联系的红帮弟子如何撤离上海，没被查出与共产党有联系的红帮弟子如何继续蛰伏上海，是一项浩大的工程，没有充足的时间根本无法完成。

杀掉小坂正雄、销毁他撰写的《红帮调查报告》，虽然是暂时应急之法，却也能延迟日军清剿红帮的时间。日本人做事向来死板教条，没有满铁提交的调查报告，他们应该不会对红帮动手。

杀掉小坂正雄的原因不止这些。小坂正雄久居上海，与上海各界都有关系，尤其与军部和外务省关系甚密，还是代替藤原执行"B计划"的最佳人选。

不能给宫本正仁有选择的余地。只有除掉小坂正雄，才能确保原宝轩接触到"B计划"。

最重要的是，原宝轩必须拿到小坂正雄撰写的《红帮调查报告》，否则即便除掉小坂正雄也毫无价值。

满铁上海调查部防卫森严，把《红帮调查报告》偷出或调换，是非常困难的。原宝轩采取了最简单的办法，让小坂正雄把《红帮调查报告》带到东照里。

换句话说，原宝轩要明抢。

明抢，最简单，也最危险。

最危险，也最安全。只要普乐天击毙小坂正雄，原宝轩就能规避危险。

原宝轩相信令敌人闻风丧胆的中共门徒小组"野兔"一定能出色地完成击毙小坂正雄的任务。

原宝轩和小坂正雄抵达正阳酒楼东照里分店。小坂正雄取消了在二楼预定的雅间，随机选了一楼的雅间，吩咐保护他的三个满铁特工在门外警戒。

走进雅间后，小坂正雄认真地检查了门窗，随手拉上窗帘。

原宝轩微微笑道："小坂君很谨慎呀！"

小坂正雄摇摇头："身处乱世，不得已而为之。"

酒菜早已备齐，很快就端上来。原宝轩端起酒壶，给小坂正雄倒酒。

小坂正雄用手指轻叩桌面："我的朋友不少，但能令我敬重的人，唯有原先生。原先生能在苏联全身而退，必有过人之处。"

原宝轩摆摆手："小坂君谬赞了。藤原君才是旷世大才，可惜他以身殉国，实乃帝国无法挽回的损失。"

"青山处处埋忠骨，何须马革裹尸还！"小坂正雄表情凝重，举起酒杯，将酒洒在地板上，"我和藤原君是同学，常有书信来往。这次他来上海，我本想与他把酒言欢，不料……"

"那就让我们继续完成藤原君未竟的事业吧。"原宝轩端起酒杯一饮而尽，"他动身之前曾给我发电报，让我了解一下《红帮调查报告》。"他说着从公文包里拿出一份电报递给小坂正雄，"这是藤原君以外务省的名义发给我的电报。"

小坂正雄接过电报，认真看完后问道："外务省这些官僚，为何对支那的黑帮组织如此上心？"

原宝轩摇摇头："藤原君没有细说，我不太清楚。如今他玉碎，我也不知道如何跟进此事。"

"他没有与你细说，说明他信任你，你按自己的想法操办即可。"小坂正雄突然压低嗓门，"这份电报，藤原君虽然以外务省的名义发给你，但他却是东条首相的人，恐怕军部已经关注上海红帮了。"

原宝轩一脸惊诧表情："军部已经关注上海红帮？难道军部也要剿灭上海红帮？"

小坂正雄正色道："上海红帮亲共已是不争之实，所以不能等他们坐大。据我调查，即便把上海红帮人杀光，冤死者也许只有一二。"

原宝轩点点头："满铁做事就是认真，原则性强。一群支那垃圾，抓也就抓了，杀也就杀了，根本不用调查嘛。"

小坂正雄摆摆手："支那有句名言，天下大事必做于细。凡事多看一步，多想一点，没有坏处。支那人不是讲究'师出有名'嘛，上海红帮虽然只有三千人，但全世界却有十万之众。剿杀红帮，没有说得过去的理由，对上海各方势力都不好交代。"他又看了看电报，"这份电报我收下，我命人把《红帮调查报告》送到这里，原先生随便看一看，对岩井公馆也算有个交代。"

原宝轩连忙摆手："小坂君撰写的报告，肯定准确无误，我就没有经手的必要了。"

小坂正雄纠正道："该走的程序还是要走的。万一以后发生什么事，你我因为程序缺失受到牵连不值得。"

原宝轩颔首："小坂君做事缜密，是我欠考虑了。"

小坂正雄说："我去打电话，命人把报告送过来。"他起身走到门口侧耳听了听，扭头想了想，"东条川赖要来上海了。"

原宝轩一怔："东条川赖要来上海？不会吧？"

"这就是我不让你深究此事的原因。"

"谢谢!"

小坂正雄挤挤眼睛,拉开门走出去。

原宝轩暗暗思忖,东条川赖是东条英机的大管家,曾任关东军参谋本部参谋长,是东条内阁的首席幕僚。现在日军在太平洋战场连连失利,他应该在东京值守,跑到上海做什么呢?

恶鬼不会无故上门的。这个消息必须尽快向延安方面汇报,甚至还要让重庆方面知晓。

"中午12点就能送到。"小坂正雄进来看看表。

原宝轩也看看表:"我出去方便一下。"

原宝轩的"方便",是想给普乐天提供方便。按照事先约定,此刻普乐天应该在洗手间等待原宝轩提供小坂正雄所在的位置。

出乎原宝轩意料的是,普乐天并没有在洗手间。

原宝轩搜遍洗手间,也不见普乐天,额头便渗出冷汗。

那份电报是伪造的,一旦小坂正雄回到满铁核对,原宝轩就无法解释自己今天的言行。

原宝轩决定自己动手,做掉小坂正雄。

他知道,一旦他那么做,结果只有一个——牺牲。

能把上海红帮带到正确的道路上,牺牲他一个人也是值得的。他把心一横,决定除掉小坂正雄和送报告的人,焚毁《红帮调查报告》。

原宝轩路过一个雅间时,看到江澄子和黑川梅子在里面吃饭,心中一怔,却无暇顾及。

"原先生!"宋格背着大包迎面走来,"您还认识我吗?"

"哦,普太太。"

宋格压低嗓门:"乐天让我来找您。"

"普先生呢?"

"窗户。"宋格说完疾步向洗手间走去。

"窗户?什么意思?"原宝轩不明就里地走到雅间门口,发现所有雅间都在走廊北侧，窗户都对着马路。

这一点，却被缜密的他忽略了。

他设计行动计划时，只考虑安排在哪家店，却没有考虑雅间的具体情况，真是天大的疏漏。

幸亏普乐天及时弥补了这个疏漏。

普乐天一定会选择在马路对面的民居楼里狙杀小坂正雄。

他现在要做的，就是让普乐天看到小坂正雄。

"小坂君，屋里是不是太暗了？"原宝轩进入雅间后，就拉开了窗帘。

他们在此密谈，拉开窗帘乃是大忌。

小坂正雄刚想阻止原宝轩，门外便传来一声"部长"。他怔了怔，满脸不高兴地命令送《红帮调查报告》的满铁员工进来。

满铁员工躬身捧着《红帮调查报告》，递给小坂正雄。

小坂正雄接过《红帮调查报告》，转身走到窗前拉窗帘时，一颗弹头突然穿透玻璃，钻入他的额头。

满铁员工惊愕地望着玻璃窗。还没等他反应过来，额头也被一颗弹头击中。

原宝轩拿起《红帮调查报告》，从小坂正雄的公文包里取出假电报，拉开门呵斥负责警戒的满铁特工："出事了！你们快去保护小坂君！"

三个满铁特工冲入雅间，跑到窗前向外看。两个被普乐天狙杀，一个迅速躲到窗后。

身穿侍应生工装的宋格闪身进来，抄起桌上的刀叉精准地插进躲在窗后那个满铁特工的脖子。

她在雅间里冲窗口做出一个"OK"的手势后，抄起椅子一顿乱砸，把打斗痕迹做得非常逼真。

原宝轩跑进洗手间，关上门，在马桶里烧掉《红帮调查报告》和假电报，并将灰烬冲净。

处理完毕后，原宝轩走出洗手间，见走廊里挤满逃命的人，便走进江澄子和黑川梅子的雅间，喝道："有人乱杀人，这里很危险，你们怎么还不走？"

江澄子说："现在外面到处都是人，我们这样的小身板儿，出去还不得被活活踩死啊！"

黑川梅子说："杀手没有那么傻，放两枪就会跑的。唉，敢到这种地方杀人，真是反了天了！"

原宝轩倚在墙上，轻轻撩起窗帘一角，见宋格驾车离去，心里踏实了。

~ 188 ~

时间：1943年4月5日，星期一。
地点：上海，公共租界，苏州河畔，四川路与北京路交会处。

光天化日之下，凌云洲遇刺、数名日本宪兵伤亡，惊动了梅机关和特工总部。

貌似人畜无害的凌云洲，怎么能成为暗杀对象呢？苍井巷实在想不出杀手作案的真实动机。

苍井巷曾经怀疑凌云洲通共，难道是他想多了？

苍井巷通知凌岳州、陈恭如，马上对案发现场进行详细勘查。

凌岳州搜遍案发现场，也没有发现凌云洲："根据报告，上午9点案发，现在已经是中午12点，如果凌主任中弹，必然凶多吉少啊！"

陈恭如狠狠地吸着烟："真不好说。我就纳闷了，什么人想杀这个'万金油'呢？"

"我们去问问日本宪兵，弄清楚案发时的情况。"凌岳州指指收集弹头和弹壳的日本宪兵。

案发现场已被丰田吉带领的日本宪兵控制起来。丰田吉向凌岳州、陈恭如汇报："根据现场勘查结果判断，这是一起有预谋、有组织的暗杀行动。"

丰田吉带领凌岳州、陈恭如来到窨井前："歹徒在窨井下安置炸弹。"他捡起一块弹片分析,"这种土炸弹的原材料,可以在黑市上买到。"

陈恭如接过弹片看了看:"共匪的野路子。"

凌岳州皱眉:"共匪?"

陈恭如将弹片递给凌岳州:"小作坊拼装的,但杀伤力不低,一般的流氓地痞肯定做不出来。"

丰田吉说:"根据走访调查,这里是凌主任这几天回家的必经之路。奇怪的是,凌主任的轿车为何在前方突然拐向北京东路呢?"

凌岳州查看完地上的刹车痕迹,又打量四周,指着上海银行大楼:"去楼顶看看。"

他们来到上海银行大楼楼顶,发现了两行不太明显的足迹。陈恭如站在楼顶边缘,向四川中路与北京东路交会处目测一下距离,做出狙击动作,说:"作案团伙中,起码有一个狙击手埋伏在这里。凌主任刹车转向,应该是狙击手开枪了,至于打没打中,真不好说。"

凌岳州说:"有狙击手,有炸弹,这是立体式饱和攻击,看来这伙人是铁了心要置凌主任于死地啊。"

丰田吉补充道:"我们确实发现一个女人提着箱子从这栋大楼里走出去。不过,她应该中弹了。"

凌岳州问:"那应该跑不远,人呢?"

丰田吉说:"当时乱成一锅粥,我们只看到凌主任的轿车突然开走了,那个女人也不见了。"

陈恭如说:"难道凌主任被那个女人劫持了?唉,我们就别在这里瞎猜了,找到凌主任,不就什么都知道了嘛。我马上命人全城搜寻凌主任,活要见人,死要见尸。"

凌岳州说:"我们再勘查一遍现场,找找其他线索。世界上就没有不留痕迹的案件。"

他们下楼后,陈恭如心不在焉地东瞅瞅西瞧瞧。凌岳州走到那辆轿车残骸边仔细地搜查。

忽然,凌岳州注意到,已经烧成焦炭的老贺手腕上戴着一块手表。

他把手表从尸骸上拿下来，擦拭过后，发现表盘虽然烧得模糊不清，但表壳上的字母却清晰可见。

他在德国买过同款手表。据说，上海拥有这款手表的人不会超过十个。

表壳上有一个手刻图案，虽然不太清晰，但他还是能认出来："难道是他作案？"他用眼角余光看了看正在分析案情的陈恭如和丰田吉，悄悄地把手表塞进口袋。

~ 189 ~

时间：1943年4月5日，星期一。

地点：上海，日占区，虹口，东照里。

东照里的枪声，震得苍井巷心头发麻。

小坂正雄和原宝轩在东照里吃饭，梅机关刚刚枪杀红帮弟子，东照里便枪声大作，难道是红帮弟子采取了报复行动？

苍井巷不敢怠慢，立刻命令日本宪兵架起重武器，高度戒备，严防红帮弟子围攻梅机关。然后，他带领十几名特务赶往东照里。

抵达正阳酒楼东照里分店时，他看到黑川梅子正在勘查现场，不解地问："黑川课长怎么来得这么快？"

黑川梅子说："案发时，我就在这里。"她指指雅间，"小坂君——中弹了。"

苍井巷急忙追问："原宝轩怎么样？"

黑川梅子指指瘫坐在雅间门口的原宝轩。

苍井巷见原宝轩还活着，悬着的心稍稍下落："到底是怎么回事儿？"

黑川梅子说："案发时，大总管和小坂君在一起，他应该知道具体情况。"

苍井巷来到原宝轩面前："大总管没事吧？"

原宝轩双眼空洞，吃力地站起来，然后摇摇晃晃地走进雅间。

第七章 复 活

苍井巷和黑川梅子跟随原宝轩进入雅间。

原宝轩蹲在地上，轻轻地为小坂正雄合上双眼，然后站起来走到窗口："当时我和小坂君准备吃饭，满铁员工进来找他。他刚起身，就遭到袭击。"他指指送报告的满铁员工尸体，"随后他也中弹了。"

苍井巷没有说话，仔细打量雅间，走到窗前查看玻璃上的弹孔，转身问原宝轩："小坂君是满铁资深特工，他与你在此吃饭，怎么会拉开窗帘？他为什么站在窗前？"

原宝轩依旧满脸惊恐："我和小坂君吃饭，怎么可能拉开窗帘呢？案发时，我去了洗手间。我离开雅间时，窗帘还拉得很严实。我听到枪声，跑回来一看，屋内就已经变成这样了。"

苍井巷低声喝问："有那么巧吗？谁能证明你所言属实？"

"我能证明。"黑川梅子说，"枪响之后，大总管正好经过我所在的雅间。"她指着一片狼藉的雅间，"这里有明显的打斗痕迹，我判断有人闯进来，与外面的人合伙作案。"她指着满铁员工脖子上的叉子，"这是近距离攻击所致。凶手身手不错，应该训练有素。"

原宝轩一脸沮丧："东条川赖不日抵达上海，现在发生这么大的案子，我们怎么向他交代？"

苍井巷一怔："东条川赖要来上海？他来干什么？"

原宝轩说："东条川赖以内阁特使身份空降上海，保密级别肯定是最高的，不是我等能知道的。我的建议是，在东条川赖抵达上海之前，我们无论如何都要把这些闹心的事情画上句号。"

苍井巷瞥了一眼小坂正雄的尸体："这个案子，是红帮人做的？"

原宝轩低声问："你希望是红帮人做的？"

苍井巷赶紧摆手："恰恰相反。"

原宝轩犹豫一下："苍井课长，红帮与梅机关的矛盾应该尽快解决才对，否则他们会利用东条川赖特使做文章。一旦军部追责，我们百口莫辩。"

苍井巷问："大总管有何良策？"

原宝轩摇摇头："我没有良策，只有担心。红帮人都是亡命徒，一旦把他们逼急了，什么事情都有可能发生。"

苍井巷轻声嘀咕："向红帮妥协，帝国颜面何在？"

原宝轩说："留得青山在，不怕没柴烧。待我们过了内阁特使这一关，就没有算不清的账。既然周佛麟已经出面，苍井课长不妨卖给他一个人情。"

苍井巷无奈地点点头："只能如此了。"

原宝轩瞥了一眼小坂正雄的尸体："我们吃了这么大的暗亏，必须让凶手付出百倍的代价。我建议，梅机关和特工总部在暗中追查，必须将凶手缉拿归案，否则下一个倒下的人，极有可能就是你我。"

苍井巷慨叹道："大总管所言极是。今天上午，特工总部的凌主任也遭到不明歹徒袭击，现在下落不明，生死未卜。"

黑川梅子难以置信："凌主任也遭到袭击？在哪里？"

苍井巷说："在四川中路与北京东路交会处。蒋文汉、陈恭如去现场了。"他看看表，"我命令他们到这里向我汇报，差不多也该到了。"

原宝轩说："凌太太也在这里，我去告诉她。"他说完便直奔江澄子所在的雅间。

苍井巷冲黑川梅子努努嘴，黑川梅子会意，悄悄地跟上原宝轩。

进入江澄子所在雅间门口的瞬间，原宝轩的眼角余光看到黑川梅子的身影闪到一个雅间门口。

他没有回头看，径直敲门。

江澄子打开门，原宝轩冲她做出噤声的手势，然后指指身后。江澄子会意，故意没有关门。

原宝轩用公事公办的口气说："凌太太，我接到报告，今天上午凌主任在四川中路与北京东路交会处遭到不明歹徒袭击，现在下落不明。希望你有一个心理准备。"

"啊？不会吧？"江澄子感到惊雷在头顶乍响，转身就要往外冲。

原宝轩一把拉住江澄子："凌太太，现在外面非常乱，很危险。梅机关和特工总部的人已经接管此案，你去现场也于事无补。"

"不，我要去找云洲。"江澄子歇斯底里地喊道。

原宝轩冲江澄子连连摇头、眨眼睛，嘴上却说道："凌主任吉人自有天相，应该不会有事的。你收拾一下，我送你回家。"

"好——好吧。"江澄子抽噎着拿起坤包。

躲在门口偷听的黑川梅子听到这里，立即离开雅间，走出酒楼大门，迎头碰到前来汇报的凌岳州与陈恭如。她急忙问道："找到凌主任了吗？"

陈恭如满脸堆笑："我们已经派人全城搜查。"

黑川梅子问："什么人做的？"

凌岳州说："不是共匪就是军统分子，要不就是——"

黑川梅子说："你瞎蒙呢？赶紧找人去，他若有个三长两短，我让你俩殉葬！"

陈恭如轻声说："黑川课长，苍井课长还等我们汇报呢，您看——"

黑川梅子哼了一声："你们找到凶手了，还是找到凌主任了？"

陈恭如尴尬地回答："都——都没有。"

"什么都没有，你汇报个屁，赶紧干活儿去！"黑川梅子愤愤地挥挥手。

"好的，好的！"陈恭如和凌岳州转身离去。

~ 190 ~

时间：1943 年 4 月 5 日，星期一。

地点：上海，日占区，成都路，平民区。

熟睡中的李致，双臂紧紧抱于胸前，似乎对身边的人充满戒备。

凌云洲坐在床前，端详着她的脸庞，脑海中浮现出她肩部的疤痕。

"她到底是谁？是熟悉的宫本芳子还是陌生的李致？"他不断地问自己。在他心目中，宫本芳子是忠贞不贰的天皇子民，绝对不会做违背日本帝国利益的事情，而李致却接连刺杀宫本正仁、藤原等日本高官。

如果她是宫本芳子，她怎么可能刺杀自己的亲生父亲呢？

凌云洲百思不得其解。

李致缓缓地睁开眼睛，瞥了凌云洲一眼，坐起来狠狠地揉着太阳穴。

"你醒了？喝点水吧。"凌云洲起身倒了一杯水，放在床头柜上，"是不是头痛？"

"老毛病了。"李致喝了几口水，狠狠地眨眨眼睛，"我怎么总觉得自己很困呢？"

"可能是太累了。"

李致突然盯着凌云洲："你为什么要救我？"

凌云洲不动声色地说："因为你想杀我。"

李致冷笑道："特工总部的特务能以德报怨，不仅我不信，所有上海人都不信，对吧？"

"那是肯定的，因为我也不信。"

"你已经违反你的职业操守了。"李致看了看柜子上的座钟，"估计现在有很多人满大街找你呢，你应该回去告诉他们，你还活着。"

"有件事比我活着更重要，所以我必须弄清楚。"凌云洲说，"上海天天有人横尸街头，或者莫名失踪，他们已经见怪不怪了。更何况，还有一些人巴不得我消失呢。"

"这些人中，就包括我。"李致不动声色地说，"你还是把我交出去吧，能省下不少经费。"

凌云洲说："你杀我，我救你，说出去估计鬼都不信。"

李致苦笑一下："算我欠你一个人情，等我伤好之后，等价回报。"

凌云洲微微一笑："你就好好养伤吧。记住，伤好之前，你哪里都不能去。我出去办点儿事，稍后回来看你。"

凌云洲知道，他遭遇暗杀这么大的事情，日本宪兵还在场，并出现伤亡，肯定惊动了特工总部、梅机关，甚至包括满铁总部。

这些机构的人，肯定会查遍上海所有医院。

他遭遇暗杀，按理说第一时间就应该回到特工总部。案发五个多小时，活不见人、死不见尸，他必须给出合理的解释。

凌云洲决定冒一次险。

他用公用电话通知冯壬山，马上到成都路的安全房与他见面。

冯壬山抵达安全房，听完凌云洲的讲述，慨叹道："可能是你把汉奸演得太到位了。这活儿真不是人干的，你赶紧想辙吧。"

凌云洲打了冯壬山一拳："我是求你帮忙的，不是让你慨叹人生不如意事十之八九的。"

冯壬山点燃一支烟："你直说吧，让我做什么。"

"我遇到暗杀后，应该立即回到特工总部汇报情况，或者在现场邀人，或者到医院疗伤才正常。我在案发五个小时内活不见人死不见尸，解释不通。唯一说得过去的解释，就是我有重大发现。"

"说说看，你准备发现什么？"

凌云洲想了想，问道："军统的人在虹口码头炸毁日本货船的任务，是侍六组下达的，对吧？"

"继续说。"冯壬山对此不置可否。

"你的直接领导是'姜太公'，对吧？"

"继续说。"

"'姜太公'掌控沪宁两地的军统和中统，对吧？"

"继续说。"

"'姜太公'掌控着军统、中统人员和货物出入上海的秘密运输线，你知道吗？"

"抱歉，这不是我这种级别的人能接触到的机密。"

"我发现了军统的一条秘密运输线，分量应该够吧？"

"够是够了，但这条军统的秘密运输线在哪儿呢？"

"我已经和侍六组达成交易，帮他们将大公制药厂的药品运到重庆。"

冯壬山紧紧地盯着凌云洲："你想通过运送药品跟踪他们，进而找到军统的秘密运输线？"

"你跟踪。"

"盯梢跟踪这种脏活儿，没啥意思。"

"想玩更刺激的，就去明抢。"

"明抢？"冯壬山点指凌云洲，"亏你想得出，说得具体点儿。"

"刺客同盟也是一股重要的抗日力量，我不能因为他们误解我，就把他们交出去。既然所有人都认为我遭到暗杀后失踪，干脆就坐实这件事。"

"让军统的人绑架你？"

凌云洲点点头："军统的人绑架我，目的不是杀我，而是与特工总部做交易。"

"在日本人眼里，你有那批药品值钱吗？你千万别高估自己啊。在特工总部，没准儿还有人巴不得你立即消失呢。"

"这个就不需要你操心了。你需要操心的是，你为何没用军统的人，为何不向'姜太公'汇报。"

冯壬山摆摆手："老子是军统上海站站长，一时冲动就干了，没毛病吧？侍六组的手伸到军统内，就算我能接受，戴老板也未必能接受。"

"你们啥时候能消停点儿？把整自己人的心思放在日本人身上多好！"

"娘胎里带来的毛病，啥药都治不了。"冯壬山苦笑一下，"若能顺便除掉青帮刁老三，这事更圆满了。"

~ 191 ~

时间：1943年4月5日，星期一。
地点：上海，日占区，宫府，极司菲尔路76号。

东京高层早就有明确指示，"幕府计划"的核心人物是凌云洲。为了确保"幕府计划"万无一失，不论付出任何代价，驻上海的日本各大特务机构都不能让凌云洲出现任何闪失。

然而，这些特务机构隶属东京不同的利益集团，彼此还存在利益之争。使命一统，那是讲给中国人看的。

第七章 复活

现在的上海，唯有天皇特使宫本正仁能调动日军第十三军和上海日本宪兵司令部的人。只有让日方各种势力不再相互掣肘，才能保证凌云洲"活能见人，死能见尸"。

黑川梅子见到宫本正仁，二话不说，一头跪在地上，泪如雨下。

"帝国军人永远不会下跪，更不能流泪。你如此这般，成何体统！"宫本正仁大声呵斥道。

"想必老师已经知道，凌云洲今天遇刺失踪了！"黑川梅子低声说。

"还没有找到？"宫本正仁的语气稍缓，"现在你最应该做的事情是去找他，而不是来找我。"

"老师，您安排我以侧室身份接触凌云洲，事实上我们并没有实质性接触，让您失望了。"黑川梅子抬起头，"这里面有深层次原因，江澄子是上海名媛，豪门闺秀，我根本没有与她争夺凌云洲的资本——"

"你想放弃？"宫本正仁怒目而视。

黑川梅子摇摇头："不，不，我是说，我缺少一个机会——让凌云洲感激、感动的机会。现在，凌云洲遇难，江澄子无力相救，正是我入主江公馆的机会。"

"你想让第十三军和宪兵司令部出手？"宫本正仁反应很快，"理由呢？"

黑川梅子说："天皇特使的命令，还需要详细的解释吗？"

"有些事情，必须给出合理的解释。小坂正雄在东照里遇刺，三个保镖被杀，与他们一同吃饭的原宝轩却能全身而退，怎么解释呢？"

"我当时也在正阳酒楼，也勘查过案发现场。案发时，原宝轩恰巧在洗手间，才躲过此劫。"

"恰巧？"宫本正仁哼了一声，"哼，我从来不相信巧合！"

"我会详加调查的。"

"这件事，你必须给出我能接受的解释。"宫本正仁说完，写了一道手谕递给黑川梅子，"拿着它，去找松井和德川。至于能不能让凌云洲感动、感激，就是你的事情了。"

黑川梅子拿着宫本正仁的手谕，火速赶到日军第十三军司令部和上海日本宪兵司令部。松井久太郎和德川长运见到天皇特使的手谕，立刻派兵协助黑川梅子寻找凌云洲。

就在黑川梅子在大海里捞针时，特工总部接到了一个陌生电话。

打电话的人，自称是国民党军统上海站特工，说凌云洲在他们手里。如果特工总部想见到凌云洲，就用大公制药厂生产的一百箱盘尼西林交换。

这个电话来得太突然，而且通话时间太短，根本不给特工总部反追踪的机会。

黑川梅子得到这个消息，却感到非常欣慰。

军统上海站的目标是一百箱盘尼西林，不是凌云洲的命，这就有周旋的余地。

宫本正仁得知军统上海站的人绑架了凌云洲，想用凌云洲交换大公制药厂刚刚生产出来的一百箱盘尼西林，便出离愤怒了。

他不是心疼一百箱盘尼西林，而是军统上海站的人能精准掌握药品生产地点和生产数量。

"大公制药厂内有军统上海站的内线？"宫本正仁死死地盯着前来汇报的松岛凉子。

百思不得其解的松岛凉子支吾道："大公制药厂的员工，都是经过严格甄别的日本人，他们怎么可能是军统上海站的内线呢？"

宫本正仁来回踱步："尾崎秀树、中山功，不也是地道的日本人嘛，日本人就可信？"

松岛凉子低下头，大声回答："我会再次甄别的。"她抬起头，轻声问，"一百箱盘尼西林给军统上海站吗？"

宫本正仁踱到窗前，默默地望着窗外，然后突然转身走到松岛凉子面前："再等等吧。"

"再等等？"松岛凉子感觉自己听错了。

"等一个人。他若不来，此事就不可能有完美的结局。你马上去特工总部，通知黑川梅子继续全城搜查，并做好以药换人的准备。"

松岛凉子立即来到特工总部情报处，向黑川梅子传达宫本正仁的命令后，问："你有什么安排？"

黑川梅子听完一愣："天皇特使不想用药品交换凌云洲？我和蒋处长已经商议好，准备利用以药换人的机会，一举摧毁军统上海站。"

松岛凉子纠正道："天皇特使与一个人商量后，会把商量的结果及时通知你们。你们先做好以药换人的准备。"

黑川梅子愤愤地说："商量，有什么好商量的？军统分子能跟我们商量吗？"

"高层的想法，我们最好别猜，因为猜对猜错都很危险。"凌岳州手里盘着一串形态各异的乌鸦佛珠走进来。

松岛凉子扭头看凌岳州，上下打量他一番，最后一脸惊诧地盯着他手中的佛珠。

凌岳州看到松岛凉子，脸上的莫名慌乱转瞬即逝，问黑川梅子："这位是——"

黑川梅子介绍道："天皇特使助理，松岛凉子。"

凌岳州冲松岛凉子伸出手："特工总部情报处处长蒋文汉，请多关照！"

松岛凉子慌乱地握住凌岳州的手："蒋——处长？幸会，幸会！"她转身对黑川梅子说，"黑川课长，我回去了。"

凌岳州立即对黑川梅子说道："黑川课长，你要守好电话，尽量拖延时间，以便我们锁定军统分子的位置。我有些事情要当面呈报天皇特使，正好搭车过去。"

黑川梅子一脸狐疑地点点头。待凌岳州和松岛凉子出去后，她一边躲在窗户后面向外窥探，一边暗自寻思："蒋文汉向来独来独往，今天怎么主动搭车了呢？"

凌岳州和松岛凉子驾车离开特工总部，行驶一段距离后，凌岳州确定身后无人跟踪，路上没有行人时，才让松岛凉子靠边停车。

松岛凉子停好车后，扭头看着凌岳州："蒋处长，你这是——"

凌岳州直直地盯着松岛凉子，柔声问道："凉子，你怎么来中国了？"

松岛凉子听到了一直萦绕心头的声音，不由得浑身战栗，失声问道："阿——纯，是——是你吗？"

凌岳州点点头："我是阿纯。"

"你还活着？到底是怎么回事儿？"松岛凉子狠狠地掐自己的大腿，确定自己不是身处梦境。

凌岳州把自己遭到袭击侥幸活下来、以蒋文汉的身份进入警察局的过程，简略地讲了一遍。然后，他动情地捧起松岛凉子的脸："在日本，我是死人，因为我要到上海潜伏；在上海，我也是死人，因为我要寻机为父亲、为自己报仇。凉子，我对不起你，我不配做你的未婚夫。"

松岛凉子激动得泪如雨下，抽噎着说："十二年前，在家乡，你的讣告刊登在《东京日报》上，我和你的家人还为你举行了葬礼。"

凌岳州松开松岛凉子的脸："你——结婚了吧？"他的声音连自己都听不清楚。

"我已经不是你心中的那个凉子了。"松岛凉子强忍着眼泪，把头扭到一边。

"在战争面前，谁都无法回到从前。"凌岳州抹了一把眼泪，"我不怪你，也没有资格怪你。你——你丈夫是——"

松岛凉子扭头望着让自己魂牵梦绕的初恋情人："我——还是——一个人。"

"我一直单身。凉子，我们还能回到从前吗？"凌岳州深情地望着松岛凉子。

第八章 **特派员**

~ 192 ~

时间：1943年4月5日，星期一。

地点：上海，公共租界，沙逊大厦，上海警察局第一分局。

一念天堂，一念地狱。

短短几日，唐墨从特派员变成了阶下囚，再变成"B计划"中的重要角色，还极有可能变成"一方大员"。角色的不断转变，让他感觉恍如身处梦中。

他与侍六组接头的事情，都得听从别人安排，哪里还是特派员，分明就是唯人马首是瞻的小瘪三。

从成为特工那天起，唐墨就知道，自己一旦叛变，就会走上不归路。既然已经无法回头，他就想找出"姜太公"，为自己求得一道护身符。

特派员抵达上海面见隐蔽战线重要领导，自然有一套严格且复杂的程序。为了确保特派员安全，重庆方面指定"姜太公"与唐墨接头。

侍六组通过《申报》用隐语刊发的接头地点，是沙逊大厦大堂。

看来，侍六组把唐墨与"姜太公"的接头地点安排在唐墨办公的地方，是想降低唐墨暴露的风险。

侍六组的人根本不知道，唐墨已被无形且有力的大手扼住喉咙，而唐墨还想把这只大手挪到"姜太公"的脖子上。

"已经下午5点了。"唐墨坐在沙逊大厦大堂的沙发上,看了一眼手表,"也该来了。"

唐墨没有东张西望,耐心地等待"姜太公"出现。他知道,此刻"姜太公"一定在某个地方监视他的一举一动。只要他的肢体语言或者表情稍有反常,"姜太公"就会取消这次见面。

唐墨知道,只有稳住自己的心神,才能稳住"姜太公"。

二十四五岁的拉菲酒庄销售经理小武,用托盘端着一个精致的酒瓶,笑盈盈地走到唐墨面前。

"唐先生,您好!"小武将托盘放在茶几上,"一位姓姜的先生,点了一瓶1928年的拉菲红酒,送给您做见面礼。"

唐墨故作镇定,上下打量小武:"姜先生?"

"您不认识他?"小武轻声问。

唐墨低声说:"我有几个朋友都姓姜。这么贵重的酒,我总得知道是谁送的吧?"

小武摇摇头:"非常抱歉,我真不知道那位姜先生是谁。"

唐墨不动声色地问:"买这么贵的酒,他都不去酒庄看看?他怎么付款?"

"姜先生通过邮局把支票寄到酒庄,并注明购买的酒及投送地址。我收了他的钱,自然要按照他的要求提供服务。"小武说,"这世道,生意难做,我们只能赚点儿辛苦钱。如果唐先生拒收,或者觉得哪里不对,我就把酒拿回去。"

唐墨意识到,小武也就知道这么多,狡猾的"姜太公"不会与他见面了。于是,他挥挥手,让小武离去。

待小武走后,唐墨拿起酒瓶查看,确实是货真价实的拉菲酒庄红酒,年份也对。"姜太公"如此大费周章地把这瓶酒送到这里,一定是利用这瓶酒向他传递某种信息。

他拿起酒瓶,走进洗手间,确定里面没有人之后,进入隔间检查酒瓶。

他把瓶口、标签、瓶底等所有能携带信息的地方检查三遍，也没有发现有价值的信息。

他盯着标签看了足足十秒，又用手摸了摸，感觉标签贴得不实。于是，他从口袋里掏出刀片，小心翼翼地把标签起下来，然而背面没有任何文字。

他从公文包里掏出小瓶药水和小刷子，用小刷子蘸着药水，把标签背面刷了一遍，稍后就有一行小字显现出来——

4月5日上午11时，共生证券，一切如初

江澄子站在窗前，泪眼婆娑地望见黄浦江上挂着膏药旗的货船，眼皮子莫名其妙地跳动。

"小姐，唐先生来了。"赵青站在门口汇报。

江澄子擦去眼角的泪水，转身看着赵青，心里默念"琴"字。

"琴"，是侍六组特工赵青的代号。

杨枢死后，赵青便从特工总部离职，入职共生证券公司，做江澄子的助手。

这是安子铭安排的。起用江澄子是极其冒险的行为，为了安全起见，安子铭指派拥有隐蔽战线工作经验的赵青协助江澄子。

"你进来，把门关上。"江澄子说完停顿几秒钟才问赵青，"你能帮我办一件事吗？"

赵青说："我是您的助理，有事您吩咐便是。"

江澄子摆摆手："你是我与'姜太公'的联系人，不是我的助理。"

"何必分得那么清楚呢？您有话直说，我全力以赴。"

江澄子盯着赵青："你——能替我监视一个人吗？"

"谁？"

"黑川梅子。"江澄子踌躇地说，"我不能让她害了我先生。"

"当然可以。"

"多谢！"江澄子从包里拿出一张填好的支票递给赵青，"此事就拜托你了。"她说完向赵青鞠了一躬。

赵青接过支票，鞠躬还礼后，指指门口："我把唐先生带进来？"

得到江澄子应允之后，赵青把唐墨带进来。

唐墨见到江澄子，便以南京唐氏掌门代表的身份向江澄子问好。

江澄子示意唐墨坐下。唐墨坐下后，看了看赵青，欲言又止。

江澄子指着赵青介绍道："唐先生，她是我的助理赵青，以后我若不在，您有事可以直接找她。"

唐墨打量赵青："一看赵小姐就是精明能干之人。"

赵青说："唐先生谬赞了。您理应两天前到达上海，我按约定去火车站接您没接到，董事长还责怪我无用呢。"

唐墨说："实在不好意思，我确实是上周五到达上海的，因为几件个人私事需要处理，下车后便……"

江澄子说："只要您安全就好。这次您驻公司一个月，有什么需要，可以随时找我或者赵青。"

乱世中，怪事频出。

前来与唐墨接头的侍六组特工，竟然是辨识度极高的侏儒点心，让唐墨实在无法接受。

无论攻击能力、行动速度，侏儒都存在明显短板，根本不适合做特工。然而，点心无论在警察局，还是在特工总部，却做得顺风顺水。原因无他，只因为他有一手绝活——跟踪。

点心以调查凌云洲失踪案为由来到共生证券公司，与唐墨接头。

凌云洲失踪后，凌岳州向江澄子提出，为了防止共生证券公司存在内鬼，必须进行彻底摸排。

江澄子无法拒绝，只好答应凌岳州彻查共生证券公司。

凌岳州认为，兴师动众地调查共生证券公司，必然会引起幕后各方大佬不满，于是他就派心腹点心暗中调查。

点心带领四个特务，以核查共生证券公司员工身份为由，对共生证券公司全体员工逐一约谈、审查后，并没有发现可疑之人。

点心看看员工名单，问配合核查的赵青："你确定没有遗漏什么人？"

赵青想了想，说："如果南京唐氏代表唐先生算作员工的话，那就遗漏了他。"

"只要和共生证券公司有关的人，都得接受核查。"点心的口气不容反驳，"我去见他。"

点心来到唐墨办公室门前，用力砸门。

唐墨开门后看到点心，以为是孩子淘气，转身想关门，点心却从他身边挤进去。

唐墨转身看到点心已经坐到沙发上，大声呵斥："你是谁家孩子，怎么这么没教养？"

点心盯着唐墨："您从南京来的？"

唐墨一愣。

点心接着问："您去过莫知楼吗？"

唐墨看看表，此刻正是上午11点整，意识到点心是来与他接头的人，便按照约定的暗语说道："当然去过。"

"您认识小红吗？"

唐墨没有回答，拎起点心走到门口扔出去。他实在难以相信，这个侏儒就是"姜太公"。辨识度这么高的人，别说是"姜太公"，做普通特工都不合格。

点心没有与唐墨纠缠，转身走了。

唐墨对中共门徒小组中的"野兔"早有耳闻，却无法相信普乐天就是"野兔"。在他看来，这个缺啥都不缺钱的公子爷，不可能是在老虎嘴边玩生死游戏的兔子。

唐墨认为，他与普乐天是老朋友，萧易寒也知道他俩的这层关系，绝对不会凭空怀疑普乐天，就决定主动接触普乐天，想通过察言观色，得出自己的判断。

因为带着特殊目的，他与普乐天握手时，发现普乐天的手上竟然有老茧。

唐墨不动声色地说："没想到，普先生竟然经常玩枪。"

普乐天指指自己的口袋："不知道有多少人惦记我的荷包呢。唐先生，这年头你能相信谁？我参加过淞沪会战，从死人堆里爬出来就落下病根儿了，一天不打几枪，就感觉浑身不舒服，哈哈！"

唐墨连连点头："好习惯，好习惯，应该保持。唉，可惜我乃一介书生，不敢打枪。"

"会喝酒就行。走，今天我们不醉不归。"普乐天大大咧咧地说。

唐墨连连摆手："谢谢您的好意。实在不好意思，今晚我已经约了人，改日，改日。"

他们又闲聊一会儿后，唐墨起身告辞，直奔警察局与萧易寒见面。

"雅室"重建后，更加宽敞亮堂。萧易寒得知唐墨要来，亲自掌勺，烧了一道红烧狮子头。

唐墨走进"雅室"后，萧易寒指着红烧狮子头说："你品评一下我的厨艺。"

唐墨打量扎着围裙的萧易寒："你还会这种手艺？"

萧易寒说："我在宫里那会儿，常到御膳房转悠。见得多了，想不会都难。"

唐墨夹起一小块狮子头送入嘴里，细细品味，然后冲萧易寒竖起大拇指，又夹起一大块放入嘴里。

得到唐墨的肯定，萧易寒十分开心。

唐墨边吃边说："我今天接触普乐天了。"

萧易寒问："有什么发现？"

"有发现，也没有发现。"

"此话怎讲？"

"他对参加淞沪会战、现在经常玩枪的事情，没有丝毫隐瞒。"

"聪明人啊。"

"直觉告诉我，普乐天肯定有问题，但他是不是'野兔'，我不敢确定。"

"只要他有问题，不是'野兔'就是'家猫'，我们盯紧他。"萧易寒拿起筷子，把一个狮子头夹到唐墨的餐盘中，"只要他不妨碍我们做事，我们也犯不着动他。"

唐墨点点头："杀敌一千自损八百的事，我们肯定不能做。对了，有个情报，不知对你有没有用。"

"说说看。"

"来自重庆方面的消息，侍从室有一个女人，非常像被炸死的前上海市警察局副局长罗亭。"

"像就是像，像未必是。"萧易寒严肃地说，"罗亭可是共匪头子，这种话不能瞎说。"

唐墨惊愕地问："你为何如此肯定罗亭是共匪头子？"

"这事说起来有些巧合。"萧易寒喝了一口牛奶，沉默几秒钟，"罗亭死后，延安方面就销毁了她的档案。或许是销毁档案的人不够谨慎，被潜伏在延安高层的'王子'看到残片上有'罗亭，13'字样。"

唐墨放下筷子，纠正道："仅凭'罗亭，13'几个字，无法认定罗亭就是共匪头子的。"

"罗亭若不是中共'13号'，'王子'怎么可能不惜暴露身份，发出这份绝密电报呢？"

唐墨说："据我了解，十年来，普乐天一直在追求罗亭，论长相、人品、家世、身家，罗亭都没有理由拒绝他，况且她一直未婚。从这种不符合常理的现象看，罗亭应该是共匪无疑。但是，我觉得'罗亭，13'也有另一种可能，罗亭不是中共'13号'，普乐天才是。"

"黑川梅子也这么认为。"萧易寒低声说，"黑川梅子认定普乐天就是门徒小组成员'野兔'，同时还是中共'13号'。"

唐墨点点头："但愿我们的判断是正确的。唉，侍从室那个女人如果真是罗亭，接下来的戏码就更精彩了。"

"不论那个女人是不是罗亭，对我们都有用处。"萧易寒转移话题，"不聊这种烧脑的话题了。今天你与'姜太公'接上头了？"

"接上倒是接上了。"唐墨点点头，然后摇摇头，"一个侏儒不可能是'姜太公'。"

"侏儒？"萧易寒瞪大眼睛，"侏儒的辨识度太高，不可能是特工，更不可能是'姜太公'。"

唐墨点点头："更让我无法接受的是，那个侏儒还是特工总部情报处的人，难道特工总部是收破烂儿的？"

萧易寒想了想："或许他只是打前哨的，他身后的人才是'姜太公'。你就按照他们设计的剧本往下唱，看看五丈原埋的人到底是不是诸葛亮。"

~ 193 ~

时间：1943年4月5日，星期一。

地点：上海，法租界，霞飞路，华宝斋。

对安子铭来说，江澄子这条线是为秘密运输线服务的，凌云洲这条线才是真正的情报线。

为了确保两条线安全，安子铭不允许两条线交叉作业。为此他甚至分别给江澄子和凌云洲下达死命令，知道他们身份的人一律处死。

江澄子不是职业特工，安子铭便在她面前设置赵青这道防火墙。江澄子不知道安子铭的真实身份，更不知道凌云洲已经打入侍六组。

此刻，江澄子心急火燎，她必须立刻见到"姜太公"。

决定中国战场走势的东条川赖抵达上海，凌云洲被军统上海站特工绑架，让江澄子心急如焚。她向赵青提出，要立刻与"姜太公"见面。

赵青不敢应允，立刻向安子铭汇报。得知东条川赖抵达上海，安子铭意识到事态严重，破例约江澄子在霞飞路的华宝斋见面。

经营古董字画的华宝斋，是侍六组的联络站。老板华振龙，是地道的上海人，善于国画创作，还是国画大师俞心的师弟。江澄子师从俞心，按辈分，华振龙是她的师叔。

江澄子驾车兜兜转转，确定无人跟踪后才把轿车停在福开森路，然后步行到华宝斋。

华宝斋还没有打烊，江澄子进去后，走到瓷器架前，向伙计招招手，然后在一个瓷器上三长两短敲了五下。此动作看似随意，其实是联络暗号。

伙计将江澄子带到后院。

华振龙正在后院练太极拳，见江澄子过来，立即收式与她打招呼。

江澄子莞尔一笑："您是准备到街头打把式卖艺吗？"

华振龙捋捋花白胡须，哈哈大笑："休言老朽非英物，夜夜龙泉壁上鸣。"

"吱呀"一声，安子铭推开东厢房的屋门，冲华振龙点点头。

华振龙指指安子铭，对江澄子说："你们聊，我去店里看看。"

江澄子疾步走进东厢房，上下打量安子铭："您不是苏醒姐姐的老师吗？"

安子铭关上房门，示意江澄子坐下："为何非要见我？"

江澄子意识到安子铭就是久闻不见的"姜太公"，也不绕弯子："重庆方面的黑名单上，不会有凌云洲。这是您对我的承诺吧？"

安子铭反问："我是食言的人吗？"

"谁绑架了凌云洲？"江澄子打量安子铭。

安子铭缓声说："军统上海站。"

江澄子不管不顾地质问："为什么？"

安子铭做出噤声的手势，指指屋门，低声说："我也是刚刚得到的消息，军统上海站特工绑架了凌云洲。他们不知道你的身份，应该是一场误会。"

"既然是误会，那就立即把凌云洲放了吧。"

安子铭摆摆手："不能放，至少现在不能放。"

江澄子狠狠地盯着安子铭："理由呢？"

安子铭也盯着江澄子："按理说，军统上海站特工没有任何理由放过凌云洲。凌云洲从军统上海站特工枪下全身而退，日本人会怎么想？"

江澄子沉思几秒钟："您想怎么做？"

安子铭说："凌云洲要渡过此劫，必然要承受一些折磨。一百箱盘尼西林，我根本没有放在眼里。但是，我们必须给重庆方面一个交代。"

江澄子愤愤地说："你们可以向重庆方面唱高调，但不能拿凌云洲的命伴奏。"

安子铭点点头："我会叮嘱沈站长的。"

"沈站长？"

"沈笑，军统上海站站长，就是他绑架了凌云洲。"

"沈笑不就是冯壬山吗？"江澄子意识到，凌云洲并没有被绑架，白天那场暗杀，应该是凌云洲和冯壬山设计的戏码，目的是谋取一百箱盘尼西林。

江澄子又思忖几秒钟："日本人很狡猾，也没有那么大方，他们会不会提供假药？"

安子铭说："沈笑会安排药剂师抽检药品。还有，凌云洲是特工总部副主任，日本人还不敢拿他的性命开玩笑。"

江澄子担心地说："日本人把药品视为杀伤性武器，就算他们提供真药，也不会让我们运出上海的。"

"确实如此，但是在日本人看来，还有比药品更值钱的东西，那就是我们从上海往外运送战略物资的秘密运输线。"

"日本人只要盯住一卡车药品，秘密运输线想不暴露都难。能不能走水路？"

"日本海军已经封锁了海岸线，别说船，连鸟都飞不过去。"安子铭说，"只能走陆路。你放心，玩三十六计，我们是小鬼子的祖宗。"

江澄子不便多问，将东条川赖要来上海的消息告诉安子铭后，便起身告辞。

她离开华宝斋，穿过一条巷子又绕回来，看见赵青进入华宝斋才放心。她步行到福开森路，驾车驶向桃源里。

赵青向安子铭汇报唐墨最近去过的地方、见过的人。

安子铭得知唐墨找女人，摇摇头："这个唐墨肯定有问题。唐墨根本不喜欢女人。"

赵青问："他如此说谎，是想掩盖什么呢？我们还与他接头吗？"

"重庆方面的指示就是一个屁，除了你和'画'，我怎么可能轻易见陌生人？"安子铭踱了几步，突然站下，"我已经安排'棋'与唐墨接头。"

"'棋'？"

安子铭走到赵青面前，低声说："特工总部情报处处长蒋文汉。"

"他是我们的人？"赵青一语双关地问，"为什么要走这步'棋'？"

安子铭说："日本高级特工'神木'打入侍六组，让我如鲠在喉、如芒刺背。"

赵青难以置信："您确定？"

"唐横已经核实过了。"安子铭指指门外，"'神木'的确打入侍六组了。"

赵青跟随安子铭走到院子里，指指天空的繁星："侍六组特工多如繁星，唐横怎么查出来的？"

"唐横将泄露的情报进行交叉比对，发现情报泄露源在沪宁两地，且存在六年之久。"

赵青掰着手指数了数："同时符合两个条件的人，只有我们四个人。"

安子铭摇摇头："其实是两个。你和老华若是'神木'，我今天就不会在这里看星星了。"

"蒋文汉、唐墨当中的一个？"

"我已安排蒋文汉与唐墨接头，他们谁是人谁是鬼，也许就能判断出来了。"安子铭突然转移话题，"对季雨涵的调查有结果了吗？"

赵青摇摇头："我盯了他两个月，没有发现可疑之处。"

"季雨涵是中统上海站站长，如果他有问题，你就危险了。"安子铭扭头盯着赵青，"你是他的上线，你必须小心再小心。"

赵青不解："你为何怀疑他？"

安子铭分析道："季雨涵是舒季衡的学生，这次中统重启上海站，有消息说他是毛遂自荐的。上海乃是非之地，很多人避之唯恐不及，他为何如此积极？他说他想报效国家，你信吗？"

赵青认为安子铭的分析不无道理，点头说道："我会提防他的。"

"老话讲，疑人不用，用人不疑。在这个该死的行业里，老话就是废话。"安子铭说，"东条川赖只要踏上中国国土，我们就不能让他再回到东京。在部署刺杀他的行动前，一定要确保我们的人是值得信赖的！"

赵青问："再看看季雨涵的成色？"

"药品也是很有效的试剂嘛。"安子铭说，"你联系一批货，让季雨涵从海上运走。记住，先不告诉他什么货和运货时间，等到最后一刻再告诉他。这虽然是低俗的办法，但我们要用出新意。"

~ 194 ~

时间：1943 年 4 月 6 日，星期二。

地点：上海，日占区，极司菲尔路 76 号；公共租界，圣三一教堂。

军统上海站的人好像并不在乎药品，不然不会连个电话都不打，导致凌岳州无法判断凌云洲此时是死是活。

凌岳州坐立不安，一夜无眠。

在没有假借蒋文汉之身还魂之前，凌岳州作为龟机关高级特工潜伏上海，准备成为战争爆发后日军情报战线上的利器。

"死亡"之后，他却成为龟机关逃兵，不得不假借蒋文汉的身份重返战场。失去犬养中堂那座有力的靠山后，他虽然成为龟机关的"神木"，却不被重用，让他彻底体会到"我本将心向明月，奈何明月照沟渠"是什么样的无奈。

他知道，如果凌云洲死了，陈恭如就会成为他的主管领导，对他的前途更加不利。

太平洋战争失利后，日本军部将战略重点转移到中国战场。他意识到自己逆天改命的机会来了。此刻，特工总部的稳定和人际关系的平衡，对他来讲至关重要。

第八章 特派员

他要想逆天改命，必须救出凌云洲，必须启用"神木"的资源。

在龟机关中国局，"神鸟"是"神木"的上司，"神木"的一切行动都以机密的方式向他汇报，所以他才敢李代桃僵。

凌岳州决定见一见"神木"的老朋友——中统上海站站长季雨涵。

他们约定的见面地点，就在圣三一教堂。

踏在松软的草坪上，如同穿过雷区，让凌岳州感觉双脚无比沉重，费了好大气力才走进教堂。他望着黑魆魆的十字架，想起自己差点儿死在这里的场景，心里仍有余悸。

从黑暗中射来的那颗弹头，精准地命中他的胸口。除了中共门徒小组成员"野兔"，他想不出谁还有如此精湛的枪法。

现在，他强烈地意识到，狙杀小坂正雄的狙击手应该是"野兔"。那个在梅机关档案里已经消失的"野兔"又出现了。

"野兔"复活，对凌岳州来说，是一种无形的打击。

他和"野兔"，都是为了己方利益，在刀尖上与魔鬼共舞的人，无所谓对错，只是立场不同而已。曾经他坚信自己是活到最后、笑到最后的人，但现在看来，当初的自己不但天真幼稚，而且滑稽可笑。

他还有选择吗？好像没有，一切都是时也、命也。

他不知道，季雨涵这个"老朋友"能否帮他逆天改命。

季雨涵如约而至。他们驱车来到郊外一片茂密的树林里。

"舒季衡是你做掉的吧？"季雨涵摘掉帽子，劈头就问，"你怎么还成了特工总部情报处处长？"

"舒季衡自己作死，阎王不收都不好意思！"凌岳州摘下手套，"说说你吧，什么时候来到上海的？"

"半年前。"

"最近军统在上海有什么行动？"

"军统和中统老死不相往来，谁有行动能告诉对方？"

"军统绑架凌云洲，你千万别说什么都不知道。"

"军统绑架了凌云洲？"季雨涵轻轻地摇头，"我只接到过在上海不得暗杀凌云洲的命令。"

凌岳州难以置信:"难道凌云洲与重庆方面还有一腿?"

"你问我,我问谁?"季雨涵点燃一支烟,深深地吸了一口,"听说凌云洲是政治掮客,是不是他们分赃不均了?"

凌岳州从季雨涵手里拽过烟盒,抽出一支烟点燃:"凌云洲是差钱的人吗?南京人是重庆人眼中的刺儿,拔出哪根都正常。但是,八面玲珑且毫无信仰的凌云洲,对重庆人来说可能是根金条。"

"照你这么说,军统没有理由绑架凌云洲。那么军统绑架凌云洲,想干什么呢?"

"想要一百箱盘尼西林。"

季雨涵吐出一口烟:"我刚接到命令,把一批货从海上运走。"

凌岳州立即追问:"什么货?何时发货?运往哪里?"

"一切等通知。我现在只知道接货地点在宁波。"

"宁波?看来这批货要从宁波登陆,最终目的地应该是重庆。"

"这么说,我要运走的货,就是一百箱盘尼西林。"

"应该是。"凌岳州心情大好,手指猛地一弹,烟头画出一道弧线,飞到车外。

~ 195 ~

时间:1943年4月6日,星期二。
地点:上海,公共租界,黄浦江畔,大公制药厂。

转过弯就能看到大公制药厂,江澄子双眸湿润,眼角泛起点点泪花。

小时候在那里玩耍的情景,如同一帧帧鲜活的画面,在她眼前一一呈现。

别有用心的日本人,大肆鼓吹江仲阁对上海经济复苏的贡献,隐瞒了江澄子为岩井公馆工作的信息,将她塑造成上海女企业家的典范。

原宝轩放慢车速，让尾随他们的卡车先行。卡车驶过去时，江澄子拉开车帘看清车牌号，对原宝轩说："就是这辆车。"

原宝轩叮嘱道："我跟宫本正仁谈话时，你留意一下这辆车。"

江澄子点头答应。

昨晚，江澄子向原宝轩汇报了自己与安子铭见面的所有细节，并判断："凌云洲设此局的目的有二：一是弄药；二是寻找军统的秘密运输线。"

原宝轩认可江澄子的判断："要想把一百箱盘尼西林安全运出上海，安子铭必然要动用秘密运输线。"

"只要找到军统的秘密运输线，红帮弟子就可以安全撤离上海。"

"我们在暗中配合凌云洲，让宫本正仁拿出一百箱盘尼西林。"

"我们现在就去大公制药厂吧。"

原宝轩看了看窗外："既然凌云洲安全无虞，我就没有必要急于见宫本正仁。"

"父亲，我们只有显得焦急，凌云洲的戏码才会更精彩呀！"

"别急，孩子。"原宝轩扭头望着江澄子，"红帮传来消息，'B机器'明天早上运往大公制药厂。"

"您想乘机调查'B机器'？"

原宝轩点点头："苍井巷杀害红帮弟子的真正原因，就是担心他们看到了'B机器'。那艘军舰非常诡异，被红帮的船撞到后没有立即入港，而是在海上停留了一天，今晚才停靠码头。"

江澄子想了想："宫本正仁要在上海复制一个源氏工业？"

"他不会在上海复制源氏工业。"原宝轩摇摇头，"朝鲜源氏工业毒气泄漏事件，虽然死了两万余人，但在国际上并没有太大影响，因为朝鲜是日本的殖民地，日本人会严密封锁消息。上海是远东情报中心，各方势力并存，宫本正仁想封锁消息几乎不可能。"

"'B机器'究竟是什么？"

"棋有棋谱,戏有戏路。宫本正仁已经扮演单雄信,逼我主动唱一出《秦琼卖马》。我扮秦琼,你扮马,看看他的银子成色如何。"

戏虽假,但要真唱。宫本正仁虽是天皇特使,但名义上还是大公制药厂的董事长。岩井公馆大总管到访,他必须出门迎接。

原宝轩下车后疾步走到宫本正仁面前:"天皇特使亲自迎接,折煞我也!"

宫本正仁哈哈大笑:"哈哈,大总管乃是贵客,我出门亲迎,合规合理。"

原宝轩躬身致谢:"谢谢天皇特使抬爱。"

宫本正仁做出"请"的手势:"大总管,请!"

三个人进入皇家宫廷风格的办公区。江澄子忍不住四下打量,墙壁上万里长城油画,等距离镶嵌着宫灯,走廊里铺着被称为"脚下软黄金"的手织羊毛花毯。

董事长办公室装修得更加精致考究,从桌子到几案,再到流苏窗帘,处处彰显着皇家气派。

原宝轩环顾一周,连连点头:"天皇特使心里还装着大清国啊!"

宫本正仁缓声说道:"大清国虽然不在了,但我体内流淌的皇家血脉,谁都无法否认的。"

"中国这么大,不妨让天皇赏赐您一片土地,您做个藩王也未尝不可。"

宫本正仁没想到,原宝轩一句话就说到了他的心坎上,忍不住暗中察言观色,判断原宝轩所言真假。他随口回了一句:"人之命,天注定,胡思乱想没有用。"

原宝轩摆摆手:"心想,事成。如果连想都不想,事怎么能成呢?"他说完扭头对江澄子说,"澄子,这里原来是你家的药厂,你到这里也算到家了,你不出去看看?"他向宫本正仁抱拳,"还望您能满足孩子的心愿!"

"小事一桩!"宫本正仁起身打电话。稍后,一个日本卫兵进来,把江澄子带出去。

待江澄子离开，原宝轩又环顾办公室："那位美丽的凉子小姐不在？"

"大总管对凉子小姐感兴趣？我来安排，让她陪你几天。"宫本正仁爽快地说。

"您误会了。"原宝轩摆摆手，"凉子小姐是您身边的人，我哪敢觊觎！"

"大总管如此谦卑，让我无言以对喽！"宫本正仁举起茶杯，"来，喝茶。"

原宝轩端起精致的茶杯，闻闻茶香，点点头："明前顶级碧螺春。"他抿了一口，细细品味一番，放下茶杯后悄声说，"东条川赖即将抵达上海，您应该知道了吧？"

宫本正仁不动声色地说："您的消息够灵通的呀！"

原宝轩叹口气："唉，岩井公馆的工作不就是给各方大老爷端茶倒水嘛，不知道要员在哪里，那就是失职。"

宫本正仁打量原宝轩几眼："小坂君被害时，您就在现场吧？"

原宝轩说："别说了，我若不是内急，倒下的人就是我。我也是摸了一把阎王爷的鼻子才回来的。"

"大难不死，必有后福。"宫本正仁从桌上拿起雪茄，递给原宝轩一支，"小坂君被杀，梅机关如何定案？"

"没有破案，何来定案？"

"短时间内肯定破不了案。"宫本正仁点燃雪茄，"您的证词，梅机关不能不采纳，这是原则性问题。"

"红帮闹事，已经够梅机关喝一壶了。"原宝轩点燃雪茄，"我估计小坂君被害一案，最后很可能不了了之，毕竟他只是满铁的小部长，根本没有人在乎的。不过，小坂君是您的下属，您的态度可以左右此案如何定性。您如有差遣，我必当效犬马之劳。"他见宫本正仁不说话，便不再绕弯子，"我今天来此的目的，想必瞒不过您吧？"

"一百箱盘尼西林？"

"为了儿子的命，我只能觍着脸来求您了。"

"您说哪里话呢，我早就把药品备好了。云洲是我的学生，他有难，我岂能坐视不管？"宫本正仁从茶几下拿出一份文件递给原宝轩，"您在这份文件上签字即可。"

原宝轩接过文件,粗略浏览一遍,哑然失笑:"借?"

"总得有一个说辞嘛。"宫本正仁拿起钢笔递给原宝轩,"这批药品总得有个去处,您不能让我对天皇说,拿这批药品跟军统分子做交易吧?帝国舍得药,丢不起脸。您从我这里借走这批药,至于您用在何处,那就是您的事情了。"

原宝轩接过钢笔,一边在文件上签字一边说:"白纸黑字为证,您这笔人情债,我一定加倍奉还!"

大公制药厂并没有多大变化,高大的古树依旧葱茏,只是道路两边多了些许樱树。此时正值樱花盛开季节,一阵风吹过,樱花花瓣纷纷飘落。

江澄子熟悉这里的每个角落,非常清楚哪个厂房有什么生产线。她貌似漫不经心地瞎转悠,却已经发现了反常的地方。

大公制药厂与黄浦江一路之隔,生产产生的废水通过下水管道直接排入黄浦江。

然而,排污中心旁边,凭空多出一栋很大的房子。距离那栋房子五十米处,挂着三块标注"行人止步,严禁进入"的警示牌。

江澄子打量三块警示牌,不禁问自己两个问题:

新建的房子的用途是什么,为何禁止进入?

神秘的"B机器"会不会安装在这里?

江澄子佯装瞎溜达,想靠近那栋新房子,却被陪同她的日本卫兵拦住。

"对不起,那里是废水处理车间,可能会损害您的健康,请您绕行。"

日本卫兵严肃的表情就已经说明了一切。

那栋新房子,就是探知"B计划"的突破口。

第九章 逆 转

~ 196 ~

时间：1943 年 4 月 6 日，星期二。

地点：上海，日占区，虹口，梅机关。

一个长于执行、短于思考的日本军人，根本无法理解中国人的生存法则和政治智慧。

红帮弟子静坐的真实目的是谋求生存；周佛麟出面调解，源于他的政治运筹。

苍井巷登门求救，周佛麟自然答应出面调解，还拍着胸脯保证马上就能解决。结果到现在，苍井巷连周佛麟的影子都没有见到。

红帮弟子像看淡生死一样，钉在梅机关大门口，一动不动。

日军第十三军司令官松井久太郎打来电话，责令苍井巷立即解决红帮弟子静坐问题，令苍井巷无比恼火。

苍井巷走到窗前，突然看到周佛麟与朱子刑在梅机关大门口谈笑风生，无名怒火顿时从心头熊熊燃起。

周佛麟是官场老油条，对一切麻烦都已经司空见惯、习以为常。他满脸堆笑地对朱子刑说："朱帮主，我和宋帮主的关系你是知道的，这件事我肯定向着红帮。瞧瞧你们的土枪，跟烧火棍似的，能打过日本人的歪把子、小钢炮吗？讲公平公正，不能靠一张嘴，而是靠枪炮。我给宋帮主打过电话，他赞同我的观点，弄点儿好处，见好就收。"

朱子刑也能看清摆在面前的血淋淋事实，硬要跟苍井巷讲公平公正，结果只有一个，那就是让鲨鱼见血，红帮弟子将遭到更凶残的吞噬。

朱子刑借坡下驴，提出两个无关痛痒的条件：一、领回红帮弟子尸体；二、市政府提供一笔抚恤金。

钱能解决的问题就不是问题。周佛麟满口答应后，直奔苍井巷的办公室。

一脸愁云的周佛麟，见到苍井巷就连连摇头："怎么能闹出这么大的动静？现在上海人都知道了，不好办啊！"

"周市长！"苍井巷强压怒火，死死地盯着周佛麟，"你怎么才来？"

周佛麟怕日本人，但不是怕所有日本人。他是南京政府二号人物，连日本最高军事顾问晴气武夫都得给他三分面子。小小的梅机关行动课课长，很难入他的法眼。

周佛麟冷冷地说："我倒是想早点儿来呢，来得了吗？红帮弟子把大街堵得严严实实，如果不是宋万堂发话，我都进不来。"

苍井巷不想跟周佛麟打嘴仗："那就请你支个着儿。"

周佛麟摆摆手："支着儿谈不上。中国有句民谚，叫'心急吃不了热豆腐'。"他指指窗外，"你的热豆腐在那里，还冒着热气呢。"

苍井巷颔首："那就请周市长出面，处理掉那些豆腐吧！"

"你为何如此草率地处理掉他们？"

"他们通匪。"

"证据呢？"

"小坂正雄提供的调查报告。"

"事实上，小坂正雄已经死了，他的调查报告也不见了！"周佛麟耸耸肩，"你是否听过'逼上梁山'的故事？"

"请你明示。"

"红帮弟子本无投匪之心，如果被你逼得走投无路，他们就真的会去投匪的。一个团的兵力，非同小可。一旦他们投匪，你就做了一件亲者痛、仇者快的事儿。如果上面追究下来，你怎么解释？"

苍井巷激动地吼道："我现在需要的是解决办法！"

"中国还有一句民谚叫'破财免灾'。"周佛麟又指指窗外，"把尸体还给他们，然后由上海市政府发放一笔抚恤金，他们也就消停了。"

苍井巷赶紧摆手："不可。这样做，有损帝国的尊严！"

"不是损害，而是维护。我们这么做，是维护日中亲善之大策！"

在周佛麟笑谈"日中亲善"时，季雨涵、杨子明、柳旭恒驱车来到正阳酒楼后面的巷子里。

季雨涵停好车，从副驾驶位上拿起一张建筑平面图，对后座的杨子明、柳旭恒说："上峰有令，立即除掉朱子刑。"

杨子明疑惑不解："上峰为何要除掉他？"

季雨涵一边看建筑平面图一边说："不该看的不看，不该问的不问。"

柳旭恒撇撇嘴，没有说话。

季雨涵上下打量正阳酒楼："红帮弟子围攻梅机关，必然会激发梅机关与红帮的矛盾，朱子刑死于日本人之手，理所当然嘛。"他将建筑平面图递给杨子明，"这是正阳酒楼的建筑平面图，你们好好看看。"

杨子明接过建筑平面图："红帮弟子静坐示威，怎么看都像共匪的打法。"

柳旭恒冷笑道："就算朱子刑不是共匪，也是共匪苗子。"

季雨涵说："管他是谁呢，上峰让咱们怎么干，咱们就怎么干。这年头，冤死鬼太多了，再多几个也无所谓。"

"按原计划行事，我负责房顶。"柳旭恒从杨子明手里扯过建筑平面图，"你负责警戒和接应。"

柳旭恒、杨子明下车后，确定四周无人后，从轿车后备厢里取出绳索和装有狙击步枪的箱子，直奔正阳酒楼后面。

正阳酒楼后面是一条脏兮兮的断头路，路两边堆满各种生活垃圾。

他们来到正阳酒楼楼下，杨子明将绳索抛向楼顶。确认挂实之后，柳旭恒背着箱子攀缘而上。杨子明待柳旭恒抵达楼顶后,掏出手枪警戒。

柳旭恒选好狙击位置,组装好狙击步枪,便看到朱子刑、周佛麟和苍井巷从梅机关大楼里走出来。

"明天我派人接弟兄们回家,还望苍井课长成全。"朱子刑向周佛麟和苍井巷抱拳拱手。

"好说,好说。"苍井巷略略颔首。

"朱帮主走好!"周佛麟做出"请"的手势。

朱子刑刚走出梅机关大门,一颗弹头从正阳酒楼楼顶射下,直入他的眉心。伴随"扑通"一声,他仰面倒下。

"帮主中弹了!"

"有人打黑枪!"

……

陡然间,红帮弟子乱作一团,喊叫着围住朱子刑;还有一部分人掏出手枪,四下寻找杀手。

苍井巷向左右看了看,断定杀手藏在正阳酒楼楼顶,命令日本宪兵前去抓捕。

柳旭恒扔下狙击步枪,顺着绳索往楼下滑。杨子明持枪观察四周,准备接应柳旭恒。

季雨涵见柳旭恒到达地面,驾车从断头路那端驶过来。急刹车后,他对准杨子明和柳旭恒的头部连开两枪,又把油门踩到底。

轿车轰鸣着蹿出巷子,拐上大路,向西北方向驶去。

日本宪兵循着枪声,冲到正阳酒楼后面,发现了杨子明和柳旭恒的尸体。

一个日本宪兵顺着绳索爬上楼顶,找到狙击步枪和弹壳,发现枪管还是热的。

苍井巷查验完绳索和狙击步枪,翻看杨子明和柳旭恒的袖口和衣领,找到两粒氰化钾,然后对周佛麟说:"应该是重庆方面的人。"

红帮弟子听到枪声和汽车的轰鸣声,也跑过来查看。

周佛麟担心红帮弟子出现过激行为,连忙挥手喊道:"各位红帮兄弟,杀害朱帮主的凶手已经找到，是重庆方面的人。遗憾的是，两个凶手已经死了。至于他们为何被杀、被谁所杀，梅机关会彻查到底的。我现在就去找宋帮主商量对策。你们相信我，相信上海市政府，一定会给出让你们满意的答复。"

时间：1943年4月6日，星期二。
地点：上海，法租界华宝斋；日占区，极司菲尔路，愚园路。

无论什么行业，都不怕有神一样的对手，就怕有猪一样的队友。

身为特工，赵青有事没事就约安子铭见面，令安子铭大动肝火。

就连蒋介石都要敬称"主任"的安子铭，掌握着沪宁两地国民党特工的生杀大权，绝不允许手下频繁让他抛头露面。

华宝斋是安子铭与凌云洲的联络点。遇到紧急事件，凌云洲便把情报送到华宝斋。

代号"画"的侍六组特工华振龙是上海名人，慕名前来拜访者众多，常有陌生人出入华宝斋。因为华宝斋具有极好的掩护条件，所以安子铭绝不允许华宝斋暴露。

"你是党国培养的精英，怎么就沉不住气呢？昨天我们刚见过面，今天你又约见我，哪有那么多重要的事？"安子铭坐在桌前，将手中的《道德经》摔到桌上，"说吧，什么大事值得你冒险？"

赵青知道自己的行为确实不妥，缓声说道："主任，季雨涵派人狙杀了朱子刑，我也是迫不得已才要求见您啊！"

"什么？"安子铭大吃一惊，"季雨涵派人狙杀朱子刑，什么时候的事？"

"一个小时前。"赵青低声说。

安子铭不由自主地将《道德经》捡起来，以此掩饰内心的慌乱："季雨涵已经接到加急的运货任务，应该分得清轻重缓急，他怎么能在这时候狙杀朱子刑呢？"

"是不是中统高层授意？"赵青盯着安子铭，"他们是不是想以此挑起红帮与日本人的矛盾？"

安子铭骂道："愚蠢！在梅机关门前狙杀朱子刑，恰恰证明他的死与日本人无关。日本人到处制造矛盾，还怕出现矛盾？"

赵青沉思半晌："中统三人行动组，现在只剩下季雨涵，看来他无法执行运货任务了。"

安子铭点指桌面："季雨涵的动机不纯。"

"您还是不相信他？"

"不是我不相信他，是他确实有问题。"

"他会是汉奸吗？"

"还不至于。"安子铭脸色铁青，"季雨涵是舒季衡的学生，舒季衡虽然是汉奸，但他只听命于汪精卫，日本人未必能调动他。现在你去做两件事：一，药品运出上海后，命沈笑暗中调查季雨涵；二，如果发现季雨涵有问题，你立即中止与中统的一切联系。"

"是。"

"季雨涵认识你吗？"

"不认识。我们通过小武联系。小武是从军统总部调过来的，季雨涵对他不熟悉。"

"交代小武，时刻做好万全准备，以防不测。"

"好的。这次出现这么大的意外，我们还要运货吗？"

"计划已经启动，绝不能更改。"安子铭起身来回踱步，"季雨涵不能负责运货，就让洋行负责。我们也采用共产党的游击策略，'敌进我退，敌退我进'。季雨涵退，我们就进。我们直接告诉日本人，这批货要走水路。"

"用哪家洋行合适？"

"最好是外国洋行。"安子铭想了想，"德森洋行，德国人办的，日德是盟国，日本人应该不敢轻举妄动。这样一来，我们的戏就更逼真了。"

"我马上安排。"

"不！"安子铭摆摆手，"让小武去。药品运出上海后，让他撤回重庆。"

已过中午 12 点，军统特工还是没有任何消息。

十九个小时内，军统上海站的特工只往特工总部打过一次电话。漫长的煎熬，把黑川梅子折磨得几近崩溃。

没有消息，不一定是好消息。

索要药品的军统特工为何选择静默呢？这让黑川梅子百思不得其解。她开始怀疑凌云洲已被杀害。

案发现场调查报告显示，这是一次精心设计、针对性很强的暗杀行动。其中还有几个日本宪兵死于非命，作案者应该知道自己捅出了多大的娄子。

采用静默模式，是凌云洲的策略。

"我们长时间静默，他们就会自乱阵脚。"愚园路上，凌云洲一边驾车一边对冯壬山说，"现在敌强我弱，如果不打乱他们的节奏，我们就很容易暴露。"

"他们真的那么在乎你吗？"冯壬山问。

"应该是。"凌云洲摸摸假胡子，"我们这次行动的目的，不是获得药品，而是排除我的嫌疑。他们猜不出我们的真实目的，我们就占了先手。现在他们盯着药品，我们就不去碰药品。他们不知道我们在哪里、要干什么，我们就有机会运走药品。"

"有关行动计划，我向主任汇报过了。"

"主任怎么说？"

"主任交代，不能杀你。"

"他还不算笨。"凌云洲微微一笑，"记住，你也不知道我的身份。在你眼里，我是大汉奸。"

冯壬山哈哈大笑："大汉奸落到我手里，还能有好吗？放心吧，特工总部那群畜生绝对看不出破绽的。"

"主任给你出了什么馊主意？"

"明修栈道，暗度陈仓。这主意可不馊，要品位有品位，要意境有意境。"

"明修栈道，暗度陈仓。"凌云洲嘀咕着，若有所思地点点头，"我们也可以修栈道、度陈仓。"

"你不会把一部分药品送到苏南根据地吧？"

"重庆方面家大业大，根本不稀罕这点儿药品。我们小门小户的，得学会过日子。"凌云洲脸上露出一抹诡异的笑容，"那批假药，原是大公制药厂生产的残次品，没想到现在却有了大用处。"

冯壬山哈哈大笑："刁老三活到头了！"

凌云洲把轿车停在百乐门门口。冯壬山下车离去，凌云洲继续驾车沿着愚园路，一直行驶到青堆玉器店。

青堆玉器店是他和江澄子的安全屋。他知道，此刻江澄子一定会在那里等他。

江澄子确实一直坐在青堆玉器店里等他。

这是一家倒闭多年的玉器店，江澄子接手后，却没有继续经营。房间里落满灰尘，显得非常破败。

满是灰尘的玻璃窗，已经割断了江澄子的视线。她焦急地走到门口听了听，外面的马路上死一般沉寂，让她稍稍放下的心又提起来。

一辆轿车在门口熄火。她兴奋地起身走到门口，透过门缝看到了凌云洲的身影。

江澄子感觉眼前一阵眩晕，瘦弱的身体晃了又晃。

凌云洲轻轻地推开门，把双手搭在泪眼婆娑的江澄子肩上。

四目相对，一时无言。

半晌过后，江澄子才嚅动嘴唇："到底是怎么回事儿？"

凌云洲把自己的遭遇和应对策略大致说了一遍。

"和我的猜想差不多。我见到了安子铭，找到了侍六组的连络站。"江澄子兴奋地说。

"华宝斋。"

"你怎么知道？"江澄子一脸惊愕地看着凌云洲，"你也是侍六组特工？"

凌云洲点点头。

"你也太复杂了吧？"江澄子上下打量凌云洲。

第九章 逆 转

凌云洲不能做过多的解释，扳过江澄子的肩膀："我只想让我们的孩子可以简单地活着。对了，父亲怎么交代的？"

"父亲说，你要利用这次事件找到军统的秘密运输线。"江澄子拉起凌云洲的手往后院走，"宫本正仁答应提供药品，安子铭负责运输，你就着手寻找军统的秘密运输线吧。"

"安子铭没有那么傻，绝对不会为了一百箱药品启用秘密运输线。"凌云洲跟在江澄子身后，"我怀疑军统的秘密运输线不在陆上，而在海上。"

"海上？"江澄子站下，转身望着凌云洲。

"安子铭在沙逊身上下了很大功夫，日本人虽然摧毁了几条沙逊家族的海上运输线，但沙逊家族没有那么好对付，肯定会留有后手。我猜测，这个后手或许就是军统秘密运输线。"

"嗯，极有可能。"

他们并肩站在后院里，凌云洲凝视着江澄子："澄子，我今晚就能回家。"

江澄子却一点都不高兴，支吾着说："我——我已经答应黑川梅子，只要把你救回来，就让她住进江公馆。"

凌云洲低头沉思一会儿，附在江澄子耳边说："你这么做也没有错。其实只要她想住进江公馆，有的是理由，我们根本阻止不了。书房的柜子里有三个窃听器，你回家把它们安在 2 号楼的电话、台灯、顶灯上。"

"安在那么明显的地方，她肯定能轻松发现的。"

"就是让她发现啊。"

江澄子瞪大眼睛："为什么？"

"演戏嘛，必须把戏码凑足。"凌云洲轻轻地抚摸一下江澄子的脸颊。

~ 198 ~

时间：1943 年 4 月 6 日，星期二。

地点：上海，日占区，梅机关，红堂。

- 149 -

午后，雷电交加，暴风雨不期而至。

风雨中，撤离梅机关的红帮弟子身穿孝服、携带轻重武器，又浩浩荡荡地杀回梅机关。

海螺声骤然响起，穿破雨幕，刺向梅机关大楼。

这次，红帮弟子不再静坐，而是手持武器包围了梅机关。他们好像不在乎日本宪兵人数众多、武器先进，更不在乎梅机关是不是杀害朱子刑的凶手，他们只想讨要一个说法。

帮主在梅机关大门口被枪杀，红帮弟子若没有回应，以后就无法在上海滩的江湖中行走。

江湖人的面子比命大，比天大。

三挺机关枪、两门迫击炮架在朱子刑被杀的地方。只要梅机关的人敢出来，红帮弟子就敢与他们血战到底。

事态严重，日本军方立刻采取行动。日军第十三军和上海日本宪兵司令部共抽调五百人赶往梅机关，防止红帮弟子冲击梅机关。

梅机关内的特务，在苍井巷的指挥下，纷纷在院内制高点就位。他们还在院子里用沙袋搭建掩体工事，备好各种武器。

周佛麟为此非常恼火，大骂宋万堂食言。

两个小时前，他面见宋万堂，郑重声明朱子刑被杀与梅机关无关。宋万堂满口答应他一定会安抚好红帮弟子。不料他回到梅机关，刚刚在苍井巷面前拍完胸脯，红帮弟子就全副武装地包围了梅机关。

周佛麟怎么都想不到，他前脚离开红堂，原宝轩后脚就到了。

原宝轩回家路过梅机关时，见大街上混乱不堪，下车打听之后，得知朱子刑在梅机关大门口被杀。

原宝轩虽然无比愤怒，但立即冷静下来。他判断日本人绝对不会在梅机关大门口杀害朱子刑。当下他要做的，就是让那些暴露身份的红帮弟子，都能安全地撤到苏南根据地。

他掉转车头赶往红堂。

正在生闷气的宋万堂见原宝轩到访，仿佛见到救星一般，把周佛麟与他的谈话内容全盘托出后，问道："原先生，以你的经验看，阿刑是不是小鬼子杀的？"

"不是。"原宝轩肯定地说，"马上启动备用方案。"

"现在？合适吗？"

"或许这是唯一的机会了。"原宝轩盯着宋万堂，"您也撤离这个是非之地吧。"

"阿刑的血还没凉呢，我不能走。"

"您留在上海，太危险了。"

"小鬼子想杀我，早就杀了，根本等不到现在，也根本不需要理由。"宋万堂嘿嘿一笑，"只要小鬼子一口吃不下红帮，红帮就能敲掉他们的牙。玩阴的，我可是行家里手。我虽然胆小，但生死不怕。"

"宋帮主，别说赌气话。我们都得好好活着，还得目送小鬼子滚出上海呢。我说一件正事，听说大公制药厂内有个排污中心，目前小鬼子看得极严，您能找到合适的人选，去那里打探一下具体情况吗？"

"办法都是人想的嘛，我想想。"

"那里到处是诡雷，您的人千万不能蛮干。"

宋万堂摆摆手："你告诉我做什么就行了。至于怎么做，就是我的事情。"

原宝轩望着义薄云天的宋万堂："宋帮主，中国需要您这样的英雄，您最好还是离开上海吧。"

宋万堂貌似不想再听原宝轩磨叽，做出送客的手势。

在红帮的生死关头，宋万堂绝对不会离开上海的。他让田七接替朱子刑出任红帮帮主，然后打电话通知普乐天和宋格速来见他。

普乐天和宋格来到红堂。宋格听说朱子刑遇害，义愤填膺，提枪要去梅机关讨要说法。

普乐天拦住她："朱叔叔肯定不是日本人杀的。光天化日、众目睽睽之下，谁会在自家门口杀人？"

宋格跺着脚吼道："朱叔叔死在梅机关大门口，梅机关不能不闻不问吧？"

"他们更想找出真凶。"普乐天喊道。

宋万堂摆摆手:"你俩都给我消停一会儿。现在最重要的事情,是把那些有可能被狗盯上的兄弟们安全送出上海!"

宋格问:"他们已经被狗盯上,还能安全离开上海?"

普乐天说:"狗不是还没咬人嘛。我们总不能让兄弟们撅起屁股等着狗咬吧?"

宋万堂说:"我和'老A'准备为阿刑举办一场隆重的葬礼,让那些兄弟利用阿刑出殡的机会撤离上海。"

风雨中,宋万堂命人将红堂内外都泼洒汽油。等众人撤到大门外,他把火把扔进屋内后,转身向大门口走去。

升腾而起的大火,将宋万堂的身影无限拉长。

宋格一挥手,十几个黑衣人站在暗处,把枪口对准熊熊大火,打光枪内子弹后撤离。

宋格上前挽住宋万堂的胳膊,把他扶到轿车前。

宋万堂转过身,直瞪瞪地望着大火,慢慢地举起手,慢慢地挥动。

老脸被甩到墙上的周佛麟,不停地打红堂的电话,就是没有接。

"丁零零",不停踱步不停谩骂的周佛麟,被突如其来的电话铃声镇住了。

他盯着电话看了半响,突然上前抓起话筒,听到话筒里传出宋万堂的声音,气得破口大骂:"宋万堂,你是不是活腻了?"

"周市长,我哪是活腻了,是被吓死了。你前脚刚走,那些不肖子孙就闯进来,不但夺走武器,还点了红堂。"宋万堂坐在宋公馆的沙发上,一只手端着旱烟袋,一只手拿着话筒,完全进入自编自导的剧情中。

周佛麟惊愕:"他们把红堂点了?"

宋万堂带着哭腔说:"他们不但放火,还杀人呢。红堂是我一生的心血啊，就被他们一把火烧光了。周市长，这件事因日本人杀害朱子刑而起，你得给我主持公道啊！"

周佛麟怒喝："老匹夫，你还要我给你主持公道？你的徒子徒孙已经包围了梅机关。我提醒你，他们这是自己前来送死，别怪我不客气。你识相点儿，赶紧把他们弄走，不然我就让你看完火海，再看血海！"

"好，好，那就麻烦你替我收拾那群不肖子孙，最好一个活口都不留，免得我看见他们就烦。"

"宋万堂，你给我好好说话！"

"周市长，我一直好好说话呀。"

"妈的，姓宋的，你这是破罐子破摔！红帮的事，你不帮我摆平，我他妈的就割了你的尿。"

"好吧，我给你支个着儿。"

"妈的，快说。"

"红帮新任帮主叫田七，他是生意人，你应该懂了吧？"

对付地痞无赖，周佛麟没办法，但对付生意人，他一点都不含糊。得到真经，他就撂下电话，信心十足地问苍井巷："红堂起火的事，调查清楚了吗？"

苍井巷说："据线报说，红堂确实被烧了，还发生了枪战，具体原因还需进一步核查。"

"这群人真的疯了。"周佛麟边合计边骂，"人不畏死，何惧之有？"

"您有办法吗？"

"有是有，但我得领到尚方宝剑才行。"周佛麟一脸严肃地说，"市政府做出的承诺要兑现。"

"当然！"

周佛麟连伞都不拿，冒雨见到田七，皮笑肉不笑地问："田七爷，你们弄出这么大的阵仗，想干什么？朱帮主死在梅机关大门口不假，但他的死不一定就和梅机关有关。上海滩天天死人，也没有人到市政府去闹啊。"

田七冷冷地说："梅机关不给红帮活路，我们只能走死路。"

周佛麟连连摆手:"田七爷是生意人,自然会算账。这么多红帮兄弟,做以卵击石之事,结果只有死路一条。他们的妻儿老小怎么办?"

田七说:"周市长,江湖人是靠脸吃饭的。梅机关把红帮人的脸摔稀碎,我不把红帮人的脸捡起来,以后还怎么混江湖?"

"我们一起把红帮人的脸捡起来不就行了嘛!"雨水顺着周佛麟的脸往下淌,他连抹都不抹,"田七爷,事因朱帮主而起,我们就在朱帮主身上结束,你看行不行?"

"当然可以,但必须满足我们的条件。第一,风光厚葬朱帮主。"

"那是自然。"

"第二,把朱帮主葬在佘山。"

"佘山离市区是不是太远了?"

"历代上海红帮帮主都葬在佘山,总不能让朱帮主做孤魂野鬼吧?"

"好,那就把朱帮主葬在佘山。"周佛麟缓缓点头,"抚恤金要多少?"

"用愚园路赌场相抵就行。"

"一条命,一个赌场,田七爷真不愧是精明的生意人。"周佛麟抹掉脸上的雨水,"我答应你们的条件,你们散了吧!"

田七达到目的,见好就收:"还望周市长不要食言。"他转身挥挥手,带领红帮弟子撤离梅机关。

~ 199 ~

时间:1943年4月6日,星期二。
地点:上海,公共租界,苏州河畔,河南路。

红堂燃起大火时,雷阳就躲在远处偷偷观看。

自从加入特工总部行动队,他就很少去红堂。原因是,他在陈恭如手下办差,还是凌岳州的眼线,凡事都要万分小心,尽量避免产生瓜田李下的嫌疑。

没想到，他再次来到红堂，红堂却在他眼前化成灰烬。

他愤愤地跺了几脚，转身离去。路过老刀烧鸡店，他买了两只烧鸡、两瓶烧酒，然后直奔公共租界。

陈恭如带领一队人马挨家挨户搜查，寻找凌云洲。他们搜查到河南路时下起大雨，便到南苏州路和河南路交会处一个废弃仓库里避雨。

雷阳来到仓库，见陈恭如坐在门口抽烟，便找来一块木板，放在陈恭如面前，拿出烧鸡和烧酒放在木板上。

陈恭如也不客气，扯下一根鸡腿就啃。

雷阳拧开烧酒瓶盖子，喝了一大口酒。

陈恭如喝了一口酒，白了雷阳一眼："听说红帮人到梅机关玩命去了，你没去看热闹？"

雷阳说："我现在是您的人，懒得搭理别人的事。我现在最关心的是凌主任在哪里。只有找到他，我才能理直气壮地去澡堂泡个澡，踏实地睡一觉。"

陈恭如点指雷阳："你啊，也就这点儿出息了。"

雷阳咧嘴笑道："能跟陈队长混，我就很知足了。"他说完扭头看见点心从南苏州路往河南路走，问道，"那个人不是点心嘛，他瞎鸡巴溜达啥呢？"

陈恭如眨眨眼睛，也看到了点心："这个王八蛋，肯定跟踪谁呢。"

"蒋处长真是傻屌，竟然找个侏儒打下手。您看看他，就算他能发现啥，腿那么短，能追上吗？"雷阳从口袋里掏出一沓钞票，悄悄地塞给陈恭如，"这个月黑市行情太差，收成不好。妈的，姓蒋的坏了咱们好几笔生意。"

陈恭如把钱揣进口袋："世上有两种路不能挡，一是情路，一是财路，否则没有好下场。"他抬头看看天，见雨停了，冲身边的人喊道，"雨停了，出去干活儿，去西藏路桥。"

"去那里干什么？"雷阳怔怔地问。

"就你话多！狗腿子命，操丞相心，你累不累？"陈恭如拍了雷阳脑袋一下。

陈恭如带领雷阳等特务，快速来到西藏路桥。

西藏路桥边二百米处居民楼二层的一个房间，已被特工总部征用，作为监控点。陈恭如等人进入那个房间，开始监视西藏路桥。

装载一百箱盘尼西林的卡车停在西藏路桥上。周边已经戒严，桥上桥下没有行人。

除苏州河南北两条路设两个暗哨外，方圆千米内，已经设下天罗地网，只等军统分子前来送死。

一个小时后，疲惫不堪的陈恭如对雷阳说："雷子，我眯一会儿，你给我盯紧了。"

"好嘞！"雷阳站在窗前，举着望远镜，盯着西藏路桥，"陈队长，您就踏实地睡吧，桥上的蚊子，我都能给它分出公母来。"

"雷子——"陈恭如好像想起什么，掏出烟盒抽出一支烟，将烟盒扔给雷阳，低声问道，"朱子刑挂了，会不会影响咱们的收成？"

"死了张屠夫，就吃带毛猪？没有的事儿！"雷阳把烟盒塞进口袋，"我还有很多资源呢。"

陈恭如拍拍雷阳的肩膀，没有说话。

雷阳问："日本人为何要杀朱子刑，是不是抓住他的尾巴了？"

陈恭如说："我跟那个苍井巷尿不到一个壶里，你小心点儿。"

凌云洲遇刺失踪的事，惊动了上海滩。他养的那些线人，也动用自己的各种资源，通过各种渠道打探消息。

萧易寒的心情糟透了，因为他安排跟踪普乐天的小川死于非命。他怀疑是宋格所为，正盘算着如何对付宋格时，又发生了凌云洲遇刺失踪的事。

他根本不在乎凌云洲的死活，但又不能不做做样子。

既然是演戏，那就把戏演到位。他带领十几个警察，在公共租界大张旗鼓地搜查。

萧易寒在汉口路碰到唐墨。他们四目相对，微微点头。

在唐墨身后，点心时隐时现，悄悄地跟踪唐墨。

第九章 逆 转

唐墨低头向前走，似乎根本不关心身后的点心。

十分钟后，唐墨走到九江路上的一个十字路口，看见一辆轿车缓缓地从江西中路驶来。他瞥了一眼轿车，依旧向前走。

点心跟随唐墨，慢慢地经过十字路口。

那辆轿车突然加速撞向点心。

只顾盯着唐墨的点心，根本没有注意到身后的轿车，一下子被轿车撞飞，凌空翻滚几周，重重地摔到地上后，身下、脑后一片殷红。

轿车缓缓停下。萧易寒从轿车里钻出来，冲唐墨点点头，慢慢地走到点心身前蹲下，像欣赏自己的作品一样上下打量。

唐墨驾驶萧易寒的轿车离去。

萧易寒从口袋里掏出小刀，划开点心的衣服，在他肚皮上刻下几个字，然后将雨伞插在点心的腰带里。

吕栋带领三个警察跑过来。

萧易寒起身吩咐道："封锁四个街口，行人和车辆绕行。"

三个警察回去布警。吕栋看了看点心肚皮上的字，轻声念道："君若不来，蝶怎独飞。"他挠挠头，问萧易寒，"啥意思？"

萧易寒掏出手帕认真地擦手："没啥意思，就是意思意思。拍照，发给各大报社。"

~ 200 ~

时间：1943 年 4 月 6 日，星期二。

地点：上海，日占区，极司菲尔路76号；公共租界，西藏路桥。

"下午 5 点钟，将一百箱盘尼西林运到西藏路桥。顺便提醒一句，桥下安装了炸药，随时会爆炸。"

特工总部终于等来军统特工的电话。

打电话的特工最后提出警告："你们可以派人检查，同时准备为凌云洲收尸。"

凌岳州当然不敢验证军统特工所言真假。他站在窗前，咒骂老天爷，咒骂军统，为什么要让他如此被动。

敲门声传来，他说了一声"进"，便看到松岛凉子推门进来。

四个小时前，他们在上海国际饭店上演了灵与肉撞击的激情大戏。他万万没想到的是，十二年过去了，松岛凉子还能把完整的自己留给他。

从巫山归来后，凌岳州盯着床单上的点点猩红，心里无比纠结。

师婉笛令他神魂颠倒，可比起松岛凉子用情专一，师婉笛的行为就不忍直视，滥情、暗杀、窥探……哪件事都无法摆上台面。

松岛凉子进屋后，便扑进凌岳州的怀里。

"这种鬼天气，不利于追捕！"凌岳州轻轻推开松岛凉子，把话题转移到工作上，提醒她这里是办公场所，不适合谈情说爱。

"那怎么办？"松岛凉子含情脉脉地望着凌岳州。

"只能坐等。凌主任不出现，我们不能轻举妄动。"

"恐怕黑川课长等不了。"

"西藏路桥部署得怎么样？"

"一切按照军统分子要求办的。"

"他们不会蠢到认为自己能把药品运出上海吧？"

"恐怕不是军统单兵作战，中统应该会配合。"

凌岳州摆摆手："现在中统三人行动组只剩下一个人，还能做什么！"

松岛凉子瞪大眼睛："死在正阳酒楼楼下的两个人，是中统特工？"

"嗯？"凌岳州一脸狐疑地打量松岛凉子。

"我——"松岛凉子想告诉他实情，又担心违反纪律，改口说道，"我在宫本先生身边待久了，也学会一点推理。军统和中统本是一家，只是隶属不同利益集团罢了。他们——是你的人？"

凌岳州想了想，说："算是吧。"

"你记住我说过的话。"松岛凉子突然严肃起来，"千万别低估宫本先生，

第九章 逆 转

他的能量超乎你的想象。你只能辅佐他，不要背叛他。"

"看来宫本正仁不是来上海制药的。"

"他做什么，你不能管，也管不了。"松岛凉子看看窗外，"我出去一趟，下午见。"

凌岳州已经与陈恭如分头行动。陈恭如带人扫街搜查、寻找可疑人；凌岳州和黑川梅子坐镇特工总部，等候军统特工的电话。

下午5点钟，西藏路桥还是没有动静。

凌岳州强压怒火，准备再等一个小时。

两个小时过去了，西藏路桥依旧如坟墓般死寂。

凌岳州实在坐不住了，决定到西藏路桥看个究竟。

松岛凉子推门进来，焦急地问："过去两个小时了，他们为何还没有动静？"

"鬼才知道。"凌岳州愤愤地说，"我想过去看看。"

电话铃声骤然响起，凌岳州一把抓起话筒："哪位？你？德森洋行？好，我知道了。"他说完气急败坏地挂断电话。

"怎么了？"松岛凉子盯着凌岳州扭曲变形的脸。

"他们没用自己的运输线，而是雇用了德森洋行走海运。"

"德森洋行是重庆方面的？"

"德森洋行董事长是我的人。"

"协助军统分子把药品运出上海，德森洋行岂不倒霉了？"

"还不至于。"凌岳州摇摇头，"不过，现在要看我如何选择了。如果我选择错了，德森洋行就会倒血霉。"

"派人拦截下来，德森洋行的人肯定全盘托出；若不拦截，上面追究下来，我们百口莫辩。拦还是不拦？"

"拦！"凌岳州拨通一个电话，只说了"下手"两个字。

"凌主任回来了，凌主任回来了……"楼下传来喊叫声。

凌岳州疾步走到窗前，看到亮如白昼的院子里，衣衫褴褛的凌云洲仰头淋雨，脚下是一摊血水。

黑川梅子举着雨伞跑到凌云洲身边，心疼地看着伤痕累累的凌云洲："他们怎么把你打成这样？走，我送你去医院。"

凌云洲一脸坚毅，轻轻地摇摇头。

黑川梅子扶着凌云洲来到他的办公室，帮他包扎好伤口，换好衣服，询问他到底遭遇了什么。

凌云洲把设计好的谎话，简略地讲述一遍。黑川梅子也把这两天发生的事情转述给凌云洲。

凌岳州走进来："凌主任受苦了。你是怎么逃回来的？"

"逃？"凌云洲嘿嘿一笑，"他们怎么把我绑走，就怎么把我送回来。"他突然提高嗓门，指着凌岳州吼道，"你们没有脑子吗？一百箱盘尼西林能救活多少敌人？那些敌人又能杀掉我们多少人？这笔账你不会算吗？"他从抽屉里拿出手枪和三个弹夹，"部里能动换的人还有多少？全部跟我走！"

凌岳州蒙圈了："有二三十个人吧。"

凌云洲把手一挥："够了，叫他们全部跟我走！"

黑川梅子拉住凌云洲，喝问："你要去哪里？"

凌云洲吼道："报仇！"

黑川梅子不敢松手："你浑身是伤，能活命已经不错了。你告诉蒋处长，绑架你的人在哪里，让他带人去。"

凌云洲冲黑川梅子吼道："你松手，我必须亲手把那群王八蛋枪毙八遍！"

凌岳州说："凌主任带路，我们现在就去端了他们的老窝。"他说完就打电话通知行动队的人到楼下集合。

凌岳州驾车，载着凌云洲、黑川梅子冲在前面，后面跟随一辆卡车，直奔法租界老北门街。

二十分钟后，他们把车停在老北门街边一栋小洋楼前。

凌岳州打量小洋楼，感觉很熟悉，陡然想起这是青帮刁老三的家，心里暗暗吃惊。

中途岛战役爆发后，盟军开始反攻，重庆方面对长江两岸的青帮分子进行严格控制。上海、南京、武汉等地，在杜月笙等青帮元老的配合下，几乎

第九章 逆 转

肃清了青帮中伪势力，以前投靠特工总部的青帮分子纷纷转投重庆方面的特务机构。

上海青帮中，唯有刁老三还在暗中与日本特务勾结。他们的中间人就是凌岳州。

"刁老三怎么可能协助军统特工绑架凌云洲呢？"凌岳州一头雾水。

凌云洲提枪下车，从一个特务腰间摘下手雷，炸开院门，率先冲进去。

几乎在他们冲进院门的同时，刁老三也提枪走出来。

凌云洲二话不说，举枪射中刁老三的眉心。

楼内只有两个青帮弟子和刁老三的一个姘头。他们来不及反抗，就被乱枪打死。

凌云洲走出洋楼，带领黑川梅子、凌岳州来到洋楼后的仓库。他命令特务撬开仓库门，看到里面堆放着几十箱盘尼西林。

凌云洲指着盘尼西林说："这只是一部分。"

凌岳州惊愕不已："不可能。装载一百箱盘尼西林的卡车还在西藏路桥上，军统分子还没有出现，盘尼西林怎么可能出现在这里？箱子里的药，肯定不是盘尼西林。"他连续拆开几个箱子，发现里面全是盘尼西林。看看生产批号和批次，竟然和卡车上的药品完全一致。

凌云洲问："装载盘尼西林的卡车，到达西藏路桥多久了？"

凌岳州看看表："四个小时了。那里已经布下天罗地网，蚊子飞不进去，蚂蚁爬不出来。"

"我们去看看，不就什么都知道了嘛。"凌云洲吩咐特务把盘尼西林登记在册后运回特工总部，他与凌岳州、黑川梅子驱车赶往西藏路桥。

他们来到西藏路桥下，发现桥洞两边挂着实景画布，便意识到上当了。

那两块实景画布，画得非常逼真，欺骗性极强。被这样的画布遮挡，远处的人根本无法看清桥下的真实情况。

桥身上没有炸弹，却有一个洞。

卡车车厢下面也有一个洞。

卡车车厢里，已经空空如也。

凌岳州拿出手电筒，照了照桥下的河面，顿时明白了。

凌云洲连连摇头："他们为了弄到这点儿破药，真是煞费苦心啊！"

黑川梅子说："他们至少在半年前就为这个行动做准备了。我们考虑到的问题，他们全部考虑到了。有一点我想不明白，这批药品运到码头怎么办呢？那里可是皇军辖区。"

凌岳州说："刁老三有皇军颁发的特别通行证。"

陈恭如带人跑到桥下，得知药品在自己眼皮底下被人悄无声息地运走了，气得暴跳如雷，一把拽下实景画布，狠狠地撕扯。

凌云洲虽然面无表情，眼前却浮现出安子铭的笑脸，顿时感觉心头一紧："这个老家伙太狡猾太缜密了，太可怕了。"

他盯着卡车，突然一丝不祥的预感闪现，大喊一声"快跑"，然后拉着黑川梅子就跑。

其他人虽然不明就里，却也纷纷四处逃窜。

他们跑出两百米后，伴随一声巨响，脚下的大地开始剧烈晃动。整座西藏路桥被黄烟吞没，然后大火腾空而起。

陈恭如惊出一身冷汗："幸亏凌主任警觉，不然我们就被一勺烩了。"

凌岳州骂道："他们要的不是药，是我们的命！"

待气息均匀后，凌云洲对陈恭如说："陈队长，通知宪兵司令部的人全城搜捕，无论他们用船运，还是用卡车运，现在还出不了城。"

陈恭如说："我们现在不缺人手。为了找你，黑川课长把第十三军和宪兵司令部的人都搬出来了。"

陈恭如的话音刚落，从极司菲尔路方向传来一串爆炸声。然后有人报告，运送刁老三仓库中盘尼西林的卡车发生了爆炸。

经查，有几个药箱中安置了定时炸弹。

那些被修改了生产批号和批次的残次药品全部毁于火海，一点痕迹都没有留下……

第十章　围　猎

~ 201 ~

时间：1943年4月7日，星期三。

地点：上海，日占区，佘山；法租界，华宝斋。

田七带领红帮弟子，抬着朱子刑的棺椁奔赴佘山。

七八十里的路程，因有日军层层盘查，他们走了十个小时。他们抵达佘山时，已是凌晨。

苍井巷担心葬礼有猫儿腻，特命五个梅机关特务跟随、监视。

到达墓地后，为防止陌生人破坏下葬禁忌，田七命令红帮弟子以墓地为中心，肃清方圆一里范围内的闲杂人等，并进行警戒。

准备奔赴苏南根据地的红帮弟子，乘机分头散开，消失在山林之中，然后到指定地点集合。

余下的红帮弟子，有的挖墓坑，有的搭帐篷，有的准备下葬用品，三三两两地分散开，让五个梅机关特务感觉分身乏术。

田七坐在帐篷里，叼着旱烟袋，大声提醒红帮弟子要遵守各种禁忌。

同样是红帮弟子打扮的中共门徒小组成员"铁猴"郑庚同，带领两个人走进田七的帐篷。

郑庚同摘下帽子，向田七伸出手："田帮主！"

田七上下打量郑庚同:"郑先生?你不是被阎王爷请去做客了吗?"

郑庚同笑了笑:"人间的差事没办完,阎王爷不收我啊。我给你介绍两个人。"他指着身边的两个人介绍道,"这位是苏南根据地的许同志,这位是马同志,他们代表苏南根据地首长前来迎接红帮弟子。"

田七分别和两位同志握手:"把红帮弟子交给你们,我就放心了。希望你们严加管教,让他们成为于国于民都有用的人。"

他们简短交谈之后,郑庚同与两位同志便悄悄地与准备去苏南根据地的红帮弟子会合,一起从小路离开佘山。

风停雨歇,天色似乎更黑了。

海螺声响起。

田七带领红帮弟子,在朱子刑墓前跪拜完毕后,有序地撤离佘山。

海螺声终止后,五个梅机关特务才察觉大事不妙,提枪冲到朱子刑墓前,却见周围空空如也,红帮弟子早已没了踪影。

此时,上海城内三处起火。

三辆三菱卡车故意硬闯关卡,将值守关卡的日本宪兵分别引到空旷地带后,车内炸弹爆炸,共炸死二十六个日本宪兵。

"计划成功了!我们的人毫发无损,鬼子宪兵炸死二三十个。"赵青得知三辆卡车全部爆炸后,便向安子铭汇报,"只是多半药品被日本宪兵半路劫走。"

事实上,那些劫走多半药品的日本宪兵,是钱乙然和游击队同志所扮。

"丢了就丢了,把剩下的药品藏匿好,等风声过去,运到黑市卖掉。"安子铭毫不在乎地说,"此次行动,我的主要目的有二:一是考核沈站长的执行能力;二是保证秘密运输线安全。某些人一直觊觎我们的秘密运输线,那是我的生存之本,一百箱盘尼西林就让我暴露它,太天真了!"

赵青说:"遗憾的是,小武被抓了。"

安子铭瞪大眼睛:"谁抓的?"

"日本人。"赵青说,"亨利也被抓了,关在梅机关。"

第十章 围 猎

"不对啊。"安子铭自言自语,"日德两国同盟,亨利是德国人,日本人怎么敢抓捕他呢?"

赵青沉思一会儿:"项庄舞剑,意在沛公。我觉得他们抓捕亨利是幌子,真实目的是抓捕小武。"

"小武怎么可能暴露呢?"

"唐墨、季雨涵都见过小武。我们要营救小武吗?"

安子铭冷冷地说:"小武没有营救价值。密电重庆方面,小武因救我牺牲,为他多争取抚恤金。"他走到书桌前,拿起一个信封递给赵青,"这是季雨涵的藏身地,通知沈笑做掉他。"

赵青接过信封:"情报准确吗?"

"蒋文汉提供的,应该错不了。"

"他怎么知道我们在找季雨涵?"

"今天的报纸看了吗?"

"看了。"

"横死街头的侏儒,就是蒋文汉的手下,被唐墨做掉的。"安子铭指着信封,"蒋文汉没去接头,怕我怀疑他,想以此证明自己的清白吧。"

"真是多此一举。"赵青轻声骂道。

"我们就遂了他的愿,做掉季雨涵。"安子铭咬咬牙,"我倒要看看蒋文汉和唐墨,谁是人,谁是鬼!"

"我马上通知沈站长。"

~ 202 ~

时间:1943 年 4 月 7 日,星期三。

地点:上海,公共租界,江公馆;日占区,宫府,梅机关。

混乱出机会,是永恒的真理。老谋深算的宫本正仁深谙此道。

日本宪兵满城追查盘尼西林时，他派亲信扮成军统特工潜入虹口，放火烧了桃源里 11 号楼和 12 号楼。

大火被扑灭了，两栋楼虽然没有坍塌，但也无法住人。

宫本正仁怀疑小坂正雄的死与原宝轩有关，就逼迫原宝轩入住江公馆，以便黑川梅子零距离监视。

原宝轩确实如他所愿，搬进江公馆。冷清的江公馆一下子入住这么多人，顿时热闹起来。

江澄子一直睡到上午 9 点才醒。她迷迷糊糊地下床，走到窗前想拉开窗帘。

"别动！"坐在沙发上的凌云洲轻声喝止。

"我想看看黑川梅子在做什么。"

"她是职业特工，刚到我们家，什么都不会做。"

"家里混进一个女鬼子，我都睡不踏实。"

"窃听器安装好了吗？"

"早就安装好了，不过一看就是外行人安的。"

凌云洲起身走到江澄子身边，耳语道："就是不能显得太专业。让她轻松看到，又不能拆，她在家里就必须把尾巴夹得紧紧的。"

江澄子佯装嗔怒："给她一碗药，让她成为武大郎不是更省事嘛。"

"军机关特工死在我们家里，我们还能消停得了？"凌云洲戳了一下江澄子的额头，"家里窃听器太少了，我从特工总部再弄几套。"

不出凌云洲所料，黑川梅子入住江公馆 2 号楼后，就发现了房间里的窃听器。她一看那种笨拙的安装手法，就知道是江澄子所为。

这在她的意料之中。在江公馆，她不但是外人，还是女主人的情敌，被监视、监听是情理之中的事情。

黑川梅子认为，江澄子之所以这么做，是源于她不自信。不相信自己实力的对手，是没有任何威胁的。

入住江公馆，是黑川梅子梦寐以求的事情。现在梦想成真，她高兴、放松，心里踏实，一觉睡到中午。

第十章 围　猎

起床后，用人已经为她备好饭菜。她简单地吃了几口，就在房间里锻炼身体，以保持优美的身材。

江澄子站在3号楼窗前，偷偷地观察黑川梅子的房间，看到她犹如女主人一样，过得轻松自在，心里又气又恨。

"怎么了？"凌云洲见江澄子脸色不对。

"她还真把这里当成自己家了，怎么这么不要脸呢？"江澄子轻轻地跺脚。

"你生气，她的目的就达到了。"凌云洲开导江澄子，"我们身在矮檐下，他们塞给我们一条狼，我们就得当猫养着。"

"你就眼睁睁地看着她气我？"

"你可以把狼变成宠物狗。"凌云洲拍拍江澄子的肩头，"我去见宫本正仁。"

"宫本正仁老奸巨猾，你多加小心。"

"熬鹰，驯狼，养狗，办法各不相同。怎么对付她，你得动动脑子。"

凌云洲带着礼品来到宫本正仁的茶室，感谢这位特殊的月老。

"是你们的缘分到了。你在澄子和梅子之间，分寸要拿捏好。"宫本正仁语重心长地说，"如今，龟机关苏联局名存实亡，你们父子何去何从呢？"

"我永远属于龟机关。"凌云洲诚恳地表态。

宫本正仁点点头："这次龟机关只审查了中国局，你们父子不在审查之列，无须担心。"

"我请求龟机关审查我。证明清白之后，很多工作就好开展了。在没有任何信任的环境中，我根本无法开展工作。这一点，还望老师成全。"

宫本正仁缓声说道："任何审查、验证都存在瑕疵和盲点，不能不信，也不能全信。人在做，天在看。中国江湖上有句话叫'事儿上见'。我觉得这三个字非常有说服力。"

凌云洲立即跟上一句："老师给我派任务吧，我们'事儿上见'，如何？"

宫本正仁连连摆手："闲聊嘛，我说的也不一定全对，你可听可不听。不过，我确实有件事情，可能需要你搭把手。"

"老师请讲。"

"你先喝茶。"宫本正仁起身打开柜子,拿出一个档案袋递给凌云洲,"你了解这个人吗?"

凌云洲接过档案袋,抽出卷宗翻看:"这个唐墨,我了解一点儿,也和他见过几次面。他是南京唐氏大管家。"

"你替我盯紧他。"

凌云洲怔怔地看着宫本正仁:"他就是一个做买卖的,眼里除了钱还是钱,有什么价值吗?"

宫本正仁轻描淡写地说:"'老猪'在南京和唐墨搞到一起了。'老猪'要我帮忙,我不得不帮。"

"我亲自去办。"凌云洲爽快答应。

宫本正仁转而说道:"死了二十六个宪兵,黑川梅子负主要责任。现在她被撤职,心情非常低落,我就私下做主,让她在江公馆暂住。你要替我好好照顾她。"

被撤职的黑川梅子离职不离岗,宫本正仁委托凌云洲照顾她的时候,她就坐在梅机关情报室的一部电台前,认真地搜索一个频率。

电台指示灯亮起,她拿起笔,在一沓纸上记录电码。

接收完电报,她撕下最上面的一张纸,把频率显示表调了又调。她正要起身离去时,瞥见那沓纸上有笔痕,便把整沓纸拿走了。

她回到办公室,就把那沓纸都烧了,将灰烬倒进马桶冲入下水道。然后,她从抽屉里拿出一本《三国志》,将写有电码的纸放在桌上进行破译。

喝一盏茶的工夫,她抬起头,脸色冷峻,看着稿纸上那行字——

东条入沪,密切配合。查圣杯,辨武士。

第十章 围 猎

~ 203 ~

时间：1943 年 4 月 7 日，星期三。

地点：上海，法租界，法国总会；公共租界，共生证券公司。

男女一旦有了肌肤之亲，便一发不可收拾。凌岳州和松岛凉子又到法国总会开了一间套房，折腾了半宿才酣然入睡。

日上三竿，凌岳州才缓缓地睁开眼睛，看着蜷缩在身边的松岛凉子，内心深处洋溢着征服世界的满足感。

他下床洗完澡，走到门口拿起塞进来的报纸翻看。刚打开报纸，他的目光就锁定头版上的照片。

照片中，点心惨死街头，一把伞遮住他的肚皮，肚皮上依稀可见"君若不来，蝶怎独飞"八个字。

"君若不来，蝶怎独飞"，凌岳州默念几遍。

他意识到，对手已经向他宣战了。

对手告诉他，他不出现，对手很无聊。

松岛凉子穿着睡袍走到凌岳州身后，搂住他的脖子正要亲吻，报纸上的照片吸引了她的注意力。

"君若不来，蝶怎独飞，什么意思？"松岛凉子指着模糊的字迹问。

"向我下的战书。"凌岳州低声说。

她指着照片中的点心："你的人？"

凌岳州没有回答。

松岛凉子指着照片中的字："杀人留字，是'王爷'惯用的手法。你们应该没有任何交集，他怎么会杀你的人？"

凌岳州扭头反问："能告诉我'王爷'是谁吗？"

松岛凉子沉思片刻才说道："萧易寒，太监，性格古怪。"

"萧易寒？"凌岳州一怔，"警察局第一分局局长？"

"他极为变态，你要小心。"

"谢谢你能告诉我这么重要的事情。"凌岳州转身拥抱松岛凉子。

"我们的生命已经融为一体了。为了你，我可以付出我的一切，包括生命。"松岛凉子深情地说。

"凉子！"凌岳州把松岛凉子抱得更紧了。

松岛凉子轻轻地推开凌岳州："你呢？"

凌岳州笑了笑："在你面前，我已经毫无保留了。"

松岛凉子一字一顿地说："我说的是心里，不是身体！"

凌岳州轻点松岛凉子的鼻尖："你可以钻到我心里看看嘛。"

"你得打开心门才行。"

"我喜欢水到渠成。"凌岳州凝视着松岛凉子，"我的话，你应该懂。"

"希望我能等到那一天。"

"会的，很快。"凌岳州松开松岛凉子，貌似不经意地问，"萧易寒有什么朋友吗？"

"他是太监，哪来的朋友。"松岛凉子"扑哧"一声笑了，"有个叫唐墨的人，或许跟他惺惺相惜。"

"唐墨？"凌岳州猛地抬起头，"唐墨也是宫本正仁的人？"

"'姜太公'躲躲藏藏，一定不会亲自与我接头，他会派谁来呢？"

唐墨坐在办公桌后面，右眼皮子不停地跳。他扯下一张小纸片，用唾液沺湿，贴在右眼皮子上。

赵青从门口经过，瞥见唐墨滑稽的样子，走进来问道："唐先生，您这是唱哪一出？"

唐墨不耐烦地说："妈的，真是邪门了，今天我右眼皮子不停地跳。"

赵青打趣道："您是太累了，晚上少折腾几下就好了。"

"呸，都说上海滩十里洋场美如画，我看啊，比南京差远了，有啥可折腾的？"唐墨说，"我现在只想赶紧办完差，马上回南京。"

赵青嫣然一笑："呦，上海还不如南京？您是不是惦记南京秦淮河呀？你们男人，啥时候能吃饱？你们太无聊了，我走了。"她说完转身走出去。

唐墨望着赵青的背影，一把扯下右眼皮子上的纸片，狠狠地眨眨眼睛，发现右眼皮子竟然不跳了，但他心里却闪现出无数个问号。

"赵青为什么提到女人羞于启齿的秦淮河？"

"莫知楼在秦淮河边，难道她是接头人？"

"莫知楼小红？接头人不应该是女人吧？"

他一边胡思乱想，一边起身追到门口，却看见江澄子挽着凌云洲的胳膊走过来，连忙打招呼："凌主任，一切可好啊！"

凌云洲笑道："托您的福，我还活着。"他对江澄子说，"我和唐先生说点事儿。"

江澄子点点头，径直走向自己的办公室。

唐墨把凌云洲让进办公室，关上房门。待凌云洲坐在沙发上，他才说道："凌主任，您不知道，出了这档事儿，太吓人了。以后我们都得小心再小心。"

"唐先生言之有理，小心驶得万年船嘛！"凌云洲慢腾腾地掏出烟，"我被军统分子这么一绑，错过了好多事情，不知道还能不能弥补，比如拜会您。"

"有些事儿错过了，是因为机缘未到。"

"机缘到了，错过的事情还能重新来过。"

"是这个理。"

"您此次到上海，准备待多久？"凌云洲点燃烟吸了一口，"您得给我一点儿时间，让我略尽地主之谊。"

唐墨压低嗓门："唉，我来上海就是奉命走走过场，顶多待一个月。不瞒您说，我这次来，主要还是做江唐两家联手开发沪宁市场的工作。"

凌云洲点点头："江唐两家，合则两利，分则两害，联手才是王道。"

唐墨冲凌云洲竖起大拇指："凌主任高见！欢迎您和江董常去南京转转。"

"年后我去过两趟南京。"凌云洲隐晦一笑，"唉，本想去莫知楼看看，怎奈媳妇盯得紧，只能逛商场喽！"

唐墨笑道："莫知楼的小红可是人间尤物，您再不去看看，她可就老喽。下次您到南京，我安排。"

"就这么定了，不然这辈子白做男人了。"凌云洲看看表，起身说道，"明天下午6点华懋饭店给您接风，您一定赏脸。"

唐墨爽快地说："如果能脱开身，我一定到。"

唐墨把凌云洲送到门外，望着凌云洲的背影，细细琢磨刚才凌云洲的举止和表情。凌云洲虽然没有准确说出接头暗语，却很接近，难道他是"姜太公"派来的接头人？

唐墨一边反复合计，一边转身准备进入办公室。不等他关门，凌岳州就走过来冲他抱拳拱手："您是从南京来的唐先生吧？"

唐墨支吾道："我是——您是——"

凌岳州贴近唐墨，摘下帽子："特工总部情报处处长蒋文汉。"

唐墨做出"请进"的手势，把凌岳州让进办公室，佯装热情地泡茶。

凌岳州坐在沙发上："我冒昧前来打扰您，还望见谅。"

唐墨边给凌岳州倒茶边问："蒋处长有事需要唐某效劳？"

"我常去南京，也常到莫知楼和头牌小红喝一杯。唐先生也常去莫知楼吧？呵呵，开个玩笑嘛。"凌岳州话锋一转，"我想入股唐氏面粉厂，今天特来向唐先生请教。"

"蒋处长对面粉厂感兴趣？"唐墨悄声问。

"不管世道怎么乱，老百姓总得吃饭嘛。"

"蒋处长肯赏脸，唐氏求之不得。哪天您有空，可以到面粉厂看看，顺便提点儿建议。"

"后天可好？"凌岳州立即追问。

唐墨爽快地答应："后天上午9点。"

"不见不散。今天我没有开车，得早点儿回去。"凌岳州起身说道。

"凌主任在这里，他开车来的。"唐墨随口说道。

凌岳州笑道："还有这种好事儿？我去找凌主任。"

凌岳州来到董事长办公室门口，见凌云洲陪着江澄子画国画，轻轻地鼓掌："凌主任、凌太太，你们也太有情调了！"

凌云洲扭头见凌岳州站在门口，招手示意他进来，指指办公桌上的烟盒。

凌岳州也不客气，拿起烟盒抽出一支烟点燃，对凌云洲说："我在楼下瞧见你的车了。你啥时候回部里，我搭个便车。"

~ 204 ~

时间：1943年4月8日，星期四。
地点：上海，日占区，虹口，岩井公馆。

一百箱盘尼西林丢失，红帮弟子投共，军统分子到处作乱，全城人惶恐，周佛麟托病不出，上海局势突然失控……

苍井巷病急乱投医，驱车到岩井公馆向原宝轩求教。

"红帮人在佘山下葬朱子刑，是周市长的主意。"苍井巷将黑锅甩给周佛麟，"这件事上面一定会追究的，到时候大总管必须给我作证呀！"

"让我出面作证没问题。"原宝轩笑眯眯地说，"问题是，我们怎么解决这个问题。"

"愿听大总管高见。"

"中国有句民谚，叫'盐打哪儿咸，醋打哪儿酸'。这句话的意思是说，我们做事必须找到原因，才能解决问题。谁发现红帮弟子投共的？"

"小坂正雄。"

原宝轩诡秘一笑："死人才不会争辩。"

苍井巷一时没反应过来："杀害小坂君的凶手，目前还没有抓到，此案还无法定案。"

"杀害小坂君的凶手，不是被你击毙了嘛！"原宝轩紧紧地盯着苍井巷。

苍井巷瞪大眼睛："您说凶手是朱子刑？"

"死人才不会争辩。"

"这与药品丢失、红帮弟子投共、军统分子作乱有什么关系？"

"红帮帮主下令做掉小坂正雄，可以吧？红帮弟子投共是被小坂正雄所逼，也没问题吧？药品丢失、军统分子作乱，需要你一个人背黑锅吗？"

"您非常可怕，好在我们同为帝国效力。"

"我们都是刀尖上的舞者嘛。"原宝轩低声说，"对了，我收到消息，东条特使的安保工作已经交给竹机关负责，属实吗？"

苍井巷点点头："东条特使亲自点将，让中村宇都负责安保工作。"

"东条特使和中村宇都是老相识，用熟不用生嘛，这是情理之中的事。"

"这是大本营安排的绝密任务。"苍井巷瞥了一眼面沉似水的原宝轩，"东条特使离开东京前，不幸遭到军统东京站的人刺杀。经审讯落网的杀手得知，那个杀手竟然来自上海，因此封锁了东条特使要来上海的所有消息。"

"东条特使不是不相信梅机关和特工总部的安保能力，而是为了避免节外生枝。"

"此次东条特使的安保工作，由中村宇都坐镇指挥，具体工作由梅机关负责。"

"上海形势复杂，我担心中村宇都独木难支。你万万不可大意，梅机关不能再出现难以解释的问题了。"

虽然违背自己的做事原则，苍井巷还是采用了原宝轩的太极手法，把小坂正雄逼迫红帮弟子投共、遭到朱子刑暗杀的事情写进卷宗，暂时化解了梅机关的危机。

~ 205 ~

时间：1943年4月8日，星期四。

地点：上海，法租界，金家钟表店。

第十章 围 猎

凌岳州竟然戴着那块从刺客尸骸上缴获的手表。

手表虽然经过彻底清洗，但毕竟来自死人身上，让坐在副驾驶位子上的陈恭如感觉很晦气。

陈恭如盯着不时露出袖口的残破手表："戴死人身上的东西，真他妈的晦气！"

凌岳州瞥了陈恭如一眼："你家里摆放那么多从坟墓里挖出来的老物件，就他妈的不晦气？"

"呸！那是文物好吗？"陈恭如扭头看了一眼后排座上的凌云洲，"我倒要看看蒋处长拿什么给我们下酒！"

"蒋处长说请我们吃大餐呢。"凌云洲伸手拍打凌岳州的肩膀，"蒋处长，就别披着了。"

凌岳州摘下手表递给凌云洲："此表是在刺杀你的杀手腕部发现的。"

凌云洲接过手表瞧了瞧："都烧成这样了，还有啥可看的。"

凌岳州说："表壳上刻有花纹，虽然不清楚，还能看出大概。"

凌云洲仔细端详一会儿："确实有一道花纹。"他将手表递给陈恭如，"你看看。"

陈恭如接过手表，边看边点头："这是杏花还是桃花？"

凌岳州纠正道："樱花。"

陈恭如撇嘴说："好像是你刻的似的。都烧成这妈样了，你还能看出是樱花？"

凌岳州说："还真是我刻的。这是我的手表。"

凌云洲和陈恭如顿时傻眼了，怔怔地看着凌岳州。

凌岳州说："这是德国货，上海只有一家钟表店能修。几天前我的手表坏了，就送到那家钟表店修理。"

陈恭如摆手道："不对，不对。假如杀手是那家钟表店的，他能蠢到戴着你的手表去杀特工总部的副主任？"

凌云洲说："凡事无绝对，去那家钟表店问问就知道了。"

陈恭如问凌岳州："哪家钟表店？"

凌岳州说:"金家。我已经派人在那里蹲守了,跑不了的。"

三人驱车来到金家钟表店对面的商铺。时磐带领几个特务,已经在这里蹲守了一天两夜。

凌岳州走到时磐面前,拿起监控记录本看了看:"情况怎么样?"

时磐放下望远镜:"我们到位后,总共来了三个人,我们都拍照了,洗出来拿去让丰田吉辨认。丰田吉判断其中一人是作案歹徒。"说完,他拿出照片,指着上面的人,"就是他。"

凌岳州将照片递给凌云洲:"丰田吉已经确认,这个人就是刺杀你的人,你是否有印象?"

凌云洲接过照片一看,心里"咯噔"一下,照片上的人确实是刺客同盟成员。他不知道此人的名字,但确信那天此人出现在案发现场。

他轻轻地点头:"确实有这个人。"

时磐突然喊道:"那个人回来了。"

凌岳州接过望远镜,看到一个中年男子走到金家钟表店门口。

中年男子非常谨慎,走到门口后佯装系鞋带,借机偷偷地向四周看了又看,确定无人跟踪后才进入金家钟表店。

凌岳州放下望远镜,问凌云洲:"抓不抓?"

凌云洲低声说:"要活的。"

凌岳州命令三个特务去金家钟表店后门,他带领三个特务冲进店内。

毫无防备的金驼子见凌岳州等人冲进来,还没来得及掏枪,便中弹身亡。

背对门口的中年男子刚掏出枪,就被凌岳州射中手腕。特务们一拥而上,将他按倒在地,戴上手铐押上车。

凌云洲看着金驼子的尸体,突然想到金公馆,想到李致,想到某种麻烦已经席卷而来……

第十一章 角 色

~ 206 ~

时间：1943 年 4 月 8 日，星期四。
地点：上海，公共租界，河南路。

季雨涵吸完鸦片，慵懒地躺在床上，忽然右眼皮子开始跳动，便拿起烟枪撩起窗帘向外看。

阳光像飞针似的射进来。他立即放下窗帘，一头扎到床上，抬头看了一眼墙上的挂钟。

挂钟的时针指向下午 2 点。

他从枕头下摸出手枪，检查弹夹，然后把枪别在腰里，又从桌上拿起一张女人的照片。

照片里的女人是师婉笛，也是他今天刺杀的目标。

季雨涵看着照片，微微冷笑。他知道自己在走一步险棋，用狙杀朱子刑摆脱上面布置的运输货物任务，看似做得干净利落，但也将他推到危险境地。

这就是成为"蒋文汉"老朋友的代价。

他明知危险，却不敢拒绝"蒋文汉"。因为两年前，他落到"蒋文汉"手里，没有扛住酷刑，成为警察局的眼线。

"蒋文汉"让他想办法把货物留在上海，他就得无条件执行。可是，狙杀朱子刑、偷袭搭档的行为，是否做得天衣无缝，能否取得"姜太公"的信任，他并没有十足的把握。

他知道，一旦他被"姜太公"怀疑，结果必是死路一条。

他拿起照片，看着相貌俊美的师婉笛，叹了一口气，喃喃自语："自古红颜多薄命，没法子的事儿。"

这句话，他对"蒋文汉"也说过。

"还不是为了救你嘛！"把自己已经彻底当成蒋文汉的凌岳州，将喷过香水的手帕捂在鼻子上。

"救我？"季雨涵疑惑地看着照片。

"救你。"凌岳州指着照片里的师婉笛，"做掉她！"

"她是谁？"季雨涵指指照片。

"我的女人。"凌岳州将一张纸条塞到季雨涵手中，转身钻进轿车。

季雨涵望着远去的轿车，心里不知道是喜是悲。他弹了一下照片，同病相怜似的替师婉笛感到惋惜。

季雨涵出门前，将一枚自制的定时炸弹挂在门上。他离开这间房子，就没打算再回来。因为"蒋文汉"的家就在对面。他杀死师婉笛，这里将是梅机关和特工总部的重点勘查对象。

除了定时炸弹，季雨涵当然不会留下和他有关的任何信息。这是他能活到现在的重要原因之一。

他走到河南路，才发现"智者千虑必有一失"的现象在他身上出现了。

十字路口出现三个陌生人——一个擦鞋匠，一个黄包车夫，一个提着公文包看报纸的教师。

对于怀疑一切的他来说，世界上根本没有无缘无故出现在自己身边的人。

他的感觉是对的，那三个人就是军统特工。

季雨涵嗅到了危险气息。看来，"姜太公"已经怀疑他了。

他的预感来得还是晚了一些。

他下意识地做出决断，必须在三个军统特工对他采取措施之前干掉师婉笛。也只有在三个军统特工眼皮底下干掉特工总部中层干部家属，他才能化险为夷。

第十一章 角 色

他知道自己无法以一敌三。擒贼先擒王,他断定教师打扮的人应该是负责人。

季雨涵的判断是对的,教师打扮的人正是化名沈笑的冯壬山。

冯壬山判断季雨涵已经注意到他们三人,便将公文包和报纸扔到地上。这是他宣布对季雨涵采取行动的暗号。

另外两名军统特工见状,立即掏出手枪向季雨涵冲过去。

季雨涵在行人中穿梭,迅速向路边一栋洋房跑去。他跑到洋房门口,看了一眼手表,掏出手枪踹开门,坐在沙发上的师婉笛便映入他的眼帘。

师婉笛惊愕地看了季雨涵一眼,抄起茶几上的果盘掷过去。

季雨涵侧身躲过果盘。果盘砸到追上来的军统特工身上。

冯壬山见季雨涵要向师婉笛开枪,心里充满疑惑。

就在冯壬山犹豫的瞬间,季雨涵向师婉笛开了一枪,未能击中。

师婉笛翻身躲到沙发后面,从沙发下面摸出一把手枪,冲季雨涵开了一枪,弹头钻入季雨涵左臂。

"轰隆"一声巨响后,对面楼房的窗口冒出股股黄烟。

师婉笛不由自主地向窗外望去。

季雨涵转身向门口连开三枪,跑到门外后向师婉笛掷出一枚手雷。

手雷冒着蓝烟滚向沙发。师婉笛本想卧倒,不料裙摆挂在沙发角上。她挣了几下,没有挣脱,眼看着手雷在她面前爆炸。

季雨涵和冯壬山等人跑出院门口,同时做出鱼跃动作,躲避飞来的弹片。

季雨涵起身回头,望着屋里燃起的熊熊大火,狠狠地吐了几口唾液。

不等他吐净嘴里的尘土,冰冷的枪口便抵在他的头上。

他没有回头,也不想回头。他知道,如果他看清身后人的脸,他连一丝活命的机会都没有了。

这一点,他懂。

持枪的冯壬山也是这样想的,也准备这样做。

季雨涵冷笑:"你迟疑了!"

"为什么杀她?"冯壬山问,"这是蒋文汉家。"

- 179 -

季雨涵轻轻地说:"我是来杀汉奸的。"他从口袋里掏出师婉笛的照片,举过肩头,"她是蒋文汉的女人,也是党国叛徒。"

"党国叛徒?"冯壬山看了一眼照片,"她是谁?"

"她是你们的人,曾在东北潜伏,暴露后被关东军抓获投降,代号'青蛙'。"季雨涵淡定地说,"你们回去查一下就知道了。我杀她,只是为了保护你们。"

冯壬山冷冷地问:"你既然知道她是叛徒,为什么不上报?"

季雨涵说:"我刚刚获得这条情报,还没来得及上报,你们就杀过来。我只能杀掉她,以此证明自己的清白。"

冯壬山还是没有放下枪:"如果她是党国叛徒,你就是清白的。"

季雨涵说:"我恭候你们证明我的清白。"

~ 207 ~

时间:1943年4月8日,星期四。

地点:上海,日占区,极司菲尔路75号、76号。

金家钟表店暴露了,极司菲尔路75号的金公馆必然是失火城门下的池鱼。

以凌岳州的敏锐,必然能查出金驼子与金公馆的关系。他能在金家钟表店布下天罗地网,自然也不会放过金公馆。

刺客同盟在北京东路刺杀凌云洲未果,还会在金公馆采取行动吗?

李致会去金公馆吗?她会落入凌岳州布置的陷阱吗?

凌云洲打开车窗,看着街景,感觉路边的树全部变成李致的样子。

"凌主任,金家钟表店的老板是朝鲜人。"凌岳州从口袋里掏出手帕,放在鼻孔下轻轻地嗅了嗅,"有趣的是,我们的邻居也是朝鲜人。"

"是吗?"凌云洲漫不经心地回应。

第十一章 角 色

"千真万确。"凌岳州肯定地说,"我问过部里的老人,金公馆的主人就是朝鲜人,淞沪会战前就搬走了。"

"我们的邻居——"陈恭如想起藤原被杀那天的场景,眼前飘忽着李致和金十模糊的面孔,"我和凌主任见过他们,两男一女,就是记不清长什么样了。"

凌岳州点点头:"金驼子也姓金。"

陈恭如笑道:"他们都姓金,看来蒋处长这次捞到肥的了。"

凌岳州不动声色地说:"金公馆已被我们的人监控,部里制高点安排了狙击手,只要那里出现可疑分子,能抓就抓,抓不住就击毙。"

陈恭如瞥了凌岳州一眼:"蒋处长够狠!"

凌岳州白了陈恭如一眼:"陈队长手上的冤魂还少吗?"

凌云洲问凌岳州:"怎么布控的?"

凌岳州说:"这两天,金公馆没有人。我在院内安排一个小队,院外部署一个中队。只要他们靠近金公馆,肯定有来无回。"

凌云洲的心又悬到嗓子眼儿。此刻他只能在心里默默地祈祷李致不回金公馆。

轿车驶入极司菲尔路,距离特工总部只有两分钟的车程。

凌云洲望向窗外,脑袋突然"嗡"地一下。

一个身穿葱绿色旗袍的女人,正背对着特工总部观望金公馆。虽然看不清她的脸,但从体态上,凌云洲断定她应该是李致。

李致似乎也嗅到了危险气息。此刻,她如同进退维谷的猎物,只能尽量保持冷静,装出与金公馆无关的样子。

杀手的职业敏感性,让她感觉到有几个枪口已经对准自己,自己随时都可能中弹身亡。

她额头沁出冷汗,大脑一片空白。

"停车!"她耳边突然传来凌云洲的喊声。

司机猛地踩住刹车,凌岳州和陈恭如的身体因为惯性折成直角。

凌云洲推开车门,冲到李致面前,揽住她的肩膀,用身体罩住她的头。

凌岳州直愣愣地望着凌云洲:"凌主任,你这是——"

陈恭如狠狠地捅了一下凌岳州肋部:"你能不能有点眼力见儿!"

凌岳州扭头看着陈恭如:"这是什么戏码,我咋看不懂呢?"

陈恭如拍了一下司机的脑袋:"没看过搞破鞋啊?快开车!"

司机立即驾车驶入特工总部院内,后面的车陆续跟上。

陈恭如对凌岳州说:"看凌主任的护花招式,分明是不想让我们看清那个女人的脸。我们配合点儿,回头吩咐兄弟们把嘴多缝几针。这种烂事儿传到江澄子、黑川梅子耳朵里,特工总部就要变成大醋缸了。"

凌云洲待车队全部驶入特工总部院内,背朝特工总部方向,附在李致耳边埋怨道:"你已经死过一回了,还想再死一回?"

男人独有的气味沁入心脾,令李致耳郭发痒,心旌微荡,支吾着问:"我是死是活,与你有什么关系?"

"我不想让你死在我的眼皮底下。"凌云洲低声喝问,"你不知道这是什么地方吗?"

"这是我家!"李致指指金公馆。

"金家钟表店被端了,你的同伴被捕。现在你家院子里埋伏着一小队特务!"

"谁被抓了?"

"不认识,肯定不是你的未婚夫。"凌云洲压低嗓门说,"你的同伴有可能叛变,你们要想活着,就赶紧离开上海。"

~ 208 ~

时间:1943 年 4 月 8 日,星期四。

地点:上海,公共租界,蒋公馆;日占区,极司菲尔路 76 号。

谁杀了"青蛙"?

站在几乎烧成废墟的洋房前,萧易寒一直在思索这个问题,眼睛里闪现

第十一章 角 色

着诡异的杀意。

"是'神木'吗？我杀了点心，他就杀了'青蛙'，睚眦必报嘛。'神木'有种，我小瞧他了！"萧易寒咬紧牙关，眯缝着眼睛摇摇头，"不对，'青蛙'帮'冷宫'做事时极其隐秘，杀手不应该怀疑到她。"

"局长，检查完毕。"吕栋走到萧易寒面前汇报，"死者被炸烂了。"

"这是谁的家？"

"房主叫师婉笛——"

"放屁！"萧易寒懒得解释，"这是特工总部蒋处长家。"

吕栋瞪大眼睛，压低嗓门："点心就是蒋处长的人。卑职妄自猜测，这应该是报复行动，应该是共匪所为。"

萧易寒对吕栋的话不置可否，转身指着居民楼："楼里有人伤亡吗？"

吕栋小心地说："没有死人，受伤的有十几个。"

"应该不是共匪所为。"萧易寒指指洋房和居民楼，"共匪能炸洋房，但不可能炸居民楼。重庆方面的人，尤其是军统分子，作案时只有目的，没有底线。"他转身命令吕栋，"通知特工总部，派人辨房认尸。"

凌岳州坐在办公室内不停地看手表，焦急地等待警察局的电话。

陈恭如坐在沙发上，跷着二郎腿，大口地吞云吐雾。

凌岳州向萧易寒透露师婉笛的住址，是他计划中的一项。

那个变态的太监、容易走极端的"王爷"萧易寒，得知"青蛙"死后，肯定在第一时间通知特工总部，试探"青蛙"是否死于他手里。

果不其然，时磬就像急行八百里似的，汗流浃背地闯进办公室，焦急地喊道："处……处长……"

凌岳州瞥了时磬一眼，起身喝道："慌什么！"

时磬一边喘着粗气一边说："你家被炸了，嫂子——"

"你说什么？"凌岳州装出蒙圈状，直直地盯着时磬。

"胡说八道！"陈恭如起身踹了时磬一脚，"敢炸蒋处长家的人还没出生呢！"

"两分钟前，警察局打来电话说——"时磐看看两个人，补充道，"警察局的萧局长打电话通知的。"

"萧局长打来的电话？"凌岳州一屁股坐在椅子上，"他知道我家地址——"

"你家被炸了？"凌云洲推门进来，点指凌岳州和时磐，"你们还合计什么呢？赶紧去瞅瞅啊。"他扭头对陈恭如说，"烦劳陈队长把刚才抓来的歹徒过遍筛子。"

陈恭如起身冲凌岳州拱手："有需要我搭把手的地方言语一声。"

凌岳州没想到这个案子会落到陈恭如手里，暗骂凌云洲偏袒陈恭如，也埋怨自己没有考虑到这一层，让陈恭如白白捡了便宜。

此刻，凌岳州哑巴吃黄连有苦说不出，径直走出办公楼，一头钻进轿车里，坐在副驾驶位子。凌云洲随后拉开后车门坐进去。

凌云洲望着凌岳州的背影，心里疑云滚滚。

车队来到案发现场，凌云洲和凌岳州沉着脸下车。

萧易寒从地上抓起一把灰烬抹在脸上，揉乱头发，喘着粗气跑到凌云洲面前。

凌云洲盯着萧易寒："萧局，什么情况？"

萧易寒摇头，指指面前的废墟："蒋太太——"

凌岳州面无表情，在废墟上来回走动，偶尔狠狠地踢飞脚下的东西。

凌岳州这么做，是给萧易寒看的。他认为，过不了多久，宫本正仁就会知道，监视他的特工被误杀。

他做这一切，旨在迎娶松岛凉子。

师婉笛不死，他就不可能光明正大地与松岛凉子在一起。但是，他在这些"人精"面前，尤其在萧易寒面前，必须把戏做足。

凌云洲掏出手帕扔给萧易寒："把脸擦擦，你好歹也是警察局局长。"

萧易寒接过手帕，哭丧着脸说："我哪还有脸啊。唉，凌主任，公共租界太乱了，我们人手也不够，顾了东就顾不了西——"

凌云洲摆摆手:"你哪来的那么多废话,说说具体情况。"

萧易寒低声说:"歹徒使用的是美式手雷,爆炸威力极大。根据现场勘查结果,以及蒋太太尸体损毁程度分析,手雷应该在距她非常近的地方爆炸的。"

凌云洲思忖几秒钟:"美式手雷市面上很少见,难道是重庆方面的人作案?"

萧易寒傻傻地点点头。

凌岳州蹲在师婉笛的碎尸旁,泪珠成串,像孩子专心致志地搭积木玩具一样,想把碎尸拼起来。

凌云洲命令萧易寒:"好好过一遍,争取找到师婉笛所有尸骨。"说完,他走到凌岳州身边,轻轻地拍了拍凌岳州的肩膀,"蒋处长,节哀顺变。"

~ 209 ~

时间:1943 年 4 月 8 日,星期四。
地点:上海,公共租界,江公馆,华懋饭店。

财富、地位、尊严,包括生命,在粗暴的权力面前,统统变得一文不值。仅凭宫本正仁一句话,黑川梅子就理直气壮地住进江公馆。

对此,江澄子不能说不,只能接受。

江澄子坐在梳妆台前,望着镜中的凌云洲,低声说:"如果一个月内无法破坏'B 计划',你真要迎娶她吗?"

坐在江澄子身后沙发上的凌云洲,闭着眼睛,没有回应。

江澄子扭头望着凌云洲,眼里泛起泪花。她知道,自己心里苦,而凌云洲心里不但苦,还有无解的愁。

凌云洲感觉空气凝滞了,睁开眼睛,却不敢直视江澄子,仰望天花板,喃喃地说:"破坏'B 计划'是死命令,我们除了完成任务,别无选择。"

"风险很大？"

"不知道。"凌云洲摇摇头，"现在我还没有弄清楚'B 计划'到底是什么。看不清，摸不着，这次我心里真的没底儿了，感觉特无力。"

"卑微地活着，换来的是更加卑微的活法。面对这些屈辱，我们还有选择吗？"江澄子轻轻地抽泣着。

"有。"凌云洲起身走到江澄子身后，抚摸着她的秀发，"我们要进行一场特殊的战斗。"他拿起桌上儿子的百天照，"我们不选择卑微，他们这一代人就会活得更卑微。"

凌云洲宴请唐墨的目的有二：一、对和平建国军第三集团军总司令唐正声和南京唐氏掌门唐琳表示尊重；二、欢迎黑川梅子。

"是你？"唐墨在华懋饭店包间看见黑川梅子时哑然失笑。

黑川梅子起身："世界就是这么小，没办法。"

江澄子打量二人："你们认识？"

黑川梅子点点头："刚才我们在门口见过面。"

江澄子对唐墨说："唐先生，我给您介绍一下，她是梅机关的黑川梅子课长。"

唐墨一怔，立即点头哈腰："梅机关的？"

凌云洲为唐墨拉出椅子："在座的都是自己人。"

唐墨坐下后，小心翼翼地问黑川梅子："黑川课长，我怎么看你有些面熟呢？"他突然猛拍额头，"想起来了，我们肯定在南京汪公馆见过面。"

黑川梅子点点头："我确实在南京汪公馆做过事。"

江澄子看看两个人，大声张罗吃饭。

凌云洲端起酒杯："我们的第一杯酒，敬缘分吧！"

"这个提法非常好！"唐墨举起酒杯，冲黑川梅子点点头，然后一饮而尽。

挨着黑川梅子的江澄子介绍道："梅子，唐先生是南京唐氏大总管，他可是汪先生、周市长的座上宾。"

第十一章 角 色

黑川梅子冲唐墨竖起大拇指。

唐墨问:"黑川课长也对生意感兴趣?"

江澄子立即接过话茬儿:"南京路爱情海西餐厅就是她的。"

"爱琴海西餐厅?不是红……"唐墨突然住口,立即夹起一块红烧肉,"红烧肉做得不错,肉烂汁多。"他边说边将红烧肉塞进嘴里。

黑川梅子问唐墨:"做生意,我可是外行。我的西餐厅已经无力维持,唐先生可有兴趣接手?"

唐墨轻轻地摆手:"餐饮业嘛,我是外行。"

黑川梅子问:"你是看不起餐饮业的微利吧?"

唐墨不知道怎么接话了,看了看凌云洲。

凌云洲立即指着鱼说:"这是黄浦江里的鲜鱼,唐先生给定定位。"

唐墨立即会意:"对了,鱼头酒我们还没喝呢。"

凌云洲端起酒杯:"这是家宴,讲究太多繁文缛节就没意思了,我们共同举杯喝下这杯鱼头酒,然后各位随意。"

四人共同干杯后,黑川梅子问凌云洲:"蒋处长还好吧?"

凌云洲说:"还算平静,毕竟他是经过大风大浪的人。"

江澄子问凌云洲:"发生什么事了?"

凌云洲说:"今天有人袭击蒋家,师婉笛被炸死。"

唐墨一脸惊愕:"哪个蒋处长?是特工总部的蒋处长吗?"

凌云洲点点头。

唐墨唱叹不已:"上海不太平呀,我们以后都得小心从事。"他看看凌云洲,"谁干的?"

凌云洲说:"歹徒使用美式手雷,目前只有军统分子手里有那玩意儿。"

黑川梅子说:"美国人,呵呵,还有他们不能倒卖的东西吗?只要价钱合适,他们都能提供 B-17 轰炸机。"

江澄子点指凌云洲:"特工总部是习惯性地往军统身上甩锅。不提军统,你们都不知道怎么端饭碗。"

~ 210 ~

时间：1943 年 4 月 8 日，星期四。
地点：上海，公共租界，江公馆；法租界，宋公馆。

黑川梅子是宫本正仁埋在江公馆的"炸弹"，一旦引爆，江公馆便会天塌地陷。

江澄子知道，此时的凌云洲也是左右为难。黑川梅子以他未婚妻的身份住进江公馆，他不仅要给党组织一个合理的解释，还要给她一个交代。

她担心，凌云洲在敌人步步紧逼的情形下，或许会铤而走险除掉黑川梅子。

当下她必须做的事情，就是安抚凌云洲的负面情绪。

回到江公馆，她见黑川梅子不在，便主动对凌云洲说："凡事都有利弊，她住进我们家，未必是坏事。起码她让我明白一件事儿。"

凌云洲打量江澄子："你明白什么了？"

"你对我来说，无比重要。"江澄子杵了一下凌云洲额头。

凌云洲顿时明白江澄子此话的含义，微微一笑："你放心吧，身在悬崖边，我不会做傻事儿的。"

"'铁猴'回来了。"江澄子不想再谈如此悲壮的话题，"老冯需要帮手。"

"太好了。"凌云洲兴奋地说，"'铁猴'跟随老冯十几年，他们配合起来肯定没问题。对了，你去大公制药厂，发现什么问题了吗？"

"大公制药厂的排污中心旁边凭空多出一栋房子，还禁止外人靠近，我觉得那里肯定有问题。"

"什么问题？"

"一个红帮弟子是负责大公制药厂排污的工人，宋伯伯派他检查排污管道口时，发现地下出现一个很大的暗室。"

第十一章 角色

"暗室?"

"大哥怀疑排污中心下面有实验室。"

"实验室?源氏工业?'B机器'在大公制药厂?"

"应该是。"

"大哥怎么想的?"

"大哥没时间想。"江澄子示意凌云洲坐下说话,"大哥说,让你想办法。"

"他学坏了。"凌云洲挨着江澄子坐下。

"大哥才没学坏呢。他和格格准备做掉苍井巷。"

"父亲给他们布置的任务吧?"

江澄子点点头:"父亲说,只有苍井巷消失,才能确保宋伯伯安全。父亲还要重组门徒小组。"

"重组门徒小组?"

"现在只有门徒小组能打击小鬼子的嚣张气焰,激发上海人民的抗日热情。"

宋格确实与普乐天秘密谋划,要以外科手术的方式除掉苍井巷。

红堂烧毁后,宋万堂住进宋公馆。为了不让宋万堂看出破绽,普乐天不得不从客厅搬到宋格的房间。

普乐天如此懂事,让宋格心里乐开了花。

晚上11点,普乐天不但没有上床睡觉的意思,还把狙击步枪拿出来反复擦拭。

深夜里与心爱的男人同处一室,宋格无法按捺心里泛起的层层涟漪,便轻轻地靠在普乐天身上。

普乐天不好意思直接拒绝宋格的温存之举,借用擦枪的动作,身体微微离开宋格柔软的身体。

宋格打量一下普乐天,突然伸出双臂钩住普乐天的脖子,把自己生生挂在普乐天的后背上。

普乐天低声说:"父亲睡了,我们不能惊扰他。"

"他在一楼好不好?"宋格松开普乐天,帮助普乐天擦拭枪管,"听说苍井巷也是出色的狙击手。"

"他在日本陆军学校接受过射击特训,是狙击精英中的精英,深受晴气武夫赏识。"普乐天像小学生背课文似的描述苍井巷的背景。他从宋格手里抢过抹布,"这是男人干的活儿。"

宋格就喜欢把关心都说得如此简单粗暴的男人。听普乐天这么说,她心里暖烘烘的,忍不住说道:"为我的男人做事情,再累也幸福。"

普乐天扭头盯着宋格:"在刀尖上与魔鬼共舞,是我自己的选择,也是我为亲人、后代奋斗的动力。如果,我说如果啊,我万一走到那一天,也希望你好好地活下去,能目睹我为之奋斗的目标实现。"

宋格轻轻地打了普乐天一拳:"什么你的我的,一切都是我们的!"

普乐天将狙击步枪零件擦拭完毕,又组装、拆卸了一遍,确定没有问题,才小心翼翼地将其装进箱子,然后拿起桌上的上海市地图认真查看。

他指着上海日本宪兵司令部的位置说:"苍井巷没有家室,应该住在上海日本宪兵司令部。"

宋格问:"松下就死在上海日本宪兵司令部大门口,他们能在同一个地方栽两次跟头吗?"

普乐天反问:"他们也不会想到,我们能在同一个地方狙杀他们两次。只有在小鬼子的老窝里拔橛子、撅棍子,才能打击小鬼子的嚣张气焰。"

第十二章 权力诛心

~ 211 ~

时间：1943 年 4 月 9 日，星期五。

地点：上海，公共租界，南京路。

接踵而至的棘手问题令凌云洲一夜无眠。天微微亮，他就驾车出门了。

"B 计划"到底是什么？

东条川赖到上海做什么？

中村宇都会采取什么措施保护东条川赖？

普乐天刺杀苍井巷能否顺利？

还有一个令他无比闹心的人——李致。一旦江澄子得知她的存在，他还不知道怎么解释。

陈恭如审讯刺客同盟的人已有十二个小时，不知道那个人是否招供，李致会不会冒险营救他。

就在凌云洲一筹莫展的时候，李致又出现在他的视线里。

凌云洲将轿车停下，摇下车窗，按了一下喇叭。

李致看到凌云洲，二话不说，拉开车门坐到副驾驶位子。

凌云洲发动轿车，目视前方："你怎么还不走？"

李致说："走不了。"

"没有特别通行证？需要几张，我马上给你办。"

"我离开上海，不需要特别通行证。"

"你不想走？"

李致所答非所问："昨天被你们抓捕的人叫陈刚。"她看看表，"我在这里等你半个小时了。"

凌云洲问："你怎么知道我今天提前上班？"

李致说："正因为不知道，我才这么早出来。直说吧，你能不能把陈刚弄出来？"

凌云洲猛踩一脚刹车，李致的头险些撞到前挡风玻璃上。

李致嗔怒："你想干吗？"

凌云洲反问："你们是想置我于死地的犯罪分子，还求我捞人，你们想干吗？"

李致直视凌云洲："你不是救了我嘛。"

"我眼瞎，行了吧？"

"你眼瞎，还能看到我站在路边，还能让我上车？"李致反问。

凌云洲指着自己的鼻子："我心瞎，行了吧？你要搞清楚，你们是老鼠，我是猫。猫鼠一窝，彼此都没有好下场。"

李致白了凌云洲一眼："你是狗好吗？日本人的走狗！"

凌云洲嘿嘿一笑："既然我是狗，就不做狗捉耗子的事儿，你还是另找山头参拜吧。"

李致上身往后一仰，双手枕在脑后，胸部的双峰显得尤为突出："那你就把我送进特工总部，成为你升官发财的垫脚石。"

凌云洲瞥了李致一眼："绊脚石还差不多。说吧，你们有什么营救计划？"

李致直截了当地说："我们有营救计划就不来求你了。"

"难道你们能确定陈刚不会叛变？特工总部那套家伙全部招呼上，孙悟空都得乖乖地演马戏。"

"陈刚不会叛变的！"李致肯定地说，"他是朝鲜人，他的族人都被日本鬼子杀害了，包括妇女和儿童。他的母亲和妹妹被日本鬼子奸杀，你觉得他会屈服特工总部的刑具吗？"

凌云洲闭上眼睛沉思，十秒钟后发动轿车："我答应你，但你必须向我保证，在这段时间内，你要好好地配合老柳，彻底治好你的伤。"

李致心里暖暖的，追问一句："你不会无条件做这种善事吧？"

凌云洲又恢复了他的痞性："我这个人，向来不做赔本买卖，少赚都不行。你替我做掉苍井巷。"

"苍井巷？"李致一脸惊愕。

"你可以不做这笔买卖。如果陈刚还活着，我会设法将他转移到梅机关，接下来就是你们的事情了。"凌云洲说，"记住，你们只有这一次机会。"

~ 212 ~

时间：1943年4月9日，星期五。
地点：上海，日占区，光祐里；公共租界，唐氏面粉厂。

在东京，宫本正仁拥有至高无上的特权；在重庆，"姜太公"亦然如是。现在，凌岳州也像他们一样，一步步地爬向权力巅峰，所以他必须了解宫本正仁。

黑川梅子是宫本正仁的学生，自然是极好的信息渠道。

昨天夜里，凌岳州包了一艘游船，把黑川梅子约到船上。他们一边喝酒一边聊着无关痛痒的话题。

他们都没有提出回家，在船上聊到天亮。

凌岳州望着满脸倦意的黑川梅子，思忖半晌后问道："'老猪'在中国吗？他为何一直不露面？宫本先生与'老猪'很熟吗？"

"你问的三个问题，恕我无法回答。"黑川梅子很认真地说，"我虽然是宫本正仁的学生，但他从来不信任我。关于他的事情，只有一个人知道。"

"谁？"凌岳州递给黑川梅子一支烟。

"松岛凉子，龟机关的审查官。"黑川梅子掏出精致的打火机点烟。

"她是龟机关的审查官？"凌岳州感觉自己后脑挨了一闷棍。

"她还是宫本正仁的助理。"黑川梅子像自言自语，"我怀疑是'老猪'派她来监视宫本正仁的。"她抬头打量凌岳州，"你对宫本正仁很上心啊。"

"想找到'老猪'肯定绕不开宫本正仁。我只有找到'老猪'，才能取得宫本正仁的信任。"凌岳州说，"'老猪'将龟机关中国局交给宫本正仁，就意味着'老猪'根本不信任我们。为了龟机关中国局的未来，我必须找到'老猪'。"

凌岳州说得冠冕堂皇，实际上他只是把龟机关中国局当作仕途上的过墙梯，黑川梅子也是他的一枚棋子。

当他得知松岛凉子是龟机关审查官时，黑川梅子这枚棋子就成为弃子了。

上岸后，凌岳州撒谎说有重要事情要办，扔下黑川梅子，驾车直奔麦克利克路上的光祐里。

光祐里有十几栋洋房，最里面是一栋日式洋房，门牌上写着"富士山"三个字，院子里栽植六棵樱花树。

这套洋房是凌岳州在淞沪会战后购置的。这里的装饰和陈设，能缓解他浓郁的乡愁。一旦他躲进充满家乡味道的房间里，才意识到自己是纯正的日本人。

墙上的报箱内，插着今天出版的报纸。他拽出报纸，习惯性地从后往前翻看。

凌岳州走到院内，望着眼前怒放的樱花，随手摘下一朵，放在鼻孔下贪婪地吸纳。他随手将报纸插入一个树杈里，掏出钥匙开门进屋。

卧室内，晨光穿过窗帘的缝隙，投射到松岛凉子僵硬的脸上。

他蹑手蹑脚地走进厨房，做了两份生鱼片和一些寿司，温了一壶清酒。

他把清酒、寿司、生鱼片端到餐厅里日式小方桌上，松岛凉子穿着和服款款地走进来，弯腰向他行礼，道声辛苦，然后服侍他吃饭。

"只有在这里，我才觉得自己是日本人。"凌岳州抚摸着松岛凉子的秀发，

"这里才是我家,那个家只是客栈。"

松岛凉子斟酒:"我看得出来,师小姐是真心喜欢你。"

凌岳州喝了一口酒:"她是支那人,可以同床,不能同心。"

"我呢?"松岛凉子妩媚地望着凌岳州。

"你是日照大神赐给我的礼物。"凌岳州拉起松岛凉子的手,凝视许久,然后转过身去。

松岛凉子问:"你怎么了?"

凌岳州感叹道:"唉,有时候我感觉特别悲哀。每当想起自己是犬养纯、龟机关的逃兵,就感到无比悲哀。那种感觉就像大石压胸,让我几乎喘不过气来。我在中国改名换姓,牺牲那么多,'死'后却被他们像处理死狗一样扔到太平间里。"

"阿纯,你要相信,只要你忠于天皇,忠于帝国,总有一天他们会相信你的。"松岛凉子低声劝道。

凌岳州突然提高嗓门:"为什么'老猪'还不相信'神木',为什么不给我授权?"

"你就那么在乎权力吗?"松岛凉子问。

凌岳州愤愤地说:"不是我在乎权力,而是我需要权力。没有权力,空有抱负,我什么都做不了,也做不成。"

"我帮你。"松岛凉子拉起凌岳州的手,紧紧地贴在脸上。

吃过早饭,凌岳州送走松岛凉子,回到樱花树旁,拽下报纸继续翻看。他翻到第三版时,一首诗吸引了他的注意——

梅林花似海,

武兄戏蝶寒。

赏景欲折枝,

花雨漫棋盘。

这是侍六组以隐语的方式向他下达的密令,命他到梅机关杀掉一个人。

梅林，便是梅机关；武兄，是姓武的人；折枝，就是灭口；棋，是侍六组特工、过去的蒋文汉、现在的凌岳州。

"武兄是谁？难道昨晚截获的货船上有侍六组特工？"凌岳州笑了笑，以他的身份和手段杀掉一个人并不难，但这不是他想要的。

他想要的是决定其他人生死存亡的生杀予夺大权。

他想获得这种至高无上的权力，必须出卖唐墨。

凌岳州返回屋内，拨通唐氏面粉厂的电话，接电话的人恰巧就是唐墨。

凌岳州说："唐先生，我是蒋文汉。对，我们在南京莫知楼见过面，当时由小红作陪。您还记得曾经答应我入股南京唐氏设在上海的面粉厂的事情吗？哦，您还记得，太好了。我想跟您见个面。好，现在我就去厂里。"

凌岳州放下话筒，看看表，见时间还早，就往上海日本宪兵司令部打电话，解决"武兄"之事。然后，他又往五金店打电话联系侍六组。

一个小时后，凌岳州驾车来到海口路唐氏面粉厂。工人还没有上班，厂子里静悄悄的。

唐墨早已开门迎候。

凌岳州把轿车停在唐墨身边，打开后备厢，拽出军统特工小武。

唐墨凑近打量一下血肉模糊的小武："蒋处长不是来谈投资的呀。"

凌岳州皮笑肉不笑地说："刚才我想了想，我还是喜欢无本万利的生意。"

唐墨一怔："蒋处长，几个意思？"

凌岳州微微一笑："没意思。"他从腰里掏出一把带有消声器的手枪，对着唐墨点了几下，然后转身击毙看门的老头。

唐墨惊慌失色："蒋处长，你想干什么？"

凌岳州没有搭话，一把拉起地上的小武，把手枪抵在小武的太阳穴上，冲唐墨努努嘴："见过他吗？"

小武惊恐地睁大眼睛。

凌岳州扣动扳机，同时把小武踹出去。

凌岳州转身冲唐墨开了一枪，弹头擦着唐墨耳边飞过去。

凌岳州把枪口对准唐墨："我只问一遍，你是哪方面的？"

唐墨低声说:"重庆方面。"

"那就走一趟吧。"凌岳州绕到唐墨身后,搜出唐墨的手枪,"你知道官府在哪里吧?"他指指身边的轿车,"开车!"

凌岳州从副驾驶位把唐墨塞进车内,再推到主驾驶位上。他坐在副驾驶位上,举枪对着唐墨。

轿车缓缓地驶出唐氏面粉厂。

大街上,赵青驾车驶向唐氏面粉厂,与凌岳州的轿车擦肩而过。

~ 213 ~

时间:1943年4月9日,星期五。

地点:上海,日占区,极司菲尔路76号。

凌云洲走到审讯室门口,一股浓重的血腥与屎尿混合的味道便钻进他的鼻孔。他忍不住捂住口鼻。

血肉模糊的陈刚晕死过去,挂在刑架上。

陈恭如靠在监控室的椅子上似睡非睡,两个特务疲惫地坐在墙脚打着呼噜。

负责拷打陈刚的雷阳见凌云洲进来,大声喊道:"凌主任!"

陈恭如"噌"地一下坐起来,看看凌云洲,看看手表,不耐烦地说:"这么早你来这里干什么?"

凌云洲掏出烟盒,一边给雷阳和陈恭如发烟,一边冲审讯室努努嘴:"你们熬通宵了吧?那家伙还没撂?蒋处长来过吗?"

陈恭如冲雷阳摆摆手。

雷阳把两个特务踢醒,带领他俩走出去。

凌云洲望着雷阳等人的背影:"都是自己人,至于吗?"

"我现在连亲爹都不相信。"陈恭如猛吸一口烟,指指审讯室,"所有家伙都招呼一遍了，他还是不开口，我都怀疑他是从石头缝里蹦出来的。凌主任，恐怕我要让你失望了。"

凌云洲说："那就再招呼一遍。"

陈恭如摇摇头："再打下去，我们吃不到肉不说，还得惹一身骚。"

凌云洲打量刑架上的陈刚："他到底是哪路神仙？"

"什么神仙，他妈的就是无法投胎的孤魂野鬼。"陈恭如附在凌云洲耳边，"我认为他就是刺杀宫本正仁的杀手。"

凌云洲盯着陈恭如："何以见得？"

"直觉！"

凌云洲走进审讯室，上下打量一遍陈刚，然后又回到监控室，对陈恭如说："估计只剩一口气了，别折腾了。他是亡命徒，与其把他折磨死，还不如做饵料，说不定还能钓条鱼。"

陈恭如问："交给蒋处长？"

"到现在你还不知道让你经手这件事的原因？"凌云洲点指陈恭如，"你跟朱子刑做的那点破事儿——"

陈恭如心里一惊："你都知道了？"

凌云洲摆摆手："我知不知道不重要，重要的是苍井巷知道了。"

"他怎么知道的？一定是蒋文汉搞的鬼！"陈恭如愤愤地说。

"没有证据的事，说出来就是麻烦。"凌云洲盯着陈恭如，"苍井巷已经着手调查你了。"他指指陈刚，"你把他办利索了，就等于把自己择干净了。朱子刑挂了，大批红帮弟子投共，苍井巷很恼火。一旦他查出你跟朱子刑有一腿，他能放过你吗？如果他想动你，谁也保不了你！"

陈恭如知道凌云洲所言不虚，额头渗出冷汗："凌主任，你看这事——"

"把屁股擦干净。"

陈恭如说："我这边的屁股不但擦了，还洗了。朱子刑那边究竟有多少人知道，我也摸不清看不透啊。"

"苍井巷是闻着味儿来的，你再擦再洗也没用。"

陈恭如咬咬牙："他妈的，难道我只能把脖子伸出去等着挨刀？"

"如果你愿意，我也没办法。"凌云洲指指陈刚，"如果你的判断没错，他就是刺客同盟成员。刺客同盟从东北杀到江南，不知道杀了多少日本人。如果你能利用他一举拿下刺客同盟，就算苍井巷是狗鼻子，我和李主任也有为你勾兑的资本。"

陈恭如点点头，没有说话。

凌云洲拍拍陈恭如的肩膀，意味深长地说："这年头，干我们这一行，必须尿到一个壶里才行。可惜啊，有的人，就他妈的往我们脚面上尿，恶心不？"

陈恭如心里合计凌云洲的话外音："你是说——蒋文汉吧？你放心，我端个尿盆二十四小时侍候他。"

"当心他尿到你脸上！"凌云洲将烟蒂弹到墙上。

~ 214 ~

时间：1943 年 4 月 9 日，星期五。

地点：上海，日占区，宫府。

老戏骨宫本正仁望着凌岳州押着唐墨走进大门，突然觉得凌岳州要给他开个专场。

凌岳州为什么要演这场戏，宫本正仁一时摸不着头脑。

凌岳州这么做，看似出卖唐墨，实则是出卖他自己。他在小武手背上看似随意留下的掐痕，其实是信息，破译出来就是"唐墨是叛徒"。

他打给五金店的电话，就是通知他的侍六组上线去唐氏面粉厂。上线发现、破译出他留下的信息后，必然呈报"姜太公"。以"姜太公"的敏锐，必然知道这是假信息，由此断定"棋"才是侍六组的内鬼。

凌岳州这么做，就是想暴露自己。

他只有暴露自己，才能走到台前。

当然，他也断定宫本正仁能看穿他的小把戏。

既然都是千年狐狸，那就把《聊斋》这出戏演得更精彩。

宫本正仁早就命人准备一桌丰盛的酒席，恭迎凌岳州到来。

他用高深莫测的腔调说："蒋处长，我们终于见面了。"

凌岳州将手枪交给松岛凉子，向宫本正仁躬身行礼。

宫本正仁把凌岳州、唐墨带到餐厅，三人按宾主落座。

凌岳州说："宫本先生，今日我贸然来访，实在有些唐突，还望您见谅。"

宫本正仁微微一笑："蒋处长过谦了。"

凌岳州指着唐墨说："他杀了我的人，我不能不问。"

唐墨怔怔地望着凌岳州："你究竟是什么人？"

宫本正仁接过话茬儿："蒋处长是我的人。"他指着唐墨对凌岳州说，"他是重庆方面的特派员，现在也是我的人。呵呵，我们是一家人。"

唐墨低声说："蒋处长做事雷厉风行，令我佩服，只是我的身份——"

凌岳州大声说："你已经暴露了，我只能将计就计，在小武手背上留下信息，说你是重庆方面的叛徒。"

宫本正仁微微一怔："蒋处长如何在小武身上留下这样消息的？"

凌岳州从口袋里掏出一张照片递给宫本正仁。

宫本正仁接过照片，仔细端详片刻后，抬头盯着凌岳州："蒋处长聪明反被聪明误，你这么做，等于让自己见光了呀！"

凌岳州假装糊涂："请您赐教一二。"

宫本正仁指着照片中那些掐痕说："蒋处长，你自己试一下，双手缚于背后，若在手背上留下掐痕，应该用哪个手指？"

凌岳州、唐墨和松岛凉子纷纷模拟，最后得出结论，应该用小拇指。

宫本正仁让唐墨和松岛凉子看照片："一个人双手缚于背后，能留下掐痕的手指，应该是小拇指。照片上的掐痕，明显是大拇指所为嘛。'姜太公'可是老狐狸，一定会发现这种反常现象的。"

"看来我弄巧成拙了。"凌岳州再三查看照片后，遗憾地摇摇头，起身说道，"我想办法找补回来。"

宫本正仁冲松岛凉子、唐墨努努嘴。二人会意，找个借口起身离去。

宫本正仁把凌岳州按到椅子上："蒋处长，我现在需要的是老虎，不是家猫。犬养中堂喜欢玩猫捉老鼠游戏，我喜欢虎啸山林百兽逃的画面。不瞒你说，我已经向天皇建议，彻底改变上海特务机构九龙治水的混乱局面。天皇接受了我的建议，并下诏知会军部、外务省、龟机关、梅机关、岩井公馆，今后他们设在上海的分支机构由'冷宫'统领。蒋处长对上海各大特务机构了如指掌，'冷宫'就由你执掌吧。"

凌岳州受宠若惊，起身鞠躬："我绝对不辜负先生的栽培。"

"你随我来。"宫本正仁起身走出餐厅。

凌岳州紧随宫本正仁走到院内池塘边。

"你是我的人。"宫本正仁负手望着池塘里的金鱼，"'神木'。"

"你是我的人"是暗语。

凌岳州不知道如何回答，便顺着宫本正仁的话茬儿往下说："我愿意为先生效犬马之劳。"

"是不是有条件啊？"宫本正仁不动声色地问，"无条件效劳，我从来不信。"

凌岳州支吾道："我——喜欢凉子小姐。"

"从今天起，她就为你陪床侍寝。"宫本正仁爽快地说。

"先生——条件呢？"凌岳州低声问道。

"条件是用来交换的，哈哈！"宫本正仁止住笑声，盯着凌岳州，"你满足我的需要，我满足你的需要，就是这么简单。"

"明白，先生。"凌岳州退下。

宫本正仁望着凌岳州的背影，嘴角泛起一抹冷笑。

一直躲在暗处的萧易寒慢慢地走向宫本正仁。

"先生，凉子会欺骗您的。"萧易寒走到宫本正仁身后低声提醒，"她与蒋文汉私下见过面。"

"她是我豢养的一条狗，只要我有足够多的骨头，她就不会离开我。"宫本正仁依旧不回头，"'神木'离开我们太久了，我们需要在他身边饲养一条狗。"他突然转身盯着萧易寒，"你要安抚好唐墨。"

萧易寒颔首："是。"

宫本正仁问："做掉那个侏儒，是你的主意，还是唐墨的主意？"

"唐墨。"

宫本正仁点点头："杀伐决断，不能有丝毫犹豫。"

萧易寒附和道："唐墨与蒋文汉都是大将之才，分则利，合则乱。"

"你做得对，让唐墨专心对付侍六组吧。"宫本正仁转动大拇指上的红玉扳指儿，"侍六组嘛，还需下点儿猛药。"

"唐墨虽是重庆方面的特派员，但只要'姜太公'在上海，他什么都不是，起不了什么作用。"

宫本正仁思忖半晌，缓声说道："'B计划'启动在即，要想办法支走'姜太公'。在千余名宪兵严密监控之下，'姜太公'还能把一百箱盘尼西林运出上海，手段之高明，超出我们的想象。沪宁两地的军统和中统在他的领导下，破坏力不可低估。看来我们只能巧借重庆戴某人之手了。"

萧易寒主动请缨："我马上去重庆。"

~ 215 ~

时间：1943年4月9日，星期五。

地点：上海，日占区，宫府；公共租界，唐氏面粉厂。

"光计划"中的"原子计划""炼狱计划""B计划"，都是在太平洋战争爆发前启动的。

汉城那场失败的实验，差一点让"B计划"流产。

资深政客宫本正仁，凭借他能把死人说活的口才，说服了裕仁天皇，才得以在上海重启"B计划"。

筹划两年的"B计划"，只要有一个环节出现问题，都可能导致整个计划彻底失败。现在，宫本正仁只能尽人事、听天命，赌自己的命运，赌日本的国运。

就在他心烦意乱之时，中村宇都来了。

中村宇都登门拜访，在宫本正仁的意料之中。他一边为中村宇都斟茶，一边询问土肥原的近况。

中村宇都谦卑地回答："老师一切安好，只是有时为太平洋战场战事不顺彻夜难眠。"

宫本正仁示意中村宇都喝茶："太平洋战场上，皇军败局已定，东条英机无力回天，所以中国战场就变得至关重要，甚至可以说，中国战场决定着帝国的国运。"

中村宇都连连点头："老师也认为，中国才是大东亚共荣圈的核心。失去中国，大东亚共荣圈便无从谈起。从眼下局势看，发动太平洋战争是战略上的失败，帝国必须在中国战场扳回一局。"

宫本正仁感叹："还是土肥原将军看得透彻。"

"老师听说先生在上海，便托我给先生捎句话——"

"请讲。我洗耳恭听。"

"老师这辈子佩服之人寥寥无几，先生却是其中之一。老师说，他知道先生心之所系，所以想送先生一句话，以示安慰。"

宫本正仁正襟危坐，颔首。

"老师说，'慈禧是政客，武则天是政治家。政客为一个团体谋利，政治家为一个国家谋利'。"

宫本正仁问："就这些？"

中村宇都说："老师说，他与先生是知己，一切尽在不言中。"他看了看宫本正仁，"先生不要如此严肃，不然我都不知道说什么了。"

宫本正仁双肩放松，笑问："中村君此次前来，不仅仅是给我传句话吧？"

中村宇都问："先生此次来上海，应该不会仅仅为了制药，应该与中国战场有关吧？"

"制药就是为战场服务嘛。为了帝国利益，我们应该各尽所能。"宫本正仁盯着中村宇都，反问道，"明天东条川赖抵达上海，你知道他来上海的真实目的吗？"

中村宇都摇摇头："我只负责保护内阁特使的人身安全，其他一概不知。"

宫本正仁一边展示茶道一边分析："东条川赖表面上到中国督战，其实只是走个过场而已。至少到目前为止，东条英机依旧将太平洋视为主战场。但是，在太平洋战场上，皇军已经无力回天。东条英机骑虎难下，才安排他的大管家来到中国。"

对于宫本正仁的分析，中村宇都不置可否。他从公文包里取出一个文件袋放在宫本正仁面前："这是内阁特使在沪行程安排，请先生审阅。"

宫本正仁把文件袋推到中村宇都面前："这是绝密级文件，我不便接触。我建议你立刻把它焚毁。东条川赖在上海的行程安排，知道的人越少越好。"

中村宇都收回文件袋，起身告辞。

松岛凉子从侧室走出来，问宫本正仁："先生太谨慎了吧？"

"如果东条川赖遭遇不测，所有知情人都难脱干系。"

松岛凉子不解："东条川赖怎么可能遭遇不测呢？"

宫本正仁摇摇头："他的身份、他身上的东西，不知道有多少人惦记呢。"

松岛凉子说："东条川赖一旦遭遇不测，'B计划'就成功了。我们主动出击是不是更好？"

宫本正仁摆摆手："我们还是踏实地做个渔翁吧。"他打量松岛凉子，"如果让你嫁给蒋文汉，你是否同意？"

"如果先生一定需要我这么做，我无条件服从。"松岛凉子低下头。

宫本正仁说："我需要你掌控蒋文汉，进而掌控帝国设在上海的隐蔽战线。"

萧易寒刚到唐氏面粉厂，暴雨便随风而至。

看门人无故枉死，唐墨给工人放一天假，自己处理善后工作。

他看到萧易寒冒雨前来，赶紧拿把伞迎出去："你冒雨前来，想必有重要事情相告。是不是宫本先生觉得我百无一用了？"

萧易寒拒绝进入屋内，站在廊檐下说："你多虑了。对付侍六组上海站，还得仰仗你呢。这是宫本先生的意思。宫本先生特意交代，你有什么需要尽管开口。"

"只要宫本先生信任我就好，我别无他求。"

萧易寒冲唐墨竖起大拇指："宫本先生没有看错你，保重！"他抱拳拱手，"我还有一事相托。最近我可能离开上海几日，'冷宫'交给蒋文汉，我真有些不放心，还望你多多关照。"

唐墨反问："你就不怕所托非人？"

萧易寒反问："我们都是磨坊里的驴，除了乖乖地推碾子拉磨，还有别的选择吗？"他拍拍唐墨的肩头，"想吃驴肉火烧的人太多了。"

唐墨点点头："你所言极是，我谨记在心。除此之外，你还有其他事情交代吗？"

"留意松岛凉子、黑川梅子。"萧易寒盯着唐墨，"你与她们保持一臂距离为好。"他伸直胳膊，把拳头抵在唐墨胸口，"看得见、摸不着为妙。"

~ 216 ~

时间：1943年4月9日，星期五。

地点：上海，公共租界，普通民房。

没有一个特工能永远隐藏幕后，安子铭也不例外。

蒋介石成立复兴社时，本想让具有超高特工天赋的安子铭挂帅，然而安子铭却不愿意抛头露面，才让滕杰带人创办复兴社。

蒋介石之所以尊重安子铭，还有一个不为人知的原因，那就是安子铭是陈其美的心腹。

陈其美死后,安子铭帮助蒋介石做了很多事情。西安事变后,安子铭不愿意接受国共合作,便退居幕后。

不久,汪精卫公开投敌卖国,在南京成立伪政府。蒋介石为了掌控沪宁两地的情报阵地,不得不重新起用安子铭。

安子铭领命后实施"军机处计划",只可惜"三刺"属性不明,重庆方面不敢起用。为此,安子铭制订了"无间计划",清除舒季衡,策反凌云洲,厘清了沪宁两地的情报系统。

安子铭对沪宁两地的国民党特工拥有生杀大权,可以直接处决军统、中统特工。

手握重权的安子铭,必然成为日本特工的重点打击对象。安子铭深知这一点,不到万不得已,他绝对不会走到台前。

现在,他就到了万不得已的地步。

"蒋文汉"拙劣表演的真实动机,自然瞒不过安子铭。安子铭判断,"蒋文汉"就是"神木",只有除掉"蒋文汉",侍六组才能干净。

代表东条英机来到上海的东条川赖,绝对不是到上海观光旅游的。安子铭调动沪宁两地特工,不但要调查东条川赖来上海的真实目的,还要把东条川赖永远留在上海,以此提振国民抗日士气。

欲除外鬼,先斩家贼。安子铭深谙此道的重要性和必要性。

季雨涵查出叛徒,本来是好事,但安子铭却不这么认为。

"你知道查出一个内鬼有多难吗?这段时间,我的人宛若神助,再难解决的问题都能轻而易举地解决,这说明什么?这说明我的人连成片抱成团了,我却成了孤家寡人。"安子铭愤愤地向赵青抱怨,"季雨涵也成精了,事前不请示,事后不汇报,朝纲独断了!"

虽然季雨涵身上存在太多令人感觉不可思议的疑点,但他毕竟是中统上海站站长,军统上海站的其他特工无权调查,这就逼迫安子铭不得不出面。

安子铭准备先去见冯壬山。

按照约定,上线与冯壬山联系时,会往冯壬山家里打电话,告知他见面的地点及接头暗号。

第十二章 权力诛心

不敢错过电话的冯壬山一直不敢出门，生怕错过上线的电话。

但是，他家里的电话铃一直没有响过。

现在，门铃却响了。

冯壬山愣了一下，然后掏出手枪，贴在墙壁向门口挪动。

他挪到门后，紧紧地贴着墙壁，把枪口对准门口，低声问："谁？"

"卖鱼的。"安子铭说出暗号。

冯壬山脑袋"嗡"的一声，下意识地看看左右才问道："海鱼还是河鱼？"

"渭水河的鱼。你贵姓，要不要鱼？"安子铭继续说暗号。

"免贵姓周。我得先看看鱼新鲜不新鲜。"冯壬山说完暗号，还是无法相信"姜太公"能直接上门找他。

他转念一想，"姜太公"向来不按常理出牌，不请自来也正常。他打开门，看见安子铭站在门外，彻底蒙圈了。

安子铭打量木讷的冯壬山，拍了拍冯壬山的脸，径直走进屋内，大大方方地把大衣和礼帽挂在衣架上，然后一屁股坐在沙发上，拿起茶壶倒了一杯茶，一饮而尽。

冯壬山还在不停地打量安子铭。

"是不认识、不理解，还是不接受？"

"太意外，太离谱，太惊悚。"

"'姜太公'成为提篮桥监狱监狱长，说明'姜太公'工作很努力嘛。"安子铭示意冯壬山坐下，"沈笑，我党特工精英，不应该是这种尿样的。"

冯壬山行了一个标准的军礼："少校沈笑，现任军统上海站站长，向主任报到。请指示！"

安子铭指指旁边的沙发："别虚头巴脑的，坐下，说正事儿。"

冯壬山坐下说："经季雨涵核实，戴老板发电确认，师婉笛就是军统叛徒。她五年前潜入东北，两年前失联，背地里投靠了日本人。"

"季雨涵是如何查出师婉笛是叛徒的？"安子铭不动声色地问。

"他说，他要见到您才说。"

"我能见他吗？"

"不能。"

"为什么？"

"您也不该来见我。"冯壬山严肃地说，"戴老板交代过，贸然见主任者死。我作为军人，必须服从上峰的命令。"

安子铭满意地点点头，转而问道："你觉得季雨涵该不该死？"

"中统的事，属下无权过问。"

"难道你对季雨涵一点儿都不关心？"安子铭瞥了冯壬山一眼，见冯壬山表情严肃，呵呵笑道，"这是你家，紧张个尿，放松点儿。现在屋里只有你我两个人，为了党国利益，彼此应该知无不言言无不尽才对。我觉得季雨涵身上疑点重重，你认为呢？"

"既然他身上有疑点，就应该彻查，否则后果不堪设想。"冯壬山思考几秒钟，"可以把季雨涵的消息来源当作抓手。"说完，他反问道，"您认为他身上有哪些疑点呢？"

安子铭说："他明知不能见我，却执意见我。"

冯壬山对此不置可否，问道："朱子刑是季雨涵做掉的？"

"你不应该知道这件事。"安子铭看了冯壬山一眼，"至少，你不应该这么快知道这件事。"

"季雨涵告诉我的，我想不知道都难啊！"冯壬山摇摇头。

"他是特工，不是街头大妈！"安子铭加重语气，"他这么做，必然另有目的。"

"他有什么目的？"

"只有他自己知道。"

冯壬山盯着安子铭："您想怎么处置季雨涵？"

"不着急。"安子铭摆摆手，"废物放对地方，也可能成为宝贝。他是什么东西不重要，重要的是我们怎么利用他。"

冯壬山不知道怎么接话茬儿了。

安子铭往后一靠，双手枕在脑后，盯着天花板，貌似自言自语："东条英机的大管家来上海了。他是贵客，我们肯定得热情招待一下的。"他说完，坐直身子，盯着冯壬山，"你说，他喜欢清蒸鱼还是红烧鱼？"

"我做鱼手艺还凑合。我觉得焖炖可能更好。"冯壬山主动请缨。

"此乃特级任务，不容有失。其重要性、必要性我就不多说了。"

冯壬山起身行军礼："请您放心，军统上海站保证完成任务！"

安子铭从公文包里掏出一张照片递给冯壬山："此人是重庆侍六组派到上海的特派员，现已到上海。他走了这么远的路，万一脚下沾点儿泥带点儿土，会弄脏我们的地毯。"

冯壬山意识到，安子铭对这个人不放心。他拿起照片看了看："我手下还真有会擦鞋的。"他看了看安子铭，"万一他的鞋不干净，甚至脱不下来，怎么办？"

安子铭毫不犹豫地说："那还不简单，把脚剁掉不就行了嘛。"

第十三章 "花　旦"

时间：1943年4月9日，星期五。
地点：上海，法租界，霞飞路，石头记照相馆。

　　李致未经刺客同盟首领"师爷"金十批准，私下会见特工总部副主任凌云洲。这件事如同一颗威力无比的炸弹，在霞飞路石头记照相馆突然爆炸。
　　穿着笔挺的西装、戴着金丝眼镜的金十，冷冷地瞪着面前的李致。突然，他举起手中的照相机，狠狠地摔向地面。
　　"砰"的一声，像一颗炸弹在李致和莫康头顶炸响。
　　价值不菲的照相机，瞬间变成几个残缺的零件。
　　李致双臂抱在胸前，瞥了几眼散落在脚下的照相机零件，又看了看面前一脸怒气的金十，嘴唇嚅动几下，没有说话。
　　在照相机摔碎之前，她一直崇拜金十，甚至把他视为接近完美的英雄。现在，在她看来，金十和大街上的路人甲一样普通，甚至比路人乙还庸俗。
　　莫康看了李致一眼："李致，你为什么私下去见凌云洲，你必须向老大解释清楚。"
　　金十举手阻止莫康，飞起一脚，把最大的照相机零件踢到门外。
　　李致扭过头，极力地控制着在眼眶里打转的泪珠。

第十三章 "花 旦"

莫康看看李致和金十："李致去见凌云洲，也是为了搭救刚子嘛。有病乱投医，可以理解的。"

金十愤愤地说："特工总部的特务，吃人饭不拉人屎。凌云洲是什么人？特工总部副主任，杀人不眨眼的魔鬼，你去求他，就是与虎谋皮。我担心，我们现在已在凌云洲的监视之中，随时都可能成为第二个刚子。你们赶紧收拾东西，这个地方不能待了。"

李致终于说话了，而且声音很大："我相信，凌云洲与那些人不一样，否则我们刺杀他，他还能救我，就无法解释。"

金十吼道："别犯傻了。他救你，不是出于善心，而是另有所图。"

李致反问金十："你当初救我，也是另有所图？"

金十冷笑着质问李致："在你看来，我和特工总部的特务一样，助纣为虐，为虎作伥，卖国求荣，滥杀同胞？你别忘了，我们与日本人有不共戴天之仇，对于日本人及其走狗帮凶，我们只能斩尽杀绝！"

莫康跺了一下脚，转身去收拾东西。

李致看看表，对莫康说："他们要来，早就来了，根本不会等到现在。他们现在没来，说明凌云洲没有派人跟踪我，这里还是安全的。"她面对金十，"您曾经无数次教导我，作为职业刺客，必须学会忽略学会忘记，时刻都能冷静地分析判断。"

金十觉得李致的分析不无道理。他们要置凌云洲于死地，按理说凌云洲应该加倍报复他们，最起码不会放走李致。即便凌云洲以李致为诱饵，现在也应该收竿了，绝对不会给他们逃脱的时间和空间。

想到这里，金十的口气缓和许多，问李致："凌云洲跟你说了什么？"

李致说："他说，如果刚子不出卖我们，他就想办法救出刚子。但是，他提出了一个条件。"

金十问："什么条件？"

李致说："他给我们创造营救刚子的条件，我们除掉梅机关的苍井巷。"

"除掉梅机关的苍井巷？苍井巷是凌云洲的顶头上司，他这是什么打法？他是不是想借刀杀人？"莫康满脸狐疑。

"对此，凌云洲没有向你说明原因吗？"金十走到窗前，望着霞飞路上的行人。

"嫁祸陈恭如，激化梅机关和特工总部之间的矛盾。"

金十沉思片刻，说道："李致，你有没有想过，如果这是凌云洲给我们挖的坑怎么办？一旦他以刚子作诱饵，我们冒险行动，极有可能被他一网打尽。"

李致想了想："您的话不无道理，但我还是选择相信凌云洲。这样吧，我自己去做掉苍井巷。即便出现最坏的后果，我认命！"

~ 218 ~

时间：1943年4月9日，星期五。

地点：上海，日占区，虹口，红日茶馆。

大爷不是辈分，而是李大爷的名。

李大爷的父亲是聋人，母亲是哑人。他们自幼受尽各种欺负，因此他们给自己的孩子取名"大爷"，旨在孩子受人欺负时，欺负孩子的人也得叫孩子几声"大爷"。

小时候经常受人欺负的李大爷，现在却变成了真正的大爷。

李大爷的儿子李全到日本留学，还娶了日本媳妇，因此李大爷自称是半个日本人。李大爷精通厨艺，是上海日本宪兵司令部食堂中唯一的中国人。

李大爷担任上海日本宪兵司令部食堂厨师长，有权指挥日本厨师，又让他产生一种高高在上的自豪感。他常常一边端着旱烟袋，一边用生硬的日语指挥日本厨师做上海菜。他见不可一世的日本人被他呼来喝去，便真心地感激宋万堂。

没有宋万堂关照，李大爷都可能活不到现在。他十五岁时，就跟随宋万堂闯码头。后来，宋万堂做了红帮帮主，他厌倦了江湖上的打打杀杀，就开办红日茶馆谋生。

李全受宋万堂资助，中学毕业后到日本留学。

李全回国时带来一个日本媳妇，李大爷却死活不接受。宋万堂讲今比古劝了三天，李大爷才勉强接受这个日本儿媳妇。

红日茶馆与上海日本宪兵司令部距离很近，李大爷大部分时间都在打理红日茶馆，只有上海日本宪兵司令部司令官德川长运想吃上海菜或者宴请中国官员时，他才会到上海日本宪兵司令部食堂指导日本厨师做菜。

红日茶馆里有间小厨房，李大爷技痒或者兴起时，也会做些菜。今天，他却做了一桌十个人分量的上海菜，招待宋格和普乐天。

那桌菜刚做好，门口就传来宋格的声音："大爷，我们来了！"宋格径直跑到桌前，揭开罩子逐一查看，连连点头，"都是我爱吃的。"

普乐天向李大爷颔首："大爷好！"

"使不得，使不得。"李大爷赶紧上前给普乐天鞠躬，"姑爷如此称呼我，会让我折寿的。"

宋格说："大爷，您受得起。我娘走得早，我是您一手带大的。我和乐天都是您的孩子。"

李大爷示意二人坐下："格格是我从小带大的，我早就把她当成亲闺女了。"他指着桌上的菜，"你们尝尝，看看我的厨艺有没有长进。"

宋格大大咧咧地对普乐天说："赶紧吃。我们吃得越多，大爷越高兴。"

普乐天不再客气，边吃边连连点头。

李大爷嘬着旱烟袋，满脸笑意，看着二人大快朵颐。

普乐天抬起头："大爷，您怎么不吃？"

李大爷说："做饭时，东一勺子西一筷子，我早就吃饱了。我啊，看着你们吃得香、吃得多，就非常开心了。"

宋格低声问李大爷："您还记得死在宪兵司令部门口的那个鬼子吗？"

李大爷点点头："咋能不记得呢，松下嘛。这个老东西，不在老家孝敬父母，跑到上海瞎嘚瑟，上海人能惯着他吗？唉，我老了，不然我也上街弄死几个小鬼子，让他们知道谁才是上海滩的大爷！"

宋格瞥了李大爷一眼："您做菜还行，杀鬼子嘛，还是算了吧！"

李大爷不服气："你俩还别不服，哪天我活腻歪了，一把砒霜就把宪兵司令部的头头脑脑送回老家。"

宋格瞪大眼睛："真的假的？您别忘了，您儿媳妇还是日本人呢。"

李大爷把烟袋锅往鞋底子上狠狠地敲打："她是中国媳妇，嫁鸡随鸡嫁狗随狗，跟日本没啥关系了。"

宋格问："大爷，有个日本人惹我生气了，怎么办？"

李大爷毫不犹豫地说："按道上的规矩办，管他是什么人干吗？他叫什么？我找他去，不把他骗了，我就不姓李！"

"还是您疼我。"宋格把头靠在李大爷的肩膀上。

"这话等我骗了那个日本人，你再说也不迟。"李大爷认真地说，"把他的名字告诉我就行。"

"苍井巷。"宋格说，"梅机关的课长。"

"我管他驴掌马掌呢。"李大爷一边往烟袋锅里装烟丝一边说。

普乐天说："大爷，杀鸡不用宰牛刀，做掉这种小蚂蚁，哪能让您亲自动手呢。这样，我们想在宪兵司令部宿舍楼里做掉他，到时候您给我们搭把手就行。"

~ 219 ~

时间：1943年4月9日，星期五。

地点：上海，公共租界，江公馆，华懋饭店；日占区，耶稣圣心教堂。

江澄子安排一个共产国际成员去澳门，没想到因重庆方面的特工炸毁日本货船，日本宪兵在码头对旅客进行严格检查。她费了好大周折，才把那个人送上船。

回到家里，她见凌云洲没有和黑川梅子在一起，心里稍许放松。

第十三章 "花　旦"

凌云洲见江澄子闷闷不乐，问道："你是不是太累了？"

江澄子摇摇头："共产国际的同志告诉我，共产国际要解散了。"

"大势所趋、物竞天择的结果，我们阻止不了的。"凌云洲挨着江澄子坐下，"我们做好当下的事情就可以了。"

江澄子不由自主地往旁边挪了挪，刻意与凌云洲保持一点距离。她看看表，问："还不到下班时间，你怎么回来了？"

"晚上我和父亲请唐墨吃饭，回家换套衣服。"

"我们不是刚请他吃过饭嘛，怎么还要请？"

"安子铭告诉老冯，唐墨是重庆方面的特派员，让老冯盯紧他。我帮老冯探探底儿。"

江澄子难以置信："唐墨从南京来，怎么可能是重庆方面的特派员呢？"

"安子铭为此冒险见老冯，肯定掌握了重要线索。"凌云洲说，"一个特派员到上海的第一件事去找相好的，就冲这一点，没有特殊情况，是解释不清楚的。"

"他也叛变了？是不是与黑川梅子有关系？"

凌云洲思忖半晌："黑川梅子不是如来佛，怎么可能轻易抓到孙猴子？"他捏了捏下巴，"凡事无绝对。黑川梅子负责监听各方电台，掌握唐墨的信息还是有可能的。"

江澄子说："要不——我们也监听她？"

凌云洲摇摇头："在家里，她什么都不会做。顺其自然吧，随她怎么折腾。眼下我们重要的工作是从唐墨身上下手，找到军统的秘密运输线。"

江澄子叮嘱道："唐墨和安子铭都是修行千年的老狐狸，你要千万小心。"

"我是法海，专治妖魔。"凌云洲从口袋里掏出一个木盒子递给江澄子。

江澄子打开木盒子，里面是一枚莲花金戒指。

"李墨群送的。"凌云洲取出戒指，轻轻旋转，莲花花蕊里弹出一枚细针，再旋转一圈，细针又缩进去，"针尖上有剧毒，你用它防身。"

"你担心黑川梅子会害我？她在我们家，不到万不得已，我们不能动她。"江澄子望着凌云洲，轻轻地摇头。

"与狼共处一室，我们还是小心为妙。"凌云洲把戒指戴在江澄子左手中指上，起身拍拍她的肩膀，"我去见唐墨。"

凌云洲来到华懋饭店的包间里，原宝轩已经点好饭菜。他们没说几句话，唐墨就到了。

唐墨见到凌云洲，表情很不自然，轻轻地冲凌云洲点点头，然后在主宾位子坐下。

原宝轩向唐墨介绍凌云洲："这位是特工总部副主任凌云洲，我们碰巧在楼下遇到，他正好没吃饭，我就把他带上来。唐先生应该不会介意吧？"

唐墨摆手笑道："不介意，不介意！昨天凌主任做东请我喝酒，我还没来得及答谢，今日原先生做东，改日我再答谢凌主任。"

原宝轩对凌云洲说："我和唐董是故交。他这次来上海，我必须要尽地主之谊的。"

凌云洲起身拿起酒壶给唐墨倒酒："听原先生说，您跟宫本正仁很熟？"

唐墨用指尖轻叩桌面，以此向凌云洲表示谢意："南京唐氏创始人唐阁，曾是清朝二品大员，也是宫本正仁的启蒙老师。我是唐阁的书童，确实认识宫本正仁，但没有什么来往。"他说到此处，看了看原宝轩，又对凌云洲说，"既然今天见到凌主任，有件事我必须告状了。"

凌云洲说："有话直说，无须客气。"

唐墨想了想，说道："特工总部的蒋处长，大清早闯进我的面粉厂，不但击毙看门人，还把我押到官府，栽赃我是重庆方面的间谍。"

凌云洲直视唐墨："您是重庆方面的间谍吗？"

唐墨反问："如果我是重庆方面的间谍，到这里来的，应该不是我一个人，而是一群人，对不对？"他点指原宝轩和凌云洲，"一个是岩井公馆大总管，一个是特工总部副主任，在重庆起码能兑现十万块银圆。"

"我的榆木疙瘩脑袋这么值钱吗？"凌云洲摸摸脑袋，"我整天顶着五万块银圆在上海滩瞎转悠，能活到现在实属不易。来，为我们的不容易走一个。"他说完示意唐墨干杯。

在一进一退、一攻一守之间，凌云洲发现唐墨说话滴水不漏，也没有多余的肢体语言，暂时无法判断他是否叛变。

在旁边察言观色的原宝轩，也没有发现唐墨有何反常之处。

于是，三人就聊些无关痛痒的话题，最后各自揣着心事离去。

凌云洲没有开车，原宝轩把他送回江公馆。在大门前，原宝轩停稳轿车，说道："宫本正仁疑心很重，他到现在也没有联络我。他越是这样谨慎，我越觉得'B机器'可怕。"

凌云洲问："能确定大公制药厂排污中心下面是特殊实验室吗？"

原宝轩摇摇头："宫本正仁不见我，我没有去大公制药厂的正当理由。"

凌云洲有些着急了："您为何阻止我接近宫本正仁呢？"

"我们不能同时涉险。"原宝轩凝视着凌云洲，"革命不是一蹴而就的，我们不能做无谓的牺牲。"

凌云洲立即意识到，父亲一直在想尽办法保护自己。身为人子，他不能在父亲膝下尽孝，眼圈陡然泛红。

他把脸转过去："安子铭的人也进不去，怎么办？"

"我非常欣赏安子铭。他是国民党的异类，为人还算正直，向来不参与党争，一心想做实事，能做我们的朋友。于公于私，于国于家，你和澄子都应该竭力保护他。"原宝轩叮嘱道。他了解凌云洲此时的心情，故意转移话题，继续说，"最近你去过愚园路吗？"

凌云洲转过脸，缓声说道："共产国际的同志都撤离了，联络站空了。我最近没有去。"

"人走茶未必凉，以后你常去那里看看。"原宝轩拍拍凌云洲的肩膀，"下车吧，别让澄子惦记。"

待凌云洲走进江公馆大门，原宝轩才驾车离开。他没有回岩井公馆，而是去了耶稣圣心教堂。

此时的耶稣圣心教堂破败不堪，只有看门的犹太人辛格戴着老花镜，趴在桌上演算数学题。

轿车的远灯光射到大门上。辛格推开窗户看见原宝轩的轿车，立即起身开大门。

原宝轩从后备厢里取出一袋米，连同一沓法币交给辛格："先生是世界的宝贝，一定不要苦了自己。"

辛格嚅动嘴唇："谢谢——"

"我进去等一个人。他来之后，你让他到平房找我。"原宝轩驾车驶入大门，把轿车停在平房门口。

过了一会儿，中村宇都也把轿车停在平房门口，上了原宝轩的轿车。

"这次我能来上海，就是一个巧合。"中村宇都说，"东条川赖生性多疑，不相信陌生人，点了我的将。"

原宝轩说："你能来上海太好了，我正好缺少人手。"

"查清'B计划'了吗？"

"老虎咬天，无从下口。"原宝轩摇摇头。

"越是无解的难题，我们越要找出准确答案。"中村宇都说，"我们可以从宫本正仁的最终目的反向推导。"

"他的最终目的是想攻占重庆，建立第二个满洲国。为了达到这个目的，他会不择手段的。"原宝轩满脸愁容，"宫本正仁比犬养中堂可怕多了，他的很多事情都不在我们掌控之中。"他扭头盯着中村宇都，"一旦我遭遇不测，你就去找辛格，他能为你提供一些线索。"

~ 220 ~

时间：1943年4月9日，星期五。

地点：上海，日占区，虹口俱乐部，极司菲尔路76号。

下午2点，凌岳州坐在虹口俱乐部豪华包间里，优雅地品着红酒。

黑川梅子径直走进包间，在凌岳州对面坐下。

"我已经与宫本正仁达成协议。"凌岳州将红酒杯推到黑川梅子面前，"从今天起，我执掌'冷宫'，统领帝国上海隐蔽战线。"

黑川梅子对此并不感到意外："接下来你准备怎么做？"

"我有了这把尚方宝剑，便可以找到'老猪'。找到'老猪'，我还能获得三口铜铡。"

黑川梅子微微一笑，举起酒杯："祝你脸更黑。"

凌岳州摇摇头："凌云洲的心更黑。我抓住了刺杀他的人，还没来得及审讯，他转手就交给陈恭如。"

"凌云洲就么相信陈恭如？"

凌岳州撇嘴："他连自己都不信，还能相信谁？"

黑川梅子眉梢微微上挑："看来他也不相信你。"

凌岳州说："我能入职特工总部，是我与李墨群交易的结果，凌云洲必然会提防我的，可以理解。"

黑川梅子摆摆手："他提防所有支那人。"

凌岳州一怔："你知道他是日本人？"

"他是帝国特工。"黑川梅子缓声说道，"就职龟机关苏联局，代号'武士'。"

"即便如此，我也不会相信他。他在莫斯科、上海待得太久了。"凌岳州盯着黑川梅子的眼睛，"不说这个幽灵一样的人了，说说刺客同盟吧。根据目前掌握的线索，金公馆是他们的窝点，他们一直在监视特工总部。"

黑川梅子愤愤地说："这群该死的家伙，欠我们的血债太多了。帝国和南京政府高官，折在他们手里就不下十人。这次我们绝不能让他们走出上海。你说吧，让我做什么。"

凌岳州说："一、你以梅机关的名义给特工总部发函，由梅机关接手那个刺客；二、你在金公馆下饵料，引诱刺客同盟的其他人上钩。"

黑川梅子摇摇头："我现在无职无权，这件事你跟苍井巷商量吧。"

凌岳州思索几秒钟："苍井巷就是一头野猪，有勇无谋。不过，野猪也有野猪的利用价值。"

凌云洲驾车来到虹口俱乐部斜对面的巷子里。他把帽檐压得很低，检查一遍手枪，确认没有问题后放在身边。

"黑川梅子去虹口俱乐部见一个人。"

江澄子在电话里重复两遍这句话，凌云洲意识到江澄子早已派人跟踪黑川梅子。

江澄子不让凌云洲冒险除掉黑川梅子，她却踏上了冒险之旅。

绝不能让江澄子冒险，必须提前除掉黑川梅子。

凌云洲知道除掉黑川梅子会产生什么样的结果，可是他已经无法做周全考量。

作为资深特工，他必须隐忍、伺机而动。但作为丈夫，他必须保护妻子的安全，必须跟死神赛跑，必须在生死之间进行抉择——假如，他和江澄子至少有一个人必须死，他会义无反顾地率先倒下。

不知道是雪茄的烟雾刺激了眼睛，还是他感受到了死亡气息，两行清泪竟然悄悄地挣脱眼眶的束缚流下来。

生死从来不是迷局。

生死就是一个结果。

既然必死，何须彷徨！凌云洲咬咬牙，掏出手帕刚擦干眼泪，便看到黑川梅子走出俱乐部。他拿起手枪，摇下车窗瞄准黑川梅子。

只要他扣动扳机，就能除掉黑川梅子。

接下来，上海滩将是乌云压顶，风暴席卷……

凌云洲的手指缓缓地扣动扳机……

突然，他松开了手指。

他看到"蒋文汉"从俱乐部里走出来，疾速钻进停在门前的轿车里。

这一枪不能开，杀黑川梅子容易，从"蒋文汉"眼皮底下逃走却很难。一旦自己留下蛛丝马迹，就会影响调查"B计划"的任务。

必须放弃刺杀，完成任务才是第一位。

黑川梅子和"蒋文汉"为何见面？他们之间有什么猫儿腻？

难道与"蒋文汉"在法租界抓捕的刺客有关？刺客归陈恭如审讯，"蒋文汉"心有不甘，才与黑川梅子见面？

第十三章 "花　旦"

"能不能借刀杀人？"凌云洲眯缝着眼睛，"借刺客同盟的手除掉黑川梅子。"

这只是设想，他需要权衡利弊之后才能付诸行动。"蒋文汉"的轿车驶离后，凌云洲驱车驶向准备乘坐黄包车的黑川梅子。

凌云洲把轿车停在黄包车旁边，探出头向黑川梅子招手："梅子，我送你。"

心情大好的黑川梅子破例向黄包车夫付了车费，心花怒放地钻进凌云洲的轿车。

"我看到蒋处长了——"凌云洲说了半截话，驱车向前。

"他请我吃饭。"

"不是鸿门宴吧？"

"他敢吗？我是他的顶头上司。"

"已被撤职的。"

"那是做给上面看的。"

"他求你办事？"

"嗯。"

"你想去哪里？"

"梅机关。"

"回家吧。虽说辞职只是做做样子，但你必须拿出十足的姿态。"

"先去梅机关，一会儿我还要去特工总部，我们一起回家。"

这些闲话验证了凌云洲的猜测。一个营救陈刚、除掉黑川梅子的计划在他心中已然成型。

凌云洲将黑川梅子送到梅机关后，来到一个公用电话亭，打电话约李致见面。

一年来，特工总部的势力不断扩大，在重要城镇均设有据点。日军在太平洋战场上节节失利的事实，让李墨群不得不为自己的未来盘算。

傍晚7点，李墨群站在特工总部主任办公室窗前，貌似对自己，也像对身后的苏醒说："日军在太平洋战场上的败局无法挽回。特工总部本来就是几方势力催生的怪胎，我们也该做多手准备了。"

苏醒面无表情："您打算和戴遇侬讲和？"

"南京政府高层中，早就有人和重庆方面眉来眼去。都说狡兔三窟，我们的周大市长却给自己挖出八窟，能上天，能遁地。"

"您没有向汪主席汇报他的龌龊行为？"

李墨群摆摆手："这时候，跟别人较真儿，就是跟自己较劲儿了。我们已经很难了，为什么还要难为自己呢？"他指着楼下从审讯室气冲冲走出来的黑川梅子，"唉，也别难为那个日本娘们儿了。她要是不嫌麻烦，就让陈队长把那个蒸不熟煮不烂的家伙交给梅机关，她愿意怎么处理就怎么处理吧。"他回头对苏醒说，"你去告诉她，陈队长与红帮有来往，是我安排他寻找红帮投共的证据。"

苏醒下楼把李墨群的话转告黑川梅子。黑川梅子驾车离去。

凌云洲、陈恭如、苏醒一起来到李墨群的办公室。

李墨群示意三人坐下。

凌云洲看看陈恭如："主任，我看那个杀手就是一个二百五，直接让黑川课长带走就行，为什么还让陈队长送过去？陈队长多忙啊。"

李墨群摇摇头："她带走，我们送，两者区别很大，你们好好合计一下。"他扭头叮嘱陈恭如，"陈队长，你带人将杀手押送到梅机关。你到了梅机关，找到苍井巷，就说你与红帮来往，是为了完成我交办的任务。"

陈恭如起身敬礼："谢谢主任。"

李墨群扫视三个人，思忖几秒钟，缓声说道："我下面说一件重要的事情，仅限你们三人知道，千万不能外传。蒋文汉是日本人，现已荣升天皇特使特务机构'冷宫'机关长，全权负责帝国上海隐蔽战线的工作，我们特工总部也要听命于他。"

听到这个消息，已经知情的苏醒面无表情，陈恭如如丧考妣，凌云洲难以置信。

第十三章 "花　旦"

其实，凌云洲的惊诧是装出来的。对此，他不但不感到意外，还有些高兴。"蒋文汉"能一步登天，说明他是龟机关特工，还极有可能是龟机关中国局负责人"神木"。

不过，"神木"这么快就走到台前，也出乎凌云洲的意料。他在感觉意外之余，也发现这是上天赐予他的机会。以后，他可以利用他的龟机关特工身份接近"神木"，接近宫本正仁，进而查探"B计划"的内容。

陈恭如"呼"地一下站起来怒骂："日本人忒不讲究了，凌岳州是日本人，蒋文汉还是日本人，他们这是往特工总部掺沙子兑凉水，还有没有规矩了？"

李墨群示意陈恭如坐下，对三人说："规矩就是用来破坏的嘛！既然他们开了这道口子，他们过初一，就得允许我们过十五，好事嘛！"他向凌云洲和陈恭如挥挥手，"你们下去把这趟活儿整利索点儿。陈队长到了梅机关，该说的说清楚，不该说的一个字都不能说。"

凌云洲和陈恭如来到楼下，在等待行动队的特务把陈刚押上囚车的空当，凌云洲递给陈恭如一支烟，叹了一口气："上海要变天了，我们必须时刻提防遭雷劈。"

"提防个尿，我安插在蒋文汉身边的人已经身首异处，脑袋还扔到我家门口了。"

凌云洲瞪大眼睛："还有这种事儿？知道谁干的吗？"

陈恭如愤愤地说："用脚指头都能想出来，肯定是蒋文汉干的。"他见行动队的特务向他招手，将烟蒂扔到地上，狠狠地踹了几下，"凌主任，改天我们细唠，我干活儿去了。"

时间：1943年4月9日，星期五。

地点：上海，日占区，梅机关，苏州河桥。

黑川梅子回到梅机关，从中村宇都和苍井巷口中得知，刺客同盟中潜伏着一个竹机关特工。

黑川梅子对此难以置信，便问中村宇都："老同学，竹机关特工怎么混入刺客同盟的？"

中村宇都说："土肥原将军未雨绸缪，提前部署。"

苍井巷想了想："这么说，难道刺客同盟隶属竹机关？不可能，他们一直对我们的人下狠手。"

中村宇都说："刺客同盟里有竹机关特工，不等于它就隶属竹机关。这个人代号'花旦'，这是我来上海之前，土肥原将军告诉我的。"

"'花旦'？"苍井巷若有所思地说，"听代号应该是女人。刺客同盟里确实有一个女人，难道是她？"

黑川梅子说："苍井课长抓住一个名叫张让的刺客同盟成员，他受刑不过投降了，交代刺客同盟共有六名成员，五男一女，其首领代号'师爷'。"

中村宇都问："张让呢？"

黑川梅子瞥了苍井巷一眼："苍井课长急于立功，逼迫张让去接头地点，结果不但没有抓到人，还折了几个帝国特工，张让也被炸死了。截至目前，刺客同盟成员已经死了两个，被特工总部抓住一个。"

中村宇都说："我们不能藐视他们的智商，更不能低估他们的狠毒。根据'花旦'提供的情报，目前刺客同盟还有三个人，其中一个是女的，应该好对付了。一个小时前，'花旦'又传来紧急情报。"他从口袋里掏出一张纸条，"一、被特工总部抓捕的人叫陈刚，陈恭如要把他押到梅机关；二、刺客同盟成员准备在梅机关刺杀苍井课长。"

"在梅机关杀我？八格牙路！"苍井巷接过纸条看了几眼，"这是男人笔迹。"

"通过笔迹判断男女，你低估竹机关特工的手艺了。"中村宇都夺过纸条点燃，"若非情况紧急，'花旦'不会给竹机关提供信息的。"

苍井巷起身整理一下军装："我去恭候刺客同盟成员大驾光临，给他们准备一桌火锅盛宴。"他说完径直走出去。

第十三章 "花　旦"

中村宇都直瞪瞪望着黑川梅子，欲言又止。

黑川梅子瞥了中村宇都一眼："有话就说吧。"

中村宇都像下了很大决心似的，深情地望着黑川梅子："无论你和谁在一起，无论你成为谁的妻子，我对你的感情永远不变。"

"我马上就要和凌云洲结婚了。你还对我——这么痴情值得吗？"

"值得。"中村宇都眼中含泪，"我们为不值得的人和事付出太多了，也应该做一件自己感觉值得的事情。"

黑川梅子摆摆手："我们还是谈谈与工作有关的事情吧。"

中村宇都掏出手帕擦拭眼泪："你已经无权过问梅机关的相关事宜，为何还要提审陈刚？"

"你应该知道我的身份。"

"你是龟机关特工，代号'雉鸡'。"

"既然你知道我的代号，想必也知道'神木'吧？"

"'神木'？"中村宇都想了想，"龟机关中国局负责人？"

黑川梅子点点头："'神木'让我提审陈刚，我只能服从命令。"

中村宇都问："陈刚到底是什么人，竟然能劳烦'神木'过问？既然陈刚如此重要，押往梅机关途中会不会出现意外？"

"刺客同盟的目标是苍井课长，他们仅剩的三个人还能兵分两路？"

中村宇都依旧有些担心："被'神木'重视的人一旦出现闪失，你是不是要切腹谢罪？"

黑川梅子怔了一下："我去接陈刚。"她说完起身走出去。

黑川梅子刚发动轿车，就听见苏州河方向传来密集的枪声。她猛踩油门，轿车轰鸣着弹射出梅机关大门。

几分钟后，枪声戛然而止。

事发现场在河南路桥，与外白渡桥隔着一座乍浦路桥。

黑川梅子驾车驶下外白渡桥后，就降低车速，把手枪放在副驾驶位子上，警惕地观察前方。

等轿车驶过乍浦路桥，黑川梅子便看到前方停着几辆车，车灯全部亮着，十几个人端着手枪，貌似在查看什么。

黑川梅子举起望远镜，看到凌云洲、陈恭如、凌岳州的身影，才发动轿车加速冲过去。她抵达河南路桥后，发现那里已经死尸遍地、血流成河。

黑川梅子下车走到囚车前，从车厢上抠出一颗弹头，举到眼前细看，断定是97式狙击步枪专用子弹的弹头，眼前不禁浮现出神秘杀手刺杀宫本正仁的画面。

特工总部的特工不是胸前中弹，就是头部中弹，全是一枪毙命。从作案手法看，应该是刺客同盟的人所为。

此刻，刺客同盟的人不是到梅机关刺杀苍井巷了吗？他们怎么会出现在这里呢？

难道是"花旦"的消息有误？

黑川梅子向前走了几步，发现地面上撒满铁蒺藜，囚车四个轮胎全部被铁蒺藜扎透、爆胎，车厢内已经空无一人。

看来，作案之人事先得知特工总部押送陈刚的囚车经过此地。难道特工总部内部有刺客同盟的人？

凌云洲走过来向黑川梅子汇报："黑川课长，陈队长押送陈刚去梅机关，在此遭到袭击，折了十二个行动队兄弟。"

黑川梅子问："陈队长呢？"

满脸冷汗的陈恭如跑到黑川梅子面前："幸亏凌主任来得及时，不然我也挂了。"

"对方有多少人？"黑川梅子冷冷地问。

陈恭如哭丧着脸："天太黑，根本看不清。看弹头密度，应该是二十多个人齐射，弟兄们根本来不及还击。我见囚车爆胎，就从轿车上下来。"他指着一辆布满弹孔的轿车，"我再晚下车一秒钟，就和车内的三个兄弟一样了。"

黑川梅子走到正在检查尸体的凌岳州面前，立正敬礼："松岛机关长，属下来迟，请您责罚。"

凌岳州摘下带血的白手套，盯着凌云洲和陈恭如："这是一场精心谋划的伏击。"

凌云洲向左右看了看："从李主任下达押送陈刚的命令到陈队长动身，中间耽搁不足五分钟，作案之人是如何获得的消息？又是如何完成如此完美的伏击？"

凌岳州不接凌云洲的话茬儿；盯着陈恭如问："苏醒说，李主任本来计划晚上到上海，他是接到陈队长的电报才提前动身的。陈队长，有这么回事儿吗？"

"你说有就有！"陈恭如往地上吐了一口痰，转身离去。

第十四章　风萧萧兮

~ 222 ~

时间：1943 年 4 月 9 日，星期五。

地点：上海，日占区，虹口，梅机关。

中村宇都站在梅花楼门厅中间，心中充满疑团。

"花旦"出现在上海，是土肥原掌握什么信息了？一年多了，土肥原还对"圣杯"念念不忘吗？

"蒋文汉"此刻公开身份，整合帝国上海隐蔽战线力量，他的葫芦里究竟卖的是什么药？

"中村机关长。"身穿和服的凌岳州，像幽灵一样出现在中村宇都身后。

中村宇都猛地转身，慌忙行礼："松岛机关长。"

凌岳州微微一笑，拍拍中村宇都的肩膀："我真羡慕你啊，能光明正大地以日本人身份处理特别事务。我扮鬼太久了，突然做人还不太适应。内阁特使明日抵达上海，安保工作不能出现任何纰漏。你责任重大啊！"

中村宇都躬身颔首："职责所在，万死不辞。"

"这也是我的分内工作。"凌岳州说，"我相信，你我联手，就能确保内阁特使安全无虞。"

中村宇都摆摆手："我千算万算，还是忘了一股力量。"

"刺客同盟？"凌岳州摇摇头，"已经残废的刺客同盟，不足为患。"

"但愿他们从此销声匿迹。"中村宇都低声说，"'花旦'误导我们，转移我们的注意力，刺客同盟的人根本没有到梅机关刺杀苍井课长，导致特工总部的人遭到伏击，损失惨重，重要案犯失踪。'花旦'会不会——"

"隐蔽战线的信息真假难断，我们不能轻易下结论。按照约定，明天我们在明，'花旦'在暗，全力保护内阁特使。'花旦'是人是鬼，明天便见分晓。"他说完看看表，"晴气机关长应该到了，我们去会议室。"

晴气武夫返回上海后做的第一件事情，是传达陆军部的任命。

他最后一个走进会议室，向在座的李墨群、凌岳州、凌云洲、中村宇都、黑川梅子等人扫视一眼："传达陆军部的任命。"

在座的人一起起身，昂首挺胸。

晴气武夫打开任命书："陆军部第1361号令，任命中村宇都少佐出任华中方面军军事顾问，全权负责内阁特使在沪安全。"

中村宇都以标准的军姿走到晴气武夫面前，立正敬礼，躬身颔首，双手接过任命书。

晴气武夫待中村宇都坐下，接续说道："诸位，我明日见过内阁特使后，立即返回南京部署其他工作。上海方面的工作，就仰仗在座诸位了。下面，我们讨论一下苏州河案件。我刚到上海，对此案一无所知，各位畅所欲言，我仅做旁听。"他说完，示意中村宇都先说。

中村宇都盯着李墨群："李主任，你怎么看？"

李墨群冲身边的凌云洲努努嘴。

凌云洲说："此案中，特工总部行动队十二人，均被97式狙击步枪击中要害部位。根据现场弹道分析，作案人应在六至八人之间。这些人提前埋伏在距离河南路桥两百米左右的位置，并在路上抛撒铁蒺藜扎爆囚车轮胎。待特工总部行动队队员下车查看时，遭到作案人远程狙击。"

中村宇都问："转运陈刚之事，都有谁知情？"

凌云洲说："特工总部审问陈刚一昼夜，办法用尽，毫无所获。李主任应黑川梅子课长的要求，把陈刚移交梅机关。李主任安排押送任务时，仅有陈恭如队长、黑川梅子课长和我在场。该任务下达五分钟后，陈恭如队长就押送囚车离开特工总部。"

中村宇都问凌云洲："如你所说，作案之人提前设伏，那么他们应该提前得知特工总部要向梅机关移交陈刚。他们是怎么知道黑川梅子课长和李主任的临时决定？这是问题的关键，必须查清楚。"

凌云洲说："李主任下达任务后，我和陈恭如队长一起提取陈刚。陈恭如队长离开后，我又返回李主任办公室，直至听到枪声，才带人赶往案发现场。"

凌云洲这么说，就是向在座各位声明，他没有泄密的时间。

中村宇都的目光落在黑川梅子脸上："黑川课长，你赋闲在家，为何要提审陈刚？今天下午2点，你与松岛机关长见过面，是不是得到了松岛机关长授意？"他说完，把目光转向凌岳州。

凌岳州一脸无所谓的表情："陈刚是我抓到的，我当然要审问清楚。特工总部那里八面漏风，我才提议把陈刚送到梅机关。"

李墨群见凌岳州把脏水泼向特工总部，心里很不高兴，缓声说道："看来，下午2点就有人决定接手陈刚了。我傍晚7点才接到黑川课长的移交令。如此说来，作案人有五个小时的准备时间。"

凌岳州狠狠地拍了一下桌子："李主任，你什么意思？"

"我这个人，向来就很没意思。"李墨群低声嘀咕。

中村宇都见矛盾要激化，赶紧说道："其实这是小案件，对帝国大业无伤大雅。我相信在座诸位都是效忠天皇效忠帝国的忠诚之士，只是工作中存在瑕疵而已，我们一起查清楚就可以了。当务之急，是在座诸位精诚合作，确保内阁特使在上海期间安全无虞。"

~ 223 ~

时间：1943年4月9日，星期五。
地点：上海，日占区，虹口俱乐部。

原宝轩接到宫本正仁的电话通知，命他到虹口俱乐部赴宴。

本着不入虎穴焉得虎子的决心，原宝轩爽快答应。

他实在没想到，三杯清酒下肚后，宫本正仁就告诉他，准备寻求与驻扎上海的日军第十三军合作，实行"B计划"。

"B计划"旨在攻占重庆，按理说宫本正仁与驻扎在武汉的日军第十一军合作更合适，毕竟武汉距离重庆更近。他为什么要舍近求远，与远在上海的日军第十三军合作呢？

原宝轩不解地问："第十一军驻扎武汉，距离重庆更近，横山勇司令官又是中国通，他才是实行'B计划'的最佳人选。"

宫本正仁解释道："据我所知，戴遇侬和徐曾恩在武汉部署了大批特工，横山勇稍有举动，重庆方面必然一清二楚。还有，第十一军攻不下蒋介石的第六战区，在宜昌举步不前，已经让天皇很失望，并多次指责横山勇不作为。"

原宝轩摇头苦笑："蒋介石的第六战区的四个集团军，乃是精锐之精锐，装备清一色的美式武器，又有长江天险倚仗，横山勇一时没有作为也是可以理解的嘛！"

宫本正仁打量原宝轩："只要启动'B计划'，横山勇面临的难题就会迎刃而解。"

原宝轩立即摆手："我今天是来喝酒的，不想知道'B计划'。"说完，他举起酒杯一饮而尽，向宫本正仁亮了亮杯底。

"您已经知道'B计划'的第一步了，哈哈！我们都在局中，谁都躲不了清闲。我们在刀尖上为天皇效力，喝酒解决不了任何问题。"

原宝轩暗自盘算，既然"B计划"的第一步是解决日军第十一军的难题，肯定是针对国民政府的第六战区。宫本正仁又要与日军第十三军合作实行"B计划"，日军第十三军在攻打国民政府的第六战区中扮演什么角色呢？

他想到这里，冲宫本正仁微微一笑："'B计划'事关皇军兵力部署，我不是军人，能参与'B计划'已是您的错爱了。我谋划能力差，执行能力还凑合。您需要岩井公馆怎么配合，我无条件执行就是。"

宫本正仁冲原宝轩摆摆手："我之所以不能将'B计划'向您和盘托出，也是为您的安全着想。实话告诉您吧，只有三个人知晓'B计划'的全部内容，犬养中堂已经玉碎，土肥原将军对天皇的忠诚毋庸置疑，剩下的人就是我了。我们千算万算，在运送'B机器'过程中，还是被红帮人撞见了。"

原宝轩抱拳拱手："多谢您呵护。支那特工无孔不入，凡事小心为上。不过，红帮人只是一群贪财好色的地痞流氓，不足挂齿。"

宫本正仁凝视原宝轩："难道您就不想了解'B机器'？"

原宝轩摆摆手："我只想顺利地完成自己的使命，然后回到北海道捕鱼。"

宫本正仁冷笑道："您可不能只惦记北海道的鱼，还得为儿女的未来考虑。"他停顿一下，"黑川梅子也是龟机关特工。"

原宝轩佯装惊讶："太不可思议了。"

宫本正仁继续说："'B计划'事关重大，以后我们不能经常见面，尤其东条川赖在上海这段时间。黑川梅子作为我们中间联络人，您有事可以交给她代办。"他看了看一脸诧异的原宝轩，"'B计划'属于绝密级，我不便轻易出面，所以就麻烦您代表我面见松井久太郎和德川长运。"

原宝轩颔首："为天皇特使效劳，何谈麻烦？只是我不得不向松井久太郎和德川长运表明我的身份了，他们会不会也不适应呢？"

"中国战事决定世界战局，我们每个人都得离开舒适区。对了，明天您去迎接东条川赖吗？"

"我代表岩井总领事走走过场。"原宝轩看看宫本正仁，"我们说点儿闲话吧。无聊时我就忍不住琢磨，如果我们占领了支那全境，怎么管理这么大的地方这么多人呢？溥仪行吗？"

宫本正仁说："溥仪肯定不行，支那人都瞧不起他。但是，愚忠的支那人迷信正统。我估计啊，天皇肯定在爱新觉罗家族内再物色一位合适的人。"

"我咋就没想到这一步呢？"原宝轩指指宫本正仁，"合适的人，远在天边，近在眼前嘛！"

宫本正仁微微一笑："若真有那么一天，天皇把治理支那的重担放在我肩上，我肯定不会让天皇失望的。老话说，一个好汉三个帮，没有几个能臣帮衬，我也唱不了这出大戏。您出任总理大臣，你我双木成林，肯定能创造一个盛世！"

原宝轩举起酒杯："为我们双木成林干杯！"

~ 224 ~

时间：1943年4月9日、10日。

地点：上海，日占区，舒园；法租界，霞飞路。

"双木成林，龟栖猪飞。"

在日本内阁，只有"老龟"和"老猪"知道这句话的含义。

"双木成林"，即龟机关有两个"神木"。这也是"神木"虽是龟机关中国局负责人，却无法大权独揽的原因。

"蒋文汉"是"神木"，唐墨也是"神木"。

出现两个"神木"，自然会令龟机关中国局内部为之哗然。

"蒋文汉"的"神木"身份暴露，给唐墨创造了挖出"姜太公"的机会。不过，唐墨还是无法见到"姜太公"，只能见到与他接头的赵青。

赵青走到唐墨的办公室门口，确认身后无人后，才走到唐墨的办公桌前，低声问道："唐先生，您知道南京莫知楼的小红吗？"

唐墨直瞪瞪地看着赵青。

"我奉主任之命，前来与特派员接头。"

唐墨沉着脸问："我到上海已经一个礼拜了，多次与你们联系，你们怎么才露面？"

"现在上海形势复杂，我们不敢贸然见您，请您理解。"

"赵小姐的真实身份是——"

"'琴'。"

唐墨起身与赵青握手："我是'书'。你来见我，有何信息传达？"

赵青说："主任已经查清，蒋文汉就是'神木'，他是日本人。"

唐墨一怔："难道我暴露了？"

"主任让您立即转移。"

"好。"唐墨面露难色，"只是我刚刚找到接触'B计划'的突破口，就这么不了了之，实在可惜。"他说完指指天花板，"你应该了解共生证券公司的背景，我怀疑'B计划'是由共生证券公司推进的。"

赵青摆摆手："您是不是搞错了？我天天和江澄子在一起，都没有发现她有任何反常迹象。"

"江澄子只是一个傀儡，共生证券公司的幕后股东才是真正推手。"

"您别管这些了，先转移吧，后续工作我慢慢做。"赵青催促道。

唐墨不能不走。若引起赵青怀疑，他就更难见到"姜太公"。他想了想，说："我需要公司的资金往来账目，越详细越好。"

"我拿到以后及时通知您。"

赵青把唐墨带到郊外的舒园。

看外观，舒园已破败不堪，其实里面却很洁净、素雅，侍六组已经把这里建成据点。

赵青安置好唐墨，才返回共生证券公司。

唐墨在屋里坐不住，便来到屋前的花园里，一边散步一边思索。

"姜太公"把舒园作为据点，看来他是不按常理出牌的人，自己必须小心应对。

这时，赵青推门进来，一手提着箱子，一手提着食盒。

唐墨迎上去："赵小姐，东西都准备齐了？"

"都在箱子里。"赵青将箱子放在唐墨面前，"你只有一晚上时间，能看完吗？"

"能看多少是多少吧，总比闲着好。赵小姐请回吧，路上注意安全。"唐墨假惺惺地叮嘱道。

确定赵青离开后，唐墨迅速返回房间，拿出微型照相机，把所有账目拍下来。

第十四章 风萧萧兮

唐墨拍完照，顾不上吃饭，走到外面转一圈，确认无人跟踪自己，便直奔虹口的一间民房。

那是他私下设置的安全屋，里面藏有电台。

唐墨进屋后取出电台，以最快的速度发出电报：

老猪：

  我已安全落地，取得宫本信任。以共生证券公司为突破口，清除侍六组上海站。

神木

"老猪"很快给唐墨回电。电文中只有八个字：双木成林，龟栖猪飞。

他将译电揉成团，吞进肚子里，然后返回舒园。

此刻，另一个"神木"凌岳州也没闲着。他坐在法租界的一个店铺里，颇有耐心地往面包上抹黄油。

季雨涵推门进来。

凌岳州瞥了季雨涵一眼，递给他一片面包。

"不喜欢吃这个。"季雨涵摆摆手，"'姜太公'相信我了。"

凌岳州说："为了你那点儿破事儿，我付出的代价太大了。现在告诉你一件值得高兴的事儿，我是日本人，目前已经接管大日本帝国上海隐蔽战线。"

季雨涵惊愕地打量凌岳州。

"看什么看，以后你就是上海滩的爷了。"凌岳州从口袋里掏出一张唐墨的照片放在桌上，"盯死他。"

季雨涵拿起照片看了又看："他是谁？"

"重庆方面的特派员。我需要掌握他每天去过哪里、见过谁、吃几顿饭、去几次厕所、睡几个小时觉。"

凌岳州对唐墨上手段，躲在舒园里的唐墨却无暇搭理凌岳州。

现在，唐墨的注意力全部集中在共生证券公司的账目上。

唐墨站在小黑板前，一边看账本，一边写下原宝轩、沙逊、江澄子、唐琳的名字，并把原宝轩三个字圈起来。

在上海呼风唤雨的岩井公馆大总管，会是神龙见首不见尾的"姜太公"吗？

想到这一点，他再也坐不住了，熄灯，到屋外溜达。

舒园的灯全熄灭了，整个舒园看起来就像一口棺材，而唐墨就像从这口棺材里爬出来的人。他一边溜达，一边不停地看表。最后，他返回屋内，继续看账本，一直看到早上8点钟。

他看看表，起身离开舒园，找到一个公用电话亭，拨通电话。

听筒里传出原宝轩的声音："哪位？"

唐墨模仿沙逊的声音："原先生，有件事想听听你的意见。已经到分红的时候了，我这里遇到一点儿小麻烦，急需用钱，就不给他分了吧。"

"只要安先生同意，我没有意见。"

"安先生好商量，重庆那边能同意吗？"

"这件事我们还是当面说吧。"

"好吧，我在桃源里门口等你。"

唐墨通过这个电话，确认原宝轩是重庆方面的人，而且还是身份不低的"姜太公"。

"原宝轩提到的安先生是谁呢？"唐墨把他认识的姓安的人在心里数了一遍，觉得谁都像，谁都不像。

此刻，季雨涵正在一个角落里注视着唐墨。

在上海，日本隐蔽战线的密探太多了。凌岳州几个电话打出去，唐墨的行踪就被季雨涵掌握了。

螳螂捕蝉，黄雀在后。自认为神秘的季雨涵身后，冯壬山出现了。

三个人分别保持着一定的距离，一起向前走。

唐墨觉得有人跟踪自己，于是放慢速度，最后在路边摊前坐下，点了一份早点，慢悠悠地吃着。

季雨涵感觉唐墨发现自己了，便冲身边的日本便衣特务努努嘴，示意他盯住唐墨。

冯壬山也意识到季雨涵发现自己了，一个箭步跳上一辆经过身旁的黄包车。

黄包车夫扭头一看，面前出现一张大额法币，于是他什么都不问，乐呵呵地接过法币，卖力地向前跑。

黄包车快接近路边摊时，冯壬山掏出半截雪茄点燃。

黄包车经过唐墨身边时，冯壬山扬了扬雪茄，冲唐墨喊道："先生，耍呢？"

唐墨循声察看，看见一辆黄包车擦身而过，起身就追。

黄包车来到老山茶楼，冯壬山下车后环视四周，确认无人跟踪，便径直走进老山茶楼。

黄包车夫没有走，从口袋里掏出那张大额法币，看了又看，然后哼着小曲，掏出一支烟点燃。

唐墨走到黄包车前，问车夫："刚才是不是有辆黄包车拉着一个穿风衣戴礼帽的人过去了？"

黄包车夫一直在看钞票，根本没注意有没有黄包车过去，但还是点点头。

唐墨坐上黄包车，对车夫说："一直往前走，我让你停你再停。"

"好嘞！"车夫拉起黄包车慢慢地向前颠儿着。

一夜未睡的唐墨感觉一股强烈的睡意袭来，就歪头打盹。也不知道过了多久，唐墨猛地坐起，骂了一声"八嘎"。

黄包车夫扭头看了唐墨一眼，以为他嫌弃自己速度慢，立即向前急奔。

"停下，停下！"唐墨连声喊道，"在我之前，你是不是拉过一个穿风衣戴礼帽的人？"

黄包车夫点点头。

"他在哪里下的车？"

"老山茶楼。我认识他，他是老山茶楼的沈老板。"

"你认识沈老板？"唐墨掏出一沓法币扔给黄包车夫，"这个月，你的车我包了。"他说完下车，走进路边的巷子。

车夫把黄包车停在路边，坐在车上，又哼起小曲，美滋滋地数着钞票。

"胜子，发财了？"雷阳把自行车停在黄包车边。

"雷爷吉祥！"黄包车夫赶紧将钞票揣进口袋。

"刚才你拉的那个人是谁？"雷阳掏出手枪，"懂点事儿。"

黄包车夫"扑通"一声跪下："那个人……他不是中国人，是日本人。他刚才说了句'八嘎'，特正宗。"

"你确定？"

"确定，绝对确定。"

"你的话太多了。"唐墨从巷子里走过来。

雷阳转身冲唐墨举起枪，却被唐墨一枪击中眉心。

黄包车夫吓得浑身哆嗦，连声说道："我什么都不知道，我什么都不知道。"

唐墨又骂了一句"八嘎"，抬手击毙黄包车夫。

远处，季雨涵举着望远镜，不动声色地看着唐墨杀人。

一阵哨声响起，吕栋带领一群警察疾速赶来。

唐墨拐进另一条巷子。

~ 225 ~

时间：1943 年 4 月 10 日，星期六。

地点：重庆，罗家湾 19 号，军统总部。

重庆罗家湾 19 号军统总部，是让人谈及色变之地，百姓对其退避三舍，官员避之唯恐不及。

这个遥控指挥全国十万军统特务的魔窟，却是戴遇侬登上权力巅峰的风水宝地。

太平洋战争爆发后，戴遇侬不仅提前转运了大批战略物资，及时避开日军飞机轰炸，还协助美军破译了日本海军通信密码，助其在中途岛海战中大胜。

春风化雨始成龙。

此时的戴遇侬，兼任国民政府财政部缉私总署署长和战时货物运输管理局局长，麾下不仅拥有十万特务，还掌控着忠义救国军及中美合作所游击队，可谓一手遮天。

他千算万算、千防万防，美国援助的一批军火还是被日军截获。侍从室下达死命令，限他三天把那批军火追回。

戴遇侬准备向委员长请罪，以免白白忍受三天煎熬之苦。不料在他动身之前，却从罗家湾19号审讯室传来价值连城的消息。

一个因诽谤领袖而被捕的老太监，在酷刑之下说出一句"风萧萧兮易水寒，军火一去兮不复还"后，再三强调只有见到戴遇侬，他才能说出那批军火的下落。

那个老太监就是萧易寒。

萧易寒拿着天皇特使的手谕找到松井久太郎。松井久太郎安排一架川崎2式战斗机，连夜将萧易寒运至重庆上空。

萧易寒跳伞后，在朝天门码头附近落地。为了引起军统特务注意，他在人群中肆意咒骂蒋介石。结果如他所愿，不一会儿他就被军统特务逮捕。

戴遇侬来到审讯室，见到刑架上浑身血迹斑斑的萧易寒。

萧易寒见到戴遇侬，就像见到救星一样两眼放光，喘着粗气说："戴先生，你终于来了，他们把我折磨得好苦啊！"

戴遇侬面无表情："你是萧易寒？一个老太监能有多大价值？限你三句话说清楚，我没有时间陪你玩扯淡游戏。"

萧易寒说："我是日本天皇特使手下的特工，知道那批军火在哪里。"

戴遇侬冷笑："我根本不在乎那批军火。天皇特使？是康熙皇帝的不肖子孙、认贼作父的宫本正仁吧？我对那种人不感兴趣，你说点儿有料的东西。"

萧易寒看看审讯室里的其他特务,欲言又止。

戴遇侬摆摆手,那些特务知趣地退出去。

萧易寒低声说:"我家王爷乃大清皇族子孙,怎能甘心做卖国求荣的勾当?时局如此,他身在曹营心在汉,一些事情是不得已而为之。他听说戴先生遇到麻烦,便派我前来襄助。"

戴遇侬说:"我的麻烦确实多,不知道你能帮我解决哪个。"

萧易寒说:"您一定想知道在上海手持封神榜的'姜太公'是谁。"

戴遇侬脸色一沉:"我真不想知道。你接着说。"

萧易寒说:"我还知道您苦苦寻找的中共'13号'在哪里,但是,您必须答应我一个条件才行,否则我甘愿被凌迟。"

戴遇侬当然对自己耗费巨大人力、财力寻找多年的中共"13号"感兴趣,但是他依旧面无表情地说:"说条件吧。"

"用你的人杀掉东条川赖。"

"就是刚到上海的内阁特使东条川赖?不就是一只狐假虎威的蚂蚁嘛,我答应你。说吧,那个中共'13号'在哪里?"戴遇侬追问。

萧易寒感觉戴遇侬的承诺太随意了,也追问道:"怎么保证您能兑现您的承诺呢?"

戴遇侬很不耐烦地呵斥道:"怎么保证?我只能保证你多活几天。至于你能活多久,取决于你的价值。"

萧易寒叹了一口气:"把我放下来,我给您看一样东西。"

戴遇侬冲门口喊道:"来人,把他放下来。"

两个特务走进来,把萧易寒从刑架上放下来。

萧易寒活动一会儿筋骨,指指耳朵:"在这里。"

两个特务把萧易寒的头按在桌上,一个人用手电筒照着萧易寒的耳孔,一个人用镊子夹出一张微型底片。

萧易寒指着底片说:"这个女人就是中共'13号',原名罗亭,曾任汪精卫的机要书记员、圣约翰大学校长、上海市警察局副局长。现在,她潜伏在侍六组。至于她现在叫什么,还请您核查。"

戴遇侬冲特务努努嘴："马上冲印出来。"他盯着萧易寒说，"说说那批军火吧。"

萧易寒说："两天后，那批军火从武汉运往苏州。"

~ 226 ~

时间：1943 年 4 月 10 日，星期六。

地点：上海，日占区，虹口码头，宫府，日军第十三军司令部。

已到知天命年纪的东条川赖，站在军舰甲板上，望着上海虹口码头军纪严明、荷枪实弹的日本兵，轻轻地摇摇头、叹口气。

这些被洗脑的日本兵，都在期待他点石成金。可惜，他只是一个戏子，借上海这个戏台，为东条内阁唱一出《捉放曹》。

东条英机的精力全部集中在太平洋战场上，"征集百艘轮船"才是东条川赖来上海的唯一任务。他要在长江沿岸搜集大吨位轮船，为太平洋战场上苦苦支撑的日军运送物资。

宰相门前七品官，更别说与东条英机朝夕相处的大管家东条川赖。日军第十三军司令官松井久太郎和上海日本宪兵司令部司令官德川长运深知"打狗还得看主人"的重要性，便亲自到虹口码头恭候。

东条川赖走下军舰，见过松井久太郎和德川长运后，径直走到中村宇都面前："中村君，我们又见面了。"

中村宇都躬身行礼："五年前东京小叙，承蒙您点化，中村感恩涕零。"

苍井巷向东条川赖行军礼，东条川赖却和晴气武夫、李墨群握手，把苍井巷臊得满脸通红。

东条川赖吩咐中村宇都："我们去十三军驻地吧！"

中村宇都看看所有人，看看东条川赖。

东条川赖看看左右："外务省和南京政府的人请回吧。"

这时，原宝轩才走到东条川赖面前："我是岩井公馆的原宝轩，欢迎内阁特使驾临上海。岩井公馆总领事已经备下薄酒，为内阁特使接风洗尘。"

东条川赖瞥了原宝轩一眼，挥挥手，然后上了轿车。

日军第十三军司令部的车在前，上海日本宪兵司令部和梅机关的车殿后，护卫东条川赖的轿车向日军第十三军司令部驶去。

码头的一个角落里，李致放下望远镜，对金十说："他们应该去日军第十三军司令部，苍井巷不会在此停留，我们在他返回的路上动手吧。"

金十接过望远镜看了看："看见安保负责人了吗？"

李致点点头："他是谁？我见过他吗？"

金十摇摇头："你肯定没见过。他叫中村宇都，竹机关副机关长，土肥原的学生。在长春，我跟他打过交道，差点儿落到他手里。此人绝对不可小觑。既然我和他在上海又见面了，有机会我一定去拜会他。"

李致说："我们的目标是苍井巷。上次我们在苏州河边做掉特工总部十二个汉奸，救走陈刚，闹出那么大动静，特工总部肯定不会善罢甘休。现在，我们不能再节外生枝了。"

"我们一定要杀苍井巷吗？"金十放下望远镜，"记住，我们杀日本人的前提是有人出钱。杀苍井巷，没有人支付我们报酬。"

宫本正仁是天皇特使，东条川赖是内阁特使，宫本正仁自然不会屈尊到码头迎接东条川赖。

此刻，宫本正仁正与凌岳州、松岛凉子在宫府茶室内品茗。

"东条川赖应该到了。"宫本正仁看看手表。

"他现在应该在去十三军司令部的路上。"凌岳州也看看手表，"'南下'战略是东条英机的执政方针，绝不可能改变。东条川赖来上海，也绝非是走过场，一定是为太平洋战场寻找筹码。"

松岛凉子问："上海有什么筹码？"

凌岳州说："太平洋战场上消耗最多的东西是船只，如果东条英机想继续扩大太平洋战场上皇军的战力，首先要解决的就是船只。国内造船的速度，远远赶不上太平洋战场上的消耗速度。我猜测，东条川赖此行的目的，应该是上海、武汉的造船厂。"

宫本正仁认可凌岳州的分析："要想让东条英机支持'B计划'，我们必须尽快控制上海的造船厂。"他看看凌岳州，"你对上海造船业了解多少？"

凌岳州想了想，说："江仲阁曾经是上海船王，垄断着上海造船业。自皇军进驻公共租界后，查封了十六铺造船厂，没收两艘正在建造的全遮蔽甲板、蒸汽机型轮船'东方'号、'天朝'号。这两艘轮船，均长一百三十五米、宽二十三米、高十五米，排水量都达到三千吨。目前，两艘轮船的船台已经完成装配，再完成船体密闭性试验，就可以下水了。"

"只要控制住这两艘轮船，东条川赖必然会来求我。"宫本正仁嘴角微微上翘，"我们马上解封十六铺造船厂，任命江澄子为上海船业商会会长。"他思忖一下，"现在，刺客同盟到处给我们添乱，你们对这个组织了解多少？"

"可以说一无所知。"凌岳州支吾道。

宫本正仁说："昨晚，凌云洲和黑川梅子来找我。凌云洲分析，刺客同盟可能是土肥原私自组建的特务组织。"

松岛凉子一脸惊讶："凌云洲瞎猜的吧？如果刺客同盟是土肥原私自组建的特务组织，怎么可能杀害我们那么多高官政要，怎么可能向您下死手？"

凌岳州分析："如果是东条英机授权土肥原组建的，就能解释得通。"

宫本正仁缓声说道："近卫文麿在任时，聘我为内阁首席顾问。近卫内阁解散后，我因天皇庇佑，东条英机奈何不了我。东条英机视我为异己，欲除之而后快。他让土肥原派人杀我，既合情，也合理。这个刺客同盟，就是我们鞋里的沙子，你们想想办法，把他们丢到黄浦江里可能更合适。"

东条川赖抵达日军第十三军司令部，稍事休息后便换上军装，与松井久太郎、德川长运、晴气武夫开会。

东条川赖站在沙盘前，扫视站得笔直的三个人："诸位，皇军在太平洋战场上与美军僵持不下，为了打破僵局，我们需要在支那战场赢得先手。首相派我来上海，就是详细了解支那战场的相关事宜。皇军进驻长江中游地区数月有余，至今毫无建树，这是首相无法接受的。你们必须逆流而上，火速占领重庆，才符合帝国的利益诉求。"

松井久太郎颔首，"嗨"了一声，然后指着沙盘说："第十一军驻守宜昌，与蒋介石的第六战区主力隔江对峙，实属无奈。皇军曾制订'长江计划'，准备沿长江向西推进，一举攻占重庆，进而入川。只可惜，重庆有天险作为屏障，皇军发动几次大规模进攻未果，以致'长江计划'搁浅。"他指着沙盘上的一点，"此地叫石碑，是重庆第一道门户，乃一夫当关万夫莫开之地。皇军尝试多种办法，付出巨大伤亡代价，可惜——"

东条川赖盯着晴气武夫："晴气机关长，麻烦你整理出有关石碑的资料，我要了解一下。"

晴气武夫躬身颔首。

东条川赖指着沙盘上的长江："我们只要做好长江这门功课，支那战事僵局可破。"他在宜昌和重庆之间点了点，"这里驻扎着皇军精锐，横山勇更是帝国优秀的'三羽乌'之一。只要我们做好该做的功课，横山勇就会向我们交出满分答卷。诸位，支那人靠前方焦土、后方骚扰的小伎俩，便让皇军止步不前，肯定是皇军的战略出现了问题。"

德川长运说："特使一语中的。"

东条川赖扫视沙盘："我们需要重启'长江计划'，打通长江沿线，在最短的时间内攻占重庆，进而全面占领长江流域。"

松井久太郎说："请特使明示。"

东条川赖说："以前的'长江计划'，主要依靠我们自己的力量，肯定是不行的。这次重启'长江计划'，我们要利用好支那各方力量。我们要在长江沿岸建设造船厂，收集大排水量轮船。只要我们控制了船只，就等于控制了长江。"

德川长运说："宪兵司令部可以负责收集船只工作，解封以前查封的造船厂，并给予资金、技术支持，监督所有造船厂加班赶工。"

东条川赖说:"上海是'长江计划'的发起点,收集大排水量轮船工作已迫在眉睫。这个工作,就由德川将军负责吧。"

德川长运立正额首:"是!"

东条川赖又扫视沙盘几眼,目光落在上海的位置上:"宫本正仁先生是否见过诸位?"

松井久太郎说:"宫本正仁先生是皇亲国戚,又是天皇特使,我等不能不去拜会。"

东条川赖说:"他在筹划一个大行动,对我们重启'长江计划'非常重要,稍后我要过府拜会他。我希望诸位和我一样,暂时搁置政见分歧,尽快完成帝国大业。"

第十五章 杀　局

~ 227 ~

时间：1943年4月10日，星期六。
地点：重庆，罗家湾19号。

戴遇侬打出一个电话，就把化名叶茨的罗亭借调到罗家湾19号做机要秘书。

对于神秘的中共"13号"，戴遇侬早有耳闻。这个在上海神出鬼没、让敌人闻风丧胆的中共特工，把他的老对手李墨群折腾不轻。

在戴遇侬看来，凡是从上海来的人，都有可能是他必须根除的中共"13号"。

不论叶茨是不是罗亭，若能以她为线索，挖出隐藏在侍六组的内鬼，打击"姜太公"的嚣张气焰，未尝不是一件快事。想到这里，戴遇侬忍不住捏了捏嘴巴。

"局座，上海站来信了。""军统八大金刚"的老八沈醒进来，将一封电报递给戴遇侬。

善于钻营且胆大心细的沈醒，尽管不到三十岁，却已经升任军统总务处处长。

戴遇侬接过电报，认真地看了一遍，抬头盯着沈醒："唐墨——侍六组派往上海的特派员，可能是潜伏在侍六组的日本特工'神木'？无能的沈笑也能逮到大鱼？"

沈醒说："沈站长说，唐墨与宫本正仁关系非比寻常，看来此消息应该可靠。"

"宫本正仁？"戴遇侬把萧易寒的供词在脑海里迅速回忆一遍，起身踱了几步，低声命令道，"拟电。"

沈醒立即掏出随身携带的本子和钢笔。

"'太太'乃夫人力荐，隶属侍六组。"戴遇侬停顿一下，"唐墨乃日特'神木'，'姜太公'可能暴露，返渝待命，其他事宜交由'太太'全权处置。落款——"

沈醒提醒道："以夫人名义发电，无须落款。"他把拟好的电报递给戴遇侬，"局座还有何吩咐？"

戴遇侬说："我已把叶茨从侍六组借调过来，安排在你的总务处吧。"

沈醒一脸惊诧："老太监的话真的可信？"

"宁可信其有。"戴遇侬拍拍沈醒的肩头离开办公室。

罗亭望着地狱一般的军统总部，心里产生莫名的恐惧。

她心里很清楚，戴遇侬绝对不会平白无故借调一个人过来，更何况是她这种可有可无的文职人员。

来到重庆后，她被安排在侍六组工作，负责整理归纳军统和中统提交的情报。这些情报不是已经解密，就是失去时效性，只做档案资料存储而已。

一年多来，她没有启用她与延安的秘密联络线，因为在延安的秘密档案里，她已经成为"烈士"。

现在，她竟然进入中国最大的情报机构。这种突如其来的调动，是上天赐予她的机遇，还是敌人给她布下的陷阱？

她反复思量时，戴遇侬和沈醒一前一后走到她面前。

罗亭向戴遇侬行军礼："侍从室叶茨奉调前来报到。"

戴遇侬摆摆手，皮笑肉不笑地说："委屈叶小姐了。"

罗亭朗声说道："为党国效力，无条件服从。"

"无条件服从，很好！"戴遇侬指着沈醒，"这位是总务处处长沈醒，你的主管领导。"

罗亭向沈醒敬礼。

沈醒略略点头，没有说话。

一个特务走过来，将一个文件夹递给沈醒。

沈醒打开文件夹瞥了一眼，立即合上，看了看戴遇侬，又看了看罗亭。

罗亭知趣地说："局座，处长，我到总务处候命。"

戴遇侬没有搭理罗亭，接过文件夹，打开看了看，自言自语地问："曾家岩50号，真不让我省心啊！"他好像突然意识到什么，立即冲罗亭挥挥手。

罗亭转身离去。

曾家岩50号，中共南方局和八路军重庆办事处驻地。如果此文件关系到曾家岩50号，说明那里有军统安插的卧底；如果此文件是假，就是戴遇侬试探她。

现在罗亭唯一能做的，就是按兵不动，暗中观察。

戴遇侬将文件夹扔给沈醒："我知道了，你看着办吧。"他说着径直走向轿车。

沈醒目送戴遇侬的轿车离去后，转身追上罗亭："我带你熟悉一下环境，见见同事。军统有军统的规矩，希望你尽快适应。这几天，曾家岩50号的虎先生不老实，到处瞎溜达，讨厌至极啊。"

罗亭当然知道，虎先生就是中共情报组织的重要负责人。

沈醒在她面前一再提及如此重要的人，意欲何为呢？

~ 228 ~

时间：1943年4月10日，星期六。

地点：上海，日占区，日军第十三军司令部，小集镇。

第十五章 杀 局

苍井巷的热脸贴到东条川赖的冷屁股上，感觉天灵盖冒出股股凉风。现在他才意识到，他与东条川赖之间，存在着不止一条深不见底的鸿沟。

苍井巷以处理紧急军务为由，驾车离开日军第十三军司令部。

在一片桃林边，他下车从后备厢里取出狙击步枪放在后排座上，驾车继续前行。经过一个小集镇时，他警惕地观察着街道两旁的建筑。忽然，他左侧一家旅馆三楼的窗口闪了一下。

他扭头看看右侧的太阳，再看看旅馆三楼中式纸糊的窗户，意识到那是狙击步枪目镜折射的光。

苍井巷立即狠踩油门，轿车向前弹射。

"噗"的一声，一颗弹头射入轿车的后轮胎。

苍井巷立即从后排座上拿起狙击步枪，几乎在轿车侧翻的同时，他拉开车门滚出去，迅速稳住身形，向那个窗口连开两枪。

五个巡逻的日本宪兵听到枪声跑过来，看到苍井巷的军衔，立即向苍井巷立正敬礼，请示任务。

苍井巷带领五个日本宪兵进入旅馆搜查。

他们搜遍旅馆，只在那间房子里闻到淡淡的火药味儿，在窗台上发现了可以忽略不计的火药喷射物。

苍井巷打开窗户，端起狙击步枪对准楼下侧翻的轿车。

一个疑团出现在他的脑海："杀手为什么只开一枪？他完全有时间再开一两枪。"

看来，这是非常有经验的杀手，知道自己无法得手时，便明智地选择撤退。

苍井巷命令一个日本宪兵穿上他的衣服，带领四个日本宪兵到大街上搜查。

他提着手枪踹开一个房间的门，逼迫房间里的中国人脱下长衫。他穿上长衫，戴上礼帽，把狙击步枪拆解后，装进中国人的旅行箱。

他拎着旅行箱走出旅馆，看见五个日本宪兵把三个店铺的伙计全部拽出店门，喝令他们蹲下，然后把他们全部击毙。

大街上，行人作鸟兽散，让孤零零的苍井巷显得异常突兀。

苍井巷立即跑进街边的茶馆，坐在玻璃窗前窥视大街。

茶馆对面的药铺里，店老板和伙计被金十关进一个房间里。金十警告他们，出来或者出声，只有一个结果。

店老板和伙计为了保命，不得不配合。

金十走到窗前，将窗纸涴出一个小洞，向外观看。

李致愤愤地说："日本宪兵滥杀无辜，必须给予惩戒！"

莫康掏出手枪："我出去杀了他们！"

金十喝止："穿少佐军装那个人，绝对不是苍井巷。苍井巷跑到哪里去了？"

李致自责："怪我开枪晚了，让苍井巷跑了。"

莫康拍了一下额头："怨我，当时我就不该和你说话，影响你的注意力。"他抽了自己一个嘴巴，"唉，就一句话的工夫。"

金十把刚才大街上的场景回忆一遍，脑海里闪现出一个中国人直瞪瞪地在大街上四下张望的画面。他把望远镜对准小洞，看见了坐在茶馆窗前的苍井巷。

只有苍井巷一个人坐在窗前。

日本宪兵在大街上滥杀无辜，没有人敢坐在临街的玻璃窗前。

金十低声问莫康："此店有后门吗？"

莫康说："有！"

金十说："你和李致去后门探探风，我随后就到。"

李致和莫康离开后，金十瞄准苍井巷开了一枪。

苍井巷感觉右肩好像被铁棍狠狠地捅了一下，紧接着一头栽倒在地。

时间：1943年4月10日，星期六。

地点：重庆，军统外派干部家属院，曾家岩50号。

一栋回字形的四层楼房坐落在山坡上，目测可以容纳百十人居住。

第十五章 杀 局

　　这里是军统总部外派干部家属院。住在这里的人，基本都是在外执行特殊任务的军统总部特务的家属。这些家属的生活开销，全部由军统总部负责，但他们时刻处在军统特务的监视之中。

　　靠近回字形楼左侧一层的两居室，就是中共门徒小组成员"山鸡"王辛梓、"战马"冯壬山的家。冯壬山奉戴遇侬之命潜入上海，带领军统六人组重建上海站。王辛梓作为家属，自然要"留"在这里。

　　为了重返上海，冯壬山、王辛梓决定将孩子送到延安。

　　这是冒险的决定。那时冯壬山还是军统总部的小干事，正在接受甄别。他一步走错，就会暴露身份，必然殃及孩子。

　　机缘巧合，冯壬山奉命监视曾家岩50号。在王辛梓的协助下，他将孩子送到中共南方局门口。孩子身上的遗物，能证明孩子是孙丙伦的血脉。

　　虎先生看到孙丙伦的遗物，断定孩子是孙丙伦的后人，命人将孩子秘密送往延安。

　　孩子不能凭空消失，冯壬山和王辛梓必须给军统总部一个合理的解释。

　　王辛梓的解释是，她带着孩子看戏，散场时与孩子走散了，然后她像祥林嫂一样到处找孩子。冯壬山不分场合不分时间，经常暴打王辛梓，闹得左邻右舍不得安宁。无法忍受的邻居闹到军统总部办公室，一致要求冯壬山搬家。

　　戴遇侬考虑到冯壬山在上海经营多年，就委任他为军统上海站站长，带领军统六人组潜入上海。

　　丢了孩子的王辛梓，被冯壬山多次暴打后，就变成了第二个祥林嫂。无论见到谁，她总是絮絮叨叨，精神好像不正常了。

　　半年后，军统特务放弃对她的监视。一周前，她联系到南方局，找到了党组织。

　　南方局领导听取了王辛梓的汇报，结合各方信息分析后，确认在国民政府内部潜伏着一位与组织失联的同志。

　　于是，南方局领导委派王辛梓寻找那位同志。

　　王辛梓只是军统总部普通员工家属，不负责实际工作，且身在魔窟深处，想与那位神秘的同志取得联系，几乎不太可能。

王辛梓想出一个办法，逢人就求购山鸡，说山鸡能治好她的疯病。

有人给她送来山鸡，她又挑三拣四，说不是她想找的山鸡。

因此，她的荒唐行为成为人人议论的笑话。

一天，她回到家里，发现门缝里有张纸条，上面有一行字，"南方有鬼，武松现身"。

"南方有鬼"，暗指南方局有内鬼。

"武松现身"，暗指有人要打"虎"。

王辛梓意识到，那位神秘的失联同志已经注意到她了，并且告诉她军统总部已经掌握了虎先生的行踪。

不管此条情报是真是假，她必须上报。

她疯疯癫癫地跑了几条街，确认无人跟踪后走进一家茶馆，见到她的上线小方，把这条情报传递出去。

王辛梓离开茶馆后，身后忽然出现一个举止诡异的人。她在心里把她认识的军统特务回忆一遍，没有一个能与此人对上号。

那个人就是萧易寒。

萧易寒接连看见貌似罗亭、貌似王辛梓的人，认为这根本不是巧合。他判断，活跃在上海的"姜太公"，可能也要撤离上海了。

小方把王辛梓提供的情报上报虎先生。

虎先生听罢，哑然失笑："这是戴遇侬的诡计。我来重庆，众人皆知。南方局办事处的同志都是久经考验值得信任的同志，怎么可能是内鬼呢？'山鸡'可能暴露了。'山鸡'一旦暴露，必然殃及'战马'。看来，军统也在找与组织失联的那位同志。小方，你去通知老陈，启动'山鸡保护计划'。"

虎先生来到情报室，询问军统总部人事方面有何变化。

有人报告，军统总部除了借调侍六组的女干事叶茨，其他方面没有变化。

"叶茨？"虎先生想了想，"给'1号'首长发电，确认叶茨身份。"他转身命令小方，"通知老陈，秘密抓捕皇甫芬。"

第十五章 杀 局

~ 230 ~

时间：1943 年 4 月 10 日，星期六。

地点：上海，日占区，上海日本宪兵司令部；法租界，宋公馆。

苍井巷左肩中弹，却没有伤及骨头。他被日本宪兵送到医院处理好伤口后，觉得医院不安全，执意回到上海日本宪兵司令部养伤。

他刚坐到宿舍里的沙发上，后脑就被冰冷的枪口抵住。

身穿日本宪兵军装的普乐天从沙发后面站起来，一手抓住苍井巷的头发，一手持枪。

"谁？"苍井巷强装镇定。

普乐天轻轻地说："你们苦苦寻找的中共门徒小组成员'野兔'。"他说完，左手掐住苍井巷的下巴，右手按着苍井巷的头顶，用力一拧。

伴随轻微的"咔嚓"声，苍井巷的头耷拉下去。

普乐天走到桌前，拿起红蓝铅笔，在墙上画了一只端枪射击的兔子。

随后，窗外传来剧烈的爆炸声。

上海日本宪兵司令部的楼房随之微微摇晃。

警笛声四起，大批日本宪兵紧急集合，登上卡车，赶赴爆炸地点。

原来，埋伏在上海日本宪兵司令部外面的钱乙然和郑庚同，见苍井巷进入上海日本宪兵司令部后，算好时间，引爆炸药。

普乐天不慌不忙地走出将官宿舍楼，见楼门口停着一辆三轮摩托车，上面还插着钥匙，便跨上去，发动三轮摩托车，驶出大门。

在门外准备接应的宋格，见普乐天驾驶三轮摩托车驶上马路，立即驾驶轿车跟随。他们来到无人的地方，换上自己的衣服，把三轮摩托车和日军军装一起点燃，然后驾车离去。

普乐天如何混入戒备森严的上海日本宪兵司令部的呢？

原来，李大爷的儿子李全是卡车司机，每天从日军第十三军驻地往上海日本宪兵司令部运送果蔬，同车还有两个负责押运的日本宪兵。

卡车行驶到半路熄火，李全用摇把摇了几次，也无法发动卡车。两个押车的日本宪兵下去推车，无论他们怎么用力也推不动。

普乐天和宋格驾车经过这里，被日本宪兵拦下，逼迫他们推车。

推车时，普乐天和宋格站在车厢后挡板两边，两个日本宪兵站在普乐天和宋格中间。就在两个日本宪兵用力推车时，普乐天和宋格同时掰开车厢后挡板上的插销，后挡板重重地砸在两个日本宪兵的后脑上，两个日本宪兵当场昏死过去。

普乐天扭断两个日本宪兵的脖子，扒下他们的军服后，将他们扔进路边的窨井里。

李全载着扮成日本宪兵的普乐天，来到上海日本宪兵司令部。普乐天寻机混入宿舍，用一个细铁丝打开苍井巷的宿舍门。

李全与厨师长核对完账目后回到家，带领妻儿直奔码头找李大爷。李大爷已经从红帮弟子手里拿到三张船票和一笔美元，一家四口人会合后登船离开上海。

直到普乐天和宋格回到宋公馆，宋万堂才把悬在嗓子眼儿的心放回原位。

宋格问："父亲，李全一家人上船了吗？"

宋万堂点点头："我亲眼看着他们一家人登船的，估计现在他们已经出吴淞口了。这次他们爷儿俩立下大功，等把日本鬼子打出去，我再把他们接回来。乐天，这趟活儿做得还顺利吧？"

普乐天轻轻地说："父亲部署得当，我手风还凑合，几个环节做得天衣无缝。其实，我一直担心李全媳妇这一点，毕竟她是日本人。"

宋万堂说："不是所有日本人都坏得流脓。"

普乐天担心地说："我在宪兵司令部做掉苍井巷，两个日本宪兵失踪，李大爷全家人消失，日本人肯定会怀疑到李全身上。下一步，日本人一定会清理各大机关中的中国人，会不会殃及梅机关的吕贵？"

宋万堂思忖片刻，拨通一个电话："通知吕贵速去澳门。电告杜先生，请他关照吕贵。"他放下话筒，"唉，吕贵走了，鬼子机关里就没有我们的人了。"

宋格担心地问宋万堂:"父亲,李大爷、李全和吕贵突然消失,小鬼子会不会查到您这里?毕竟他们以前都是红帮弟子。"

宋万堂说:"他们早就被红帮除名了,已经和红帮没有关系了,你们不用担心。"

他们说话时,一个护剑进来报告,吕栋在门外求见。

普乐天把吕栋请进客厅。

"吕科长,什么风把你给吹来了?"宋万堂示意吕栋坐下。

吕栋坐下后,对宋万堂说道:"昨天发生了一起凶杀案,死者是特工总部行动队的雷阳。因为他是红帮叛徒,我提前知会您一声,免得特工总部查下来,让您陷入被动。"

宋万堂微微一笑:"你知道是谁替我清理门户吗?我得重赏这位好汉啊!"

"近距离射杀,弹头正中眉心,应该是熟人作案。"吕栋说,"雷阳现在是陈恭如的人,警察局怀疑是陈恭如杀的,但是没有证据。特工总部的蒋处长已经过问,他说陈恭如这段时间想清理身边与红帮有关的人。"

宋万堂冲普乐天努努嘴。

普乐天拿出一沓法币塞到吕栋手里:"人死为大,我们能不能把雷阳的尸体领回来?"

吕栋将钞票塞入口袋:"已经验尸完毕,你们可以跟我去警察局领尸。"

普乐天和宋格带领四个人,驾驶一辆卡车,跟随吕栋来到警察局停尸房。

普乐天检查完雷阳的全身,指着眉心的弹孔问吕栋:"有陈恭如作案的直接证据吗?"

"昨天我到达案发现场时,看到一个中年男子的背影,但是没看清楚是谁。"吕栋说,"蒋处长认定是陈恭如所为,他手里应该掌握了一些证据。"

普乐天比量一下弹孔:"弹孔这么小,应该是勃朗宁 M1906 袖珍手枪射出的。此枪弹夹容弹量小,有效射程短,且价格昂贵,只有高级领导才能配备。陈恭如是特工总部行动队队长,必然佩带弹容量大、射程远、杀伤力强的手枪。"

吕栋无法接受普乐天的推理:"雷阳充其量就是跑腿盯梢的,哪个高级领导能亲自对他下死手呢?"

"我也是瞎猜的。"普乐天冲外面招招手,"你们进来,请雷爷回家!"

第十六章　深　算

~ 231 ~

时间：1943 年 4 月 10 日，星期六。
地点：上海，公共租界，沙逊大厦；日占区，光佑里，日军第十三军
　　　司令部。

解封江家十六铺造船厂，是凌岳州攀登权力巅峰的一个台阶。

江家是共生证券公司幕后的金主，让江家方便，就等于让他方便。

凌岳州以天皇特使代表身份视察共生证券公司，江澄子必然亲自接待。

办公室内，江澄子一边示意赵青倒红酒，一边对凌岳州说："松岛机关长能关照共生证券公司，一定会让共生证券公司的业绩更上一层楼。"

凌岳州摆摆手："我也是共生证券公司的股东嘛，闷头当甩手掌柜也说不过去。我不仅关照共生证券公司，还要在我的权限之内，尽可能关照江董。"他说完，冲松岛凉子努努嘴。

松岛凉子从公文包里拿出一份文件递给江澄子。

凌岳州说："宫本先生说，黑川梅子和凌主任马上结婚了，以后我们就是一家人，自然要相互提携相互照顾。宫本先生与多方斡旋，才让十六铺造船厂得以解封，并提议江董出任上海船业商会会长。"

十六铺造船厂解封，能解决上万个家庭的生计问题，江澄子自然无法拒

绝。她接过文件认真地看了一遍后，对凌岳州说："宫本先生大恩，改日我登门致谢。"

凌岳州叮嘱道："宫本先生说，现在是非常时期，十六铺造船厂建造的'东方'号、'天朝'号轮船，未经他同意，不得擅自交付。"

江澄子想了想，说："先把这两艘轮船建好再说吧。按照协议，我们已经延误交付时间了。如果合作方追究赔偿责任，还望您和宫本先生出面解释一下，不然我们无法承担巨额损失。"

凌岳州爽快答应："好！"

松岛凉子说："江董，我们还想拜会普先生，他在不在？"

赵青回答："普先生病了，今天告假。要不等他上班，让他给您打电话？"

凌岳州摆摆手："不必了，我只是想和他闲聊几句而已。"他起身盯着江澄子，"既然十六铺造船厂随时可以复工，希望江董尽快落实到位。宫本先生建议，尽快召开上海船业大会，届时还望江董唱压轴大戏。"

江澄子起身说："请您转告宫本先生，我马上落实。"

凌岳州和松岛凉子刚回到光佑里，梅机关的人就把苍井巷被杀现场的照片送过来。

凌岳州认真看完所有照片后，把照片狠狠地摔到桌上："帝国高级特工，在宪兵司令部自己的宿舍内被人活活扭断脖子，真乃天大的笑话、帝国隐蔽战线的耻辱！"

"肯定是'野兔'干的。"松岛凉子指着兔子简笔画的照片说，"这只兔子公然挑衅我们，我们必须予以等量回击。我一定要亲手击毙这只兔子，洗刷帝国隐蔽战线的耻辱。"

"马上启动围剿方案，这只兔子肯定不会缺席。"凌岳州拿起兔子简笔画照片撕得粉碎，又扔到脚下狠狠地蹂烂。

苍井巷在上海日本宪兵司令部将官宿舍里被人硬生生地扭断脖子，震惊了上海日本军政两界，东条川赖更是难以置信、难以接受。

东条川赖刚到上海，就发生了这种难以想象的大案，让他觉得有人故意向自己宣誓地盘主权。

"宪兵司令部戒备森严，号称连苍蝇都飞不进去。那只你们抓了十年的兔子，不仅在大白天进入宪兵司令部将官宿舍作案，还在墙壁上作画，让帝国特工颜面何存？"东条川赖脸色铁青，将一沓照片狠狠地摔到桌上。

"特使息怒。"中村宇都怯声怯气地劝道。

东条川赖咆哮："奇耻大辱！！"

"松岛机关长已经动用所有力量，计划以此为契机，一举清除上海所有反日分子。"

"哪个松岛机关长，我怎么没听说过？"

"龟机关中国局局长，现任'冷宫'机关长，中文名叫蒋文汉。"中村宇都低声介绍，"他潜伏上海多年，曾在警察局、特工总部任职，对上海各方势力了如指掌。他制定的围剿方案，一定能重创上海各方反日势力。"

东条川赖摆摆手："这种话，我已经听得耳朵起老茧子了。我只看结果，不看过程。"他捡起地上的照片，看了又看，抬头问道，"中村君，听说原宝轩与松井久太郎、岩井英一和德川长运交往甚密，可有此事？"

"原宝轩是岩井公馆的大总管，又是共生证券公司的大股东。此人情商极高，八面玲珑、长袖善舞，社会活动能量巨大。听说，他不但与松井久太郎、岩井英一和德川长运关系密切，还是宫本正仁的座上宾。我担心，宫本正仁、松井久太郎、岩井英一和德川长运已经形成隐形利益集团。"

中村宇都所言，对东条川赖来说，是比苍井巷被杀还糟糕的消息。

据龟机关密报，宫本正仁到中国执行秘密任务，而且这个任务与东条内阁的战略宗旨相左。

东条川赖离开东京之前，曾向东条英机立下军令状，一定将中国的百艘轮船和中国战场上的部分兵力调往太平洋战场。

现在看来，他兑现自己承诺的最大阻力来自宫本正仁。

"你知道我此行的真正目的吗？"东条川赖注视着中村宇都。

中村宇都颔首:"特使此行必然肩负特殊使命,属下不敢妄自揣测。"

东条川赖打量中村宇都:"那——你猜测一下宫本正仁的真正目的。"

中村宇都不敢抬头:"宫本先生的意图很明显,他——应该想尽快攻占重庆,进而全面占领中国。其实——这也是所有帝国军人的真实想法。"

东条川赖摇摇头:"那是昭和十二年帝国军人的真实想法。现在是昭和十八年,我们不得不务实了。如果宫本正仁执意如此,我们之间难免——"

中村宇都立即说道:"您需要属下做什么?请明示。"

"我不能眼睁睁地看着宫本正仁为了他的大清皇帝梦瞎胡闹,我需要一个能制衡、掣肘宫本正仁的人。"

中村宇都面露难色:"此事恐怕属下难以胜任。"

东条川赖说:"'老猪'可以的。"

"'老猪'?"

"你不知道'老猪'很正常。东条内阁内部也没有人见过他,因为他只听命于天皇。没有他,可有可无的龟机关早就被取缔了。"

中村宇都想了想,问道:"既然我们不知道'老猪'是谁,怎么让他与我们合作呢?"

"只要足够虔诚,神仙不请自来。宫本正仁步步紧逼,我不得不接招。"东条川赖无奈地说,"除了与'老猪'合作,我别无选择。"

时间:1943年4月10日,星期六。

地点:上海,日占区,宫府;公共租界,大公制药厂。

宫本正仁拒绝出席东条川赖的接风晚宴,旨在提醒松井久太郎和德川长运,天皇特使比内阁特使地位更高。

当然,宫本正仁肯定不会冷落松井久太郎、德川长运、原宝轩三位大佬,

第十六章 深 算

便邀请他们接风晚宴后过府喝茶。

松井久太郎、德川长运、原宝轩都是官场老油条，谁都不想得罪东条川赖，更不想得罪宫本正仁，于是他们都爽快答应。

宫本正仁亲自为三人展示他精湛的茶道，以示尊重。

宫本正仁一边斟茶一边说："我本应与三位一起为内阁特使接风洗尘，怎奈俗务缠身，一时无法脱身。我以茶代酒，自罚三杯。"说完，他连喝三盅茶。

德川长运说："我等皆为天皇效力，不必要的繁文缛节就免了吧。"他看了原宝轩一眼，"听大总管说，您有事和我们商量。"

宫本正仁说："不是我有事，是大总管有事。"他向原宝轩做出"请"的手势，"大总管，请讲吧。"

原宝轩放下茶盅，颔首道："我先说第一件事。我是日本人，名叫森木正淳，龟机关苏联局特工，三年前诈死回国，然后来到上海。"

松井久太郎和德川长运向原宝轩颔首，齐声说道："谢谢大总管信任。"

宫本正仁说："我向两位将军宣布第二件事。我奉天皇旨意来到上海，在中国战场执行'B 计划'。"

德川长运一怔："'B 计划'？"他看看原宝轩和松井久太郎，"不知道我们有没有资格知晓一二。"

宫本正仁点点头："我把三位请来，就是商量这件事。'B 计划'的最终目的，就是帮助皇军一举占领重庆，进而全面占领中国。如果你们支持天皇的'B 计划'，我——"他说到此处停下，扫视三人。

松井久太郎立即表态："我于昭和六年来到中国，肯定希望尽快获得这场伟大圣战的胜利。只要'B 计划'能助我达成目标，我万死不辞。"

德川长运说："我们已经打不起消耗战，如能速战速决，我无条件支持。"

原宝轩说："我和两位将军的想法一致。"

宫本正仁举起茶盅："感谢三位的支持，稍后我带三位看一件法宝。"

半小时后，宫本正仁带领三人来到大公制药厂。

轿车驶入大公制药厂大门后，原宝轩突然意识到，宫本正仁要带领他们去看"B机器",心里顿时紧张起来。

四人换上防护服,走进一个庞大的地下实验室,来到神秘的"B机器"前。

宫本正仁指着"B机器"介绍道:"这就是我所说的法宝,它可以生产出看不见摸不着的全能战士。一旦把这些全能战士送到重庆,不出数日,重庆就会变成一座死城。"

三人立刻明白,宫本正仁要对重庆发动国际社会明文禁止的细菌战。

德川长运问宫本正仁:"您在朝鲜做过类似实验,效果如何?"

"这是改良后的机器,我给它命名为'B机器'。它能制造出各种我们需要的生化武器。因为有了它,才有了我的'B计划'。"宫本正仁指着"B机器",一脸傲娇,"只要空军将生化武器投放到长江上游,不出数日,重庆方面便不战自败。"

原宝轩打量面前的"B机器",打量身边近似野兽的三个战争狂魔,意识到这次可能是他近距离接触"B机器"的唯一机会,他必须不惜代价毁掉它。

他瞥见面前醒目的禁火标志,偷偷地拉开防护服的拉链,摸出 Zippo 打火机。

德川长运和松井久太郎像看到宝藏一样兴奋,围着"B机器"观看。

宫本正仁、松井久太郎、德川长运绕到"B机器"另一侧。

松井久太郎问宫本正仁:"现在'B计划'走到哪一步了?"

"只差最后一步。"宫本正仁指着左边的房间,"我们过去看看。"

他们来到那个房间门前,透过玻璃窗,看到里面摆满大大小小的器皿和铁笼,铁笼里面是跳蚤、蝙蝠、老鼠等动物。即便是杀人如麻的松井久太郎、德川长运,看罢也感到脊背发凉。

宫本正仁指着那些动物得意地说:"最后一步就是将它们空投到重庆城区,然后我们就可以坐等天皇嘉奖喽。"

松井久太郎问:"需要我部如何配合?"

宫本正仁说:"需要您的空军把这些宝贝送到指定位置即可。"

德川长运不想错过这么好的立功机会:"需要我部做什么呢?"

宫本正仁说:"造船,稳住东条川赖。东条川赖这次来上海的真实目的,是控制长江沿岸的几家造船厂。他想在中国搜罗百艘轮船，拿去给他的主子填太平洋战场的大坑。"他说完扭头看了看，发现原宝轩不在身边，"大总管呢？"

他的话音未落，滚滚浓烟便扑过来。

"着火了，你们快出去！"浓烟里传出原宝轩的喊声。

松井久太郎、德川长运意识到，在这种装满化学药品的密闭空间里，一旦出现明火，接下来必然是剧烈的爆炸。

他们来不及细想，拉起宫本正仁就往门口跑。

宫本正仁不想走，撕心裂肺地喊："别管我，快救火！"

原宝轩已经变成火球，在地上翻滚。他所到之处，立即燃起大火。

宫本正仁看到原宝轩的惨样，才向门口跑去。

原来，原宝轩在三人离开"B机器"的空当，悄悄地走到堆放原料的地方。他精通物理化学，很快就找到了易燃药品，将其大面积泼洒，然后点燃。

他一边泼洒易燃药品一边喊："着火了，你们快出去！"

他忽略了一点，防护服也是易燃品，即便不接触明火，一旦达到自燃的温度也会燃烧。

十几秒的时间，他身上的防护服就起火了。

他不但没有慌张，反而很高兴。他要把自己当成火种撒遍魔窟。

尽管他已经无法看清面前的东西，且浑身剧痛，却依旧凭借记忆，向堆放易燃品的地方滚动。

宫本正仁、松井久太郎、德川长运刚刚逃出实验室，身后就传来一声巨响，然后是一串串犹如炒豆子般的爆炸声。

一股黑烟升腾而起，在空中变成巨大的烟柱。

~ 233 ~

时间：1943年4月11日，星期日。

地点：上海，日占区，宫府，梅机关。

"B 计划"功败垂成，让宫本正仁一下子苍老了许多。

他在宫府池塘边呆呆地坐了一个晚上，全然不顾春寒袭身。

早上，有人把宫本正仁的反常状态告诉凌岳州。凌岳州来不及吃早饭，直接赶到宫府。他走到宫本正仁身后，缓声说道："也许天意如此，先生不必挂怀。我们应尽人力而听天命。"

宫本正仁猛地站起来，转身盯着凌岳州，吼道："不，我要胜天半子，我要继续推进'B 计划'！"

凌岳州轻轻地说："'B 机器'已经毁了，从头再来需要大量时间，然而我们最缺的就是时间。现在，我们要处理的，应该是眼前棘手的问题。"

"如果'B 机器'还在，一切问题都不是问题。"宫本正仁还是无法从那场大火中走出来，恶狠狠地质问凌岳州，"你们调查清楚了吗？那场该死的大火到底怎么燃起来的？是不是原宝轩点燃的？"

凌岳州说："爆炸威力太大，整座实验室已炸成废墟。为安全起见，我们还没有进场调查。一旦那里还存在活体，对我的人将是毁灭性的打击。现在，我已经把那里划为禁区，待专家组评估之后，我的人才能进场调查。特使，我们还有东条川赖这张牌——"

"怎么个玩法？"宫本正仁略微恢复常态。

"东条川赖必须死在上海。我们用他的死，把东条英机的注意力从太平洋转移到中国。"凌岳州说。

宫本正仁不屑地说："东条川赖旨在拿走百艘轮船，支那人怎么可能让他如此任性？理想的结果，我们在家中坐等就可以。"

凌岳州摇摇头："支那人如果有一点点血性，也不至于像现在这样吧？也许东条川赖会出现意外，但是这种意外什么时候才能出现呢？时局已经不允许我们坐等奇迹发生了。"

"奇迹如何才能尽快出现？"

"万事俱备，只欠东风。如果您能借来东风，我就可以火烧战船。"

宫本正仁问："你需要的东风是——"

凌岳州看看左右："横山勇要来上海。"

第十六章 深 算

宫本正仁立即明白凌岳州的用意,满意地点点头:"好吧,你先去给东条川赖烧炷香。"

宫本正仁以"老猪"要与东条川赖取得联系为由,通知东条川赖马上约见"老猪"的代表凌岳州。

接到东条川赖的通知后,凌岳州驱车赶到日军第十三军司令部的别院,以龟机关中国局局长的身份与东条川赖秘密见面。

"我奉'老猪'之命面见内阁特使先生。"凌岳州落座后,开门见山地说。

"感谢'老猪'鼎力相助。"东条川赖也是直奔主题,"苍井巷在宪兵司令部被人生生拧断脖子,你怎么看待这件事?"

凌岳州说:"该消息已经封锁,我们在暗中调查。我的初步判断,是运输果蔬的李全勾结中共门徒小组漏网之鱼'野兔'所为。"

东条川赖对凌岳州的回答似乎很不满意:"找到李全和那只兔子了吗?"

凌岳州支吾道:"还——没有。"

"苍井巷在宪兵司令部被人生生拧断脖子,宪兵司令部成什么地方了?夜总会还是勾栏院?让前线浴血奋战的将士怎么想?"东条川赖瞟了凌岳州一眼,停顿几秒钟,"事实真相与真实需要相比,哪个更重要?"

凌岳州立即回答:"真实需要更重要。"

"苍井巷死了,至于他怎么死的,还不是我们活着的人说了算嘛。"东条川赖说完,拿起茶杯抿了一口,故意给凌岳州提供思考时间。

凌岳州顿时明白了东条川赖的真实意图:"根据调查,特工总部行动队雷阳被苍井巷误杀,行动队队长陈恭如为报私仇,勾结李全,潜入宪兵司令部将官宿舍袭击苍井巷。我建议,立即拘捕特工总部行动队主管领导凌云洲、行动队队长陈恭如。"

东条川赖对此不置可否,只是冲门外挥挥手。

凌岳州知道,这种上不了台面的龌龊勾当,东条川赖没有反对就等于同意。

凌岳州做出如此设计,也是为了满足他的需要。凌云洲是龟机关的"武士",可能是他执掌龟机关的绊脚石,因为他始终感觉凌云洲对他有一种与生俱来的血脉压制。他们在一起，就像老鼠与猫共处。他要利用这个机会，一举除掉凌云洲。

拿到东条川赖赐予的尚方宝剑，凌岳州就以"冷宫"机关长的名义，给上海市政府、特工总部领导发请帖，要求他们出席东条川赖在梅机关举办的答谢宴。

凌云洲、陈恭如和苏醒收到请帖后，一起来到梅机关大院。他们刚停好车，一群梅机关特务就把轿车团团围住。

凌云洲看看车外，看看陈恭如和苏醒："别冲动，全力配合他们。"

待他们下车后，凌岳州从人群后面走过来，向他们颔首："三位别误会，有件事情需要凌主任和陈队长协助调查。苏科长去宴会厅等候。"说完，他挥了一下手。

四个梅机关特务收走凌云洲和陈恭如的配枪后，把他们带到会议室。

过了一会儿，凌岳州走进会议室，扯过一把椅子坐下，嘻嘻笑道："内阁特使接到密报，说二位和苍井巷被杀案有关，我只能例行讯问，希望二位配合，不要让我难做。"

凌云洲和陈恭如对视一眼，不知道凌岳州要打什么牌，也就没有言语。

凌岳州盯着陈恭如："陈队长，你为何派雷阳暗杀苍井巷？又为何杀掉雷阳？"

陈恭如"呼"地一下站起来："几个意思？你有证据吗？"

凌云洲拽了拽陈恭如的衣角，暗示他不要冲动。

"陈队长，你拒绝讯问就没有意思了。既然你们是这种态度，那就先到后院冷静一下。我把丑话说在前面，指望你们供认这种掉脑袋的事情，几乎不太可能，但你们想蒙混过关更不可能。来人，请凌主任和陈队长到后院休息。"

"你他妈的到底想干啥？"陈恭如狠狠地拍了一下桌子。

凌岳州起身走到陈恭如身边，把嘴附在陈恭如耳边低声说："干你！"他转身冲门口的特务喊道，"带走！"

凌岳州把凌云洲、陈恭如投入梅机关后院的禁闭室后，立即驾车赶往霞飞路的饭馆，与季雨涵见面。

季雨涵已经点好菜肴，坐等凌岳州到来。

待凌岳州坐下后，季雨涵低声说："唐墨是日本人。"

凌岳州一愣，旋即笑道："重庆方面的特派员是日本人，有点儿意思了。"

季雨涵问："接下来怎么办？"

"放弃监视。"凌岳州说，"上海是远东情报集散地，你想办法把横山勇要到上海拜会东条川赖的消息散布出去。"

"什么时间？"

凌岳州瞪了季雨涵一眼："你傻啊？就凭你的能量，能获得绝密级情报的具体内容？上海的各方神仙没有那么笨，没有留白的作品不是好作品。"

季雨涵会意，接着问道："我还要待在德森洋行吗？我对亨利不太放心。"

"武则天说过，如果没用就除掉。"凌岳州向季雨涵挤挤眼睛。

~ 234 ~

时间：1943 年 4 月 11 日，星期日。

地点：上海，日占区，虹口，梅机关。

"花旦"向梅机关投放一枚高爆炸当量炸弹——中共"31 号"潜伏在特工总部，疑似凌云洲。

有关中共"31 号"的传闻，已经传了很多年。犬养中堂在上海活动期间，正是中共"31 号"最活跃的时候。犬养中堂、"神鸟"去"朝拜"天皇后，中共"31 号"也随之消失。

时隔一年，中共"31 号"潜伏在特工总部的旧账又被"花旦"翻出来。

事关重大，中村宇都第一时间向东条川赖汇报。

"花旦"是土肥原的心腹，东条川赖不敢怀疑"花旦"提供的情报，立即下令密捕凌云洲。

中村宇都认为，无论此条情报是真是假，一旦有人借机打凌云洲的主意，凌云洲就会百口莫辩。于是，他委婉地帮助东条川赖分析，凌云洲是汪精卫的心腹，仅凭"花旦"一面之词就抓捕凌云洲，无论如何都说不过去。凌云洲在特工总部经营多年，心腹嫡系不少，一旦特工总部乱了，后果不堪设想。

虽然东条川赖觉得中村宇都所言有理，心中却仍旧气愤不已，因为凌云洲虽然被关进梅机关禁闭室，但其对指证的罪名一概不承认。

东条川赖气呼呼地说："凌云洲已经被关在梅机关禁闭室，就让梅机关给他上点儿手段，也许会有收获。"

中村宇都连连摆手："绝对不可。凌云洲肯定知道，一旦他承认自己是中共'31号'，结果必死无疑，他能承认吗？我们没有掌握过硬的证据，就对他这种级别的人动用酷刑，我们不能不考虑后果。"

"你说怎么办？"

"他在禁闭室里，一问三不知，我们肯定毫无收获。我建议，他白天可以到特工总部办公，晚上必须回到梅机关。只要他动起来，就会露马脚，我们就会有收获。"

东条川赖起身拿起纸笔，写了一道手谕交给中村宇都："你把我的手谕交给松岛机关长。"

中村宇都立即赶到梅机关，把东条川赖的手谕交给凌岳州。

东条川赖的要求，让凌岳州难以接受，又不得不执行。于是，他暗中安排精明能干的特务，全天候监视凌云洲。

凌云洲回到特工总部，一杯茶还没有喝完，便接到安子铭的电话。

他打着官腔说道："哟，这时候监狱长还敢给关进小黑屋的人打电话，不怕受牵连啊？我现在患上迫害妄想症了，你可别吓唬我。"

凌云洲提醒安子铭，他的电话可能被监听了，凡事不要在电话里说。

安子铭说："我他娘闲的啊，没事往你们贼窝里打电话？你们不是说往我这里送几个人嘛，什么时候送过来？"

"马上就送，马上就送。你看我负责押送如何？"

"我又不是请菩萨，管你谁送呢。你别过来了，我马上就出去，没人搭理你。"安子铭说完挂断电话。

半个小时后,凌云洲带领四个特务,押着囚车赶往提篮桥监狱。

四个跟踪凌云洲的梅机关特务一路紧随,却无法进入提篮桥监狱,只好在门口等待。

凌云洲办理完交接手续,径直来到安子铭的办公室。

安子铭果然在办公室等他,并直接告诉他,蒋文汉就是潜伏在侍六组的"神木",唐墨是重庆方面的特派员。

凌云洲不知道安子铭为什么要把这种绝密级的事情告诉他,只能表示难以置信。为了探知冯壬山是否安全,他迟疑地问:"唐墨从南京来的,怎么可能是重庆方面的特派员呢?"

"你是不是被关傻了啊?"安子铭觉得凌云洲傻瓜式的提问很可笑,"我对唐墨不放心,凡事小心为妙。中统上海站站长季雨涵叛变,师婉笛就是季雨涵杀的。现在,季雨涵听从蒋文汉调遣。"

"蒋文汉这么折腾,到底想干什么呢?"凌云洲问。

"一统上海日本隐蔽战线。"安子铭说。

凌云洲问:"怎么处理季雨涵和蒋文汉?"

"先留着,这俩货对我们还有用。"

凌云洲不经意间看到墙上的日历,突然想起原宝轩失踪前交代过,每月11日12点,可以到愚园路4号共产国际联络点交换情报。

于是,他用安子铭办公室的电话,告诉江澄子必须在12点赶到愚园路4号,为他取回一样东西,然后送到特工总部。

江澄子在愚园路4号拿到情报后,返回家里,带上凌云洲的换洗衣服、糕点等物品来到特工总部,在门房给凌云洲打电话,叫他出来取东西。

凌云洲坐进江澄子的轿车。江澄子告诉他,刺客同盟中有一个日本特务,代号"花旦";曼哈顿小组的"圣杯"没有死,青木是假"圣杯"。

凌云洲拿着江澄子送来的东西回到办公室,慢慢地消化江澄子带来的情报。

刺客同盟中有日本特务，他立刻想到李致。如果李致是"花旦"，他早就陷入绝地了。他被关进梅机关，是不是和李致有关？

~ 235 ~

时间：1943年4月11日，星期日。
地点：重庆，罗家湾19号。

"贼看谁都像贼"，这句古老的民间谚语，在戴遇侬身上体现得淋漓尽致。

验证叶茨，是军统内部对新人必须履行的程序，即便萧易寒不提议，这个环节也少不了。

在戴遇侬看来，即便叶茨就是罗亭，也说明不了什么问题。在刀尖上与狼共舞的人，谁没有几个假名字？

最重要的是，戴遇侬绝对不会轻信萧易寒的判断。

非常时期，军统总部几乎没有休息日。今天虽然是周日，几个重要科室依旧忙作一团。

戴遇侬斜靠在沙发上，等待两条重要消息。

他麾下的忠义救国军已经埋伏在长江某处，准备袭击运载军火的日军货轮。

沈醒进来向他汇报，忠义救国军劫下日军货轮，缴获的军火已在凌晨5点送到国民政府第六战区司令部。

手下打了这么大的漂亮仗，戴遇侬似乎并不怎么关心，而是询问跟踪叶茨的结果。

"昨天叶茨到外派干部家属院看房，她想住在那里。她回家一夜未出。"沈醒详细汇报，"今天早上7点上班后，一直在办公室。"

"曾家岩50号有动静吗？"

"乱了。"

戴遇侬低声问："跟虎先生有关，还是跟叶茨有关？"

"虎先生抓住一个人，审了一夜，说是跟我们有关。"

戴遇侬瞥了沈醒一眼："叶茨有问题？"

"'武松现身'是假消息，是用来验证叶茨的，虎先生一眼就能看出来。若叶茨真是共匪，虎先生应该配合叶茨，不会抓奸细。"沈醒分析道，"昨晚曾家岩50号那股热闹劲儿，怎么看都像要置叶茨于死地。"

戴遇侬认可沈醒的分析："虎先生搞什么鬼？"

"兄弟传话说，虎先生还要来找您理论呢。"

"他敢来罗家湾？"

戴遇侬话音刚落，电话铃声骤然响起。他拿起话筒，听了几秒钟就放下了："虎先生已到大门口，看来我们只能上景阳冈了。"他走到门口，转身吩咐沈醒，"让叶茨负责记录。"

沈醒明白戴遇侬的用意，立刻打电话通知总务处。

戴遇侬为了表示自己才是正统身份，让虎先生在会客厅等了半个小时才现身。他进门就对虎先生说："俞大师送来一幅《武松打虎》，我陪他多说了几句话，让你久等了，实在不好意思。"

虎先生不动声色地说："武松要是多喝几碗酒，可能就上不了景阳冈。"

戴遇侬哈哈大笑："重庆是山城，根本不缺山冈。老虎到了重庆，处处都是景阳冈喽。"

虎先生向左右看了看："各位都是武松喽。"

从戴遇侬与虎先生说笑般的谈话中，罗亭意识到，戴遇侬肯定认识虎先生，虎先生来重庆根本不是秘密。戴遇侬和沈醒在她面前演的那出戏，就是给她挖坑。

她顿时明白，戴遇侬把她从侍从室借调到军统总部，就是为了更好地看清她。不然，她作为侍六组的小喽啰，根本不会引起戴遇侬的注意。

难道有人出卖了她？

与党组织彻底失去联系、基本陷入休眠状态的她，谁能知道她的真实身份呢？

安子铭、苏醒、凌云洲……不，这些人远在上海，无暇顾及重庆方面的事情。她到底在哪个环节出现了疏漏？

她贸然传递无效情报，会殃及王辛梓吗？

罗亭虽然心神不宁，却依旧认真地做记录。她在心中将自己在特工总部做过的所有事情复盘一遍，寻找择出王辛梓的办法。

她瞥见虎先生上衣口袋里别着一支看上去似曾相识的钢笔，就把自己手里的钢笔狠狠地在文件夹上一摁，笔尖顿时裂开。

她望着虎先生，举起手里的钢笔："不好意思，麻烦两位长官等一下，我的钢笔坏了。"

戴遇侬沉着脸喝道："没有备用的吗？"

为重要长官会谈做记录，必然要准备多支钢笔以防出现意外，罗亭也准备了，只是不想拿出来。

虎先生取出自己口袋里雕刻着牡丹花瓣的钢笔递给罗亭："没关系，用我的。这是我们'1号'首长赠送的钢笔，质量绝对可靠。"

罗亭看到她与"1号"首长专用的联络信物，意识到虎先生带着它来到军统总部，就是为了寻找她。

戴遇侬翻看虎先生递交的文件："皇甫芬是谁？"他看了沈醒一眼，"沈处长知道吗？"

沈醒配合戴遇侬演戏："没听说过这个人。"

虎先生说："皇甫芬的丈夫就是你们的得力干将沈笑。"

沈醒佯装想起来了："对，对，沈笑的夫人确实是皇甫芬。唉，她就是一个锅台转儿，大字不识一个，怎么可能窃取贵方情报呢？"

虎先生说："根据我方掌握的情报，沈笑为了升官发财，就让皇甫芬勾搭我处干事罗嘉翔。罗嘉翔为了讨好皇甫芬，长期为她提供情报。现在，罗嘉翔和皇甫芬都已经如实交代了。"

戴遇侬勉强笑了笑："这种小喽啰的苟且之事，我不关心，贵方随便处置他们便是。"

虎先生点点头："既然戴局长许可，我们下午3点就在曾家岩50号处决他们。戴局长如果感兴趣，可以前去旁观。"

第十六章 深 算

这是组织约见罗亭的信息，要罗亭在下午 3 点到曾家岩 50 号与组织取得联系。

"杀人嘛，肯定很好看。"戴遇侬瞅瞅罗亭，"女人也需要见见世面。叶小姐，你去看看一直号称为穷苦老百姓打天下的人的另一面。"

罗亭佯装惊慌："局座，能不能换别人去？我——我——"

"执行命令！"戴遇侬沉下脸，"军统的人如此懦弱，岂不让客人笑话！"

下午 3 点，罗亭奉命来到曾家岩 50 号。

虎先生把罗亭带到密室，紧紧地握住她的手："罗亭同志，我们都以为你牺牲了！"

"在上海我彻底暴露了，只能诈死返回重庆，继续为党工作。"

"昨晚，我与'1 号'同志取得联系，才知道你就是'13 号'。"虎先生坐到罗亭身边，"罗亭同志，我向你检讨。叶茨同志在上海牺牲时，我也在上海。你用她的化名在侍六组工作，就是与组织取得联系的信号，我却忽略了，请你原谅。我这次来重庆，是因为老家混入了奸细。"

罗亭问："查清楚是谁了吗？"

"宫本正仁的儿子宫本久里，代号'王子'，可惜让他跑了。"虎先生将一封电报递给罗亭，"老家人分析，你暴露的可能性极大，所以我才去罗家湾 19 号见你，'1 号'同志命令你立刻撤离重庆。"

"军统总部是重要阵地，我不能撤离。"罗亭一脸坚毅的表情，"门徒小组的大部分同志都牺牲了，我没有理由撤退。"

虎先生说："上海情报阵地更重要。'战马'发来电报，他查出侍六组派往上海的特派员唐墨是日本特务'神木'，'战马'需要你的帮助。"

罗亭点点头："好，我尽快想办法返回上海。"

罗家湾 19 号，戴遇侬像尊泥塑似的坐在办公桌后面。

他的手下夺回军火，查出侍六组内鬼，按理说他应该高兴才是，然而他无论如何也高兴不起来。

"叶茨回来了，拍了几张血糊糊的照片。"沈醒拿着照片进来汇报，"她在门口候着，说有重要情况向您汇报。"

戴遇依扒拉几下照片，低声说："让她进来。"

沈醒出去后，罗亭走进办公室，向戴遇依行礼后说："局座，我有重要情况向您汇报。"

戴遇依板着脸问："有话就说，我很忙的。"

罗亭莞尔一笑："侍六组派往上海的特派员唐墨是日本特务'神木'，中统上海站站长季雨涵已经叛变。"

戴遇依不动声色地说："这种事情，你在侍六组时，就应该向你的长官汇报的。"

罗亭说："局座应该比我更懂侍六组和中统。他们向来不善于解决问题，而是善于解决提出问题的人。当然，局座也可以不信，毕竟我现在手里还没有过硬的证据。"

戴遇依瞥了罗亭一眼："军统和侍六组不是一个系统，你这么做，是背叛你的长官。"他摇摇头，"我最讨厌背叛自己长官的人。"

"我确实背叛了我的长官，但我忠于国家领袖。"

其实，戴遇依已经掌握了罗亭提供的情报。他也知道，罗亭所言不虚，侍六组和中统的长官，只喜欢会做官的人，排斥能做事的人。

他看看罗亭，心里有了打算，说："这条情报如果属实，确实很重要。你也知道，核实这种重磅情报需要很长时间。你从我的角度想，这件事应该怎么处理？"

罗亭想了想："我无法站在您的高度看问题，但是我知道，现在这两个人危害性极大，破坏性极强，他们存在一天，给我们造成的损失都是难以估算的。"

戴遇依面露难色："我不想知道你从什么渠道获得的情报，但我选择信其有。不过，这两个人涉及各方利益……"

罗亭低声说:"局座如果相信我,我想以私人名义试一试。局座只需向侍六组提出延长我的借调期,给我提供一笔经费,把我秘密送到上海即可。我若成功除掉他们,就说我在执行局座命令;如果我失手,算我个人行为。"

罗亭所言,正是戴遇侬需要的,但是他还是补充一句:"个人行为,是没有抚恤金的。"

第十七章　反戈一击

~ 236 ~

时间：1943年4月11日，星期日。
地点：上海，公共租界，沙逊大厦；日占区，提篮桥监狱。

共生证券公司董事长办公室，有一间江澄子的专用衣帽间，里面衣柜里挂满各式各样的衣服。

一个衣柜后面，隐藏着一间在建筑结构图上不存在的密室。

密室只有五六平方米，里面只有一张桌子、一把椅子、一盏白炽灯、一个秘密电台。

这间密室是凌云洲秘密设计、建造的，只有他和江澄子知道如何出入。

江澄子像根木桩似的，靠在密室内的椅背上，盯着电台的指示灯，焦急地等待回电。

不知道过了多久，她终于等到了宋美龄的密电——唐墨就是龟机关特工"神木"，安子铭必须立即撤离上海。

江澄子烧毁译电，来不及通过赵青约见安子铭，直接驱车赶往提篮桥监狱面见安子铭。

"主任，夫人回电，确认唐墨是龟机关特工'神木'，她命您立即返回重庆。"江澄子开门见山地说。

第十七章　反戈一击

安子铭难以置信:"蒋文汉不是'神木'吗?难道侍六组中有两个'神木'?"

"主任,情况紧急,您立即动身吧,我送您。"江澄子劝道,"我们没有时间考虑那么多了。"

安子铭摇摇头:"蒋文汉已经布下天罗地网,现在我想走都走不了。再者说,我只有留在上海,前线所需物资才能有保证。"

江澄子劝道:"主任乃党国大才,岂是几批物资能抵的?留得青山在,不怕没柴烧。待这股妖风过后,您再回上海也不迟。"

安子铭叹了一口气,好像很不甘心。他盯着江澄子,思忖半晌,像下了很大决心似的,拿起钢笔在纸上画出一条路线图。

他画完图之后,拿起来看了又看,最后递给江澄子:"这条秘密运输线,我苦心经营多年,放弃实在可惜,就交给你打理吧。记住,如果不是重要战略物资,不要轻易动用它,因为它是我们得以苟活的血脉。"

江澄子赶紧摆手:"这应该属于党国绝密级秘密,以我现有的身份,应该回避。"

"形势危急,再按部就班走程序,什么事情都办不了。这是党国交给你的任务,不允许你以任何理由推辞。"安子铭说完,拿起钢笔在草图上写下一个电话号码,然后签上他的名字,递给江澄子,"打这个电话,把这张草图交给接电话的人。从今以后,你就是这条秘密运输线的总调度。"

江澄子接过草图,给安子铭敬了一个极不标准的军礼:"卑职一定不辜负党国重托!"

安子铭从抽屉里取出一封信递给江澄子:"你家先生也是党国的人,代号'黑石'。你们在万不得已的时候,可以按信中指示去做。"

江澄子佯装吃惊:"云洲不是特工总部的人吗?"

安子铭微微一笑:"你说的没错,我说的也没错。不要问为什么,很多为什么是没有答案的,也不需要答案。"

江澄子略略看了一眼草图,至于是不是传说中的军统秘密运输线,她不能问。

江澄子利用自己的资源，把安子铭秘密送上驶往武汉的轮船后，立即返回沙逊大厦。

江澄子回到共生证券公司，把有关唐墨的信息告诉赵青，要求她必须马上撤离。

赵青表示她决不撤离，因为她保护江澄子人身安全的任务还没有完成。

就在她们僵持不下时，德川长运突然来访。

江澄子与普乐天一起接待德川长运。

德川长运在会客室内落座后，直接说道："我来敦促'东方'号和'天朝'号下水的。"他把一个装满美元的手提箱打开，"这笔钱供十六铺造船厂使用，你们千万不能以缺钱为借口拖延工期，否则——"

"您跟天皇特使打过招呼吗？"江澄子面露难色，"天皇特使特意交代，未经他许可，'东方'号和'天朝'号轮船不得交给任何个人和单位。这——让我们很难做啊。"

"天皇特使的手谕。"德川长运从公文包里拿出一封信递给江澄子。

江澄子看了看信封，爽快地说："我照您的指示办。我们无条件答应您按时交船，您是不是也关照一下我们的生意呢？"

德川长运微微欠身："一切都可以商量。"

"能不能把大公制药厂归还江家？"

宫本正仁的"B计划"已露败象，装有"B机器"的实验室被炸成废墟，大公制药厂对日方来说百无一用，德川长运便把它做了顺水人情，答应归还江家。但是，他又增加一个条件，农历三月十六日，"东方"号和"天朝"号轮船必须下水试航。

江澄子打完一通电话，确认工程进度后，爽快答应德川长运的要求，同时建议"东方"号和"天朝"号轮船下水试航仪式与上海船业大会一并举行。

双方交谈甚欢之际，门外传来刺耳的枪声。

守在门内的两个日本宪兵立即拔出手枪。一个日本宪兵把耳朵贴在门上听了听，一个日本宪兵迅速打开门，他们一起冲到门外。

德川长运、普乐天、江澄子也持枪走到门口。

第十七章 反戈一击

董事长办公室内，赵青倒在血泊中，面目狰狞的唐墨持枪站在她的尸体旁，两个日本宪兵举枪对准唐墨。

原来，唐墨在共生证券公司的股东协议中，发现"姜太公"就是原宝轩，便飞速向宫本正仁报告。宫本正仁却告诉他，原宝轩根本不是"姜太公"，且已经失踪多日。

唐墨无法接受这个结果，认定江澄子的办公室里还藏有不可告人的秘密。于是，他混入共生证券公司，溜进江澄子的办公室，没想到被赵青撞见。

唐墨意识到自己的身份可能要暴露，乘赵青不备，拔枪击毙赵青。

一阵紧张过后，他却释然了。他想到蒋文汉身份暴露后，不但没有被"老猪"惩处，反而出任"冷宫"机关长。他不比蒋文汉差多少，没准儿还能因祸得福，于是没有逃跑。

唐墨指着赵青说："她是重庆方面的特工，要杀我。我不得不进行自卫。"

普乐天看到唐墨手里拿着罕见的勃朗宁M1906袖珍手枪，猜测他可能是杀害雷阳的凶手。

唐墨向德川长运出示了龟机关特工证件："德川将军，我是龟机关特工'神木'，奉命执行任务。"

江澄子、普乐天和德川长运看到唐墨的证件，均是一怔。

德川长运检查完证件，示意唐墨随他一起离开共生证券公司。

"东方"号、"天朝"号两艘轮船本来就不是日本任何组织或者公司订购的。江澄子判断，向来喜欢玩"零元购"游戏的德川长运，如此客气、如此不惜重金想得到两艘轮船，肯定要用于战场，不然他不会轻易归还大公制药厂。

两艘轮船一旦被日军用于战场，无论运兵还是运送枪支弹药，都无异于帮助日军。

这是江澄子和普乐天无法接受的。既然他们不得不造轮船，又不想让日本人把轮船拿走，只能想办法毁掉它们。

晚上，江澄子宴请几位造船师傅。席间聊到轮船的致命弱点时，江澄子大脑灵光一闪，想出炸毁"东方"号、"天朝"号轮船的办法。

江澄子不知道这个办法是否妥当，就以给凌云洲送生活用品为借口，来到梅机关，寻机征求他的意见。

在中村宇都的关照下，她顺利来到梅机关后院，见到凌云洲。

怡然自得的凌云洲，丝毫没有被软禁的样子。江澄子见状稍稍放心，冲着凌云洲使眼色，示意凌云洲拥抱她。

凌云洲会意，一把抱住江澄子。

江澄子奋力挣脱，向左右看了看，羞涩地说："别这样，让人看见多不好！"

她在问凌云洲，是不是有人监视他。

凌云洲大大咧咧地说："这里只有我一个外人，晚上像狗一样拴在这里，谁搭理我啊？"

他的意思是说，梅机关的特务，晚上切断他与外界的联系，没有专人监视他。

江澄子眼眶泛红："父亲到现在也没有消息，你也不派人寻找，我都担心死了。"

大公制药厂发生剧烈爆炸后，宫本正仁、松井久太郎和德川长运对此缄口不言，也没有责令警察局、特工总部、梅机关调查。凌云洲意识到，这次爆炸肯定是原宝轩所为。但凭他现在的尴尬身份，也不能大张旗鼓地调查，只能把悲伤埋在心里。

凌云洲叹了一口气，摇摇头："该来的一定会来，该走的一定留不住。父亲肯定去了他认为值得去的地方，我们先照顾好自己吧。"他一语双关地叮嘱道，"我不能回家，家里的事都交给你了，再也不能出乱子了。"

江澄子说："十六铺造船厂开工了，德川将军命令我们续建'东方'号、'天朝'号轮船。唉，我快愁死了，建造速度太慢了！"说到"慢"字，她狠狠地摆了一下手、跺了一下脚。

凌云洲明白，江澄子要对"东方"号、"天朝"号轮船动手脚，想了想说

- 280 -

道："我对造船一窍不通。如果你遇到困难，可以去找这个人帮忙，无论如何都不能辜负德川将军的重托。"

凌云洲说完，取出钢笔，在江澄子手心上写下一个电话号码。

~ 237 ~

时间：1943 年 4 月 12 日，星期一。
地点：上海，日占区，梅机关；法租界，十六铺码头。

出现两个"神木"，刺客同盟内隐藏着日本特务，"B 计划"到底是什么，父亲突然失踪，这些问题让凌云洲坐卧不安。

第二天，凌云洲上班后，大大方方地打出两个电话。

第一个电话，他打给法租界的楚门饭店，像小学生背课文似的点了十几道菜，要求必须在半个小时内做好。

第二个电话，他打给凌岳州，说他发现了侍六组交通站，准备带人前去搜查。

得到凌岳州批准后，凌云洲带领行动队的六个特务，驾驶两辆轿车向外白渡桥方向疾驶。

二十分钟后，两辆轿车驶下外白渡桥，沿着河边驶到十六铺码头，从一个十字路口拐入法租界。

凌云洲驾驶轿车驶入法租界后，渐渐地与前面的轿车拉开五十米的距离。一辆飞速驶来的三菱卡车撞上凌云洲驾驶的轿车。轿车连续翻滚几周后爆炸起火，车内的三个特务葬身火海。

早有准备的凌云洲，在三菱卡车即将撞上轿车时，拉开车门滚出去。在三菱卡车停下的瞬间，他顺势登上三菱卡车。

三菱卡车司机待凌云洲上车后，倒车、再启动、调整方向一气呵成，驾车飞速离去。

三菱卡车驶到一个无人的地方停下。

半分钟后,华宝斋老板华振龙驾驶轿车驶来。他把轿车交给凌云洲后,坐上三菱卡车离去。

凌云洲驾车来到一个安全房,打电话通知李致到红十字会医院与他见面。

李致如约而至。

凌云洲直接告诉她,他就是中共"31号"。

将中共"31号"交给梅机关或者特工总部,起码能得到两根金条的奖赏。可是,面对突如其来的发横财机会,李致却心如止水。

凌云洲之所以要舍出破头撞金钟,就是想马上挖出"花旦",抹掉他在北京东路刺杀案中留下的所有反常痕迹。

如果李致不是"花旦",她接下来的行动应该与他一致,全力寻找"花旦";如果李致就是"花旦",肯定会把他是中共"31号"的信息告知梅机关。

"你——为何告诉我这些?"李致不动声色地问。

凌云洲说:"我信任你,这个理由充分吗?我已经与组织失去联系,而且随时可能被杀或者被捕,我不想就这样无声无息地消失。"

"现在你想做什么?"对于凌云洲的信任,李致好像无动于衷。

凌云洲盯着李致,考虑了足足一分钟才说道:"你跟我去一个地方,我给你提供一个发大财的机会。"

~ 238 ~

时间:1943年4月14日,星期三。

地点:上海,日占区,极司菲尔路76号。

"过去两天了,三具尸骸中有没有凌云洲,还判断不出来吗?"松岛凉子有点幸灾乐祸,指指凌岳州办公室墙边的酒柜,"要不我们喝点儿什么,缅怀一下凌云洲？"

凌岳州走到酒柜前，倒了两杯红酒端到松岛凉子面前。

在凌云洲打出第一个电话后，凌岳州就派人到楚门饭店调查。楚门饭店已经完成接单、下单的程序，厨师在按照凌云洲的要求准备菜品，似乎没有什么不妥之处。

但是吃饭的时间，引起凌岳州怀疑。

凌云洲打完电话，带人赶赴侍六组交通站。从他们的行车路线看，半个小时是无法返回楚门饭店的，他为什么说半个小时内去楚门饭店吃饭呢？他点了那么多菜，要宴请谁呢？

凌岳州到车祸现场勘查过，烧毁的轿车中，只发现了三具尸骸，说明车内有一个人不知去向。

既然无法判断三具烧焦的尸骸是谁，只能把坐在轿车内的四个人的照片全部发出去，全城寻找逃出去的那个人。

凌岳州判断，还有一种可能，那个人被三菱卡车上的人带走了。

后来他们查到，有一辆三菱卡车在郊区焚毁了，里面有两具尸骸，也无法判断死者是谁。

所有线索，似乎到此中断了。

"凌云洲很重要吗？宫本先生怎么评价他？"松岛凉子试探着问。

凌岳州一脸鄙夷神色："我和宫本先生对他的评价非常一致，只有两个字——鸡肋。"

"鸡肋？"松岛凉子似乎不敢相信自己的耳朵。

"他到上海以后，虽然长袖善舞，多方经营，但除了捞钱之外，似乎没有为帝国做成一件有价值的事。我父亲在世时，基本没有用他。他的背景很复杂，宫本先生也不敢用他。"凌岳州思忖几秒，"他的最大问题，就是太干净了。"

松岛凉子不解："太干净也是问题？"

"任何有七情六欲的人，在特工总部那种烂地方，都不可能干净，逆淘汰嘛。"凌岳州分析道，"黑川梅子多次验证他，竟然没有发现他身上存在任何瑕疵。"

松岛凉子问："'笔仙'是资深共匪，黑川梅子和他在一起生活多年，会不会被赤化？宫本先生多次验证凌云洲的父亲原宝轩，发现问题了吗？"

"原宝轩、宫本先生、松井司令官和德川将军进入大公制药厂后，原宝轩就失踪了。那天到底发生了什么，他们三人闭口不谈，外人无从知晓。"

"大公制药厂里肯定发生了绝密级大事。他们让我们知道的时候，我们必然会知道。"松岛凉子说，"梅机关软禁凌云洲和陈恭如，现在凌云洲失踪，下一步对陈恭如采取什么措施？"

凌岳州愤愤地说："李墨群已经出面保释陈恭如。仅凭现在我们掌握的证据，还不能定陈恭如的罪，只能在监视中使用。还有，昨天我的线人德森洋行董事长亨利下班时，刚走出德森洋行，便中弹身亡了。"

"找到凶手了吗？"

凌岳州摇摇头："在这个糟糕的年代，任何人遇到任何麻烦都正常，包括你我。譬如我为了娶你，只能做掉'青蛙'。在欲望和目的面前，无论我们做什么，都无关人性。"

松岛凉子嬉笑："'老猪'相信就好。"

凌岳州起身走到镜子前看了又看。他看到自己的脸，想到蒋文汉，又想到沈笑和冯壬山，心里"咯噔"一下："自己的戏码，会不会在沈笑与冯壬山之间上演呢？"

他从档案柜中找出沈笑的档案，盯着卷宗上面的照片，在脑海里与冯壬山的脸反复比对。

有借尸还魂经历的他，还是发现冯壬山与沈笑的相貌存在细微差别。

门卫打来电话请示，江澄子求见，是否放行。

凌岳州当即批准。

江澄子眼睛红肿，一脸倦容地走进凌岳州的办公室。她看到凌岳州和松岛凉子孤男寡女独处一室，还品着红酒，顿时火冒三丈："松岛机关长，凌云洲再不济，也为特工总部做了多年牛马，现在他活不见人死不见尸，难道你就一点儿都不关心吗？"

凌岳州立即站起来，把江澄子扶到沙发前坐下："江董，我再三勘验过车内的三具尸体，应该没有凌主任。凌主任吉人自有天相，肯定不会出事的。"他看看松岛凉子，"我上班后就把凉子喊过来分析案情。对了，撞击凌主任的卡车已经找到了，在车内发现两具尸体，看样子也不像凌主任。我已经把能调动的人全部轰出去寻找凌主任。你再给我两天时间，我肯定给你提供准确消息。"

江澄子脸色稍稍回暖："我就知道，凌云洲在特工总部当差，肯定会有这么一天。上次他在北京东路就已经把好运气用尽了。"

凌岳州递给江澄子一杯茶："凌主任八面玲珑，人兽无害，肯定不会有事的。你找我——"

江澄子接过茶杯放在茶几上，愤愤地说："德川将军到共生证券公司商谈重启十六铺造船厂事宜时，唐墨潜入我的办公室，开枪打死我的助理赵青。我们围住他时，他竟然亮出龟机关特工的证件，说他是'神木'。我本想通知警察局、特工总部、梅机关，却遭到德川将军喝止。德川将军带走唐墨，还下达封口令。现在公司内人心惶惶，根本无法运营。"

凌岳州看了看松岛凉子。

松岛凉子似乎自言自语："双木成林，龟栖猪飞。"

"你们说什么呢？"江澄子一脸蒙圈状。

凌岳州摆摆手，转移江澄子的注意力："德川将军必然要做全盘考虑，我们一定要相信他。现在最重要的事情，就是寻找凌主任的下落。江董，你在梅机关后院见到凌主任时，他有没有特别的交代，或者提醒？"

江澄子想了想，说："工作上的事情，他从来不对我说。我与他见面时，他的状态特别不好，好像预感要发生什么似的。他告诉我，如果他出现意外，极有可能和华宝斋有关。但是，华宝斋的老板华振龙是我师叔，怎么会陷害他呢？"

"凌主任怀疑华宝斋是侍六组的交通站？"凌岳州意识到这是一条非常重要的信息，立即命人监控华宝斋。

第十八章 烟 幕

~ 239 ~

时间：1943 年 4 月 14 日，星期三。

地点：上海，日占区，愚园路；法租界，霞飞路，华宝斋。

凌岳州怀疑凌云洲打给楚门饭店的订餐电话有问题，确实是正确的。

楚门饭店是侍六组为凌云洲设置的临时应急点。这种应急点，一周更换一次，一个应急点只用一次。

凌云洲通过订餐的菜品名，告知他出行的路线和时间。

侍六组接到凌云洲发出的信息后，派人制造车祸，掩护凌云洲摆脱梅机关特务的监视。

凌云洲为了查出隐藏在刺客同盟中的"花旦"，和李致见面后，把她带到愚园路一栋临街洋房。

洋房里生活用品应有尽有。凌云洲煎了两块牛排，做了一盘水果沙拉，打开两瓶红酒。

吃饭的时候，凌云洲满面愁容，根本不管面前的李致，自顾自地一杯接一杯地喝酒。他一口气喝了一瓶半红酒，醉倒在沙发上呼呼大睡。

李致收拾完餐具，喊了凌云洲几声，见他没有回应，便翻出一条毛毯盖在他身上，然后拎着垃圾袋走出去。

第十八章 烟 幕

凌云洲起身挪到窗前,从窗帘的缝隙盯着李致。

李致把垃圾袋放入门口的垃圾箱后,径直走进马路对面的公用电话亭打电话。

凌云洲见李致走出公用电话亭,进入旁边的日杂店,立即拨通一个电话:"我,凌云洲。"

电话里的人说:"刚才一个女人通过公用电话联系法租界石头记照相馆,只说晚一点儿回去。"

凌云洲之所以把李致带来这里,是因为他已经提前安排侍六组的人监听洋房内和洋房门口的公用电话。

凌云洲放下话筒,继续装睡。他在心里找李致在电话里说出的关键词:"法租界,石头记照相馆,晚点儿回去。她在传达什么信息呢?"

他怎么想都想不明白。

门外传来李致的脚步声。凌云洲悄悄地拔出手枪,打开保险后夹在腋下,面向门口眯缝着眼睛。

李致拿着一袋瓜子蹑手蹑脚地走到沙发前坐下,看了看凌云洲,然后默默地嗑瓜子。

半个小时后,凌云洲悄悄地把手枪别在腰带上,翻身坐起,伸了一个懒腰,一脸羞愧地对李致说:"我怎么睡着了?不好意思啊。"他抓起一把瓜子,"哪来的瓜子?我记得屋里没有这玩意儿。"

李致说:"我平白无故地消失,不请假怎么能行?出去打电话请假时,顺便买一包瓜子。"

李致实话实说,让凌云洲的思绪更凌乱了。

凌云洲指着桌上的电话:"干吗舍近求远呢?"

李致撇嘴:"你身边还有可靠的东西吗?"

"你也不可靠?"凌云洲一语双关。

"混到不知道自己是谁的地步,我到底图什么呢?"李致给凌云洲倒了一杯水,"你不是说给我介绍一笔生意嘛,生意呢?我们现在手头紧,还得置办一些干活儿的工具。"

"想赚钱，干吗那么费劲呢？"凌云洲指指自己的脑袋，"你把我交出去，就能卖个好价钱。"

李致说："刺客同盟是有底线的，什么钱能赚，什么钱不能赚，还是能分清楚的。"

凌云洲说："刺客同盟确实是一个神奇的存在，你们从北杀到南，只要被你们盯上的人，几乎没有活命的。有一点我想不明白，你们到上海之后，手艺为何夹生了呢？难道是水土不服？"

李致没有说话，在心里把自己到上海后的所有行动复盘一遍，觉得凌云洲所言不虚。她感觉每次行动，都离成功差一点点，好像被人操控一般。

"确实令人匪夷所思。"李致低声说，"既然你关注这个问题，想必你已经有了判断。"

"你应该比我清楚，毕竟你们朝夕相处。这年头，人鬼莫辨。你做刀头舔血的生意，还是小心为妙。"

李致意识到，凌云洲在向她透露一条信息——刺客同盟内部有问题，但她却没有追问，而是说："说说你的生意吧，我等着赚钱呢。"

凌云洲说："其实，我只是一个掮客。杀一个日本少佐，这趟活儿难度不小，但价钱合适。"

李致说："再具体点儿。"

凌云洲起身上楼，拿来一个纸包放在李致面前。

李致打开纸包，里面是四根金条："四根？这么不吉利吗？"

凌云洲说："其实是五根。我已经失业了，你总不能让我白忙活吧？雨过地皮湿嘛！"

李致把金条推到凌云洲面前："这趟活儿不瘦。你说吧，时间、地点、目标。我回去和他们商量一下。按照老规矩，如果我们答应接这趟活儿，你先付一半定金，完工后支付余款。"

凌云洲说："明天下午4点，竹机关秘密联络站华宝斋，目标是日军少佐小原吉泰。"

李致起身离去。

第十八章 烟 幕

十分钟后，凌云洲装扮成中年商人离开洋房，到法租界石头记照相馆对面的小旅馆开了一间房，拿出望远镜悄悄地观察石头记照相馆。

李致确实在石头记照相馆内，看来她打电话请假是真的。

凌云洲观察一会儿，觉得石头记照相馆内没有异样，就返回愚园路，在洋房对面的酒店开了一间窗向大街的房间。

一夜过去，特工总部、梅机关的人都没有出现，看来李致没有告密。

第二天，凌云洲继续住在酒店里，李致还没有来。晚上，他返回洋房，问询侍六组监控电话的人，得知一直没有人打过洋房内或门外的公用电话。

李致不来，又不打电话，她想干什么呢？

第三天上午，李致一脸沮丧地来到洋房，告诉凌云洲，她把这趟活儿向金十做了汇报。金十出去踩点回来说，华宝斋不是竹机关秘密联络站，刺杀日本少佐小原吉泰难度太大。但是，他却一反常态，一直追问雇主是谁。

刺客同盟行动时，只关心四件事——时间、地点、目标、价格，从来不问雇主的身份和目的。李致把最后一条视为自己的职业操守，对任何人都不想破例。更何况，刺客同盟到上海后连连失手，让她不得不多想。

凌云洲听完李致的讲述，心里也"咯噔"一下。华宝斋确实不是竹机关的秘密联络站，而是侍六组的秘密联络站。如此绝密的事情，作为江湖中人的金十，即便他能量再大，也未必能搞清楚。难道他就是"花旦"？

让凌云洲百思不得其解的是，刺客同盟从北杀到南，杀了很多日本军政要员。如果金十是"花旦"，怎么可能杀掉这些人呢？

凌云洲起身上楼，拿来几张日军屠杀中国人的照片，告诉李致，照片中挥刀砍头的人就是小原吉泰。他不但奸杀了陈刚的妹妹，还命手下屠杀了陈刚的族人。

李致拿起照片反复观看："我能带走吗？"

凌云洲叮嘱道："这是限制流出照片。一旦被特工总部、梅机关、上海日本宪兵司令部的人发现你携带它，必死无疑。"

李致把照片塞进内衣里："等我消息。"

"等等，你能不能把你们做掉的日本军政要员的名字、职务告诉我？"凌云洲拦住李致，直直地盯着她的眼睛。

"理由呢？"李致问。

"你不想知道小原吉泰与他们有什么不一样吗？"凌云洲反问。

李致没有说话，坐下拿起笔，写出十几个日本人的名字。

李致走后，凌云洲打出一个电话："马上查阅近两年在中国境内被暗杀的日本军政要员名单，最好能确定这些人与土肥原的关系。"

两个小时后，凌云洲接到电话，得到近两年在中国境内被暗杀的日本军政要员名单，并得知这些人全部是土肥原的政敌。

凌云洲把这份名单和李致提供的名单对比一下，完全一致。

看来，刺客同盟是有选择性地刺杀日本军政要员，真正的雇主极有可能是土肥原。

金十反对刺客同盟成员暗杀小原吉泰，唯一的解释是，金十就是"花旦"，小原吉泰极有可能与土肥原同派。

排除了李致，锁定真正的"花旦"，让凌云洲松了一口气。

有一点，他没有告诉李致。

小原吉泰两年前从东北调到日军第十三军特务中队任参谋，协助满铁上海调查部新任部长木村建二调查共生证券公司。

查出"花旦"，除掉小原吉泰，这是凌云洲逃离梅机关的真正目的。

很早以前，凌云洲就开始秘密监视小原吉泰，掌握了小原吉泰的日常习惯。小原吉泰喜欢收藏中国古玉，每周六下午4点左右，都会到华宝斋购买上等古玉。

凌云洲唯一没有算到的是，刺客同盟中的"师爷"金十可能是"花旦"。如果金十不同意刺杀小原吉泰，现在他手上除了普乐天，几乎没有任何可以调用的人。

如果刺客同盟不配合，他和普乐天也不能轻易采取行动，毕竟白天在繁华地段刺杀被层层保护的日军佐官，风险极大。

凌云洲更担心的是，李致还不知道金十是土肥原豢养的"花旦"，一旦李致把金十带到他面前，他必死无疑。可是，他若离开这里，李致就算同意刺

第十八章 烟 幕

杀小原吉泰，该如何联系他？现在，他不能再给李致打电话，因为李致很可能处在金十的监视之中。

凌云洲看看表，决定再赌一把。如果两个小时内，李致还没有消息，他就离开这里。

一个半小时后，李致打来电话，约他一个小时后在附近的咖啡馆见面。

凌云洲立即赶往咖啡馆。他在咖啡馆对面的牛肉面馆内靠窗的位子坐下，要了一壶黄酒、两个小菜、一碗牛肉面，边喝边吃边观察对面的咖啡馆。

咖啡馆内外，没有举止异常的人。

五十分钟后，一辆轿车停在咖啡馆门前，李致、陈刚、莫康从轿车里钻出来，径直走进咖啡馆。

凌云洲确定安全之后，才走进咖啡馆，在最里面的座位上见到李致三人。

"呦，不好意思，我来晚了。"凌云洲向三人抱拳拱手，挨着李致坐下。

李致告诉凌云洲，她回去之后，私下找到陈刚、莫康，把小原吉泰带人屠村的照片给他们看。他们当即决定无条件刺杀小原吉泰，为陈刚族人报仇。

凌云洲不动声色地问："金十不是反对你们刺杀小原吉泰吗？你们怎么出来的？"

李致说，这几天金十经常外出，根本顾不上他们。说完，她拿出一张华宝斋附近建筑分布草图放在茶几上，对凌云洲说："我踩过两次点儿，画了这张图。你说说，我们该怎么干。"

凌云洲指着草图说："华宝斋前方有三个制高点，每次小原吉泰来华宝斋，都会事先在三个制高点安排狙击手，完全封死华宝斋的门口，因此我们在门口无法行动。"他指指华宝斋的位置，"华宝斋四周是高墙，墙头设置电网，我们无法翻墙进入，也无法从里面行动。这也是小原吉泰只到华宝斋赏玉买玉的原因。"

陈刚挠挠头："没地方下手，怎么办？"

凌云洲指着华宝斋后面的小巷子："我们从下水道进入华宝斋，在里面动手，比在外面更安全，起码不受狙击手威胁。"

三人接受凌云洲的方案，凌云洲又给三人做了详细分工。

凌云洲回到洋房，立即给普乐天打电话，要求普乐天在周六下午4点之前，除掉华宝斋前方三个制高点的狙击手。

周六中午12点，普乐天来到华宝斋前方最高那栋楼的楼顶，藏在上人孔处。

下午3点，凌云洲和李致从华宝斋后面的窨井进入下水道，潜入华宝斋后院。

下午3点半，三个穿便装的日军狙击手驾车来到华宝斋，携带狙击步枪进入各自的狙击位。

奔向最高制高点的日军狙击手，走到顶层楼梯间，见左右无人，在墙角撒了一泡尿，然后一摇三晃地爬梯子。

他的头刚伸出上人孔，普乐天就用细钢丝绳勒住他的脖子。确认他死透之后，普乐天换上他的上衣，在楼顶组装狙击步枪。

组装好狙击步枪后，普乐天从目镜里观察两个制高点的日军狙击手，确认他们在他的狙击范围内。

下午4点，四辆轿车停在华宝斋门口，从车内钻出一群日本特务守在门口，两个日本特务保护小原吉泰走进华宝斋。

普乐天看准时机，击毙毫无防备的两个日军狙击手，然后迅速撤离。

小原吉泰听到枪声，急忙转身辨别枪声来源。

蒙面的凌云洲和李致出现在小原吉泰身后，分别向小原吉泰开了三枪，然后疾速撤回。

小原吉泰身中六弹，且都在致命处，当即气绝身亡。

门口负责警戒的日本特务纷纷拥入华宝斋。

这时，莫康驾驶摩托车，载着陈刚来到华宝斋门口。摩托车几乎没有减速，陈刚把五枚绑在一起的手榴弹扔进华宝斋。

"轰"的一声巨响，华宝斋前半截楼被炸塌，巨大的冲击波把日本特务的尸体抛到大街上。

硝烟散尽，华宝斋对面的店铺门窗上的玻璃全部被震碎。华振龙从窗口慢慢地探出头，龇牙咧嘴地看了看坍塌的华宝斋。

金十带领一群竹机关特务赶来。

华振龙掏出金十的照片，看看照片，看看金十，然后转身向后门跑去。

~ 240 ~

时间：1943年4月14日，星期三。

地点：上海，法租界，石头记照相馆；日占区，百老汇大厦。

自加入刺客同盟的那一刻起，李致就把杀光日本侵略者作为自己的人生终极目标。为了实现这个目标，她时刻把自己置于刀尖之上，把个人生死、荣辱置之度外。

万万没想到，这个让她引以为荣的神秘组织，却是土肥原排除异己的私人武装、党同伐异的工具。

她一直崇拜且效仿的"师爷"金十，却是日本侵略者头子土肥原的金牌杀手。

当这些血淋淋的事实，被凌云洲揭下伪装摆在她面前时，她选择沉默，不愿意相信又不得不相信。被人廉价利用的耻辱感，确实让她无话可说。

她现在唯一想做的事情，就是手刃金十。

她没有听从凌云洲的劝阻，只身回到法租界石头记照相馆。

她不知道自己这么做的后果吗？知道。连死都不怕的她，还有什么好怕的呢？她与金十见面，只有两种结果，不是她杀了他，就是他杀了她。这两种结果，她都能欣然接受。

临走时，她再三叮嘱凌云洲，一定不要去石头记照相馆，一定要替她保护好陈刚、莫康。

有竹机关做后台，被土肥原全方位庇护的金十，以后不会轻易在上海露面。即便他露面，也会被层层保护。别说除掉他，接近他都难如登天。

但是，金十一定想知道小原吉泰在华宝斋被杀的过程。三个制高点的日军狙击手被杀，小原吉泰在华宝斋内身中六枪，十几个日本特务被炸死炸残，显然不是李致、陈刚、莫康三个人能办到的。

李致的分析没有错。现在令金十难以接受的是，经过竹机关和梅机关的特务勘查现场，没有发现一具华宝斋店员的尸体。这说明刺杀小原吉泰，是一个精心设计、准备充分、多人参与的完美行动。

金十决定打出他的"王炸"。

李致只身来到石头记照相馆。

此时的石头记照相馆内空无一人。李致睹物思人，回忆刺客同盟到上海以后的每次行动、每个画面、每个人的表现。

她心里很清楚，也许在此时以后的任何一秒钟，这里都有可能会成为第二个华宝斋，成为她人生谢幕的舞台。

想开了，看穿了，也就释然了。她坐在茶几前，精心地演示茶道，参悟其中的禅意。

门口停下三辆轿车和一辆卡车，大批竹机关特务把石头记照相馆围得水泄不通。

金十独自走进来，走向他无比熟悉的李致。

李致抬头扫视门外，看见十几个黑洞洞的枪口对准自己，也没有丝毫慌乱，继续参悟茶道中的禅意。

金十在李致对面坐下，缓声问道："你为什么违背刺客同盟的盟规，擅自行动？和你一起行动的人，还有谁？如果说只有你、陈刚、莫康，那就没有意思了。"

李致瞥了金十一眼，指指窗外："你怎么突然多了这么多帮手？"

金十狠狠地盯着李致："现在你还是刺客同盟成员，我还是刺客同盟的'师爷'——你的直接领导。你先回答我的问题，我再回答你的问题。"

李致反问道："我只是做了一笔生意，解决了兄弟们的生计问题。按照刺客同盟的盟规，只问结果，不问过程。你是不是也违反盟规了？"

金十猛地拍了一下茶几："你杀了不该杀的人！"

第十八章 烟　幕

　　李致冷冷地问道："在刺客同盟成员眼中，只有能不能杀、值不值得杀的人，哪有该不该杀的人？"

　　金十看看门外，看看李致，思忖几秒钟后说道："既然你问到这个问题，我就给你讲一个感人的故事吧。"他说完，整理一下思路，讲出一个凄美的爱情故事。

　　1941年11月，上海。一个日本女孩和一个中国男人准备在梅机关结婚，并以楼兰女尸作为证婚人。

　　在送亲的路上，婚车遭到袭击，日本女孩中弹，生命垂危，送到医院抢救，才捡回一条命。但是，那个准备娶她的中国男人，却在十天后与上海首富之女举办了隆重的婚礼。

　　日本女孩闻讯悲痛欲绝，命人把她抬到中国男人的婚礼现场，在中国男人面前服毒自尽。中国男人对此无动于衷，继续与上海首富之女举行婚礼。

　　一个神秘组织接到一个日军高级将领密令，潜入婚礼现场，救走日本女孩，不但治好了她的枪伤，还解了她的毒。遗憾的是，她服毒太多，耽误救治时间太久，导致她失去了记忆。

　　她康复之后，被神秘组织送到朝鲜，培养成优秀狙击手、忠诚的组员。她与战友一道，做了好多件震惊世界的大事。

　　李致听完金十的故事，一头雾水："你的故事，既不精彩，也不感人，胡编滥造的痕迹特别重。"

　　金十说："本来就不是精彩的故事，而是悲惨的事故。如果我告诉你，那个在十天内就忘记了失踪的未婚妻、另攀高枝的男人名叫凌云洲，那个可怜的日本女孩名叫宫本芳子，也就是我面前的李致，你还认为这个故事既不精彩也不感人吗？"

　　李致冷冷地问："按照你的逻辑，那个神秘组织就是刺客同盟，对吧？"她摇摇头，"金十，你到底是什么人？你不当职业编剧真的太可惜了。没关系，自我们认识开始，你就一直欺骗我，再欺骗我一次又有何妨呢！"

　　金十吼道："我承认，我一直欺骗你。宫本芳子，这次我没有欺骗你，也没有必要欺骗你。"他指指门外的那排枪口，"如果你是中国人，你的下场比小原吉泰还惨。外面的人，包括你我，都是大和民族的子民，以效忠天皇为己任。你可以向他们开枪，但他们不会向你开枪，因为他们不会杀害自己的同胞！"

李致冷笑："笑话，死在我们枪下的日本人还少吗？"她盯着金十，"在我面前，你已经杀死不下十个日本人吧？那些人的身份，可比外面那些小喽啰高贵得多。"

金十说："那些人，都是大和民族的败类，就应该死。宫本芳子，我要把你送到你原来居住的地方，帮你好好回忆一下，也许你就知道自己到底是谁了。"说完，他向外面招招手。

四个竹机关特务闯进来的同时，李致从茶几下拽出手枪，对准金十。

金十出手速度极快，一掌打落李致的手枪。李致起身，抬脚踹翻茶几，徒手与金十搏斗。

一个竹机关特务趁李致无暇顾及身后，使出一记高鞭腿，抽在李致后脑上。

李致当即昏死过去。

李致醒来后，发现自己躺在貌似酒店的房间里。她的床前，摆满樱花、中药袋，整个房间弥漫着浓郁的花香和中药味儿。

她慢慢地起身下床，走到客厅，感觉自己置身日本豪门之家。客厅内所有陈设都极为考究，那个硕大的博古架上，摆放着一组雕工精致、栩栩如生、形态各异的乌鸦木雕。

不远处的留声机，播放着《刹那芳华》唱片。

她走到窗前，拉开窗帘，看到外白渡桥和黄浦江，意识到自己所在之地应该是百老汇大厦。

她感觉头部丝丝胀痛，不是受伤那种疼痛，而是大脑思虑过度那种胀痛。

她走到沙发前坐下，反复打量房间内的陈设，忽然感觉这里的一切都似曾相识，自己仿佛在这里生活过。

尤其那首两年没有听过的《刹那芳华》，还是感觉无比的熟悉。

1101，这组数字挤出她的大脑，在她眼前不断地闪现。1101，代表什么呢？

她走到门口，拉了拉门把手，门锁着。

她能想到的是，她与金十和四个竹机关特务打斗时后脑遭到重击。

"难道我昏迷之后，被金十送到这里？不对，他应该把我送到梅机关或者特工总部的审讯室，怎么会送到如此豪华的房间里，享受贵宾待遇呢？"

"宫本芳子"四个字，闪现在她的脑海里。"如金十所说，我就是与凌云洲结婚的宫本芳子？"她返回沙发前坐下，倒了一杯水，慢慢地喝着。

她突然想到，凌云洲与她第一次擦肩而过时，凌云洲看到她的脸，陡然愣住，然后喊了一声"芳子"。当时她也觉得凌云洲面熟，为什么呢？

她又想起她和凌云洲的一段对话。凌云洲说，"我只对你像我的朋友感兴趣"。她问，"能说说你的朋友吗？"凌云洲说，"其实是比朋友更近一些。如果她不受伤，我们就举行婚礼了"。

"难道金十说的都是真的？自己真是宫本芳子？"李致感觉大脑越发胀痛，忍不住用双手抱头，蜷缩在沙发里。

门外传来钥匙插入锁孔的声音，随后门开了。

李致看到房门的铭牌上出现"1101"四个数字，顿时张大了嘴巴。

金十拎着保温瓶走到茶几前，从瓶中倒出一碗中药，看了看李致："芳子，该吃药了。"

李致把身子蜷缩成一团，惊恐地看着金十，大声问道："这是什么药？你对我做了什么？你到底是什么人？"

"你是不是想起什么了？"金十微微一笑，"这是我按照中医古方配置的促醒汤，我想用它帮助你找回原来的自己。"他指指房间的陈设，"屋内的家具，是你两年前精心置办的，是不是感觉很熟悉？你把促醒汤喝下去，我就会告诉你，我到底是什么人。"

李致迟疑地看着面前的中药。

金十说："你已经喝下三服药了，没什么好担心的。"

李致咬咬牙，一口气喝下那碗中药："说吧，你到底是什么人。"

"我出生在大阪汉医世家，三岁就能辨识所有汉药，五岁就会炮制汉药，八岁就能坐堂看病。因为天赋过人，我立志成为国医。可惜战争爆发，我只能服从天皇的召唤来到中国。当然，我来中国不是为了治病救人，而是为了完成天皇赋予我的使命。接到拯救你的命令，我才重操旧业，把你从死神手里夺回来，可惜你却忘记了自己的从前。相信我，既然我能把你从死神手里夺回来，就能让你找回原来的自己，不然你会在错误的道路上越走越远。"

对于金十的话，李致没有反对，而是选择慢慢消化。

她认为，虽然金十一直在欺骗她，但是这次他没有。

金十起身说道："你再喝三服药，我带你去一个地方。"

金十走后，李致在房间里慢慢地走动，摩挲着房间内的每件物品，感觉大脑越发胀痛。

李致连续服用三服药后，她似乎能想起一些从记忆中抹去的碎片，对金十不再那么排斥和反感。

金十带来两个女人，帮助李致穿上婚纱。李致站在镜子前，感觉镜子中的新娘，就是以前某一时刻的自己。

李致被金十带到百老汇楼下，坐上婚车，向某个地方驶去。

婚车缓缓行驶时，突然被几辆轿车前后夹击。那些轿车里的人、道路两边的人，纷纷向婚车射击。

金十塞给李致一把手枪，和李致先后下车，向那些人射击。

一群日本宪兵冲过来。那群人掷出几枚手雷，借着烟雾的掩护驾车离去。

在场所有人的枪里都是收口式空包弹，没有弹头，却有真实的射击效果。

硝烟尚未散去，李致打光枪内的子弹时，却从一个方向飞来几枚弹头，先后射中她的身体。

躲在树后的黑衣人用弹弓射完弹头后，转身离去。

李致感觉身体被棍子连杵几下，有些疼痛。她向弹头飞来的方向望去，虽然没有看到人，脑海里却浮现出黑川梅子向她开枪的画面。

她感觉头部突然剧烈胀痛，眼前一黑，昏死过去。

第十八章　烟　幕

~ 241 ~

时间：1943 年 4 月 14 日，星期三。
地点：上海，公共租界，江公馆；日占区，日军第十三军司令部。

江澄子像疯子一样，没日没夜地寻找活不见人死不见尸的凌云洲，几乎不回江公馆。

黑川梅子像江公馆的女主人一样，享受着高品质生活。她似乎并不关心凌云洲的死活，只关心江澄子的真实身份，只担心"幕府计划"会不会流产。

宫本正仁打来电话，命她精心梳洗打扮好，在江公馆待命。

梳洗打扮好，待命……黑川梅子意识到，又有日军高层官员翻了她的"牌子"。响应天皇号召的日本女人来到中国，除非身份非常高贵，否则都会沦为日军高层官员发泄兽欲的工具。她们不但不会对此说不，还会心存感激。

唯一能让日本女人欣慰的是，使用她们这类工具之人的身份，远比使用中国女人、朝鲜女人之人的身份高贵。

黑川梅子接到电话后，就开始沐浴、化妆、更衣，把自己打扮成即将走向红毯的明星。

晚上 8 点钟，中村宇都和松岛凉子驾车到江公馆接黑川梅子。

中村宇都服侍黑川梅子上车后，阴着脸一言不发，驾车驶离江公馆。

"宫本先生要把我送到哪里？"黑川梅子忍不住问道，"他有资格、有理由拒绝这种龌龊的要求。"

坐在副驾驶位上的松岛凉子说："你是军人，军人以服从命令为天职。"

"你心里清楚，何须再问。"中村宇都有气无力地说。

轿车驶入日军第十三军司令部，停在将官宿舍门前。松岛凉子带领黑川梅子走向东条川赖的套房。

中村宇都望着黑川梅子的背影，狠狠地砸了一下方向盘，泪水在眼眶中打转。

松岛凉子走到负手站在窗前的东条川赖背后，颔首道："报告特使，黑川梅子带到。"

东条川赖挥挥手，松岛凉子退出去，关上门。

东条川赖转过身，走到躬身站立的黑川梅子面前，熟练地扯开她的和服，白嫩、光滑的肩膀露出来，文在肩上的一朵青菊花图案，在白皙的皮肤衬托下格外扎眼。

他伸出熊掌一般的手，抚摸着青菊花图案。

他解开黑川梅子的和服带子，和服滑落至地面。他看到黑川梅子臀部上方文着三头乌鸦图案，冷笑道："我果然没有猜错，你就是'三羽乌'。"

黑川梅子胡乱地扯起和服套在身上，缓声问道："土肥原将军把'幕府计划'告诉您了？"

东条川赖点点头："若非土肥原授意，我怎么能让你来此？土肥原说，中村宇都就是'圣杯'，你怎么看？"

"我只能说，没有人能瞒得了土肥原将军。"

"有一件事，我一直想不明白，你到底是谁的人？老犬养、土肥原，还是村上？"东条川赖盯着黑川梅子的眼睛。

黑川梅子苦笑："我是老犬养的弃子、土肥原的棋子、村上的戏子，仅此而已。"

"冰雪聪明！"东条川赖一把扯下黑川梅子的和服。

黑川梅子羞涩地转过身去。

东条川赖狞笑着抚摸黑川梅子光滑的后背："你——现在是我的人。"

黑川梅子猛地侧身，抓住东条川赖的手臂，使出过肩摔，把东条川赖摔到前面两米远的地方。不等他反应过来，她冲过去用膝盖死死地压住他的脖子。

脸涨成猪肝色的东条川赖，几秒钟就昏死过去。

黑川梅子穿上和服，下楼走到轿车前，敲了敲窗户。

闭目养神的中村宇都看见黑川梅子，立即打开车门，让她坐进去，然后迅速发动轿车，驶出日军第十三军司令部大门。

第十九章 围 剿

~ 242 ~

时间：1943年4月18日，星期日。
地点：上海，日占区，闸北火车站。

凌云洲、黑川梅子接连失踪，把凌岳州急得如同热锅上的蚂蚁，不得不对送走黑川梅子的中村宇都进行讯问。

中村宇都一脸无辜。他只是执行东条川赖的命令，负责接送黑川梅子。在整个过程中，他严格遵守保密条例规定，对发生的任何事情不看、不问、不想。

事实也是如此。内阁特使夜里召见任何人，属下都不能过问。不该看的不看，不该问的不问，不该说的不说，这是特殊工作的特殊要求。

凌岳州不想被动地等待，决定引蛇出洞。

大鱼能不能上钩，取决于诱饵肥瘦。只要把横山勇到上海会见天皇特使和内阁特使这篇文章做足，上海滩地上的、地下的，包括消失不见的凌云洲和黑川梅子必然会现身。

于是，凌岳州命季雨涵把"横山勇到上海秘密会见天皇特使和内阁特使"的消息悄悄地散布出去。

随后，他又抛出4月18日上午10点，东条川赖率领驻上海日军高层到闸北火车站接站的消息。

上海是远东情报集散地，卖情报的、买情报的各路神仙云集于此。此消息传出去几个小时后，上海、南京，甚至重庆等地的特工都知道了。

凌岳州在闸北火车站外设置两道防线，中村宇都在站内设置一道防线。三道防线构成天罗地网，能网住所有进入网内的鱼。

东条川赖不想冒险，可是凌岳州不给他提供台阶，理由是双方势力相互渗透，只有真戏真唱，才能吸引真正的观众。

东条川赖找不到合理的借口拒绝，只好再三叮嘱中村宇都做好防范工作，然后硬着头皮去闸北火车站。

几天前，大批日本特务化装成乘客、火车站工作人员、商贩，在闸北火车站内外游弋，认真观察、盘查任何可疑之人。

4月18日上午10点，横山勇乘坐的火车准时进站。

凌岳州站在火车站对面的临时监控室内，举着望远镜慢慢地察看。忽然，他不断地调整望远镜的焦距，最后锁定一张熟悉的脸。

他扭头对身边的特务喊道："一条大鱼在站前擦鞋摊儿咬钩了，兄弟们过去溜一会儿。"

装扮成巡警的冯壬山，负手走到擦鞋摊儿前，坐在擦鞋匠面前的小凳子上。

装扮成擦鞋匠的季雨涵看了看冯壬山，抓起箱子上的抹布，抹布下面露出枪口："老沈，既来之则安之吧！"

冯壬山摇摇头："不带走点儿东西，我无法安心。"他说着跷起二郎腿，把右脚鞋尖对准季雨涵。他在扑打鞋上的尘土时，触发鞋后跟儿上的机关，一枚小飞刀射入季雨涵的咽喉。

季雨涵栽倒时，奋力扣动扳机，弹头并没有击中冯壬山。

冯壬山起身向站外走去。

火车站内，东条川赖与横山勇握手时，站外传来枪响。

横山勇警惕地向左右看了看。

东条川赖佯装镇定："横山将军莫惊，各种虾米下锅了。"

他的话音未落，负责站台警戒的日本宪兵小林宫二突然拽了一下衣服，

第十九章 围剿

冲向东条川赖和横山勇。

小林宫二胸前冒着蓝烟,显然是他把自己做成了人肉炸弹。不等他靠近东条川赖和横山勇,几个日本宪兵一拥而上,把他死死地压在身下。

"轰"的一声巨响,鲜血、碎尸块伴随硝烟、尘土横飞。

中村宇都一个鱼跃,扑倒东条川赖。

横山勇的警卫把横山勇围起来。

硝烟散尽后,日本宪兵组成两道人肉掩体,分别护送东条川赖和横山勇走向站台上的轿车。

火车站外,凌岳州举枪瞄准奔跑的冯壬山,冷静地扣动扳机。

冯壬山感觉后背好像遭到重物撞击,踉跄几下才稳住身形,瞥见腹部的衣襟已被鲜血洇透。

几个便衣特务拔出手枪,一起冲向冯壬山。

普乐天爬上制高点,击毙隐藏在那里的狙击手后,通过目镜找到其他制高点的狙击手。他打一枪换一个位置,射杀了所有狙击手,然后开始狙杀对冯壬山威胁最大的那些特务。

接连几声枪响,靠近冯壬山的特务接二连三地中弹倒地。

其他特务意识到附近隐藏着狙击手,不敢贸然往前冲,纷纷寻找掩体。

旅客、行人、商贩,像无头苍蝇一般乱冲乱撞,干扰了凌岳州的视线。他转身向临时监控室跑去。他这样做,一是避免自己成为狙击手的靶子,二是想看清冯壬山的撤退路线。

冯壬山来到闸北火车站,发现到处是特务,意识到敌人早有准备,便率先杀掉季雨涵,把特务的注意力吸引到自己身上,以此提醒其他同志赶紧撤离。

埋伏在闸北火车站对面红帮店铺里的宋格、钱乙然和郑庚同,看到特务追杀冯壬山,便冲出去参战。没想到特务越来越多,郑庚同左臂中弹,他们不得不撤回店铺内。

一辆车身包裹铁板的卡车飞速驶来,疯狂地碾压特务。卡车撞出一条血路,冲向冯壬山身边的包围圈。

几个特务从摊位下拽出轻机枪,一起向卡车驾驶室扫射。弹头如雨点般射在铁板上,"叮叮当当"作响,却伤不到驾驶室内的人。

卡车停在冯壬山身边,车门打开。

冯壬山来不及多想,飞身钻入卡车驾驶室。

冯壬山上车后,看到驾驶卡车的人,大吃一惊:"江小姐,怎么是你?"

江澄子扯下脖子上的丝巾扔给冯壬山:"止血!"

原来,凌云洲发现上海买卖情报的人,都在传"横山勇到上海秘密会见天皇特使和内阁特使"的消息,但该消息来源不明,便猜测是凌岳州想以此为诱饵,借机铲除一些人。

凌云洲化装成脏兮兮的乞丐,在闸北火车站转了几天,发现这里的警戒级别远远超出了与横山勇、东条川赖职位匹配的级别。一旦中共上海地下组织采取行动,不但无法成功,反而会损失惨重。

凌云洲联系到普乐天,让他把卡车改装成简易坦克交给江澄子,再想办法除掉闸北火车站周围制高点的狙击手。

江澄子得知凌云洲安全,一直悬着的心终于放下来。她以寻找凌云洲为由,摆脱了监视她的特务,把普乐天改装的卡车藏在闸北火车站附近红帮的货站内。按照凌云洲的交代,只有听到密集的枪声,她才能驾驶卡车冲进去。

江澄子救下冯壬山,驾驶卡车离开闸北火车站。

马路上出现一个卡口,卡口前设置阻拦索,摆放一排触发式地雷,吓得江澄子赶紧停车。

普乐天改装卡车时,只考虑到防子弹,没考虑到防地雷,所以卡车底部并没有加装铁板。

江澄子意识到,一旦卡车压到那排触发式地雷,结果只有一个——车毁人亡,自己和冯壬山尸骨不存。

五个手持轻机枪的日本宪兵一起吼叫,命令江澄子下车接受检查。

"我下去干掉他们,挪开地雷。"冯壬山吃力地说。

"不行,你下去就等于送死。我们退回去。"江澄子换挡倒车。

突然,不知从什么方向飞来一枚手雷,在那排地雷中间爆炸,接着是一

第十九章 围剿

连串爆炸声。卡口的日本宪兵在巨大的冲击波裹挟下,秀出一幕天女散花。

卡车在弹片雨中,后移半米。

五个手持轻机枪的日本宪兵,非死即残,丧失攻击力。

硝烟散尽,卡口只剩下残破的尸体。江澄子和冯壬山的耳边犹如百磬齐鸣。

江澄子狠狠地摇摇头,缓过神来,立即挂挡踩油门,驾车冲过卡口。

卡车后面,日本宪兵的摩托车队疾速追上来。

卡车后车厢上,突然响起枪声。追击卡车的摩托车,不断地翻倒在马路上。有的摩托车油箱被打爆,与后面的摩托车撞击后起火。

"肯定是大哥藏在车厢里。即便不是他,也是自己的同志。"江澄子来不及细想,把油门踩到底。卡车冒着股股黑烟,消失在马路尽头。

半个小时后,江澄子确定没有日本宪兵追击或跟踪,才把卡车驶入一个异常偏僻的废旧工厂内。

她停好卡车,来到车厢后,喊了几声"大哥",见无人回应,把耳朵贴在车厢板上听了几秒钟,然后拔出手枪,拽开车厢门。

一个身材高挑、模样俊俏的女人,把枪口对准江澄子。

江澄子看到那个女人,吓得连退几步,失声喝道:"你是人是鬼?"

女人收起枪,缓声说道:"江小姐,别来无恙。"

"不,不,你不是宫本芳子!你到底是谁?不说我就开枪了!"江澄子虽然双手持枪,但枪口却依旧不停地抖动。

女人收起枪,摊开双手,表示自己并无恶意:"江小姐,你可以叫我李致,也可以叫我宫本芳子。其实你叫我什么并不重要,重要的是,你的同志伤势很重,再不抢救就来不及了。"

车厢里的女人说得没错,她既是李致,也是宫本芳子。

李致昏死过去后,被金十送回百老汇大厦 1101 房间。

李致醒来后便恢复了记忆,不但想起了她的真实身份,还想起了她的所有过往。

她走到窗前，望着外白渡桥和黄浦江，脑海里闪现出一个无比清晰的画面。

她坐在轮椅上，直视着凌云洲。凌云洲避开她的目光，对她说，"芳子，我们该诅咒的，是这场战争。在这场战争中，谁也做不了真正的自己，也无法遵从自己内心的选择"。

她对凌云洲说，"你有充分的理由诅咒这场战争，而我没有。在爱情和信仰面前，你选择了信仰。你不必内疚，我不会恨你的"。

凌云洲吃惊地望着她。

她接着说，"你没有勇气承认，我就替你说吧。你不仅是中国人，还是共产党员。不要问我怎么知道的。如果你深爱一个人，他说的每句话，呈现出的每个表情、每个肢体语言、每个丝毫的变化，都会在你心里放大百倍"。

凌云洲没有承认，也没有否认，低头沉默。

她说，"沉默就代表承认。你不必内疚，因为我知道，我不再完整，更谈不上完美。我绝对不允许不完美的自己嫁给你"。

凌云洲泪如雨下，抽噎着。

她也是泪流满面，问道，"你就是他们苦苦寻找的中共'31号'吧？"

第二个画面接着闪现。

她来到凌云洲约她见面的地点，凌云洲直接告诉她，他就是中共"31号"。

……

她不再回忆，走到书桌前，拿起纸笔，写出死在她枪下那些人的名字。她盯着那些名字，发现那些人全部是忠于大日本帝国、忠于天皇的，却与土肥原政见不和，甚至是土肥原的政敌。

那些惨死在她枪下的人，用自己的生命撕下土肥原脸上的多层面具，最后露出一个自私、贪婪、凶狠、毫无底线的嘴脸。

她，就是土肥原铲除异己的工具，也是大日本帝国的罪人。

她是不是应该切腹自杀，向天皇谢罪呢？

她已经死过一次了，那个宫本芳子已经向天皇谢罪了。现在该谢罪的人，应该是土肥原，而不是她。

那些被金十灌输的救国救民的理论，已经被金十廉价典当了，她根本不打算赎回。

此刻，她彻底理解了凌云洲的选择和坚持。他在自己的国家和民族存亡之际，与贪婪邪恶的人战斗。她不仅没有任何理由站到他的对立面，还应该与他一道，让那些贪婪邪恶之人为他们的恶行付出应有的代价。

彻底恢复记忆的宫本芳子，把以前自己经历的一切，在脑海里像播放纪录片一样播放一遍，然后关闭电源，把"纪录片"尘封心底。

她选择做现在的李致，放弃曾经的宫本芳子。

金十拎着药罐走到李致的床前，说道："你应该想起曾经的自己了。"

李致缓缓地睁开眼睛，轻轻地摇头："我什么都想不起来。"

"不可能，绝不可能！"金十愤愤地吼道，"只要你承认自己是宫本芳子，你就是帝国的皇亲国戚，拥有别人努力一辈子都无法企及的身份、地位和财富！"

李致说："我只是贱民李致，不是你口中的宫本芳子。宫本芳子到底是什么人，你为什么非要逼我成为她？"

"不是我逼你成为她，而是你本来就是她！既然你无法恢复记忆，那就做你的贱民李致吧。不过，我不会放弃努力的，我一定让你回到从前。"金十放下药罐，说了一句"按时吃药"就往门口走。

"我不想被关在这里，我要出去！"李致冲金十喊道。

金十想了想，说："你可以出去，但是你不能再与帝国为敌。你的亲生父亲宫本正仁正在上海执行一个伟大的计划，你可以不帮他，但不能给他添乱，否则你就是他的敌人、大和民族的罪人。"他说完掏出钥匙放在桌上，"每天按时吃药，晚上必须回到这里。"

金十走后，李致离开百老汇大厦，来到凌云洲的安全房，发现凌云洲已经弃房离去。

她按照刺客同盟的联系方式，找到陈刚和莫康，并告诉他们，金十是土肥原的爪牙，这些年一直在利用他们。现在，她要与金十分道扬镳。如果他们愿意与金十在一起，她不阻拦。

陈刚和莫康与日本人有血海深仇，必然选择与李致一道，继续与日本人死磕。他们把横山勇来上海的消息告诉李致。李致认为，闸北火车站必有一场血战。以他们现有的力量，不足以在闸北火车站进行刺杀行动。最好的办法是，他们埋伏在两条撤离闸北火车站的路上，伺机狙杀日本高官。

李致没有等到日本高官，却等来江澄子，便施以援手。

混乱的闸北火车站。

凌岳州带领大部分特务护送横山勇、东条川赖离去，一部分特务追击江澄子的卡车，剩下的特务搜索反日分子。

普乐天打光所有子弹，击毙对宋格等三人有威胁的特务，准备撤离制高点。

他听到脚步声，扭头一看，松岛凉子双手举着手枪对准他。

"如果我没有猜错的话，你就是中共门徒小组的'野兔'吧？！"松岛凉子缓声说道，"普先生，你身家不低，帝国待你不薄，你为什么不好好珍惜呢？"

普乐天不慌不忙地拆卸狙击步枪："因为我是中国人。"他指指四周，"这里是中国的上海，不是你们的上海。你们掠夺上海的财富，再赏给我仨瓜俩枣，你觉得我会满意吗？你完全可以在日本做一个相夫教子的好妻子、好母亲，为什么偏偏跑到中国做日本男人的工具呢？对此，你很满意？"

"亲手杀死令人闻风丧胆的'野兔'，我非常满意。"松岛凉子冷冷地说。

"别磨叽了，开枪吧！专业点儿，别丢了你们日本特务的手艺！"普乐天知道自己难逃一死，故意激怒松岛凉子，让她给自己来一个痛快的。

松岛凉子冷笑道："你知道很多重要秘密，残疾的你比死掉的你有价值。"说罢，她把枪口对准普乐天的大腿。

"砰"，枪声响起。

第十九章　围剿

持枪的罗亭出现在松岛凉子身后，松岛凉子一头栽倒在地。

普乐天见到罗亭，狠狠地揉着眼睛，一看再看。

原来，罗亭通过军统秘密交通线，辗转来到武汉，更换合法身份后，与横山勇乘坐同一辆火车来到上海。

她一直担心出站时会遇到认识她的特务，没想到闸北火车站大乱，特务的注意力全部集中在横山勇和东条川赖身上，致使她顺利出站。

在出站口，她看到制高点上的狙击手不断地狙杀特务，意识到制高点上的人可能是普乐天。

她趁乱捡起一把手枪，悄悄地靠近那个制高点，准备在下面掩护普乐天。等制高点下面的特务全部去追击那辆怪异的卡车时，她爬到楼顶，正好看见松岛凉子要向普乐天开枪。她果断出手，把普乐天从死神手里拽回来。

罗亭冲呆傻的普乐天嫣然一笑。

熟悉的笑容，熟悉的举止。

普乐天起身冲过去，一把抱紧罗亭："亭亭——"

罗亭轻轻地推开普乐天："这里不安全，不是说话的地方。"她捡起松岛凉子的手枪，扔给普乐天。

宋格、钱乙然和郑庚同从店铺后门撤离，进入杂乱的棚户区，没想到被几个特务死死咬住，无法摆脱。

他们为了分散特务的注意力，分两路突围。

钱乙然熟悉这里的地形，转来转去便甩开了身后的特务，撬开窨井盖，进入下水道。

宋格在前，郑庚同在后，相互掩护着撤退。最后他们弹尽，三个特务依旧紧追不舍。在一个胡同的拐角处，郑庚同猛地推了宋格一把，大喊一声"快走"，然后掏出一颗手榴弹，拧开盖子。

待三个特务跑到距离拐角大概三米时，郑庚同闪身扑上去。

"轰"的一声巨响，郑庚同与三个特务几乎同时倒地。劣质的砖墙坍塌，将他们埋在一起。

宋格意识到郑庚同为了保护她，与特务们同归于尽了。

她来不及悲伤，哭泣着向前猛跑。

~ 243 ~

时间：1943年4月18日，星期日。
地点：上海，日占区，日军第十三军司令部；法租界。

凌岳州没有想到，他精心设置的天罗地网，只网到一个郑庚同，而己方却付出了惨重的代价。最可气的是，横山勇和东条川赖还差点儿死于人肉炸弹。

更让他难以接受的是，他心爱的松岛凉子被人击毙于楼顶。根据弹道分析，她应该是在毫无防备的情况下，被人在身后射杀。

他的最大目标凌云洲和黑川梅子并没有出现。

完败，任何人都无法接受的完败。

凌岳州无法接受这种完败，东条川赖更是火冒三丈。

养尊处优的东条川赖这次来上海，肩负着东条英机赋予他的重要使命。凌岳州为了抓几个蟊贼，竟然把他当作诱饵。如果不是中村宇都舍命保护，他可能被自己鱼缸里的鱼活活吞下。

东条川赖认为凌岳州犯下三条不可饶恕的罪行：一、不应该泄露横山勇抵达上海的具体时间；二、审查不严，以致小林宫二能扮作人肉炸弹，攻击重要长官；三、接连折损小原吉泰、松岛凉子，凌云洲、黑川梅子失踪，"冷宫"特务机关难辞其咎。

面对东条川赖的训斥，凌岳州只能接受。凌岳州向东条川赖再三保证，在三个月之内一定肃清上海一切反日力量。

凌岳州垂头丧气地回到梅机关。中村宇都向他报告，特工总部特务"扫街"时发现了华宝斋的老板华振林,请求处置办法。

凌岳州勘查过小原吉泰被杀现场,现场死者中没有一名华宝斋员工。小原吉泰以前多次出入华宝斋,华振林对小原吉泰出行的安保部署必然一清二楚,因此断定华振林是反日分子。

凌岳州当即命令中村宇都带领梅机关的特务,与跟踪华振林的特工总部的特务会合,不惜代价活捉华振林。

华振林鬼鬼祟祟地走在人群中,不停地东张西望,生怕有人发现似的。中村宇都带领一群特务,悄悄地跟踪华振林。

华振林进入公用电话亭,毫不避讳地打电话,大声说几个朋友要到家里做客,送些酒菜过来。

他打完电话,进入包子铺吃了两屉包子,又打包两屉包子,绕过几条巷子,最后进入一个小院。

待五个特务抵达小院后面,中村宇都才让一个特务上去踹院门,其他特务守在院门口。

院门被踹开的同时,三颗手雷先后爆炸,守在院门口的特务当场被炸死。

手雷爆炸后,小院后面传来密集的枪声、惨叫声。

被硝烟熏黑脸的中村宇都,大手一挥,命令余下的特务进院搜查。

小院内只有三间北房。中间堂屋的前后门大开,看样子有人从后门逃出去了。

中村宇都等人小心翼翼地进入房内,没有找到华振林,却找到了令人不忍直视的凌云洲。

此时的凌云洲,伤痕累累、瘦骨嶙峋、胡子拉碴,双手双脚被绑,浑身上下布满血渍。如果凌云洲不喊出中村宇都的名字,不说自己是谁,中村宇都不经过再三辨认,肯定不会把面前的人与风度翩翩、穿着讲究的凌云洲联系到一起。

凌云洲无力地指指后门,缓缓地闭上眼睛。

"送医院!"中村宇都高喊。

两个特务过来,解开凌云洲身上的绳子,把他抬上车送往医院。

一个特务进屋汇报，守在小院后面的五个特务，每人身中数枪，全部殒命，华振林消失不见。

这次中村宇都不仅一无所获，还付出八死三伤的代价。他无比沮丧地回去向凌岳州复命，让本来愁得满头大包的凌岳州，当头又挨了数棒。

更让凌岳州无法接受的是，凌云洲居然以剩下半条命的形式出现。他感觉凌云洲在演苦肉计的戏码，然而凌云洲确实惨不忍睹，他没有过硬的证据，仅凭感觉很难说服东条川赖和宫本正仁，也就无法对凌云洲进行严酷讯问。

更何况，他认为自己天衣无缝的部署，却让四个日本特务机构在闸北火车站损失惨重。现在，每个人都有一肚子邪火无处安放，谁还相信他的感觉？

其实，他的感觉没有错。

凌云洲为了返回特工总部，特意设计了一条苦肉计。

几天前，凌云洲不洗头不洗脸，混入闸北火车站乞丐圈，一天只吃一顿饭。乞丐也是有地盘有等级的，凌云洲强行加入，必然遭到闸北火车站丐帮暴力排斥。

底层人欺负底层人，多是残忍且残暴的。凌云洲面对无缘无故的殴打谩骂，以打不还手骂不还口的方式应对。只是他能巧妙地躲避重击，以免自己受重伤。

凌云洲探明闸北火车站的情况，找到破解凌岳州设置的天罗地网方法，逐一部署完毕后才找到藏在小院里的华振林，让华振林把他捆结实，再把他打到亲娘都认不出来的程度。

做好这一切之后，华振林按照凌云洲的吩咐，在小院附近转悠，以此引起特工总部特务的注意。华振林发现中村宇都带领特务跟踪自己时，打电话通知陈刚到小院后门接应他撤退。

陈刚接到电话后，和李致、莫康驾车来到小院后面。

华振林进入小院后，在院门上挂上三枚手雷。他进屋后，还没有来得及与凌云洲打招呼，院门上的手雷就爆炸了，他便爬上后院墙。

陈刚等人早就看到埋伏在小院后面的五个特务。听到爆炸声，陈刚驾车冲到五个特务面前，李致、莫康一起开枪，秒杀毫无防备的五个特务，接上华振林，快速离去。

~ 244 ~

时间：1943 年 4 月 18 日，星期日。
地点：上海，日占区，百老汇大厦。

金十作为竹机关骨干、刺客同盟实际控制人，他的主要任务是策反中国政府政要，帮助土肥原排除异己。

如果李致不走到竹机关对立面，没有脱离金十的控制，金十绝对不会向宫本正仁透露李致就是宫本芳子的秘密。

当初，土肥原不惜代价救治宫本芳子，并把失忆的宫本芳子带到朝鲜，培养成金牌杀手，目的就是想在关键时刻，把宫本芳子变成控制宫本正仁的秘密王牌。

金十把李致的近况密报给土肥原。土肥原思量再三，才命令金十把李致这张秘密王牌变成厚礼送给宫本正仁。同时，土肥原发密电告知宫本正仁，他麾下的竹机关发现了失踪两年的宫本芳子踪迹，由他的心腹金十登门详谈。

宫本芳子失踪后，宫本正仁一直通过自己的渠道寻找。可惜的是，他把上海及附近的区域找了几遍，也没有获得宫本芳子的一丝音信。

得知女儿还活着，而且活得很好，宫本正仁对土肥原既感激又憎恨。他感激土肥原，在女儿身心受到重创且服毒后，还能把女儿从死亡边缘拉回来；他憎恨土肥原，不该明知女儿在世，还瞒得死死的，让他苦苦寻找两年。

竹机关骨干、土肥原心腹金十携带重磅好消息登门，宫本正仁自然隆重接待。别说金十知道他女儿的下落，仅凭竹机关骨干这种身份，他就得像接待他的再生父母那样接待金十。

竹机关的主要职责，就是扶植中国某个政要成为一方"皇帝"。宫本正仁作为大清皇族后人，志在匡复祖宗大业，亟须竹机关扶持。

宫本正仁在密室招待金十。

金十把他如何从十六铺码头秘密接走中毒的宫本芳子，如何救治她，如何把她带到朝鲜的事情讲述一遍。

宫本正仁听罢，心里虽然憋了一肚子火，却不动声色地问道："土肥原将军救小女于危难，老朽不胜感激，他为何不向老朽通报一声呢？两年来，老朽思念小女，寝食难安啊！"

金十说："芳子失去记忆，即便见到您，也未必认识。土肥原将军想待芳子完全康复后，再向您禀报。"

宫本正仁问："现在小女恢复记忆了？"

金十摇摇头："暂时还没有。土肥原将军之所以提前告知您，是因为芳子受不良之人蛊惑，在错误的道路上渐行渐远，不得不求您施以援手，以特殊方法帮她恢复记忆。"他说完，就把宫本芳子参与刺杀小原吉泰的事情讲述一遍。

宫本正仁听罢，倒吸一口凉气。按照有关条例，不论是宫本芳子还是李致，参与刺杀日军将领都是死罪，任何解释都是苍白无力的。

他看了看金十："不论小女出于什么原因，暗杀皇军佐官，都应该将她绳之以法。你应该把她交给宪兵司令部依法处置，不必告知老朽。"

金十摇摇头："芳子身体康复以后，屡助竹机关诛杀叛逆，功不可没。在错杀小原少佐时，她只知道自己是李致。若因李致所为，依法论处芳子，恐怕难以令人信服。土肥原将军建议，先恢复芳子的记忆，其他事情以后再议。"

宫本正仁摆出公事公办的架势，只是做给金十看的。他见金十如此通情达理，便借坡下驴："要将芳子送回东京康复吗？"

金十说："恢复芳子记忆，要把她置于中毒前的生活场景中。她中毒之前，一直住在百老汇大厦1101房间。我们把那个房间恢复到她居住时的样子，再辅以汉药促醒汤治疗。我不能确保此法有效，但这是目前唯一的办法，只能试一试。"

第十九章 围剿

宫本正仁爽快答应，命人租下百老汇大厦1101房间，并把房间布置成宫本芳子居住时的样子。

金十辞别宫本正仁，带领竹机关特务，到石头记照相馆寻找宫本芳子。

他们打击宫本芳子后脑，也是帮助她恢复记忆的一个环节。

金十把昏迷的宫本芳子带到百老汇大厦1101房间，按照中医古方中的促醒方法，对她展开救治。三天后，在金十看来，宫本芳子应该恢复记忆了，但她却什么都想不起来。

于是，金十和宫本正仁商量，复制宫本芳子中弹时的场景，刺激她的大脑神经。

令金十不解的是，宫本芳子确实受到刺激，但她醒来后，依旧什么都想不起来。

金十认定，宫本芳子已经恢复记忆，只是她不想承认而已。

宫本正仁爱女心切，不忍心让饱受苦难的女儿再四处漂泊，于是续租百老汇大厦1101房间一年，供女儿居住，还不允许竹机关特务限制她外出活动。

金十安排两个竹机关特务，暗中保护宫本芳子。

没想到，那两个竹机关特务根本盯不住宫本芳子，经常被她摆脱，好在她还能返回百老汇大厦居住。

宫本芳子接到陈刚的电话，前往小院后面接应华振林摆脱梅机关特务追击。由于时间紧迫，她根本来不及摆脱那两个竹机关特务。

值得庆幸的是，她和陈刚、莫康击毙五个梅机关特务、接上华振林后，半个小时内摆脱了两个竹机关特务的跟踪，把华振林送到安全的地方。

金十得知宫本芳子又杀掉五个梅机关特务，只好再次面见宫本正仁，请求宫本正仁下令对宫本芳子进行全方位限制，不允许她再有损害帝国利益的行为。

听说女儿杀了五个梅机关特务，宫本正仁也感到后怕，决定与宫本芳子见面，把她拉到自己身边。

宫本芳子躺在百老汇大厦1101房间里的大床上，仰望天花板，复盘营救江澄子和华振林过程的每个细节。

如果没有这场该死的战争，她与凌云洲应该拥有一个幸福的家庭，甚至拥有一双可爱的儿女，一家人过着幸福而又平凡的生活。

战争，迫使他们放弃从前的一切，走到彼此的对立面。他们为了自己的信仰，把生命当作筹码，进行一场残酷的猎杀游戏。

她一直认为，她参加的是拯救落后、愚昧的中国人的圣战。待实现大东亚共荣之后，中国人就会摆脱腐朽的统治，沐浴英明天皇的圣恩，过上富足且幸福的生活。

这种被强行灌输到骨髓内的理念，已经演化成她斩杀异己的执念。

她来到中国，见到消失多年的初恋凌云洲，本以为他和她一样，无条件地效忠天皇、效忠圣战，最后却发现凌云洲已经变成熟悉的陌生人，甚至是她的对手。

她对此难以理解、无法接受，甚至想把凌云洲交出去，但她就是做不到。于是，她想通过爱情、婚姻重新把他拉到自己身边，让他成为她的亲人和战友。

然而，就在她通往婚姻殿堂的路上，她的闺蜜、战友黑川梅子却在她面临危机时，乘她不备，向她连开三枪，欲置她于死地。

她身处死亡边缘，她敬重的上司、她信任的战友却无动于衷。那时，她才意识到，她只是某些人掠夺财富、攫取权力的工具。失去利用价值的她就是多余的，随时可以抛弃的。

也许凌云洲早就看透了这一切，才不屑与这些人为伍，才允许江澄子替代她的位置。对凌云洲放弃她另娶江澄子，她不但没有丝毫怨恨，还想送去真挚的祝福。

她忍着剧痛，来到凌云洲的婚礼现场，当着他的面，摘下她的面具，说出心里话，然后走得毅然决然。

她把她掌握的秘密和盘托出，然后吞下毒药，让她从凌云洲的生活中彻底消失。

没想到，毒药只是抹去了她不堪回首的记忆，却没有剥夺她的生命。土肥原把她变成李致——更隐蔽的杀人工具。

她从朝鲜进入中国东北，从东北到上海，以见不得人的方式，帮助土肥原清除政敌。在此过程中，她目睹了已经彻底变成嗜血魔鬼的日本男人，看到了沦为性工具的中国女人，看到了被野狗撕咬的儿童，看到了白骨成堆的乡野，看到了纸醉金迷的贪婪政客……

那时，她每杀一个日本高层政要，就增加一分自豪感。

金十帮她找回原来的自己、找回失去已久的记忆拼图后，她才意识到，她又一次被欺骗、被愚弄、被利用。

为此，在李致和宫本芳子之间，她选择继续做李致，让宫本芳子彻底死去。

"当，当"，连续的敲门声，把她的思绪拉回来。

她抽出枕下的手枪，下床挪到门前："谁？"

"我是父亲。"门外传来宫本正仁充满慈爱的声音。

听到宫本正仁的声音，宫本芳子全身抖动，眼泪不受控制地溢出来。在她看来，无论宫本正仁扮演的社会角色合格与否，但他绝对是优秀的父亲。深谙社会潜规则的父亲，一再提醒她不要参与梅机关的任何行动，她纯洁的双手不能沾血。遗憾的是，她却以为父亲软弱无能、胆小怕事。现在看来，父亲是担心她将来会变成连自己都讨厌的人。

"芳子，开门啊！"宫本正仁喊道。

宫本芳子擦干眼泪，稳定心神，把手枪插入腰间，然后打开房门，看到手捧鲜花的宫本正仁和拎着点心盒子的金十。

他们背后，六个特务抬着三个大箱子。

宫本芳子看到苍老许多的宫本正仁，心里五味杂陈，但她极力地控制着眼泪，故作冷漠地问："你是谁？"

宫本正仁一把拉住宫本芳子的手，激动地说："芳子，我是父亲，你不认识父亲了吗？"

宫本芳子挣脱宫本正仁的手："对不起，你认错人了。我父亲已经被日本鬼子杀害了。"说罢，她看了一眼金十，"你若没事，我要休息了。"

金十说："芳子，我们进去说话好吗？只需半个小时，可以吗？"他不等宫本芳子答应，回头命令六个特务，"把东西抬进来。"他做出"请"的手势，和宫本正仁一前一后进入房内。

六个特务把三个大箱子抬到房内后，自觉地退出去。

宫本正仁把鲜花放在茶几上，深情地望着宫本芳子，指着三个大箱子说："芳子，三个箱子里面的东西都是你的生活用品和衣服，我给你带来了。"他打开茶几上的点心盒子，"这是我特意给你买的荣宝斋蜂蜜蛋糕，你最爱吃的。"

宫本芳子瞥了三个大箱子一眼，又看了看蜂蜜蛋糕，转过身，仰起头，极力地控制着眼泪。

金十冲宫本正仁努努嘴，指指宫本芳子。

宫本正仁走到宫本芳子身后："芳子，父亲没有照顾好你，让你受苦了，父亲向你道歉。"

宫本芳子转过身，双眼通红，沉着脸说："我叫李致，木子李，致敬的致，不是芳子。我们没有任何交集，你没有必要向我道歉。请你带着你的东西离开，不然我就不客气了。"她指着金十，"'师爷'，他到底是谁，想干什么？"

金十把满脸泪水、浑身颤抖的宫本正仁扶到沙发前坐下，然后低声劝慰宫本芳子："他就是你的亲生父亲，我真的没有骗你。"

"你骗我的次数还少吗？以前你对我说的话，哪句是真的？"宫本芳子厉声喝问。不等金十说话，她几步蹿到茶几前，拿起鲜花和点心，打开窗户扔出去。

"芳子，你真的不认识我了吗？"宫本正仁起身直视宫本芳子。

"我连自己的父亲是谁都不知道吗？笑话！"宫本芳子冷冷地说。

宫本正仁无奈地向金十求助。

金十对宫本芳子说："我发誓，这些天我对你说的话全是真的。"他指着宫本正仁说，"这位是大清亲王、日本天皇特使。如果你不是他女儿，身份如此高贵之人，岂能屈尊前来看望你！"他指指三个大箱子，"箱子里的东西，都是你用过的、穿过的。你跟随我们到朝鲜之后，他寻你不见，便把这些东西完好地保存起来，一件都不少。"他环指房间，"这个房子，是你两年前住过的。他为了让你恢复记忆，把这个房间租下来，又找回两年前你购置的家具、器具原样摆设。如果你不是他女儿，他会如此用心良苦吗？他会如此低三下四地哀求你吗？"

宫本芳子实在无法控制自己的感情，飞身扑到床上，扯过被子蒙在头上哭喊："我是李致，我就是李致——"

金十拉着无可奈何的宫本正仁走出房间，带领六个特务向电梯走去。

宫本芳子坐起来，细听几秒钟，起身走到门口跪下，磕了三个头。

电梯口，宫本正仁盯着金十："你不是说她已经恢复记忆了吗？"

金十说："我敢保证，她肯定恢复记忆了。您不觉得，她看您的眼神很特别吗？如果她不认识您，怎么可能会哭呢？至于她为什么不认您，我暂时还想不明白。这到底是哪里出错了呢？"

宫本正仁暗暗地把宫本芳子的每个表情、每个肢体动作回想一遍，觉得金十的判断没有错，却依旧缓声说道："我们父女命中注定有此一劫，尽人力听天命吧。"

~ 245 ~

时间：1943年4月18日，星期日。

地点：上海，日占区，虹口陆军医院。

凌云洲躺在虹口陆军医院特殊病房中，安抚疯子一般的江澄子。

江澄子如同怨妇一般，不停地指责、控诉、咒骂，怨气之重、恨意之浓、骂声之高，几乎传遍整个医院。

直到凌岳州、中村宇都、李墨群带着鲜花、礼品走进病房，她才闭嘴。

李墨群看到被折磨得不成人样的凌云洲，心里虽然愤怒，却不敢质问凌岳州，只能好言安慰凌云洲，暂时不要惦记工作上的事情，特工总部无论付出什么样的代价，也要确保他彻底康复。

凌岳州安慰凌云洲几句后，就进入正题："凌主任，那天到底是怎么回事儿？能不能说说你失踪之后的经历？弟兄们把上海滩都翻遍了，就是找不到你。"

江澄子乘机发飙，火冒三丈地指着凌岳州的鼻子喝问："蒋处长，不，松岛机关长，你们有一点点良心真的很难吗？我家云洲，在特工总部做牛做马这么多年，没有功劳也有苦劳吧？你们要是怀疑他是共逆，直接拉出去枪毙就行了，干吗这么折腾他？"

李墨群赶紧打圆场："澄子，云洲的工作性质特殊嘛。我们一直相信云洲的，不然他怎能坐到副主任的位子？云洲的健康最重要，凡事等他彻底康复之后再说。此刻，我们在他面前大吵大闹，解决不了任何问题。"

江澄子却一点面子都不给，点指李墨群、凌岳州："你们一直相信云洲？骗鬼吧！你们硬生生地往我家里塞进一个黑川梅子，是给云洲做妾吗？她每天看贼似的看着我们，我们放个屁你们都知道香臭；苍井巷死在宪兵司令部，不是死在特工总部，你们却软禁云洲。可笑的是，白天让他办公，晚上关他禁闭。他去抓捕坏人，被人设计，被折磨得剩下半条命。我每次打电话询问，你们总是说全力寻找，你们真的找了吗？"

李墨群说："澄子，云洲的工资和奖金，特工总部足额发放，药费、营养费全额报销。"

江澄子愤愤地说："不是我家缺特工总部的仨瓜俩枣，是你们太缺德了！"她转向凌岳州，"闸北火车站缉凶，是你指挥调度的吧？抓住多少人？死了多少人？你作为总指挥、总调度，应该负什么责任？按照要求凌云洲那样要求你，你是不是应该切腹自杀向天皇谢罪？"

凌岳州沉着脸："江董，我们接到密报，称凌主任是中共'31号'，我不得不按照程序进行甄别，还望你予以理解。"

"我还认为你是中共'31号'呢，是不是也要甄别一下？"江澄子指着胡

第十九章 围剿

子拉碴的凌云洲，"他要是中共'31号'，谁把他折磨成这样？梅机关还是特工总部？"她见凌岳州无语，转向中村宇都，"如果不是中村先生施以援手，他还能活到现在吗？"

中村宇都赶紧说："根据现场勘查结果判断，那个小院肯定是反日分子的藏身地。我只是根据线报前去抓捕刺杀小原吉泰的凶手，没想到能找到凌主任。"

凌云洲有力无力地看了看病房内的人，向李墨群招招手。

李墨群走到病床前，把耳朵凑到凌云洲嘴巴前。

凌云洲指指江澄子："主任，我没事儿，麻烦您把她弄出去，太吵了。"

李墨群起身对江澄子说："澄子，马勺哪有不碰锅沿儿的，更何况我们这些从事特殊工作的人。事实已经证明，凌主任是忠于帝国忠于职守的。你先回去给他弄点儿参汤，补补身子。"他说完冲江澄子连连挤眼睛，示意她赶紧出去。

江澄子走到凌云洲面前："你捡回一条命，以后再也不给他们当牛做马了。养好伤回家，我赚钱养你。"她转身指着凌岳州的鼻子，"梅机关不给我一个合情合理的说法，我就告到南京去，告到东京去！"说完，她转身离开病房。

病房终于消停下来。

凌岳州拽过一把椅子放到病床前，坐下后上下打量凌云洲："到底怎么回事儿？"

凌云洲说："别提了，丢人丢大发了。我接到线报，华宝斋是侍六组的秘密交通站，便带人前去搜捕。没想到，华宝斋的老板华振林却从半路杀出来，他似乎知道我在后面那辆车上，径直驾车撞过来，根本不给我反应时间。我没系安全带，一下子飞出去。等我醒来，就发现自己在一个屋子里。他们问我横山勇抵达上海的具体时间，我怎么知道！就算我知道，也不能说呀。他们给我上手段，那手艺，比特工总部的兄弟有过之而无不及，我都不知道昏过去多少次。横山勇司令官不是在武汉嘛，他真来上海了？"他像突然想起什么似的，"华振林是侍六组特工，赶紧派人查抄华宝斋。"

凌岳州起身拍了拍凌云洲的肩膀："凌主任，现在你的任务就是养伤。特工总部现在乱套了，那里离开你不行啊。"

第二十章 回 响

~ 246 ~

时间：1943 年 4 月 18 日，星期日。
地点：上海，法租界，福开森路。

把该办的事情办完了，中村宇都心里无比轻松。他站在街上，望着洋房二楼窗户上映出黑川梅子的身影，悄然落泪。

房子里有女人，才有家的模样。

本已无望的爱情，竟在不可抗拒的外力催生的强劲春风中，迅速开花、结果，圆了他苦等十年的相思梦。

那天，他护送黑川梅子离开日军第十三军司令部，把她带到他租住的洋房内，向她倾诉他十年的暗恋之苦。

黑川梅子被中村宇都的赤诚之情感动，答应与他终生厮守。

从那一刻起，中村宇都感觉天上的月更圆，眼前的人不像以前那么讨厌。

经受住凌岳州的讯问，中村宇都在闸北火车站救下东条川赖和横山勇，从小院内救出凌云洲，集中在他身上的怀疑目光越来越少了，他才敢回到那栋神秘的洋房。

他确定左右无人后，才走进院子。

院子不大，从院门口到门廊只有十余步。他整理一下衣冠，打开房门。

就在他把手伸向门口开关的时候，屋内的灯忽然亮起。

本应该在长春号令天下的土肥原，像活阎王似的出现在一楼客厅的沙发上。黑川梅子拿着一沓照片，从楼梯口走到土肥原身边，垂首站立。

中村宇都想上前向土肥原行礼时，几个房间里冲出七八个竹机关特务，一起把枪口对准他。

土肥原轻轻地摆摆手。

两个特务从中村宇都身上搜出两支手枪后，把他推到土肥原面前。

中村宇都意识到自己可能暴露了，却依旧装出一副吓得大气都不敢出的样子。

土肥原像似自言自语："珍珠港大战前夕，为了向'基督'施压，我故意做掉青木。当时，我的确怀疑青木是'圣杯'，但缺乏直接证据。珍珠港大战后，竹机关感觉原宝轩可能是'圣杯'，但调查结果不甚理想。直到八天前，我才知道原宝轩就是森木正淳，判断他不可能是'圣杯'，便重新排查当年涉嫌之人，终于查到了一条与你有关的线索。"

中村宇都低着头，不敢言语。

土肥原死死地盯着中村宇都："你应该听说过'东京二海，日本精魂'这句话吧？"

中村宇都低声说："北林海，流川海，日共领袖，四年前已经伏法。"

"北林海，日共匪首，曾经参与翻译《共产党宣言》，自知罪孽深重，自杀谢罪。"土肥原起身走到中村宇都身边，"北林海伏法后，他的三百二十八名学生悉数落网，没有一人能走出巢鸭监狱。其卷宗之翔实，无出其右。北林海不仅是日共匪首，还是美国常青藤大学客座教授，所以他在竹机关的调查范围内。遗憾的是，竹机关的人死板教条，迷信步骤科学、精细入微的调查程序，尽管他们万般小心，结果还是漏掉一个关键人物。"他拍了拍中村宇都的肩膀，"你说说看，那个关键人物应该是谁呢？"

中村宇都颔首："学生愚钝，请老师明示。"

土肥原突然指着中村宇都的鼻子厉声吼道："你就是那个关键人物！"

中村宇都瞪大眼睛："请老师明察！"

土肥原冷笑道:"我安排东京特高课小林课长到北林海的家乡神户走访,打听到一件趣事。一个老人讲,十年前,北林海回家乡养病期间,收下一个北海道孩子为徒。半年后,北林海返回东京前,不知何故却与那个孩子断绝师生关系。小林课长将竹机关高层的照片给老人看,老人一眼辨出那个孩子。"他把嘴附在中村宇都耳边,"你,就是那个孩子。说吧,你为何与北林海决裂?"

"我发现他在翻译《共产党宣言》,极有可能是共产邪教分子。"中村宇都低声说,"此乃我终身奇耻大辱,所以没有向您如实禀报。"

"胡说八道!"土肥原的声音立即提高八度,"北林海让你加入苏共情报小组——曼哈顿小组。四年前,北林海暴露自杀,是以死保护你吧?你确实没有去过美国,但我给竹机关下达死令,凡涉嫌人员,只要与美国有关联,无论有无证据,皆可秘密处决。"

"如果您认定我就是'圣杯',随您处置。"中村宇都不卑不亢地说。

土肥原摆摆手:"不是认定,是确定。一个从上海经长春撤回莫斯科的共产国际成员,被竹机关抓捕后,供出他们的联络点——愚园路4号。你——应该是那里的常客吧?"

中村宇都摇摇头。

土肥原冲黑川梅子努努嘴,然后回到沙发前坐下。

黑川梅子走到中村宇都面前,将他进出愚园路4号的照片逐一展示给他看。

一年前,拉乌尔到上海实行"赴死计划",刚下火车就给迎接他的特务发钱,日本特务青木拿到的纸币上隐藏着"圣杯,老地方见,基督"的情报,被中村宇都发现,致使土肥原处决了青木。

保护"圣杯"是拉乌尔来到上海的目的之一。土肥原以霹雳手段清查竹机关,拉乌尔和中村宇都以移花接木之计,让青木成为替死鬼,暂缓土肥原清查竹机关的进度。他们这样做,如同在火灾现场周围制造隔离带,避免自己被土肥原这把大火殃及。

接下来,中村宇都倚仗他的特殊身份,利用犬养中堂,炸毁了制造原子弹的重水。

他还利用自己的现有条件，多次与日本华中振兴株式会社代表凌岳州巧妙周旋，帮助原宝轩粉碎日本人幻想通过证券市场鲸吞上海财富的计划。

作为思维缜密、神出鬼没的"圣杯"，中村宇都最后还是栽在"情"字上。他暗恋黑川梅子十年，不由自主地以为，黑川梅子也会像他一样，为他做任何事情都是无私的、快乐的。然而残酷的事实证明，这只是他的一厢情愿。

他失望地望着黑川梅子："你一直跟踪我、调查我？"

"职责所在。"黑川梅子冷冷地说，"痛快交代吧，别为难自己。"

中村宇都摇摇头："我没什么好交代的。"

土肥原"噌"地一下站起来，疾步走到中村宇都面前，用枪抵住他的太阳穴，嘴角不停地抽搐。

十秒钟后，土肥原放下枪，低声喝道："关起来！"

~ 247 ~

时间：1943 年 4 月 18 日，星期日。

地点：上海，日占区，极司菲尔路 76 号，十六铺码头。

凌岳州站在特工总部院内，望着缓缓驶出大门的卡车，难掩心中的兴奋。

自中村宇都建议秘密审讯凌云洲，到他把请示报告交给宫本正仁审批，前后不到一个小时。这种审批速度，是前所未有的，让他觉得不可思议。

凌岳州在闸北火车站输得体无完肤，中村宇都却因为舍身护卫东条川赖建立奇功，让凌岳州产生"既生瑜，何生亮"之感。

从虹口陆军医院回来的路上，中村宇都与凌岳州分析李墨群的态度。中村宇都认为，李墨群作为凌云洲的顶头上司，对反日分子绑架凌云洲似乎无动于衷，既没有抱怨梅机关，也没有对反日分子采取报复行动。李墨群这种反常的态度，如果不是自私性格使然，就是另有目的。

凌岳州认为，现在的李墨群，已经不是当初的李墨群。

根据竹机关掌握的情报，自日军中途岛战役大败，"南进"战略被美军遏制，在中国战场败象渐露，善于投机的李墨群，已经在寻找他的退路。三个月前，驻扎在江苏的日军命令李墨群征缴五万吨粮食，李墨群只是应付差事似的上交一万三千吨，其余全部被他私下吞没。

李墨群的手下吴世宝悍然抢劫日本银行金库。虽然吴世宝被李墨群处死，但大部分黄金下落不明。

天津、南京、杭州、香港等地的特工总部，都与当地的军统、中统分子秘密接触，为自己寻找退路。

种种迹象表明，李墨群执掌的特工总部，已经与上海日本宪兵司令部、梅机关、竹机关貌合神离。

鉴于此，中村宇都建议，在虹口陆军医院设置审讯室，凌岳州以特工总部的名义，秘密审讯凌云洲，禁止李墨群参与，造成日本人掌控特工总部的假象，摧毁凌云洲的心理防线。

凌岳州一直以为，中村宇都与凌云洲私交甚密，没想到中村宇都在关键时刻，能对凌云洲下死手。

看来，在生死或者巨大利益面前，任何人做出任何选择都无关人品。

凌岳州当即采纳了中村宇都的建议，并增补两项内容。

一、让指证凌云洲是中共"31号"的"花旦"金十，与凌云洲当面对质，坐实凌云洲的通共罪名。

二、在虹口陆军医院设置内阁特使专用病房，在东条川赖检查身体之际，伺机做掉他，为宫本正仁匡复祖宗大业扫除障碍。

宫本正仁以闪电速度批复了凌岳州提交的秘密审讯凌云洲的请示报告，并命令凌岳州秘密执行。

手握尚方宝剑的凌岳州，嘴角挂着常人难以察觉的冷笑，驾车驶出特工总部大门。

凌岳州并没有跟随卡车前行，而是绕到十六铺码头检查"东方"号和

"天朝"号轮船的建造情况。自十六铺造船厂重新开工之后,凌岳州便安排梅机关特务在此日夜值守。

他确认十六铺造船厂没有异常后,又赶往华宝斋。

已经成为废墟的华宝斋,在黑魆魆的夜里显得阴森恐怖。

凌岳州穿过废墟,走到华宝斋后面一个普通的宅院门口,三轻两重节奏分明地敲门。

半分钟后,一个特工总部的特务打开院门,把他迎进去。

此院面积不大,正房三间、东西各有两间厢房,只有正房亮着灯。

凌岳州径直进入东厢房,打开灯,走向墙角的水缸。

唐墨的头露在水缸外,身子被黏稠状的液体浸泡着。他缓缓抬起头,注视着逼近他的凌岳州,眼睛里充满恐惧。

凌岳州捡起一根木棍,搅拌几下水缸里的液体,然后在唐墨头顶敲了几下。

唐墨缓声说道:"你想问什么就问吧。"

凌岳州摇摇头:"主动不是买卖。我这次来,只是想告诉你,我花一周时间才抓到一些蚂蚁,不过个头还让我满意。你说,那些蚂蚁是不是特别喜欢吃蜂蜜?"他说着,用木棍蘸着液体往唐墨脸上涂抹。

唐墨一脸惊骇,连声说:"我交代,我什么都交代。"

凌岳州冷笑道:"你可以交代,但我会验证你说的每个字。至于结果如何,你应该比我清楚。你是'神木',我也是'神木',同时出现两个'神木',是谁的主意?"

"'老猪'的主意。你来上海之前,只有我一个'神木'。"唐墨谨慎地交代,"按照'老龟'的说法,你因'神鸟'诞生,'神鸟'应栖身于'神木'之上。这么多年,你归'神鸟'领导,我归'老猪'领导。不过,你不能知道'老猪'是谁。但是,我可以告诉你一件关于你的事儿。"

"说!"

"你是'老猪'的人。"

唐墨说出这句话,如同惊雷在凌岳州耳边乍响。他转身走到门口,脑海中浮现出他和宫本正仁的一次对话。

"你是我的人，'神木'"。宫本正仁负着双手，望着池塘里的鱼，语气柔和，像是自言自语。

凌岳州毕竟不是真正的蒋文汉，不知道如何接宫本正仁的话茬儿，只好顺着宫本正仁的意思模棱两可地回答，"我是先生的人"。

凌岳州意识到，"神木"蒋文汉是宫本正仁的心腹，还是"老猪"的人。"老猪"拒绝与任何人合作，却唯独与宫本正仁接触，难道宫本正仁就是"老猪"？

松岛凉子是龟机关的审查官、"老猪"的助理，却常年待在宫本正仁身边，这种现象已经说明了一切问题。

口口声声说深爱他的松岛凉子，应该知道宫本正仁就是"老猪"，但她至死也没有向他透露半点儿信息。

"她就没有真正爱过我！"凌岳州愤愤地嘀咕道。

自诩聪明过人的凌岳州，无法接受女人典当他的感情。他突然转过身，走到唐墨面前，掏出手枪抵在唐墨的额头上，一字一顿地说："你们——都该死！"

唐墨面无惧色，微微一笑，准备迎接凌岳州的子弹。他心里非常清楚，在千只蚂蚁蚀骨与一枪毙命之间做选择，他肯定会选择后者。

"比太监还太监的人，你敢——"唐墨的话还没有说完，一颗弹头便钻入他的眉心。

~ 248 ~

时间：1943 年 4 月 19 日，星期一。
地点：上海，公共租界，江公馆；日占区，日军第十三军司令部。

"东方"号和"天朝"号两艘轮船试航在即，江澄子命人把大量柴油桶搬入发动机舱内，并将定时炸弹藏在发动机舱盖下。待两艘轮船驶入公海，定

第二十章 回 响

时炸弹引爆柴油桶，炸毁发动机，轮船就会在火海中沉没。

一切安排妥当后，江澄子忽然想到一个问题。试航时，必然有大量中国水手在船上。轮船爆炸后，他们极有可能被炸死，或者随船沉入海底。

这是她无论如何都无法接受的。

江澄子立即通知普乐天，秘密拆掉两艘轮船上的定时炸弹。

凌晨3点钟，普乐天潜入轮船，拆掉定时炸弹后，发现一群人也来到发动机舱，急忙躲在暗处观察。

他看到，"蒋文汉"指挥一群特务，将大量定时炸弹藏在发动机舱内。"蒋文汉"逐一检查后，确认每颗定时炸弹都能正常引爆后才带人离去。

"蒋文汉"等人离开轮船后，普乐天也检查一遍定时炸弹，认为这些定时炸弹一旦引爆，足以肢解轮船。

普乐天连夜将他看到的一切向罗亭汇报。

罗亭认为，江澄子取消炸毁两艘轮船的行动是正确的。现在日军败局已定，神仙都救不了，没有必要再做无谓的牺牲。至于"蒋文汉"为何要炸毁两艘轮船，让她百思不得其解。

罗亭想到，原宝轩在世时，曾经对她讲过，宫本正仁一心想尽快结束中国战事，再创他祖上伟业，成为史上第二个石敬瑭。

原宝轩告诉罗亭，宫本正仁虽然是天皇特使，却没有实权，日本军方不会把他放在眼里。他要想成为日本人的"儿皇帝"，就不敢公然与日本军方作对，更不可能招惹日本内阁。

罗亭来到上海后，密切关注着上海日本军政高层的动向。她从普乐天口中得知，东条川赖不但把大公制药厂归还江家，还出巨资资助十六铺造船厂，唯一的要求就是尽快交付"东方"号和"天朝"号两艘轮船。

假设宫本正仁与东条川赖的终极目标不一致，必然暗中相互掣肘。目前，"蒋文汉"与宫本正仁走得很近，难道"蒋文汉"受宫本正仁指使，要炸毁"东方"号和"天朝"号两艘轮船，给东条川赖使绊子？

现在，只有这一种符合逻辑的解释。

罗亭建议，让江澄子面见东条川赖，把"蒋文汉"要炸毁两艘轮船的事情透露给他。看看东条川赖能打出什么牌，毕竟两艘轮船是他的命根子。

普乐天辞别罗亭，带上照相机，再次潜入"东方"号和"天朝"号轮船的发动机舱，拍下定时炸弹的照片。

他上岸后，拿着洗出的照片去见江澄子，把"蒋文汉"要炸毁轮船的事情告诉她。

江澄子看完照片，顿时不知所措。她万万没想到，"蒋文汉"能做她想做又不敢做的事情，但她又实在想不出"蒋文汉"这么做的动机是什么。

普乐天将罗亭的分析讲述一遍，告诉江澄子这是一个非常难得的机会。如果宫本正仁、东条川赖、"蒋文汉"之间发生内讧，可以借他们之手，除掉其一或者其二。

江澄子带着照片，驾车来到日军第十三军司令部，拜访东条川赖。

东条川赖掰着手指，焦急地等待两艘轮船交付。他听说江澄子来访，命人把她带到书房，热情接待。

江澄子刚刚坐稳，东条川赖就迫不及待地问："江董突然到访，是不是两艘轮船可以如期交付了？"

江澄子面露难色，迟疑地问："自从接到您复工的命令，船厂工人三班倒，加班加点地赶工，现在两艘船确实可以提前试航，但是——"

东条川赖一怔，随后沉下脸："难道江董想提价？有何问题，请你讲在当面。"

江澄子向左右看了看，压低嗓门："有人想炸毁两艘轮船。"她拿出普乐天拍的照片放在茶几上，"这是两艘船发动机舱内的近照，好像平白无故多了很多东西，不知道您是否认识。"

东条川赖当然认识那些定时炸弹。他逐一看完照片，一把摔在茶几上："谁干的？"

江澄子顿时戏精附体，两眼含泪，抽噎着说："松岛机关长派人安装的。建造两艘排水量如此巨大的轮船，已经耗尽十六铺造船厂的物力、人力和财力。一旦它们出现闪失，不能如期交付，江家即便倾家荡产，也无法承担这种损失。故此，我特来向您求救。"

第二十章 回 响

东条川赖又拿起照片看了几遍，然后问江澄子："你有何高见？"

江澄子说："松岛机关长是十六铺造船厂安全负责人，即便他想炸毁轮船，也要等到轮船离开造船厂以后进行。如果我们暂时取消试航，他的伎俩就无法得逞。在此期间，您安排可靠之人排除隐患，确保两艘轮船万无一失后，再择日试航也不迟。毕竟，两艘轮船顺利交付使用，才是最重要的。"

东条川赖想了想，说道："现在各方都在密切关注着两艘轮船，它们不能如期试航，总得有一个合理的解释吧。"

江澄子说："可以让上海船业商会出具质检报告，证明两艘轮船暂时不宜试航即可。"

东条川赖思索片刻，点点头："你负责出具质检报告，其他事情容我再想想。"

~ 249 ~

时间：1943 年 4 月 19 日，星期一。

地点：上海，日占区，虹口陆军医院。

凌岳州想炸毁"东方"号和"天朝"号两艘轮船，其实另有所图。

他判断，宫本正仁极有可能是神龙见首不见尾的龟机关实际控制人"老猪"。松岛凉子作为龟机关的审查官，以他初恋情人的名义，宁愿与他在床上进行灵魂与肉体的对话，却至死也不愿意拉近他与宫本正仁的关系。

这是他无法接受的。

他在闸北火车站指挥失误，给帝国隐蔽战线造成了巨大损失。东条川赖把这次失误当作他的死穴，拿捏得死死的。一旦东条英机得知他把东条川赖置于危险境地，贻误太平洋战场战机，他的后半生将生不如死、做人不如做鬼。

善不当官，慈不掌兵。已经死过一回的凌岳州自然不会坐以待毙。

既然无人知道"老猪"的身份，只要巧妙设计，让天皇特使宫本正仁死于上海，让内阁特使东条川赖失去内阁信任，到那时他不但安然无虞，还能继续统领龟机关中国局，进而掌握帝国隐蔽战线更大的实权。

因此，他经过多次推演，才带领心腹将一批定时炸弹藏于"东方"号和"天朝"号发动机舱内，想用海上的两把大火，把宫本正仁和东条川赖送上仕途不归路。

一旦东条英机急需的两艘轮船被毁，必然责令他进行调查。到那时，他就可以利用手里的特权，让更多人成为他的替死鬼、炮灰或者垫脚石。

想到这里，凌岳州都忍不住夸奖自己就是天选弄权鬼才。

第一步，他把魔掌伸向一直让他羡慕嫉妒恨的凌云洲。

现在，他在虹口陆军医院临时审讯室内，抚摸着先进的电击椅，看着桌上的致幻针，脸上露出诡异的狞笑。

审讯凌云洲，不能像审讯普通共匪那样简单粗暴地使用刑具，必须要使用那些既能轻松击穿凌云洲的忍受极限，还不能让人看到血糊糊的皮肉伤。

他相信，即便凌云洲是铁打的，也无法抵抗科技力量对他的精神和肉体造成的双重打击，必然是有问必答。所以，他还邀请内阁特使东条川赖和天皇特使宫本正仁参加审讯。一旦凌云洲在他们面前招认，就会省去很多不必要的麻烦。

东条川赖绷着阴鸷的脸，走进临时审讯室，见到凌岳州就说："松岛机关长，希望你这次不要弄错。东条首相的原则是，既不冤枉一个好人，也不放过一个坏人。当下时局不稳，我们绝对不能为了某人一己私利，做亲者痛、仇者快的事情。"

凌岳州听罢一怔，以为东条川赖还在为闸北火车站的事情耿耿于怀，便满脸堆笑地说："请两位特使督审，就是确保审讯过程公平公正。"

东条川赖不耐烦地哼了一声，一屁股坐在椅子上，不再说话。

宫本正仁走进临时审讯室，冲东条川赖抱拳拱手。东条川赖象征性地回礼，示意宫本正仁坐在他身边，把主审位子留给凌岳州。

凌岳州看看手表，毫不客气地坐在主审位子上，示意特务把凌云洲押进来。

凌云洲的精神状态，明显比刚入院时好很多。他被特务带进临时审讯室，按在电击椅上。他看了看面色铁青的凌岳州、东条川赖和宫本正仁，意识到他要接受一场特殊的审讯。

凌岳州干咳一声，穿着白大褂的军医走进来，给凌云洲注射一针致幻剂。

军医退出后，临时审讯室内突然安静得瘆人。

十分钟后，凌云洲感觉眼前的一切变得模糊，阵阵强烈的睡意袭来，于是闭上眼睛，极力地使内心平静，用强大的意志力对抗药力。他暗暗地叮嘱自己，必须等到对方问三遍后再选择沉默还是回答。

凌岳州问了三遍："你是凌云洲吗？"

凌云洲吃力地点点头。

凌岳州呵斥道："前特工总部主任李墨群，因为倒卖军粮，已被免职待查。凌云洲，现在你已经不是特工总部副主任，而是接受审讯的犯人，如实交代你的罪行！"

"你让我交代什么，请——"凌云洲说完，脖子一歪昏睡过去。

凌岳州起身拎起水桶，把满满一桶水浇到凌云洲头上。

凌云洲打了一个激灵，狠狠地摇摇头，顿感大脑清醒许多。

凌岳州站在凌云洲面前，冷冷地说："半个月内，你作为特工总部副主任，两次被军统分子绑架，且能全身而退，这既不合情也不合理，今天你必须给出让我们都能接受的解释。"他说完，指指宫本正仁和东条川赖。

凌云洲呆滞地望着凌岳州，似乎听不懂他在说什么。

凌岳州又重复了两遍。

凌云洲脖子一歪，又睡过去了。

东条川赖怒了，"呼"地一下站起来，怒斥凌岳州："刚才你给他注射什么了？他大脑不清醒，根本无法回答问题！"

凌岳州走到东条川赖面前，低声说道："德国生产的最新高科技药品致幻剂，能摧毁任何人的意志力，请您耐心等待。"

东条川赖冷冷地问："此药在其他人身上做过试验吗？"

凌岳州摇摇头。

东条川赖指着凌岳州的鼻子呵斥道："能不能在你身上试一试，看看你能不能解释道貌岸然和口是心非的区别！说实话，我最讨厌像你这样内战内行、外战外行的太监！"

凌岳州顿时蒙圈了，不知道东条川赖的邪火为何如此之大。

宫本正仁拽了拽东条川赖的衣襟。

东条川赖一屁股坐下，怒视凌岳州。

凌岳州转身走到电闸前，一把推上电闸。

坐在电击椅上的凌云洲一阵剧烈抖动，口吐白沫。

一股焦煳的味道弥漫四周。

凌岳州拉下电闸，拎起一桶水，在凌云洲头顶浇下。他把水桶扔到一旁，点燃一支烟，狠狠地吸了一口，把烟雾吐到凌云洲脸上。

凌岳州吸完一支烟，凌云洲缓缓地醒过来，咧嘴冲三人笑了笑。

受到先天血脉压制的凌岳州怒不可遏，抓住凌云洲的头发喝道："过电的滋味不好受吧？这是最低挡电压，要不你试试最高挡的？"

凌云洲咬咬牙，沙哑地吼道："军统分子为什么抓我，这他妈的还用问吗？"他冲三人努努嘴，"我们都在他们的黑名单上，不是你就是我，我没有被杀只能说明我的大限未到。蒋文汉，你对我能活着回来感到不可思议？第一次，是你们用药品把我换回来的，第二次是你们把我救回来的，是你们救错了，还是我没死错了？他妈的我要是知道回来是这个下场，我就不回来了！"

东条川赖捂着鼻子说道："这个问题不需要再问。我们不能让英雄既流血又流泪。"他看了看宫本正仁，"天皇特使意下如何？"

从审讯开始，宫本正仁就感觉东条川赖对凌岳州很不满，却不知道为什么。他见东条川赖问他，便点点头。

凌云洲的斥责，把凌岳州骂糊涂了。他见两个特使不让他再追问这个问题，就愤愤地冲门口喊道："进来！"

守在临时审讯室门外的金十，闻声走进来。

第二十章 回 响

凌岳州向宫本正仁、东条川赖介绍金十："这位是竹机关资深特工金十，曾奉土肥原将军之命，在上海执行秘密任务一年有余。他跟踪凌云洲几个月，现在由他向二位特使举证。"

金十走到宫本正仁、东条川赖面前，行了一个标准的军礼后说道："属下一年前奉土肥原将军之命潜伏上海，秘密搜集重点嫌疑人的犯罪证据。特工总部的李墨群、凌云洲是我的重点调查对象，当然还包括从苏联来到上海的犬养中堂。"

凌云洲听罢，心里连打几个激灵。一年前，中共门徒小组全力执行"杀龟行动"计划，对藏在暗处的金十毫无戒备。近半年来，自己与刺客同盟的人走得很近，现在金十突然冒出来，他会拿出什么证据呢？

唉，事已至此，只能走一步看一步，以不变应万变。

东条川赖问道："金十，既然你一直监视犬养中堂，那就说说他是怎么死的吧。"

金十说："帝国空军袭击珍珠港那天，我跟踪犬养中堂来到圣约翰大学。他把专车停在校门口，带领两个手下进入校园。我怕暴露，就守在校门口。那天，上海到处是枪声，圣约翰大学里也有枪声。令我不解的是，犬养中堂和两个手下没有出来，凌云洲却从校园里走出来，开走犬养中堂的专车。如果凌云洲不知道犬养中堂已死，怎么可能动用犬养中堂的专车呢？"

凌云洲听完金十的讲述，彻底参悟了"画蛇添足"的真正含义。当时他担心那辆高档轿车久停校门口不动，会引起他人注意，就把它开走了。

不知道怎么解释，那就不解释，静观其变。凌云洲打定主意，闭上眼睛装昏迷，暗中寻找应对之策。

金十见凌云洲不说话，从口袋里掏出两张照片，指着照片背后"昭和十六年十二月七日　星期日"那行字，让凌岳州、宫本正仁、东条川赖观看。

待三人看完，他把照片翻转过来。一张是犬养中堂和两个手下下车走进圣约翰大学大门的画面，另一张是凌云洲拉开犬养中堂专车车门的画面。

金十用两张照片证明，他刚才所言不虚。

凌岳州作为犬养中堂的儿子，一直为自己找不到杀父凶手深感内疚。没想到，杀父凶手一直在他眼前晃来晃去。

凌岳州不动声色地拿着照片走到凌云洲面前，揪住凌云洲的头发喝道："凌云洲，说说吧，你为什么开走犬养先生的专车！"

凌云洲佯装吃力地睁开眼睛，看了看照片，瞥了凌岳州一眼："那天我在校园里遇到犬养先生，他对我说，他在执行秘密任务，要我把他的专车转移到成都路交给一个人保管。犬养先生是'老龟'，我向来对他唯命是从，自然不敢多问，只能奉命行事。"

"那个人叫什么？"凌岳州喝问。

凌云洲似乎想不起来了，思忖半晌后才说道："好像叫——叫柳鸣堂。"

凌岳州向东条川赖、宫本正仁颔首："请二位特使暂时回去休息，待我查明犬养先生专车一事，再向二位特使汇报。"

东条川赖瞥了凌岳州一眼："我还是那句话，不能冤枉一个好人，也不能放过一个坏人。凡事要讲究证据，绝对不能为了一己之私肆意妄为。"

~ 250 ~

时间：1943 年 4 月 19 日，星期一。

地点：上海，日占区，成都路，宫府。

凌岳州带领梅机关和特工总部的特务，包围了成都路柳鸣堂的院子。

众特务破门而入，闯进正房客厅时，又聋又哑的柳鸣堂才发觉有人闯进来。

凌岳州一挥手，几个特务一拥而上，把柳鸣堂控制住。

在西厢房内，他们找到了一辆落满灰尘的轿车。特务清洗完车身，发现果然是犬养中堂生前乘坐的专车。

凌岳州发现，西厢房的后窗用砖砌死，前窗口钉着木板，房门左右的砖墙重新砌过。看来凌云洲为了隐藏这辆车，对这间房子进行过改造。

第二十章 回 响

当时，凌云洲觉得这是难得的防弹轿车，留下肯定有用，就把它藏在柳鸣堂家中。闸北火车站事发时，他本想动用它，思量再三还是没舍得用。

凌岳州来到正房客厅，打量几眼戴着手铐的柳鸣堂，上去抽了柳鸣堂两个嘴巴，喝问："说，你和凌云洲是什么关系！"

柳鸣堂指指嘴巴和耳朵，"呜呜哇哇"地叫着。

金十说："机关长，他是聋哑人。"

"妈的，凌云洲的社会活动能量真大，连这种鸟人都认识。"凌岳州把柳鸣堂拽到书桌前按到椅子上，拿起笔写道："你和凌云洲是什么关系？"

柳鸣堂看看那行字，指指条案上的胆瓶。

金十举起胆瓶，把口冲下一倒，一把精致的手枪掉出来。

凌岳州捡起手枪反复查看。这是日军佐官以上将领的配枪，枪托刻着"犬养中堂敬赠"一行日文。他退出弹夹，把手枪扔到柳鸣堂面前，拿笔写道："此枪是犬养中堂赠给你的？你和他是什么关系？"

柳鸣堂写道："我乃犬养先生的死士，负责调查、斩杀任何可疑之人。"他放下笔，指指书架上的线装书盒。

凌岳州取下线装书盒，发现里面夹着一个尚未打开的竹机关专用信封。他撕开信封，拿出一张竹机关专用信纸，上面全是日文，貌似犬养中堂生前留下的遗书。大概意思是，他与土肥原政见不和，土肥原派杀手暗杀他。如果他遭遇不测，定是土肥原所为。

看到犬养中堂的手迹，凌岳州转过身去，嘴角微微抖动，极力地控制着眼泪。

待情绪平复后，凌岳州把信揣进口袋，走到柳鸣堂面前，在纸上写出"政见不和""遭遇不测"等日语词汇，让柳鸣堂翻译。

柳鸣堂连连摇头，表示他看不懂。

金十用日语问道："机关长，信上写的是什么？这个糟老头子怎么可能懂日语呢？"

凌岳州瞪了金十一眼，用日语问金十："隶属竹机关的刺客同盟，杀掉多少日本高层政要？"

金十见凌岳州突然问起这件事，心里一怔，支支吾吾地说："刺客同盟只执行土肥原将军的命令，铲除不忠于帝国、不忠于天皇的叛逆。凌云洲就是落网之鱼，我们必须马上除掉他。"

金十提到凌云洲，让凌岳州意识到，自己可能被金十利用了。

就在这时，门外传来清脆的高跟鞋叩地的声音，紧接着就是几记响亮的耳光和女人的呵斥声。

凌岳州和金十立即掏出手枪，对准门口。

门开了，一身戎装的宫本芳子走进来。

凌岳州和金十看到如此装扮的宫本芳子，顿时愣住了，不由自主地放下枪。

金十满脸惊喜，问道："芳子，你真的恢复记忆了？"

宫本芳子没有搭理金十，冲凌岳州微微一笑："我应该叫你凌大处，还是蒋科长？"

"请叫我松岛机关长。"凌岳州打量宫本芳子，"宫本课长消失这么多年，在哪里高就？"

"再次为人，被人当工具使用，充当竹机关麾下刺客同盟金牌杀手。"宫本芳子轻轻地说，"松岛机关长一定想知道我为什么会出现在这里吧？"她把一个信封递给凌岳州，"听说你在调查犬养先生的死因，这个手谕对你一定很重要。"

凌岳州从信封里抽出一张便笺，上面犬养中堂的日本名字被红圈圈住，下面盖有土肥原的私章。

"你怎么有这个？"凌岳州盯着宫本芳子问。

宫本芳子冲金十努努嘴："你应该问他，他比我清楚。"

凌岳州把便笺送到金十面前："宫本课长让你解释一下。"

金十看了一眼便笺，突然把枪口对准宫本芳子，吼道："宫本芳子，我花那么大力气帮你恢复记忆，你为何要陷害我？松岛机关长，土肥原将军给我下达命令，从来不用手谕，这是她伪造的！"

一直沉默的柳鸣堂突然抓起面前的砚台砸向金十，不停地跺脚、焦急地

第二十章 回　响

比画着杀人的手势。

注意力全部集中在宫本芳子身上的金十，被飞来的砚台砸中脑袋，本能地调转枪口，冲柳鸣堂扣动扳机。

柳鸣堂头部中弹，直挺挺地倒下。

凌岳州已经认定金十就是狙杀自己父亲的凶手，想都没想，举枪向金十胸口连开三枪。

金十当场毙命。

宫本芳子摸摸柳鸣堂、金十的颈动脉，起身对凌岳州说："你太冲动了。即便他们罪大恶极，也应该把他们带回去，当着我父亲、东条川赖的面进行审问，不然你解释不清楚。"

凌岳州收起刻有"犬养中堂敬赠"日文的手枪、犬养中堂的遗书，冲宫本芳子吼道："帝国还欠我很多解释呢！"他说完把特务喊进来，命令他们把金十、柳鸣堂的尸体抬上车。

他走到院子里，命人拆掉西厢房的门窗，把犬养中堂的专车拖到虹口陆军医院。

宫本芳子望着远去的车队，在院子里转了几圈，回想她在此疗伤的情景，嘴里默默地念叨："金十，对不起了。为了凌云洲，我别无选择。"

几天前，中村宇都来到百老汇大厦1101房间，告诉宫本芳子一条信息：金十将要指证凌云洲是中共"31号"，在虹口陆军医院与凌云洲当面对质，供出凌云洲私藏犬养中堂专车行为，坐实凌云洲杀害犬养中堂的罪名。

中村宇都还告诉宫本芳子，凌云洲确实把犬养中堂的专车藏在成都路柳鸣堂家，凌岳州一定会带人搜查。

他临走时，留下一把刻有"犬养中堂敬赠"日文的佐官配枪、伪造的犬养中堂遗书和土肥原手谕。

宫本芳子问中村宇都，为什么要把这些东西送给她。

中村宇都说，本来应该由他把这些东西交给柳鸣堂，但柳鸣堂未必相信他、配合他。土肥原马上秘密来到上海，他随时会遭到土肥原的毒手，只能请她把这些东西交给柳鸣堂。

中村宇都走后，宫本芳子以为这是金十设计验证她，没有立即采取行动。

她秘密约见江澄子，要江澄子向凌云洲求证。

江澄子利用探视凌云洲的机会，得知中村宇都所言不虚，便通知宫本芳子立即想办法除掉金十，帮助凌云洲渡过难关。

宫本芳子悄悄地来到柳鸣堂家，把刻有"犬养中堂敬赠"日文的佐官配枪、伪造的犬养中堂遗书交给柳鸣堂，并告诉他如何利用这些道具，给凌岳州和金十演一场戏。

为了帮助凌云洲度过此劫，宫本芳子不得不违背自己的初衷，放弃她深爱的李致身份。

宫本芳子唯一失算的是，她没想到柳鸣堂会激怒金十，把他自己置于万劫不复之地。

她突然想到，杀红眼的凌岳州，可能会对任何人下毒手，于是她立即赶往宫府求见宫本正仁。

宫本正仁从虹口陆军医院回到宫府，把临时审讯室内的情景回忆一遍，自诩人生阅历丰富、能看穿任何人真实需要的他也感到困惑了。

他想不明白，凌云洲两次失踪又回来，基本都是死里逃生，凌岳州为何抓住这个问题不放，还要把凌云洲置于死地。

他想不明白，官场老油条东条川赖，为何在临时审讯室内处处掣肘凌岳州。

他想不明白，一直隐藏在幕后的金十，为什么突然走到台前，甘愿做凌岳州的打手。

就在他百思不得其解的时候，一身戎装打扮的宫本芳子以女儿的身份出现在他面前，让他大喜过望，把所有困惑暂时搁置。

父女二人简单地倾诉相思之情后，宫本芳子把柳鸣堂家中发生的一切讲述一遍，判断凌岳州要利用手中的权力滥杀无辜，恳求宫本正仁带她去临时审讯室，想办法搭救无辜的凌云洲。

"芳子，凌云洲在你大伤之时另娶江澄子，仅凭这一条，就足以判他杀无赦，你为何还要救他？"宫本正仁嘴上虽然这么说，心里却想，即便凌云洲人兽无害，但他毕竟不是自己这条船上的人，不是自己人，自己自然不能冒险救他。

宫本芳子早已看透宫本正仁的心思，说道："父亲，蒋文汉旨在控制帝国设在中国的隐蔽战线力量。一旦他掌握杀罚予夺大权，到那时您拿什么制衡他？他是无底线无原则之人，心里只有自己的目的和需要，只想利用一切能利用的人。一旦您没有利用价值，还知道他的龌龊经历，他会如何对待您呢？凌云洲是有底线、有原则之人，还是运筹帷幄的大才，且和我关系甚密。他要是与我们合作，起码他能与蒋文汉抗衡。现在，凌云洲身处死亡边缘，如果我们出手搭救他，日后他必然会成为我们的人。这是我的浅见，望父亲三思。"

宫本正仁深谙官场倾轧之道，认为宫本芳子所言在理。他暗自思忖，宫本芳子恢复记忆后，一直不承认她的真实身份，可能是看清了日本高层为一己之私滥杀无辜的丑陋面目。现在，她为了搭救凌云洲选择回归，他再驳她的面子，她可能对自己更加失望。

宫本正仁权衡利弊后，起身拿出天皇赐给他全权处置上海事宜的手谕，与宫本芳子带领八个黑衣武士赶往虹口陆军医院。

~ 251 ~

时间：1943 年 4 月 19 日，星期一。

地点：上海，日占区，日军第十三军司令部，虹口陆军医院。

东条川赖刚回到日军第十三军司令部，在别院等候已久的德川长运，向他汇报了一件令他无比震惊的事情。

东条川赖在闸北火车站迎接横山勇时，宪兵小林宫二把自己当成人肉炸弹搞恐怖袭击，虽未得逞，但出现这么大的事情，上海日本宪兵司令部不能不进行调查。

德川长运派人搜查小林宫二的宿舍，搜出一张龟机关颁发的工作证，断定小林宫二是龟机关的外线特务。

秘密审讯平时与小林宫二走得近的宪兵，得知在案发前，小林宫二曾三次密会凌岳州。

负责在小林宫二家乡调查的特务报告，在案发前，小林宫二的父母曾经收到一笔巨款。

德川长运结合各个渠道的消息，判断小林宫二极有可能受凌岳州指使，在闸北火车站攻击东条川赖。

东条川赖这时才明白，当初凌岳州要他必须去闸北火车站迎接横山勇的真实动机。

东条川赖拿出江澄子提供的两艘轮船发动机舱内的照片，告诉德川长运，凌岳州利用职务之便，妄想炸毁帝国急需的轮船。

东条川赖和德川长运一致认定，凌岳州暗杀内阁特使、破坏帝国战略物资，不是共党分子就是军统分子。这种手握重权的人多存在一天，给帝国造成的损失都将无法想象，必须将他绳之以法。

这时，凌岳州打来电话，通知东条川赖到虹口陆军医院，继续审讯凌云洲。

东条川赖放下电话，对德川长运说："上帝要让一个人灭亡，必先让其疯狂。我们的松岛机关长，已经疯狂到极点了，我们一起去看看他如何谢幕吧。"

德川长运补充道："如果他负隅顽抗，我建议当场将他击毙。"

他们带领一个中队的宪兵来到虹口陆军医院。德川长运下令严格盘查、驱逐医院附近所有闲杂人员，封锁医院所有出入口，对医院实施一级警戒。

他们带领八个宪兵走进临时审讯室，发现凌云洲已经坐在电击椅上，宫本正仁身后站着宫本芳子和八个黑衣武士，金十和柳鸣堂的尸体摆放一边。

凌岳州站在主审席旁边，阴着脸一言不发。

凌岳州见东条川赖、德川长运带领八个宪兵走进来，踌躇着上前迎接，勉强笑着对德川长运说："德川将军，怎么还把您惊动了？这只是一场内部秘密审讯而已。"

德川长运没有搭理凌岳州，和东条川赖并肩坐在主审位子上。

审讯席上，已经没有凌岳州的位子。凌岳州看看并肩坐着的宫本正仁、东条川赖和德川长运，尴尬地笑了笑，问道："三位长官，我们开始讯问吧。"

宫本正仁、东条川赖和德川长运相互看了看，都没有说话。

就在这时，伴随门外传来"土肥原将军到"的喊声，土肥原和黑川梅子走进临时审讯室。

宫本正仁、东条川赖和德川长运纷纷起身，迎接突然出现的土肥原。

土肥原示意三人坐下。他蹲在金十的尸体旁，给金十整理一下衣服，然后起身默哀一分钟。

宫本芳子给土肥原搬来一把椅子，让他挨着宫本正仁坐下，然后向他敬了一个标准的军礼，朗声说道："刺客同盟成员宫本芳子，向您报到！"

土肥原一脸嫌弃地望着宫本芳子："挺聪明的人，怎能被如此低级的伎俩欺骗了呢？不过也不怪你，那个人太会演戏了，我都被他欺骗多年而不知啊。"

宫本芳子听得一头雾水，但也不敢问。

宫本正仁赶紧岔开话题，缓声对土肥原说："感谢将军救小女于危难……"

土肥原摆摆手："这里不是叙旧的地方，待办完正事再说。"他说完指指凌岳州，"开始吧。"

坐在电击椅上的凌云洲，一直担心凌岳州会对自己下黑手，现在各方大神云集于此，反而觉得自己安全了。

凌岳州干咳一声，说道："一个小时前，按照凌云洲的供述，我带人在成都路柳鸣堂家中，找到了凌云洲盗窃犬养中堂的专车。据柳鸣堂供述，昭和十六年十二月七日，凌云洲勾结中共门徒小组成员，在圣约翰教堂内枪杀了犬养中堂，并将其专车藏于柳鸣堂家。这是柳鸣堂的供词。"他说完从公文包里取出印有柳鸣堂指纹的供词，放在审讯席上。

东条川赖拿起供词刚想看，土肥原抢先说道："不用看，这份供词是蒋文汉伪造的。"他对凌岳州说，"你应该把刻有'犬养中堂敬赠'日文的手枪、犬养中堂遗书、我的手谕拿出来给各位同僚看看。"

宫本芳子听罢，吓得冷汗直流。她实在想不到土肥原的耳目竟然有如此之多，上午发生的事情，中午他就知道了。

凌岳州见土肥原提出这个要求，心里反倒平静了。他盯着土肥原说："将军，那些东西还是不要给各位长官看了吧。"

"与我有关，必须让各位同僚看看。"土肥原冲外面喊了一声，"拿进来！"

一个竹机关特务走进来，把刻有"犬养中堂敬赠"日文的手枪、犬养中堂遗书、土肥原手谕放到审讯席上，让东条川赖和宫本正仁传看。

原来，凌岳州认为，这些证据只能帮助凌云洲脱罪，就把它们放在他征用的办公室内，等处死凌云洲后再进行处理。

他怎么都没有想到，随他同去柳鸣堂家的那群特务中，就有土肥原的眼线。那个特务把凌岳州的所作所为悉数报告给土肥原，然后又在凌岳州押解凌云洲去临时审讯室的空当，把这些东西盗出来。

东条川赖和宫本正仁看完犬养中堂遗书、土肥原手谕，都怔怔地望着土肥原。

土肥原从公文包里拿出一份供词，递给宫本正仁："内阁特使看完这份供词，就什么都明白了。"他转身冲所有人大声说道，"这是共产国际分子、代号'圣杯'、大和民族败类中村宇都的供词。"他举起犬养中堂遗书、土肥原手谕，"这两件东西都是中村宇都伙同蒋文汉伪造的，目的就是想在二位特使面前，坐实我滥杀同僚的谣言。他们妄想通过二位特使，把此谣言传到天皇、东条首相耳朵里。各位想想看，凭借二位特使亲眼见证过的两件东西，天皇和东条首相是不是要杀我九族啊？"

土肥原接到金十密报，得知宫本芳子恢复记忆，刺客同盟行动真相败露，意识到一旦他指使刺客同盟成员暗杀政敌的事情传到东京，必然对他不利，于是他悄悄来到上海，一是想处理中村宇都，二是想寻机在宫本正仁、东条川赖面前洗白自己。

中村宇都猜出土肥原此行的目的，估算好时间，及时提供了土肥原需要的供词，同时择出凌云洲，嫁祸凌岳州。

第二十章 回 响

在这种时候，真相已经不再重要。

土肥原得到洗白自己的证据，又得到凌岳州枪杀金十的消息，就指示监视凌岳州的特务，如果凌岳州不把那些证据带到临时审讯室，一定要想办法截取。

凌岳州分辩道："将军，如果如您所说，我应该把这些证据提供给二位特使才对，又何必藏起来呢？"

土肥原指指凌云洲："你想陷害他啊，不然你伪造柳鸣堂的供词干什么？你不问青红皂白，枪杀帝国忠诚武士金十，是不是怕他说出真相？待处死凌云洲之后，你再把这些证据交给二位特使，丝毫不影响它们在东京发挥效力吧？"

"其心可诛！"愤怒的东条川赖把两艘轮船发动机舱内藏有定时炸弹的照片递给土肥原，"将军，这是蒋文汉企图炸毁我军亟须的轮船的证据。一旦两艘轮船下水试航，不但我们的巨额投资付之东流，还会造成万人死伤！我提议，将蒋文汉移交军事法庭，予以重判！"

此刻，凌岳州想起1941年12月6日晚上的圣三一教堂。在那里，他掉入了深不见底的陷阱中，九死一生。

现在，他眼睁睁地看着凌云洲、柳鸣堂、宫本芳子、土肥原、东条川赖联袂给他挖了一口充满冤情的陷阱，然后把他推下去。

他真正理解了那句话：冤枉你的人，比你更知道你有多冤枉。

恼羞成怒、怒火攻心的凌岳州，猛地拔出手枪，冲着面前的东条川赖连开三枪。

东条川赖直挺挺地靠在椅背上，鲜血喷溅到宫本正仁、德川长运脸上。

土肥原、德川长运的侍卫反应迅速，一秒钟内，就将凌岳州打成筛子。

~ 彩蛋 ~

时间：1943年4月20日，星期二。
地点：上海，十六铺码头，江公馆；重庆，罗家湾19号。

1

上海，十六铺码头。

月朗星稀。

黄浦江上璀璨的烟火照亮两岸。自淞沪会战爆发后，这座叱咤之城第一次出现如此规模的烟火盛宴。

俯瞰黄浦江，可以看到江面上呈现出一幅巨大的太极图案。"东方"号、"天朝"号两艘轮船是阴阳两极的中心，百艘小轮船依次拱卫在它们周围。

那些小轮船围绕着"东方"号、"天朝"号轮船游弋。每艘小轮船上都在燃放烟火，形成一个巨大的烟火太极图在江面上旋转。

千米外的一艘乌篷船上，凌云洲坐在船头，观看远处的烟火盛宴。

罗亭坐在他身边，低声说："我这次回来，执行安子铭筹划的'极雾计划'。"

"我如何配合？"

"消失。"罗亭莞尔一笑。

凌云洲一怔，然后微微一笑："这种活儿嘛，我擅长。我已经消失两次了，不差这一次，随时听从你调遣。"他扭头盯着罗亭，"你负责什么？"

罗亭一脸坏笑："我嘛，当然是第二次复活。"

2

上海，江公馆。

凌云洲将原宝轩的遗像放在条案上，和江澄子、吴已楠面对遗像默哀三分钟。

原宝轩，原名凌国轩，代号"佛手""老A"，中共隐蔽战线传奇人物，他已经把自己与这座叱咤之城融为一体。没有人知道他从何处来，要到何处去，更不知道他为这座城市做出了什么贡献。

泪流满面的凌云洲，点燃一支原宝轩生前喜欢抽的雪茄插在香炉里，在袅袅升起的烟雾中，他好像看到了原宝轩慈祥的面庞。

"大公制药厂爆炸后，父亲就不见了。梅机关、岩井公馆无人过问父亲的去向，说明他们知道父亲在哪里。我怀疑父亲就在大公制药厂的废墟里。我们要不要挖开废墟，找到父亲的遗体？"江澄子提议。

凌云洲摇摇头："挖开废墟，一旦找到父亲的遗体，就等于找到了日本人龌龊行为的真相，必然又是一场血雨腥风。如果父亲在世，绝对不允许我们付出无谓的代价。"

吴已楠说："原先生失踪前，曾经对我说，如果他哪天消失了，一定是去了他该去的地方。他再三叮嘱我，千万不要寻找他。完成他未竟的事业，就是对他最大的尊重。"

凌云洲走到门口，望着黑黢黢的天空，自言自语："天，该亮了！"

3

重庆，罗家湾19号。

山城的夜风，一阵紧似一阵。

戴遇侬在办公室内来回踱步，不时地望着紧闭的房门。

他期盼的敲门声响起，很轻，很缓。

"进！"他的声音很低，但穿透力极强。

安子铭推门进来。

戴遇侬上下打量安子铭，貌似第一次见面。三秒钟后，他才做出"请"的手势，示意安子铭坐到沙发上。

待安子铭坐下，戴遇侬说道："委员长告诉我，您就是手持封神榜的姜太公，把我这个申公豹吓了一跳。"

"委员长是鸿钧老祖，我们只有听从他老人家调遣的份儿。"安子铭淡淡一笑，"鸿钧老祖说，如果姜太公联手申公豹，就可以避免很多不必要的麻烦。"

戴遇侬严肃地问："鸿钧老祖有何指示？"

安子铭掏出笔，在便笺上写下"极雾计划"四个字。待戴遇侬看完，他把便笺放在烟灰缸里点燃。

戴遇侬问："需要军统做什么？"

安子铭说："重启'红雨'，确保国民政府第六战区安全无虞。"

叱咤之城系列谍战小说·第三季　完